KB119426

박안경기

拍案驚奇

⑤

이 책은 (재)한국연구재단의 지원으로 학고방출판사에서 출간, 유통합니다.

한국연구재단
학술명저번역총서

동양편
625

박안경기
拍案驚奇

능몽초 저 l 문성재 역

⑤

學古房

《박안경기》 초판본 ('닛코본') 표지

"즉공관주인이 평론하며 읽은 삽화가 있는 소설卽空觀主人評閱出
像小說"이라는 광고 문구(우)와 함께 소주의 서상 안소운安少雲이
쓴 발간사(좌)를 소개해 놓았다.

《박안경기》 중판본 ('히로시마본') 표지

제목 위의 '초각初刻' 두 글자로 《이각 박안경기》 출판 이후의 중판
본임을 알 수 있다. "즉공관주인이 직접 선정한卽空觀主人手定"이
라는 문구(우)와 "본 관아 소장 목판을 베낀 해적판은 반드시 책임
을 따질 것本衙藏板翻刻必究"이라는 경고문(좌)이 보인다.

7

제**28**권

금광동 주인은 옛 행적을 들려주니
옥허동 존자는 자신의 전생을 깨닫다

金光洞主談舊蹟 玉虛尊者悟前身

卷之二十八
金光洞主談舊蹟　玉虛尊者悟前身　해제

　　이 작품은 전생의 인연에 따라 환생한 사람들에 관한 이야기이다.
이야기꾼은 이방李昉의 《태평광기太平廣記》에 소개된 절동 관찰사浙東
觀察使 이사직李師稷의 이야기를 앞 이야기로 들려주고, 이어서 《송사
宋史》 및 심령沈齡의 희곡 《삼원기三元記》에 소개된 풍경馮京의 이야기
를 몸 이야기로 들려준다.
　　송대에 악주鄂州 강하江夏 사람으로 과거에서 연거푸 세 번 장원으로
급제한 풍경馮京은 큰 업적을 이루어 조정의 승상丞相으로 중용된다.
하루는 몸이 편찮아 휴가를 내고 집 뒤뜰 용슬암容膝庵에서 참선을 하
고 있는데 웬 검푸른 옷의 동자가 나타나 양이 끄는 수레에 그를 태우고
하늘로 날아오르더니 첩첩산중으로 데려가 구경시킨다. 넋을 놓고 산
속 풍광을 감상하던 풍경은 어디선가 들리는 풍경 소리에 이끌려 '금광
제일동金光第一洞'이라는 동굴 앞에 이른다. 그런데 동굴에서 어디선가
본 듯한 웬 중이 나와서 자신을 '금광동 주인'이라고 소개하더니 자기
방으로 안내해 차 대접을 한다. 풍경이 왠지 낯이 익은 그 중의 내력을
물으려 하자, 중은 자기 동굴에는 볼 것이 없다면서 풍광이 아름답다는
옥허존자玉虛尊者의 동굴로 안내한다. 그런데 뜻밖에도 풍경이 을씨년
스러워 의아해하니 그곳을 지키는 동자가 '옥허존자는 오십육 년 전에
인간세상에 내려가서 앞으로 삼십 년 후에 돌아올 것'이라고 대답한다.

두 사람의 대화를 끊은 금광존자는 풍경을 웬 누대로 안내했다가 거기서 풍경이 두루마리 책을 발견하고 펼쳐 보려 하자 또 그를 제지하면서 바깥 경치를 보러 가자고 제안한다. 풍경이 이 광경이 왠지 낯익다고 말하자 금광존자는 '세상만사는 환상과 같으니 덧없는 꿈같은 인생에서 깨어나 뉘우치라'고 일러준다. 풍경은 그제야 옥허 동굴을 둘러본 것이 자신의 전생이요, 용슬암에서 참선을 하고 있는 것은 자신의 육체임을 깨닫고 탄성을 지른다. 그러고 나서 나이를 꼽아본 풍경은 그해가 꼭 오십육 년째 되는 해이며, 자신이 바로 인간세상을 즐기러 간 옥허존자의 환생임을 깨닫는다.

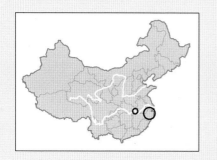

장안(서안)

장 강

악주(무한)
강하

월중

명주(영파)

이런 시1)가 있습니다.2)

　　근래에 누가 바다에서 돌아와,　　　　　　　　近有人從海上回,
　　해상의 산 깊은 곳에서 누각을 보았더니,　　　海山深處見樓臺。
　　그 안에 동자가 방을 하나 마련해 놓았다 하자,　中有仙童開一室,
　　다들 그것은 낙천이 오기를 기다리는 거라더라.　皆言此待樂天來。

또 이런 시3)도 있지요.

----

1) 이런 시: 당대 시인 백거이白居易가 지은 칠언절구七言絶句인 〈손님이 하신
　　말씀客有說〉(부제 - 손님은 이절동이다. 그 말씀 내용을 모두 적을 수가 없
　　을 것 같다客卽李浙東也, 所說不能具錄其事)를 말한다. 원래의 시는 '近有人
　　從海上回, 海山深處見樓臺. 中有仙龕虛一室, 多傳此待樂天來(근래에 누
　　가 바다에서 돌아와서, 해상의 산 깊은 곳에서 누각을 보았더니, 그 안에
　　신선의 감실이 있고 한 방을 비워 놓았다는데, 다들 그것은 낙천이 오기를
　　기다리는 거라더라)'로, 본권에 인용된 구절과는 다소 차이가 있다.
2) *본권의 앞 이야기는 이방李昉 등의 《태평광기太平廣記》 권48의 〈백낙천
　　白樂天〉에서 소재를 취했다.
3) 이런 시: 백거이가 지은 칠언절구 〈손님 말씀에 답하다答客說〉를 말한다. 원래
　　의 시는 '吾學空門非學仙, 恐君此說是虛傳, 海山不是吾歸處, 歸卽應歸兜
　　率天(나는 불교를 익혔지 도교를 익힌 것이 아니니, 그대의 이 이야기는 허황
　　된 소문 같구려. 해상의 산은 내가 돌아갈 곳이 아니러니, 돌아간다면 응당

나는 불교 익히지 도교를 익히지 않나니,　　吾學空門不學仙,

그대의 이 말씀은 허황된 소문인가 싶구려.　　恐君此語是虛傳。

해상의 산4)은 내가 돌아갈 곳이 아니러니,　　海山不是吾歸處,

돌아간다면 당연히 도솔천5)으로 돌아가야지요　　歸即應歸兜率天。

이 두 시는 바로 당나라 시랑(侍郎)6) 백향산白香山 백낙천白樂天7)의

도솔천으로 돌아가야지요)'로, 본권에 인용된 구절과는 다소 차이가 있다.

4) 해상의 산[海山]: 중국의 고대 전설에 등장하는 봉래산蓬萊山을 말한다. 중국 전설에 따르면 바다에 있는 세 개의 신령스러운 산들 중의 하나로, 그 모습이 주전자와 닮았다 하여 '봉호蓬壺'로 불리기도 했다고 한다.

5) 도솔천兜率天: 불교 용어. 불가에서 말하는 미륵보살彌勒菩薩이 머무는 정토淨土인 욕계慾界 육천六天의 제4천第四天으로, 지상에서 32만 유순由旬 위에 위치해 있다고 한다. 고대 인도에서 1유순은 왕이 하루에 행군하는 거리로, 10~12km 정도에 해당한다.

6) 시랑侍郎: 중국 고대의 관직명. 한대에 설치한 낭관郎官의 하나로, 본래는 궁정에서 황제를 모시는 측근 내시였다. 후한대 이후로는 상서尚書의 관리로 갓 임용되었을 때는 '낭중郎中', 일 년이 지나면 '상서랑尚書郎', 삼 년이 지나면 '시랑'으로 불렸다. 당대 이후로는 중서성中書省·문하성門下省·상서성에서 시랑을 각 부部 수장의 부관으로 삼으면서 벼슬이 점차 높아져서 지금의 장·차관급에 이르렀다.

7) 백낙천白樂天: 당대의 사실주의 시인 백거이白居易(772~846)를 말한다. 자는 낙천樂天, 호는 향산거사香山居士·취음선생醉吟先生으로, 본관은 태원太原이며 나중에 하규下邽로 이주했다. 정원貞元 16년(800)에 진사進士로 입신하여 한림학사翰林學士·좌습유左拾遺를 거치고 잠시 강주사마江州司馬·충주사마忠州司馬로 좌천되었다가 나중에는 중서사인中書舍人·형부상서刑部尚書에 이르렀다. 평이하고 소박한 시를 많이 지어서 상류층부터 일반 서민까지는 물론이고 신라新羅·일

백낙천 초상. 《삼재도회》

작품으로, 절동 관찰사浙東觀察使[8] 이李 공에게 화답한 시입니다. 낙천은 평생 동안 불교 경전에 정통한 데다가 대승 불교[9]의 수양에 전념하는 등, 윤회[10]를 초월하고 극락정토[11]에 가서 살고자 온 정성을

본日本 등 이웃나라 사람들에게서도 널리 사랑을 받았다고 한다. 고문古文이나 가사에도 뛰어났으며, 나중에는 원진元稹과 함께 참신한 노래를 지향하는 신악부新樂府 운동을 주도했다. 현종玄宗 이융기李隆基와 양귀비楊貴妃의 사랑을 낭만적으로 노래한 〈장한가長恨歌〉는 후대 문학가들에게 영감을 주어 각종 희곡·소설로 재창조되었다. 진사가 되기 전인 정원 15년에 낙양洛陽 성선사聖善寺의 응공凝公을 사사한 이래로 유관惟寬·오과烏窠 등의 선사禪師들을 스승으로 모시고 교류하는 등 젊어서부터 당시 유행하던 남종선南宗禪 불교의 영향을 강하게 받았다.

8) 관찰사觀察使: 중국 고대의 관직명. 당대에는 각 도道마다 관찰사를 두었는데, 그 지위가 절도사節度使 다음이었다. 절도사가 없는 주에는 관찰사를 설치하고 한 도나 몇 주州를 관할하게 했다. '절동浙東'은 고대의 지역 이름으로, 절강성 전당강錢塘江을 중심으로 그 동쪽 지역을 가리킨다. 백거이의 지인 이사직은 절동 관찰사를 지냈기 때문에 '이절동李浙東'으로 불리기도 했다.

9) 대승 불교[上乘]: 불교 용어. '대승大乘'은 산스크리트 어의 마하 야나mahayana를 번역한 말로, 많은 사람을 구제하여 태우는 '큰maha 수레yana'라는 뜻이다. 때로는 '상승上乘'으로 번역되기도 했다. "남을 구제함으로 자신도 구제된다"라는 자리이타원만自利利他圓滿의 가르침을 설파하는데, 삼론종三論宗·법상종法相宗·화엄종華嚴宗·천태종天台宗·진언종眞言宗·율종律宗·선종禪宗 등이 이에 속한다.

10) 윤회輪廻: 불교 용어. 불교의 가르침에 따르면, 인간은 현세에서 저지른 업에 따라 죽은 뒤에 여섯 세계 중의 한 곳에서 내세를 누리며, 다시 그 내세에 사는 동안 저지른 업에 따라 내래세來來世에 태어나는 윤회를 계속하게 되는데, 이를 '육도윤회六道輪廻'라고 한다. 여기에서 '육도'란 육체적 고통이 극심한 지옥도地獄道, 육체적 고통은 덜하나 굶주림의 고통이 극심한 아귀도餓鬼道, 온갖 짐승·벌레로 살아가는 축생도畜生道, 남의 잘못을 들추고 따지는 사람이 사는 노여움으로 가득 찬 아수라도阿修羅道, 인간이 사는 인도人道, 끝으로 행복이 두루 갖추어진 하늘의 세계인 천도天道를

다했던 인물입니다. 당시 이사직李師稷은 절동에 관찰사로 파견되어 있었는데, 한 객상客商이 그의 관할 지역인 명주明州[12]에서 사람들과 함께 바다로 나갔다가 태풍을 만나 표류하는 바람에 도중에 멈추지도 못한 채 한 달 남짓 떠돈 끝에 가까스로 어떤 큰 산 아래에 닿았습니다. 이 산은 상서로운 구름과 기이한 꽃, 하얀 학과 진귀한 나무 등, 한결같이 인간세계에서는 볼 수 없는 것들이었지요. 그런데 그 산 한쪽에서 웬 사람이 마중을 나와서 묻는 것이었습니다.

"어떤 분들이시길래 이곳까지 오셨습니까?"

객상이 폭풍을 따라 표류한 끝에 오게 되었다고 하니 뭍에 있던 그 사람이 말했습니다.

"기왕에 여기까지 오셨으니 일단 배를 잘 묶어놓고 상륙해서 천사

말한다. 불교에서는 오로지 오랜 수도를 통해 부처가 되어야만 이 같은 윤회에서 벗어날 수 있다고 주장한다.

11) 극락정토[極樂淨土]: 불교 용어. 불교의 이상향으로, 글자대로 풀면 '너무도 즐거운 깨끗한 땅'이다. '극락極樂'은 묘락국妙樂國·안락국安樂國·안양국安養國·낙방樂邦·정토淨土·무량수불토無量壽佛土·연화장세계蓮華藏世界로 부르기도 한다. 《아미타경阿彌陀經》에 따르면, 극락세계(너무도 즐거운 세계)는 아미타불阿彌陀佛이 머물며 불법을 전하는 곳으로, 서방으로 십만억 개의 불국토를 지나야 나온다. 이 땅에 태어나는 사람은 즐거움을 만끽하면서 심신의 괴로움은 전혀 겪지 않는다고 한다.

12) 명주明州: 당대의 지명. 개원開元 연간에 설치되었으며, 치소는 지금의 절강성 영파시寧波市에 있었다. 송대에 경원부慶元府, 원대에 경원로慶元路로 개칭되었다가 명대에 이르러 처음에는 명주부明州府, 나중에는 영파부寧波府로 개칭되었다. 송대에는 고려·일본을 대상으로 하는 중요한 무역 거점이었다.

天師[13]를 뵙도록 하시지요."[14]

중국 전설상의 봉래산.《삼재도회》

　배 위의 사람들은 간이 콩알만 해져서 뭍에 올라갔다가 무슨 사태
가 벌어질지 몰라서 저마다 몸을 사리는 바람에 오직 그 객상만 그를
따라 나섰습니다. 뭍의 그 사람은 어떤 장소로 그를 데려갔는데, 마치
큰 사찰이나 도관 같았지요. 객상이 그 사람을 좇아 길을 따라서 안으

---

13) 천사天師: 도교 용어. 원래는 도교에서 후한 말기의 오두미교五斗米敎 창시
　　자인 장도릉張道陵(34~156)과 그 자손들에 대한 존칭이지만 나중에는 신통
　　력이 남다른 도교 지도자나 도사까지 두루 높여 부르는 존칭으로 사용되기
　　도 했다.

14) 【즉공관 미비】緣之不同也。남다른 인연이군.

로 들어가니 웬 도사가 수염과 눈썹이 새하얗고 양 옆으로는 경호원
이 수십 명이나 늘어서 있는 것이 아니겠습니까. 도사는 큰 전각 위에
앉아서 객상을 보고 말했습니다.

"그대는 본래 중국 사람이지만 이곳과 인연이 있어서 오게 된 것이
다. 이곳은 바로 세간에서 '봉래산蓬萊山'으로 알려진 곳이니라. 그대
가 기왕에 여기까지 왔으니 여기저기 한번 둘러보겠는가?"

객상이 그러겠다고 대답하자 도사는 즉시 좌우에 명령을 내려 객상
을 데리고 궁 안을 두루 구경시키게 했습니다. 옥으로 된 단상과 비취
로 된 나무들은 눈이 부실 정도로 반짝반짝 빛을 내고 있었지요. 수십
곳이나 되는 독채들은 저마다 이름을 가지고 있는데 그중 한 곳만은
자물쇠가 단단히 채워져 있었지요. 그런데 문틈으로 안을 들여다보니
온 뜰에 기이한 꽃들로 가득 차 있지 뭡니까. 대청에는 빈 좌석이 하
나 있는데 그 좌석에는 방석이 깔려 있고 계단 아래에서는 향 연기가
콧속으로 파고들었습니다.

"여기는 어떤 곳이길래 텅 비었는데 이렇게 꽁꽁 잠가두셨습니까?"

객상이 묻자 안내하던 사람이 대답하는 것이었습니다.

"여기는 백낙천이 전생에 머물렀던 독채입니다. 낙천이 지금 중국
에서 아직 돌아오지 않아서 이렇게 잠가두었지요."

객상은 당초 '낙천'을 백 시랑의 호로 알고 있던 터인지라 자신이
둘러본 곳들의 상황을 일일이 기억해두었습니다. 그러고는 그곳 사람

들과 작별을 하고 배에 올랐지요.

바람을 따라 돛을 움직여 열흘도 되지 않아 어느 사이에 월중越中15) 해안에 당도하자 객상은 자신이 본 광경을 이 관찰사에게 소상하게 알렸습니다. 이 관찰사는 그의 말을 모두 적어서 서면으로 백 공에게 보고했지요.16) 백 공은 그것을 보고 웃으면서 말하는 것이었습니다.

"나는 오랫동안 청정한 업業17)을 닦아왔으니 서방西方18)이야말로 내가 속한 세계이거늘, 어찌 바다 너머 산속에서 신선이 될 리 있는가!"

백 공은 이 일이 계기가 되어 앞의 시 두 수를 지어 이 공에게 화답했던 것입니다. 보아하니 그가 수행한 것은 불가의 대승으로, 도솔천궁兜率天宮에 가려 한 것이지 봉래선도蓬萊仙島에는 전혀 관심도 없

---

15) 월중越中: 중국 고대의 지역명. 지금의 절강성 소흥紹興시와 그 주변 지역에 해당한다.

16) 【즉공관 미비】焉知非觀察粉飾以諂白公乎。관찰사가 꾸며서 백 공에게 아첨한 것이 아님을 어떻게 알겠나.

17) 업業: 불교 용어. 산스크리트어에서 몸과 마음의 온갖 선과 악의 행위들을 두루 일컫는 '카르마Karma'를 번역한 말로, 한자로는 '갈마羯磨'로 쓰기도 한다. 보통 입으로 짓는 행위인 구업口業, 몸으로 짓는 행위인 신업身業, 마음으로 짓는 행위인 의업意業의 '삼업三業'으로 구분된다. 때로는 전생의 행위로 말미암아 이승에서 받는 응보應報를 가리키기도 한다.

18) 서방西方: 불교 용어. 부처가 사는 극락세계를 가리키며, 그 땅이 서쪽에 있다고 해서 '서방・서방정토西方淨土・서방정국西方淨國・서방세계西方世界' 등으로 불리기도 했다.

었던 게지요.[19) 후세 사람들은 이와 관련하여 이렇게 평가하기도 하지요.

'백 공이 속세를 벗어나고 높은 벼슬을 뿌리친 것은 평범한 사람들하고는 다른 모습이니, 속세로 귀양 온 신선이 아니고 무엇이겠는가?'

그러니 바다 한가운데의 섬에 관한 이야기가 터무니없다고 할 수는 없을지도 모르겠습니다. 다만, 이승에서 수행에 더욱 정진했으니 도교를 건너뛰어 그보다 높은 경지인 큰 깨달음에 이르고, 훗날의 과위果位[20) 또한 당연히 전생을 능가하는 것이 올바른 이치인 것입니다. 역대 명사나 달인들, 크고 작은 벼슬아치들치고 어느 한 사람이라도 전생의 업보에 따라 환생하지 않은 경우가 없었다는 것을 아셔야 합니다. 속세로 쫓겨 내려온 신선계의 관리이거나 이승에 환생한 옛날의 고승이라는 말씀이지요. 그래서 그들은 총명하고 정직하여 세간에서 좋은 일을 아주 많이 했답니다. 예를 들어, 동방삭東方朔[21)

---

19) 도솔천궁에 가려 한 것이지~: '도솔천궁'은 불교에서 말하는 천국인 도솔천에 있는 궁궐이고, '봉래선도'는 도가에서 말하는 이상향인 봉래산이 있는 섬을 말한다. 백거이가 관심을 두고 수양에 힘쓴 것은 불교이지 도교가 아니었다는 뜻으로 한 말이다.

20) 과위果位: 불교 용어. 불교 수행의 결과 이르는 부처의 경지. 소승불교에서는 지옥地獄·아귀餓鬼·축생畜生·아수라阿修羅·인人·천天·아라한阿羅漢의 일곱 가지 과위가 있다고 믿고, 대승불교에서는 여기에 아라한 위로 보살菩薩·불佛의 두 가지 과위를 추가로 믿는다. 반면에 부처의 경지에 이르고자 수행하는 과정을 '인위因位'라고 한다.

21) 동방삭東方朔(BC154~BC93): 전한대의 문장가. 자는 만천曼倩으로, 산동山東 평원平原 사람이다. 어려서부터 총명하고 배우기를 좋아했으며 익살스러웠다. 황제로 즉위한 무제武帝가 천하의 인재들을 모으자 두 사람이 겨우

은 세성歲星22)이었고, 마주馬周23)는 화산華山24)의 집령궁集靈宮25)을

....

들 수 있을 만큼 무거운 3,000쪽이나 되는 죽간竹簡에 자기추천서를 써서 황제에게 올렸고, 두 달 만에 그것을 다 읽은 무제가 그를 태중대부太中大 夫에 임명했다. 건원建元 연간에는 무제가 무절제하게 대규모 토목공사를 벌여 상림원上林苑을 조성하려 하자 그 명령을 철회하게 하는 등, 늘 황제 에게 간언하기를 주저하지 않았다. 도가 전설에 따르면, 서왕모西王母의 복 숭아를 먹고 삼천 갑자三千甲子를 살았다고 하며, 문재가 출중하여 천상에 서 인간세상으로 귀양을 온 신선으로 신봉되기도 했다.

22) 세성歲星: 중국 고대의 천문학 용어. 목성木星의 옛 이름으로, 때로는 응성 應星·경성經星·기성紀星·섭제攝提·중화重華 등으로도 불린다. 고대에 동 방東方의 목덕木德을 대표하는 별로, 봄과 오곡을 관장하며 인간세상의 도 덕을 주관한다고 믿어진 목성은 그 위치가 기년紀年의 기준으로 간주되었 기 때문에 '해를 나누는 별'이라는 뜻에서 '세성'으로 불렸다.

23) 마주馬周(601~648): 당대 초기의 대신. 자는 빈왕賓王으로, 박주博州 치평茌 平 사람이다. 어렸을 때 고아가 되어 집안 형편이 가난했으나 각고의 노력 을 기울여 학문에 매진한 끝에 무덕武德 연간에 박주의 조교助敎로 충원되 었다. 나중에는 장안으로 가서 중랑장中郎將 상하常何의 식객으로 지내다 가 정관貞觀 3년(629)에 상하를 대신하여 올린 상소문이 태종太宗 이세민李 世民의 눈길을 끌어 감찰어사監察御史에 임명되었으며 나중에는 벼슬이 중 서령中書令에 이르렀다.

24) 화산華山: 중국의 5대 명산 중 하나. 중국 섬서성陝西省 동쪽 진령秦嶺 산맥 동단에 자리 잡고 있으며 산세가 높고 험준하기로 유명하다. 중국 서부에 있는 산이라고 하여 '서악西岳'으로 불리기도 한다.

25) 집령궁集靈宮: 한대의 궁전 이름. 한대의 《삼보황도三輔黃圖》〈감천궁甘泉 宮〉에 따르면, 한나라 무제가 신에게 제사를 지내고 신선이 되기를 기도하 는 장소였다고 한다. 후한대 반고班固의 《한서漢書》〈지리지地理志〉, 북위北 魏 역도원酈道元의 《수경주水經注》"위수渭水"조에 따르면, "화음현에는 집 령궁이 있는데, 무제 때 세워졌다華陰縣有集靈宮, 武帝起"라고 소개했다. 청 대의 지리학자 고조우顧祖禹(1631~1692)의 지리서 《독사방여기요讀史方輿 紀要》에서도 집령궁이 화산의 북쪽 기슭에 위치해 있었다고 소개한 바 있 다. 이에 비하여, 북송의 이방李昉 등이 편찬한 소설집 《태평광기太平廣記》

관장하는 선관仙官26)이었답니다. 왕방평王方平27)은 낭야사琅琊寺28)
의 스님이었고, 진서산眞西山29)은 초암草庵30) 스님이었으며, 소동파

나 《운급칠첨雲笈七籤》 등의 송대 전적이나 상우당본 원문제1190쪽, 근래
에 중국에서 출판된 《박안경기》들에는 '소령궁素靈宮'으로 소개되어 있다.
그러나 '소령궁'보다는 '집령궁'이 시기적으로 앞선 데다가 '소'와 '집' 두
글자가 형태적으로 비슷한 것을 보면 '집'을 '소'로 오독하면서 빚어진 착오
가 아닌가 싶다.

26) 선관仙官: 도교 용어. 천상에서 관직을 가진 신선.

27) 왕방평王方平: 후한대의 신선. 동해東海 사람으로, 이름은 원遠이며, '방평'
   은 자이다. 환제桓帝 때 벼슬을 했으며 천문·도참에 정통했다. 나중에 벼슬
   을 버리고 은둔하여 풍도豐都의 평도산平都山에서 승천하여 신선이 되었다
   고 한다. 북송의 필기소설筆記小說 《냉재야화冷齋夜話》에서는 낭야사의 승
   려가 윤회를 거쳐 왕방평으로 환생했다고 소개했다.

28) 낭야사琅琊寺: 당대의 절 이름. 안휘성安徽省 동부 저주滁州시 서남쪽에 자
   리 잡은 낭야산琅琊山 주봉 위에 세워졌다. 당나라 대력大曆 6년(771) 저주
   자사滁州刺史 이유경李幼卿과 승려 법침法琛이 조정에 상소하여 절의 창건
   을 요청하자 당시의 황제 대종代宗이 창건을 명령하고 '보응사寶應寺'라는
   이름을 내렸다고 한다. 청대 말기인 광서光緒 13년(1904)에 중건되었다.

29) 진서산眞西山: 남송 후기의 이학자이자 정치가인 진덕수眞德秀(1178~
   1235)를 말한다. 복건福建 포성浦城 사람으로, 당시 학자들이 '서산선생西山
   先生'이라고 불러서 나중에는 '진서산'으로 일컬어지게 되었다. 원래는 신
   愼씨였지만 효종孝宗의 이름자를 피하여 '진眞'으로 성씨를 바꾸었다. 관직
   에 있을 때에는 직언을 서슴지 않았으며, 학문적으로는 주자朱子의 영향을
   받아 '서산 진씨 학파西山眞氏學派'를 창도하고 성리학의 정통을 계승했다.
   남송의 주밀周密(1232~1298)은 《계신잡지癸辛雜志》에서 진서산을 초암화
   상의 환생으로 소개했다.

30) 초암草庵: 송대의 승려 지융智融을 말한다. 지융은 본래 성씨가 형邢, 이름
   이 지沚이며, '초암'은 호이다. 의원 출신으로 벼슬길에 나갔으나 여진女眞
   의 남침으로 북송 왕조가 임안臨安으로 천도하자 벼슬을 버리고 영은사靈
   隱寺에서 출가했다. 산이 깊어 뱀이 많이 출몰하자 암벽에 기이한 귀신 둘
   을 그렸더니 뱀들이 자취를 감추었다고 한다.

蘇東坡[31]는 오계선사五戒禪師[32]였지요. 사후에 이들 중 어떤 사람은 원래 있던 곳으로 돌아갔지만 어떤 사람은 따로 신선계의 관리로 충원되기도 했습니다. 예를 들어, 복자하卜子夏[33]는 수문랑修文郎[34]이 되었고, 곽박郭璞[35]은 수선백水仙伯[36]이 되었답니다. 도홍경陶弘

---

31) 소동파蘇東坡: 북송의 정치가이자 문장가인 소식蘇軾(1037~1101)을 말한다. 자는 자첨子瞻이며, '동파'는 그의 호인 '동파거사東坡居士'에서 유래했다. 22세에 진사로 입신하고 당시 조정의 실력자이던 구양수歐陽修의 인정을 받아 문단에 등단했다. 정치적으로는 구법당舊法黨으로 분류되어 심한 취조를 받고 호북성湖北省 황주黃州로 유배되었다가 철종哲宗의 즉위와 동시에 복귀하여 예부 상서禮部尚書 등의 벼슬을 역임했다. 그러나 얼마 후 다시 신법당新法黨이 집권하자 해남도海南島로 유배되었다가 7년 후 휘종徽宗의 사면을 받아 도성으로 귀환하던 중 객사했다.

32) 오계선사五戒禪師: 송대 영종英宗 연간의 고승. 명대 소설가 풍몽룡馮夢龍이 엮은 《고금소설古今小說》의 〈명오선사가 오계를 따라가다[明悟禪師趕五戒]〉에 따르면, 오계선사는 왼쪽 눈이 멀고 키가 다섯 자도 되지 않는 기이한 외모를 가졌지만 남달리 총명하여 항주의 정자사淨慈寺에서 출가한 후 진리를 깨우쳐 '오계'라는 법명을 얻었다고 한다. 남송의 진선陳善이 지은 《문슬신어捫蝨新語》에서는 소식이 오계선사의 환생이라고 소개했다.

33) 복자하卜子夏: 춘추시대 공자孔子의 제자 자하子夏를 말한다. '자하'는 자이며, 원래 이름은 복상卜商이다. 춘추시대 위衛(지금의 하남지역) 사람으로, 서하西河에 머물면서 학문을 강의했으며 나중에 위魏나라 문후文侯의 스승이 되었다. 문학을 잘하고 훈고학訓詁學에 정통했다고 한다.

34) 수문랑修文郎: 중국의 고대 전설에 등장하는 관직명. 북송대 소설집인 《태평광기》에 따르면, 진晉나라 때 소소蘇韶이라는 사람이 죽은 후에 자신의 아우에게 나타나 "[공자의 제자인] 안연과 복상이 지금 수문랑으로 있다. 수문랑은 여덟 명인데 귀신들 중의 성인들이다顔淵卜商, 今見在爲修文郎, 修文郎凡有八人, 鬼之聖者"라고 말했다고 한다.

35) 곽박郭璞(227~324): 동진東晉의 학자. 자는 경순景純이며, 하동河東 문희聞喜 사람이다. 경학·고문에 정통하여 《이아爾雅》·《산해경山海經》·《초사楚辭》 등에 주석을 가했다. 원제元帝 때에 벼슬이 상서시랑尚書侍郎에까지 이

景37)은 봉래蓬萊의 도수감都水監38)이 되었고, 이장길李長吉39)은 하늘의 부름을 받아 《백옥루기白玉樓記》40)를 지었지요. 이들의 행적은 저마다 입증할 수 있으며 이런 일은 이루 셀 수도 없을 만큼 많습니

르렀다. 명제明帝 때에 이르러 당시의 권신으로 반란을 모의하던 왕돈王敦이 군사를 일으키기 직전에 길흉을 점쳤는데, 곽박이 점괘가 좋지 않다는 이유로 반란에 반대하는 바람에 죽임을 당했다. 평소 도교에 심취하여 현실을 부정하고 신선세계를 동경하는 〈유선시遊仙詩〉를 남겼다.

36) 수선백水仙伯: 중국의 고대 전설에 등장하는 물속 신선들의 수장.

37) 도홍경陶弘景(456~536): 남조 양梁나라의 의학자이자 도교 사상가. 자는 통명通明, 호는 은거隱居이며, 단양丹陽 말릉秣陵 사람이다. 아버지가 첩에게 목숨을 잃는 바람에 평생 독신으로 지냈다. 유·불·도 사상은 물론이고 음양오행陰陽五行·역산曆算·지리地理·물산物産·약초학에도 밝았다. 일찍이 관직에서 물러나 구곡산句曲山에 은거하며 학업에 매진했으며, 무제武帝의 신임이 각별하여 매번 국가 중대사에 대한 자문을 구하여 '산속의 재상[山中宰相]'으로 불렸다. 《진고眞誥》·《등진은결登眞隱訣》·《진령위업도眞靈位業圖》·《본초경집주本草經集注》 등을 저술했다.

38) 도수감都水監: 중국 고대의 관청 이름. 하천·관개·선박·수상교통·제방건축 등의 업무를 관장했다. 진秦·한漢대에 도수장승都水長丞이 설치된 이래 서진대에는 도수대都水臺, 수隋대에는 도수감, 당대에는 사진감司津監 등으로 명칭이 바뀌다가 명대에 공부工部에 병합되었다. 여기서는 관직명으로 이해할 수 있겠다.

39) 이장길李長吉: 당대 중기의 시인 이하李賀(790~816)를 말한다. 창곡昌谷 사람으로, 장길長吉은 자이다. 변방의 관리이던 아버지 이진숙李晉肅의 이름자인 '진晉'이 진사의 '진進'과 발음이 같다는 지적에 따라 진사 시험을 포기했다. 특출한 재능으로 환상적인 세계를 다룬 시를 즐겨 지어서 '귀재鬼才'라는 별명으로 일컬어지기도 했다.

40) 《백옥루기白玉樓記》: 당대 말기의 시인 이상은李商隱(813?~858?)이 지은 《이장길 소전李長吉小傳》에 나오는 이야기. 하루는 낮에 자주색 옷을 입은 웬 신선이 작은 용을 타고 나타나 이하에게 "옥황상제께서 백옥으로 된 누각을 만드시고 즉시 그대를 소환하여 축하의 글을 쓰게 하라 하셨네. 천상의 업무는 즐거우며 고되지 않다네" 하고 말하자마자 숨이 졌다고 한다.

다. 간신이나 역적들의 경우는 분명히 약차藥叉[41]·나찰羅刹[42]·수라修羅[43]·귀왕鬼王[44] 같은 부류이지 선한 업보에서 비롯된 자들은 절대로 아니지요.

아수라. 일본 국보 　　　　　　　　　　귀왕과 판관

---

41) 약차藥叉: 불법을 수호하는 여덟 신장神將 즉 '팔부중八部衆' 중의 하나. 하늘을 날아다니며 사람을 잡아먹고 해쳤다고 전해지며, '야차夜叉'로 쓰기도 한다.

42) 나찰羅刹: 불교 전설에 등장하는 악귀들의 통칭. 남성 악귀는 나찰사羅刹娑, 여성 악귀는 나찰사羅刹斯로 일컫는 것을 '나찰'로 통틀어 부른 것이다. 나중에는 흉악하고 무서운 사람을 가리키는 말로 사용되었다.

43) 수라修羅: 불교의 수호신인 팔부중의 하나. 조로아스터교 경전인《아베스타 Avesta》에 등장하는 아후라Ahura에 해당하는 존재로, 고대 페르시아 지역의 태양신 신앙이 아리아인의 인도 진출과 함께 인도 신화를 거쳐 불교 신화로 정착한 것으로 보인다. 보통 얼굴이 세 개, 팔이 여섯 개 달린 삼면육비三面六臂로 묘사되며, 한자로는 아수라阿修羅·아소라阿蘇羅·아소락阿素洛·아수륜阿須輪 등으로 다양한 방식으로 표기되었다.

44) 귀왕鬼王: 귀신들의 우두머리.

이임보   노기

　어떤 소설에서는 이임보李林甫45)가 도사를 만났다거나 노기盧杞46)
가 선녀를 만났다고들 하는데, 이는 곧 그들이 원래는 신선이 될 종자
여서 특별히 그들을 제도하기 위해서 현신한 경우라는 뜻일 겁니다.
임보와 노기 둘은 신선이 되기를 원하지 않고 재상이 되려고 하다
보니 결국 타락했다는 거지요. 그러나 이런 이야기는 모두 이임보나
노기의 제자나 수하로 있던 자들이 그 둘이 평생 동안 자행한 악행을
감출 요량으로 억지로 지어낸 것들일 뿐입니다!47) 만일 그들의 주장

---

45) 이임보李林甫(?~752): 당대의 정치가이자 화가. 당 왕조의 종실 출신으로,
　음률에 밝고 그림을 잘 그리는 등 예술적 재능이 남달랐다. 그러나 정치적
　으로는 후궁·환관들과 결탁해 재상이 되었고, 현종玄宗이 정사를 게을리하
　자 충신을 멀리하고 정적들을 음해하는 등 국정을 농단하여 '입에는 꿀을
　머금었으면서 뱃속에는 칼을 품고 있다口蜜腹劍'는 비난을 받았다.
46) 노기盧杞(?~785): 당대의 정치가. 자는 자량子良으로, 활주滑朱 영창靈昌 사
　람이다. 덕종德宗 때 입신하여 재상을 지내면서 유능한 사람들을 배척하고
　충신들을 모함하는가 하면 백성들을 상대로 가렴주구를 일삼아 원성이 자
　자했다. 건중建中 4년(783)에 병란이 일어나 장안이 함락되자 삭방朔方 절
　도사 이회광李懷光의 탄핵을 받아 실각했다.

대로 그저 오륙백 년 늦게 신선이 되었을 뿐이라면 어째서 저승에 '이임보는 열 번의 생은 소로 살고, 아홉 번의 생은 창녀로 살았다李林甫十世爲牛, 九世倡'는 말이 전해졌겠습니까? 업보를 다 갚고 원래 있던 곳으로 돌아갔다면 오륙백 년 후야 알 수가 없다지만, 어째서 우리나라에서 만력萬曆48) 연간에 하남河南 땅의 어떤 현에서 벼락을 맞고 죽은 창녀의 등에 '당나라 이임보[唐朝李林甫]'라는 글자가 적혀 있었겠습니까? 그때는 육백 년이 훨씬 넘는 시점인 것입니다! 이런 점들을 보더라도 악인들도 신선의 종자라고 하는 소리는 황당해서 믿을 바가 못 된다는 것을 알 수 있는 셈입니다.

소생이 방금 백낙천의 고사를 앞 이야기 삼아 이런 이야기를 들려드린 것은 '바탕이 좋은 사람이라면 불구덩이나 욕망의 바다에서 속세의 인연에 연연하여 본래의 참모습을 잃어서는 안 된다' 이 말씀을 드리기 위함이었습니다.49)

이제 소생이 송나라 때 어떤 대신이 살아생전에 자신의 참모습을 보았던 이야기를 손님50) 여러분께 들려드리도록 하지요.51) 이런 시가

---

47) 【즉공관 미비】鑿鑿名論, 可證誣妄。 마디마디 지당한 말씀. 허튼소리들을 증명할 수 있겠군.

48) 만력萬曆: 명나라 제14대 황제 주익균朱翊鈞이 1572~1620년까지 48년동안 사용한 연호.

49) 【즉공관 미비】老婆心。 노파심이지.

50) 손님[看官]: '간관看官'은 명대 서사예술에서 자주 볼 수 있는 용어로, 일반적으로 '독자'나 '관중(또는 청중)'의 의미로 사용된다. 현재 전해지는 명대 장회소설章回小說들에서는 이 표현을 수시로 확인할 수 있다. 그러나 이 용어의 정확한 의미는 '독자reader'가 아니라 '관중spectator' 또는 '청중audience'이어야 옳다. 이 부분에서 이야기꾼이 "관중 여러분께 좀 들려드리

있습니다.

> 옛날은 동액52) 울 안의 귀한 손님이더니,　　　昔爲東掖垣中客,
> 지금은 서방 세계에 속한 사람 되었구나.　　　　今作西方社裡人。
> 손에 버들가지 들고 물 마주보고 앉아,　　　　手把楊枝臨水坐,
> 지난일 돌이켜보니 전생의 일이었구나!　　　　尋思往事是前身。

한편, 서방의 쌍마하지雙摩訶池가에는 신선이 사는 동천洞天53)이 몇 군데 있었습니다. 그곳에 동굴이 둘 있는데 하나는 '금광동金光洞', 다른 하나는 '옥허동玉虛洞'으로 불렸지요. 동굴마다 존자(尊者54)가 하

겠습니다與看官聽一聽"라고 말하고 있는 데서 확인할 수 있듯이 '간관'과 연동되는 동사가 '독자'에 걸맞은 '읽다讀, read'가 아니라 '듣다聽, listen'이기 때문이다. 여기에 사용된 동사가 '듣다'라는 것은 곧 이 소설이 창작되던 17세기, 즉 명대 말기 숭정崇禎 연간(1611~1644)만 하더라도 이런 형태의 소설들이 본질적으로 책text이 아니라 대본script으로 창작되었으며, 그 대상도 책으로 읽는 독자보다는 공연으로 보고 듣는 관중(또는 청중)을 위주로 했다는 뜻으로 이해해도 무방할 것이다. 능몽초가 이 대목을 묘사하면서 "관중 여러분께 좀 들려드리겠습니다"라고 표현했다는 것 자체가 그조차도 《박안경기》를 '이야기꾼narrator을 통해 이야기story를 관중 또는 청중 audience에게 들려주는story-telling 대본script'으로 창작했음을 시사한다. 여기서는 편의상 '손님'으로 번역했다.

51) *본권의 몸 이야기는 원대 승상 탈탈脫脫(1314~1356) 등이 편찬한 《송사宋史》 권317의 〈풍경전馮京傳〉 및 명대 극작가 심령沈齡(?~?)이 지은 전기傳奇 희곡 《삼원기三元記》에서 소재를 취했다.

52) 동액東掖: 중국 고대의 관서인 문하성門下省의 별칭. 당대에 문하성이 궁궐의 동액문東掖門 안에 있었던 데에서 유래했다. 여기서는 궁궐을 가리키는 말로 사용되었다.

53) 동천洞天: 신선이 깃들어 산다는 성지. 때로는 별천지·이상향의 의미로 사용되기도 한다.

나씩 있어서 그 안에서 주인으로 있으면서 극락의 절경에서 살면서 무상보리無上菩提55)를 함께 닦고 있었습니다. 그러던 어느 날, 옥허동의 존자가 와서 금광동의 존자에게 말하는 것이었습니다.

"우리 부처님은 중생을 구제하는 일을 근본으로 여깁니다. 우리56)가 동굴에서 조용히 수행에 힘쓴다면 얼마든지 바른 깨달음57)을 얻을 수 있겠지요. 그러나 그저 자기 혼자만 수행에 힘쓰는 것은 자신만의 깨달음58)만 구하는 소승小乘59)일 뿐입니다. 나는 진단震旦60) 땅으로

---

54) 존자尊者: 불교 용어. 산스크리트어에서 '존귀한 사람, 성인'을 뜻하는 '아랴arya'를 의미대로 옮긴 한자어. 수행을 오래하여 법력이 높은 고승에 대한 존칭으로 사용되기도 한다.

55) 무상보리無上菩提: 불교에서 말하는 최고의 깨달음의 경지. '보제菩提(푸디)'는 '깨달음, 지혜'를 뜻하는 산스크리트어 '보디Bodhi'를 발음대로 한자로 적은 것이며, '무상보리'란 '그 이상이 없는 [최고의] 깨달음'이라는 뜻으로 번역할 수 있다. 불교에서는 보살이 깨달음을 얻고자 하는 마음인 발심보리發心菩提를 시작으로 복심보리伏心菩提·명심보리明心菩提·출도보리出到菩提의 단계를 거쳐 최종적으로 부처의 최고의 깨달음인 무상보리에 이른다고 주장한다. 우리나라에서 사용하는 '보리'라는 발음은 원어인 '보디'가 유음화流音化하면서 '디 → 리'로 와전된 것으로, 원칙적으로는 잘못된 발음이지만 현재 널리 통용되기 때문에 그대로 '보리'로 옮겼다.

56) 우리[吾每]: '오매吾每'에서 '매每'는 원·명대 백화에서는 특정한 대상에 대한 복수형 접미사로 사용되는 경우가 있다. 여기서도 '오매'는 "우리"라고 번역되며, 금광동 존자와 옥허동 존자를 가리키는 말로 이해해야 옳다.

57) 바른 깨달음[正果]: 불교 용어. 수행의 결과 얻는 올바른 깨달음. 불교에서는 수행에 정진하여 깨달음을 얻는 것을 '증과證果'라고 하는데, 외도外道, 불교 이외의 종교를 신봉하는 이의 깨달음과 구분하기 위하여 '정과正果'라고 부른다.

58) 자신만의 깨달음[辟支]: 불교 용어. '벽지辟支'는 벽지가辟支迦를 줄인 것으로, '혼자(만) 깨닫다'라는 뜻의 산스크리트어 '쁘라테카pratyeka'를 발음대

가서 윤회를 거쳐 그 세계에서 칠팔십 년 정도 노닐면서 인간을 구제하고 만물을 이롭게 하는 일을 좀 해볼까 싶습니다. 그런 다음에 돌아와 다시 여기에 머문다면 좋지 않겠습니까?"

그러자 금광동 존자가 말했습니다.

"속세는 어지럽고 시끄러울 뿐인데 뭐가 좋습니까? 인간을 구제하고 만물을 이롭게 할 수는 있겠지만 욕망의 불길에 타서 미련迷戀을 갖게 될까 걱정입니다. 돌아오라 이끌어주는 이가 없다면 본디 모습을 잊어버리고 바로 윤회의 길에 떨어져서 몇 겁劫61)이 지나야 다시 깨달음을 얻게 될지 알 수가 없습니다. 그런데 어찌 '돌아와 다시 이곳에 머물겠다'는 말씀을 그리도 쉽게 하십니까!"

옥허동 존자가 그 말을 듣고 자신의 잘못된 생각을 뉘우치자 금광

로 한자로 옮긴 말이다. 스승을 모시지 않고 혼자 수행하여 깨달음에 이른 수행자나 자신만의 깨달음을 추구하는 수행자를 가리킨다.

59) 소승小乘: 불교 용어. '[보잘것없이] 작은 수레'라는 뜻의 산스크리트어 '히나야나hīnayāna'를 의미대로 한자로 옮긴 것이다. 대승 불교에서 중생이 모두 부처가 되도록 이끌기에는 너무도 보잘것없는 수레라는 뜻으로, 혼자만의 깨달음을 추구하는 수행자들을 낮추어 부르던 말.

60) 진단震旦: 고대 인도에서 중국을 부르던 이름. '진나라 땅'이라는 뜻의 산스크리트어 '치나스타나Chīnasthāna'를 발음대로 한자로 옮긴 것으로, 때로는 '진단振旦·진단眞旦' 등으로 쓰기도 한다.

61) 겁劫: 불교 용어. 원래는 '겁파劫波'라고 하는데, 이루 셀 수 없이 긴 시간을 뜻하는 팔리어 '깝파kappa'를 발음대로 한자로 옮긴 말이다. 《잡아함경雜阿含經》의 비유에 따르면, '겁'은 가로·세로·높이가 각각 1유순由旬이나 되는 큰 바위를 백 년마다 한 번씩 비단 옷자락으로 닦아서 그 바위가 다 닳아 없어져도 끝나지 않을 만큼 긴 시간이라고 한다.

동 존자가 말했습니다.

"이런 생각이 생겼다는 것을 우리 부처님께서 벌써 아셨을 겁니다. 가람伽藍62)과 위타韋陀63)가 바로 부처님께 은밀히 고했을 텐데 이제 뉘우친들 무슨 소용이 있겠습니까? 차라리 인간세상64)에 가서 부귀영화나 좀 누리고 거기서 좋은 일이나 좀 하십시오. 다만, … 절대로 본성을 잃어서는 안 될 것입니다! 혹시 혼탁한 세계에 빠져 한동안 기억을 되찾지 못하더라도 오십 년이 지나면 내가 당신에게 길을 안내해줄 테니 그때 가서 진심으로 깨우치면 됩니다."

옥허동 존자는 그길로 금광동 존자와 헤어져 동굴로 돌아와 동자에게 분부했습니다.

---

62) 가람伽藍: 불교 용어. 원래 '불교 승려들이 수행하는 사원'이라는 뜻의 산스크리트어 '상가라마saagharama'를 발음대로 한자로 옮긴 '승가람마僧伽藍摩'를 줄인 말이다. 여기서는 가람의 수호신 가람호법伽藍護法 또는 가람신伽藍神을 가리킨다. 송대의 불교 서적인 《석씨요람釋氏要覽》에 따르면, 불교 수호신들 중 상대적으로 지위가 낮은 가람호법은 미음美音·범음梵音·천고天鼓·탄묘嘆妙·탄미嘆美·마묘摩妙·뇌음雷音·사자師子·묘탄妙嘆·범향梵響·인음人音·불노佛奴·송덕頌德·광목廣目·묘안妙眼·철청徹聽·철시徹視·편류시遍流視 등 열여덟이나 된다고 한다.

63) 위타韋陀: 부처의 수호신. 석가모니가 열반에 든 뒤 사악한 마귀가 부처의 유골을 훔쳐 가자 위타가 쫓아가 유골을 되찾아왔다고 한다. 이 일을 계기로 위타를 사악한 마귀를 쫓아내고 불법을 수호하는 하늘의 신으로 받들기 시작했으며, 송대에는 사찰마다 미륵불彌勒佛 뒤에 배치하고 위타보살韋陀菩薩 또는 위타존천韋馱尊天으로 신봉했다고 한다. '위타'는 산스크리트어 '베다veda'를 비슷한 발음의 한자로 옮긴 것으로, '지식·지혜'를 뜻한다.

64) 인간세상[閻浮界]: '염부閻浮'는 염부제閻浮提를 줄인 말로, '땅·고을'을 뜻하는 산스크리트어 '잠부디빠Jambudvīpa'를 발음대로 한자로 옮긴 것이다. 불경에서는 원래 인도를 두고 한 말이지만 여기서는 '속세'를 가리킨다.

"동굴을 잘 지키면서 평소처럼 아침저녁으로 향을 올리고 불경을 외워야 하느니라. 나는 인간세상에 좀 다녀오마."[65]

본성을 깨우친 그가 독실한 선남선녀들과 덕과 복을 받은 좋은 집안을 직접 골라서 환생한 것은 말할 필요도 없었습니다.

조선 〈정희대왕대비 변상도〉 속의 나한들. 명주사 고판화박물관

다시 이야기를 계속해보지요. 송나라 때 악주鄂州[66]의 강하江夏[67]에 어떤 관리가 살았습니다. 벼슬로 좌시금左侍禁[68]을 배수받은 성은

---

65) 【즉공관 미비】行童後來照應。동자는 나중에 호응되지.
66) 악주鄂州: 중국 고대의 지명. 수나라 개황開皇 9년(589)에 악저鄂渚에서 이름을 따서 설치되었다. 치소는 강하현江夏縣으로, 지금의 호북성湖北省 무한시武漢市 일대에 해당한다.
67) 강하江夏: 중국 고대의 지명. 지금의 호북성 무한시 무창구武昌區 일대로, 수나라 개황 9년부터 강하현으로 일컬어지다가 1912년에 이곳에서 신해혁명辛亥革命이 시작된 것을 기념하여 무창현으로 개칭되었다.
68) 좌시금左侍禁: 송대의 관직명. 지위가 낮은 정구품 무관으로, 휘종徽宗 정화

풍빙馮, 이름은 식式인 인물인데, 선행을 즐기고 덕업을 쌓는 사람이었지요. 그 부인이 하루는 몸이 금으로 된 웬 나한羅漢69)이 속세로 내려오는 꿈을 꾼 후 아들을 낳았는데, 그 아들을 낳을 때 온 집안에 기이한 향기가 가득 찼다고 합니다. 그 아기를 보니 이마는 오똑하고 턱은 모난 듯하면서도 둥그스름하며 양쪽 귀는 구슬처럼 늘어져 있는 것이 범상치 않은 모습이었습니다. 두세 살 때 벌써 총명하기가 남달라서 경전의 글자를 보기라도 하면 마치 원래부터 알고 있었던 것처럼 한번 보면 잊어버리는 일이 없었지요. 이 아이를 서당으로 보낼 때 '풍경馮京70)'이라는 이름을 붙여주고 자字는 '당세當世'라고 지었습니다. 풍경은 어떤 글이든 한번 보기만 해도 줄줄 외우고, 만 구절이나 되는 글도 순식간에 뚝딱 지어냈답니다. 그는 유가의 책을 공부하기는 했지만 불가의 경전을 무척 좋아하고 불교 문화를 몹시 존중했는데 수시로 눈을 감고 책상다리를 하고 앉아서 참선하는 스님 모습을 흉내 내곤 했지요. 그는 스무 살이 채 되기도 전에 세 번의 과거에

政和 2년(1112)에 '충훈랑忠訓郞'으로 개칭되었다.

69) 나한羅漢: 불교 용어. 불교 수행을 마쳐서 사람들의 공양과 존경을 받을 만한 성자를 가리키는 산스크리트어 '아르핫Arhat'을 발음대로 한자로 옮긴 '아라한阿羅漢'을 줄인 말이다. 불교에서는 석가모니를 수행하면서 해탈을 얻은 오백 명의 제자를 '오백나한五百羅漢'으로 부른다.

70) 풍경馮京(1021~1094): 북송의 관리. 자는 당세當世로, 악주 강하 사람이다. 인종仁宗 때 과거에 응시하여 세 단계의 시험에서 모두 장원壯元으로 급제하고 양주지주揚州知州를 강녕江寧(지금의 남경)·개봉開封·태원太原 세 고을의 지부知府를 차례로 지낸 뒤 한림학사翰林學士에 제수되었다. 신종神宗 때에는 어사중승御史中丞·추밀부사樞密副使·참지정사參知政事 등을 역임하고 왕안석王安石의 개혁에 반대했다. 철종哲宗이 즉위한 뒤에는 보령군 절도사保寧軍節度使를 제수받고 대명부大名府의 지부知府를 지냈으며 나중에는 태자소사太子少師를 마지막으로 은퇴했다.

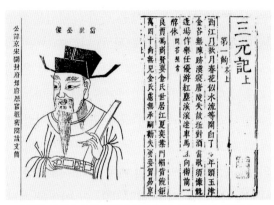

풍경의 초상과 그의 일화를 다룬 명대 전기 희곡 《삼원기》

서 연거푸 세 번이나 장원을 차지하는 것이 아니겠습니까!

"이야기꾼 양반, 뭘 모르시는구려.《삼원기三元記》[71] 극본에는 그의 부친이 풍상馮商으로, 남의 집 문객이었다고 나와 있던데 어째서 여기서는 벼슬을 했다고 하슈? 이름까지 틀리고 말이야!"

손님, 제 말씀 좀 들어보십시오 그 연극 극본은 전부 헛소리인데 어찌 믿을 수가 있겠습니까?[72] 강남의 남희南戲[73]와 강북의 잡극雜劇[74]을

---

71) 《삼원기三元記》: 명대 극작가 심령沈齡이 지은 전기傳奇 희곡. 원제는《풍경 삼원기馮京三元記》로, 명대의 출판가이자 장서가인 모진毛晉(1599~1659)이 엮은 '육십종곡六十種曲'에 수록되어 있다. 주위 사람들이 억울한 일을 당하면 적극적으로 돕던 강하의 풍상이 낳은 늦둥이 아들 풍경이 연거푸 세 번 장원으로 급제하고 부귀영화를 누린 이야기를 다루었다.

72) 【즉공관 미비】借此以發揮傳奇之誤。이를 빌려 전기의 오류들을 드러내는군.

73) 남희南戲: 남송대에 강남 지역에서 유행한 전통극의 일종. 절강성浙江省 온주시溫州市 일대에 유행하던 민요와 무용에서 유래했다고 전해진다. 물론, 종합예술인 연극에 사용되는 노래를 전적으로 민요나 짧은 노래에만 의존

예로 들면 가장 훌륭한 작품으로 다들 《비파기琵琶記》[75]와 《서상기西廂記》[76]를 들곤 합니다. 거기 등장하는 채백개蔡伯喈[77]는 한漢나라 사람으로, 벼슬살이를 하기 전에 양친을 다 잃자 묘지에 오두막을 짓고 시묘

하기는 부족했기 때문에, 송대에 유행한 가곡인 송사宋詞 식의 노래나 원대 잡극에서 사용되던 노래들을 차용하기도 했다.

74) 잡극雜劇: 원대에 강북 지역에서 유행한 전통극의 일종. 대도大都(지금의 북경)를 중심으로 한 북방에서 유행했기 때문에 '북곡北曲'이라는 이름으로 일컬어지기도 했다. 그 대표작 및 체제에 관해서는 문성재·박성훈 역, 《중국 고전희곡 10선》(고려원)을 참고하기 바란다.

75) 《비파기琵琶記》: 원대 말기에 극작가 고명高明(1305~?)이 지은 남희 희곡. 조오낭趙五娘과 혼인을 하자마자 과거 응시를 위해 상경한 채백개蔡伯喈는 과거에 급제한 뒤 재상의 사위가 된다. 그 일을 모른 채 고향에서 혼자 시부모를 봉양하던 조오낭은 기근이 들어 시부모가 굶어 죽자 머리카락을 팔아 장례를 치르고 나서 비파를 연주해 노자를 벌면서 겨우 서울까지 가서 남편과 상봉하고 후처인 재상 딸의 양보로 재결합한다.

76) 《서상기西廂記》: 원대의 극작가 왕실보王實甫(?~?)가 당대의 소설 《앵앵전鶯鶯傳》을 각색해 지은 잡극 희곡. 보구사普救寺를 거닐다가 전임 재상의 딸 최앵앵崔鶯鶯과 우연히 마주친 장군서張君瑞는 앵앵의 몸종 홍낭紅娘의 도움으로 앵앵과 은밀한 사랑을 나눈다. 뒤늦게 그 사실을 안 앵앵의 모친은 과거에 급제해야 혼인을 허락할 수 있다는 단서를 들어 억지로 조카 정항鄭恒과 혼인을 시키려 하지만, 군서가 장원급제하자 어쩔 수 없이 두 사람의 혼인을 허락한다. 《앵앵전》에서는 두 사람이 절에서 나눈 한 순간 사랑을 추억으로 남기고 인연을 맺지 못하지만, 왕실보는 두 사람이 온갖 고난을 다 이겨내고 마침내 대단원大團圓을 이루는 것으로 수정했다. 이 희곡은 후대에 많은 사람들로부터 중국을 대표하는 걸작으로 호평을 받으면서 소설·희곡·영화 등 다양한 장르로 재창작되었다.

77) 채백개蔡伯喈: 《비파기》의 주인공 이름. 후한의 권신인 동탁董卓의 신임을 받아 제주祭酒를 거쳐 중랑장中郎將을 지낸 채옹蔡邕(132~192)으로, '백개'는 그의 자이다. 그러나 《비파기》에서 묘사되는 채백개는 역사적으로 실존한 채옹과는 무관하다.

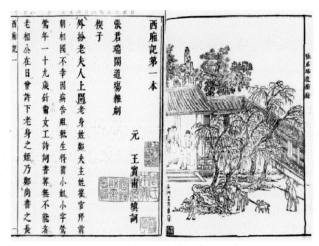

능몽초가 여러 색으로 출판한 《서상기》

살이를 해서 관가에서 그를 효렴으로 천거한 인물이올시다. 그런데 언제 벼슬살이를 빙자해서 고향으로 돌아가지 않고 부모를 굶겨 죽인 일이 있답니까? 게다가 한나라 때에는 '장원狀元'이라는 호칭이 존재한 적도 없습니다. 한나라에서 채백개가 있을 당시에는 동탁董卓[78]이 권력을 농단하고 있었어요. '우牛 승상[79]'이라는 사람이 아예 없었다는 뜻입니다. 정항鄭恒[80]은 당나라의 대신이었고, 그 부인 최崔 씨까지 다 조정의

---

78) 동탁董卓(?~192): 후한 말기의 무장이자 권신. 자는 중영仲穎으로, 농서군隴西郡 임조현臨洮縣 사람이다. 헌제獻帝를 옹립한 공으로 상국相國이 되어 국정을 농단했다. 발해군勃海郡의 호족 원소袁紹(?~202)의 공격을 받자 황제를 압박하여 장안長安으로 도읍을 옮겼으나 연합한 제후들의 공격을 받아 세력을 잃고 측근 장수 여포呂布에게 살해되었다.

79) 우 승상: 《비파기》의 등장인물. 과거에 급제한 채백개의 출중한 재능을 높이 사서 자신의 딸을 출가시키고 데릴사위로 삼는다.

80) 정항鄭恒: 《서상기》의 등장인물. 앵앵의 모친 최 부인의 친조카로, 어려서 사촌 누이인 최앵앵과 정혼한 사이였으나 장군서가 최앵앵의 마음을 빼앗

책봉을 받은 사람들이었어요. 그런데 언제 장 선비[81]한테 정조를 잃는 일이 있었다는 말입니까? 후세 사람들 중에는 원미지元微之[82]가 자신의 뜻을 이루지 못하자 다른 이름으로 원수를 비방한 소설이라는 것을 아는 분도 있습니다. 그런데 극본에서는 생뚱맞게도 최 씨와 장생이 부부가 되어 백년해로하고 정항은 어릿광대[83] 아내衙內[84]로 계단을 들이받고 죽는 것으로 묘사했으니, 이거야말로 터무니없이 사실을 왜곡한 경우가 아니겠습니까! (…) 극본들 중에서 가장 훌륭하다는 두 작품조차 이렇게 가소롭기 짝이 없는데 하물며 다른 극본들이야 어디 믿을 수가 있겠습니까?[85] 그래서 소생이 풍당세의 이야기를 하기에 앞서 정사正史

고 장원급제까지 하자 결국 경쟁에서 실패하고 스스로 목숨을 끊는다.

81) 장 선비[張生]: 《서상기》의 주인공 장군서張君瑞를 말한다.

82) 원미지元微之: 당대 시인 원진元稹(779~831)을 말한다. 하남 사람으로, '미지'는 자이다. 원화元和 원년(806) 과거에 일등으로 급제하여 좌습유左拾遺에 임명된 것을 시작으로 감찰어사監察御史·통주자사通州刺史·지제고知制誥·동중서문하사同中書門下事 등을 역임했다. 장생과 최앵앵의 사랑을 다룬 그의 전기 소설 《앵앵전》은 나중에 왕실보가 《서상기》를 짓는 데에 영감을 주었다.

83) 어릿광대[花臉]: '화렴花臉'은 중국 전통극의 배역들 중 하나로, 얼굴에 울긋불긋하게 분장을 하기 때문에 붙은 이름이다. 명대의 전기傳奇, 청대의 경극京劇에서 화렴은 크게 대화렴大花臉과 소화렴小花臉으로 구분되는데, 전자는 우락부락한 장수나 극악무도한 악인을 연기하고 후자는 우스갯소리나 우스꽝스러운 몸짓으로 관중의 웃음을 유도하는 역할을 맡곤 했다. 여기서 정항을 '어릿광대'에 빗댄 것은 전통극에서 그가 장군서와 최앵앵의 사랑을 방해하는 악인이자 희극적인 인물로 묘사되기 때문이다.

84) 아내衙內: 중국 고대의 호칭. 당대에는 경비 업무를 담당한 관리에 대한 호칭이었으나 나중에는 관료의 자제를 두루 일컫는 말로 전용되었다.

85) 【즉공관 미비】恐小說亦未必不然也。盡信書不如無書。소설도 마찬가지일 것 같은데? 책을 맹목적으로 믿는 것은 차라리 책이 없는 것보다 못하다고 했지.

에 입각해 그 부친의 이름을 확실히 밝히려고 합니다. 그래야 손님들께서 극본 속의 이야기만 믿고 두고두고 언짢아하는 일이 없게 되지요. 객쩍은 소리는 이제 그만하겠습니다.

다시 이야기를 계속하겠습니다. 풍경은 세 번이나 장원을 차지한 후 명성이 높은 제후국에서 벼슬을 지내면서 가는 곳마다 세상을 이롭게 하고 해악을 없애며 선정을 펼치고 불교를 보호하는 등, 그 업적이 이루 헤아릴 수도 없을 정도였습니다. 그래서 나중에는 조정으로 자리를 옮겨 승상을 지냈답니다. 그러던 어느 날이었습니다. 갑자기 몸이 편찮아서 조정에 휴가를 청해서 집에서 조용히 몸조리를 하게 되었지요. 그 당시 영종英宗[86] 황제는 그에 대한 총애가 각별해서 끊임없이 내관을 보내 문안 인사를 하게 했는데 그 행렬이 길에 끊이지 않을 정도였답니다. 게다가 어명을 한원翰苑[87]에 내려 이름난 의원을 몇 명이나 풍 승상 집에 보내 진맥을 하게 하고 정성껏 약을 써서 하루 속히 완쾌하기를 간절히 바랐지요. 약을 복용한 지 열흘쯤 되니 풍 승상의 병도 호전되기 시작했습니다만 많이 수척해진 탓에 지팡이를 짚어야 거동할 수 있었답니다. 병을 오래 앓다가 병세가

---

86) 영종英宗: 북송의 제5대 황제 조서趙曙(1032~1067)의 묘호. 복왕濮王 조윤양趙允讓의 열셋째 아들. 본명은 조종실趙宗實이었으나 후사가 없는 인종仁宗의 양자로 입적되면서 조서로 개명했다. 황제로 즉위한 뒤로는 한기韓琦 등을 발탁하여 거란契丹과의 전쟁을 막고 사마광司馬光에게 명령을 내려 《자치통감資治通鑑》을 편찬하게 했다.

87) 한원翰苑: 송대의 관청인 한림원翰林院의 별칭. 한림(원) 학사翰林學士는 황제의 어명을 담은 조서詔書를 기초하는 업무를 관장하면서 황제의 고문 역할을 하는 경우가 많았다. 그래서 송대의 재상은 한림 학사들 속에서 선발하는 일이 많았다.

도연명 《삼재도회》

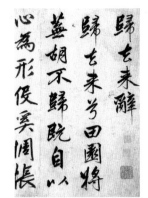
조맹부가 쓴 도연명 〈귀거래사〉

이제 막 호전되기 시작한 터라 기가 허해서 놀라는 일이 많았고 미인들을 바라볼 의욕도 없고 음악을 들을 마음도 들지 않았으며[88] 그저 가만히 앉아 정신을 보양하고 싶은 생각뿐이었지요. 그리하여 지팡이를 짚고 천천히 걸어서 뒤뜰로 들어가니 꽃과 나무가 무성한 곳에 초가가 하나 있는데 이름이 '용슬암容膝庵'이었습니다. 용슬암은 도연명陶淵明[89]의 〈귀거래사歸去來辭〉[90]에 나오는 구절에서 딴 이름입

---

88) 【즉공관 미비】便是宿性。바로 전생의 성격이군.
89) 도연명陶淵明: 동진東晉 말기의 전원시인 도잠陶潛(365~427)을 말한다. 심양군潯陽郡 자상현紫桑縣 사람으로, '연명'은 그의 자이다. 의희義熙 원년(405) 평택현平澤縣의 현령에 임명되었으나 벼슬에 뜻이 없어서 사직하고 낙향하여 전원에 은거했다. 평이하고 소박한 시를 즐겨 지어서 언어유희와 현학적인 시를 선호하던 당시의 문인들에게는 좋은 평가를 받지 못했다. 그러나 당대에 이르러 맹호연孟浩然·왕유王維 등의 시인들에게 영향을 주는 등, 후대에는 육조六朝 최고의 시인으로 재평가되었다. 작품으로 《오류선생전五柳先生傳》·《도화원기桃花源記》·《귀거래사歸去來辭》등이 있다.
90) 〈귀거래사歸去來辭〉: 도연명의 대표작. 평택현 현령 자리를 버리고 세속과의 결별을 다짐하면서 전원에 은거하는 자신의 감회를 읊은 시로, 굴원屈原

니다. 초가가 작아서 겨우 두 무릎만 들여놓
을 수 있다는 뜻이지요. 풍 승상은 이곳에 오
자 마음이 흐뭇해져서 그길로 시중을 들던
첩들을 모두 물리고 직접 용연향龍涎香91)을
가져다 박산로博山爐92)에서 좀 사른 다음 무
릎을 포개고 눈을 감은 채 참선용 침상에 놓
인 방석에 앉았습니다.

명대의 박산향로. 《삼재도회》

　조용히 앉은 채 시간이 좀 지나자 정신이
맑아지고 기분이 좋아지고 몸도 편안해지는
느낌이 들었습니다. 그래서 천천히 눈을 떴더니 웬 푸른 옷을 입은
동자가 맑고도 기이한 용모와 시원시원한 자태로 참선 침상 오른편에
두 손을 모으고 서 있지 뭡니까.

　"시녀와 하인은 다 물러갔는데 … 너는 누구이길래 혼자 여기에
있는가?"

　풍 재상이 묻자 그 동자가 대답하는 것이었습니다.

　(BC340?~BC278)이 지은 초사楚辭의 형식을 모방하여 총 네 장章으로 지어
　졌다. '귀거래'에서 '래'는 '오다come'가 아니라 '~하자let's'라는 뜻으로 해석
　되어서, 글자대로 풀면 '돌아가자'로 번역된다. 이 이야기에 언급된 "용슬
　암"은 〈귀거래사〉의 "무릎만 들일 수 있을 정도로 작은 집이건만 금세 아늑
　하게 느껴지니審容膝之易安"에서 유래한 이름이다.

91)　용연향龍涎香: 중국 고대의 향료. 향유고래의 병든 위에서 분비된 진액을
　　다른 향료들과 버무려 만든 향으로, 오래 지나도 그 향기가 강렬하여 진귀
　　한 향료로 인기를 모았다.

92)　박산로博山爐: 중국 고대의 향로. 한대에 유행한 것으로, 향로 뚜껑 부분이
　　산 모양으로 주조되고 온갖 화초와 짐승들로 장식되곤 했다.

"승상께서 오랫동안 병을 앓으시다가 이제 막 회복하시어 심신이 편안해지셨으니 혹시 나들이라도 하시면 쉰네가 모실까 해서 자리를 지키고 있습니다."

아닌 게 아니라 풍 공은 오랫동안 몸져누웠다가 병이 쾌유되자 내심 느긋하게 나들이라도 하고 싶던 참이었지요. 그러던 차에 동자가 하는 말을 들으니 몹시 반갑지 뭡니까. 내친 김에 침상을 나서는데 체력이 가뿐하게 느껴지는 것이 평소 멀쩡하던 때와 다를 바가 없었습니다. 초가 밖으로 걸어 나오자 동자가 고하는 것이었습니다.

"길이 평탄하지 않아서 상공께서 힘드실 테니 양이 끄는 수레를 타고 뜰을 천천히 거닐도록 하시지요."

풍 승상은 동자가 이리도 총명하고 싹싹한 것이 기특했던지 웃으면서 말했습니다.

"그렇게 하자꾸나, 그렇게 해!"

이렇게 말하는 사이에 동자가 양이 끄는 수레를 한 대 이끌고 풍 승상 앞까지 오는 것이었지요. 그 수레를 볼작시면

얼룩대로 만든 발을 드리우고,	簾垂斑竹,
향긋한 단목으로 만든 바퀴를 달고,	輪斲香檀。
동심결 매듭진 띠에는 교초[93]로 장식하고,	同心結帶繫鮫綃,
모서리와 난간은 좋은 옥을 아로새겼네.	盤角曲欄雕美玉。

---

93) 교초鮫綃: 중국 전설 속의 인어인 교인鮫人이 생사로 짰다고 전해지는 비단.

깔개로는 비단 요를 깔고,   坐褥鋪錦褥,
지붕에는 푸른 양탄자를 덮었구나.   盖定覆靑氈。

풍 승상이 수레의 출처도 묻지 않고 흔쾌히 올라타자 동자가 채찍을 휘두르며 앞에서 수레를 모는데 속도가 무척 빨라서 그 기세가 회오리바람과도 같지 뭡니까. 풍 승상은 놀랍고도 이상해서 물었습니다.

"양이 끄는 수레일 뿐인데 어째서 이렇게 빠른 것일까?"

고개를 숙이고 앞을 보니 수레를 끄는 건 도무지 양 같지 않았고 그렇다고 소나 말 따위도 아니었습니다. 가로대에 몸을 의지한 채 다시 자세히 살폈더니 등과 꼬리가 구분이 되지 않고 머리와 꼬리, 다리의 털이 다섯 색깔을 띠었는데 그 빛은 눈이 부실 정도였지요. 그것이 달려 수레를 끄는데 전혀 흔들림이 없어서 마치 반석 위에 앉아 있는 것 같았습니다. 풍 승상이 깜짝 놀라 동자에게 물어보려는 찰나, 수레는 벌써 도성의 북문을 나와 조금씩 푸른 하늘을 향해 달리는데 스쳐 지나가는 것이 모두 푸른 구름 너머가 아닙니까! 아래를 내려다보니 속세가 보이는데 바로 밑에 펼쳐져 있었습니다. 허공에서 여러 개의 성을 지나 한 끼 식사를 끝낼 정도의 시간이 지나고 나서야 가까스로 수레가 땅에 닿아 멈추더니 동자가 앞으로 나와 고하는 것이었습니다.

"이곳은 풍광이 무척 아름다우니 내려서 구경하시지요."

풍 승상이 수레를 내리자 동자는 행방이 묘연해졌고 양 수레도 보이지 않는데 고개를 들어 사방을 둘러보니 첩첩산중에 와 있지 뭡니까!94) 그 장관을 볼작시면

산천은 빼어나고 아름다우며,	山川秀麗,
드넓게 펼쳐진 수풀은 맑고 고운데,	林麓淸佳。
온갖 골짜기를 드나들고,	出没萬壑,
안개와 노을 위아래로 펼쳐지네.	烟霞高下。
천 개나 되는 봉우리의 꽃나무는,	千峯花木,
조용하면서도 운치가 있구나.	静中有韻。
시냇물은 돌 틈새로 졸졸 흘러서,	細流石眼水涓涓,
무심하게 서로 뒤를 좇고,	相逐無心,
한가하게 봉우리 끝에 나온 구름은 띄엄띄엄.	閒出嶺頭雲片片。
계곡물 깊은 곳에는 푸른 풀 무성하고,	溪深綠草茸茸茂,
오래된 바위에 푸른 이끼 군데군데 얼룩졌네.	石老蒼苔點點斑。

풍 승상은 시끌벅적한 저잣거리에 살다 보니 줄곧 세속의 일로 부대끼기 일쑤였지요. 그러다가 잠깐이나마 산수의 풍광을 즐기노라니 마음속이 다 깨끗해지는 것 같았습니다. 더욱이 무더위 속에 길을 가다가 백 개나 되는 맑은 샘을 만난 것처럼[95], 오랫동안 앓던 병이 하루아침에 다 사라져버린 것 같았지요. 풍 승상은 내심 즐거워져서 저도 모르게 배를 쓰다듬으면서

"삿갓 쓰고 도롱이 걸친 채 호미 들고 송아지나 몰면서 밭 몇 마지기 일구면서 이곳에서 노후를 보냈으면 좋겠구나! (…) 가을 되어 곡식이 익으면 작물을 거둬들여 탈곡하고 누런 닭을 바로 삶고 소주 새로 걸러서 이웃 노인네들이나 초대해서 함께 마셔야지. 질그릇이며 자기

---

94) 【즉공관 미비】 樂哉。 얼마나 좋겠나.
95) 【즉공관 미비】 可憐, 可警。 딱하구나, 경계로 삼을 수 있겠구나!

항아리로 날씨가 갤지 비가 내릴지 따져보기도 하면서 말이야.[96] (…) 이런 즐거움이 하찮은 거라지만 내가 보기에는 서리 같은 옥새나 두 레박같이 큰 황금 관인조차 비할 바가 못 되겠구나! 폐하의 성은을 아직 갚지 못해 함부로 낙향할 수 없음이 안타까울 따름이다마는 훗 날 기필코 이 소원을 이루고야 말겠다!"

하면서 한숨을 내쉬는 것이었습니다.

풍 승상이 걸음을 옮기며 풍광을 감상할 때였습니다. 갑자기 청아 한 편경 소리가 숲 속에서 울리는 것 아닙니까. 풍 승상이 고개를 들 어 올려다보니 소나무 그늘 대나무 그림자 듬성한 사이로 산림 속에 날렵한 처마에 푸른 기와를 얹은 건물이 자리 잡은 모습이 어렴풋이 보이는 것이었습니다. 풍 승상은

'방금 전의 편경 소리는 분명히 여기서 울린 것이렷다? (…) 어떤 도인이 이곳에 은거하고 있는 것 같은데, 어디 한번 만나볼까나?'

하더니 그길로 구름을 뚫고 돌을 디디며 험한 곳을 지나고 위태로 운 곳을 오르면서 길을 따라 나아갔습니다. 그가 지나는 곳은 흐르는 물과 솔바람 소리만 들리는데 그 소리는 발걸음을 뗄 때마다 요란했 지요. 차츰 숲과 산록이 둘로 나뉘고 봉우리들이 사방에서 달려들었 습니다. 풍 승상이 어떤 곳에 이르니 개울이 깊고 물이 넘치며 바람은 부드럽고 구름은 한가로운데 맑은 강물 사이로 수많은 집들이 빼곡히 들어차 있는데 그 모습을 볼작시면

---

96) 【즉공관 미비】美境佳話。아름다운 경지에 아름다운 말이로고.

높디 높은 궁전에서는,　　　　　　　　　　　巍巍宮殿,

규룡97) 같은 소나무가 푸른 기와 붉은 대문 압도하고, 虯松鎭碧瓦朱扉。

고즈넉한 회랑에서는,　　　　　　　　　　　寂寂廻廊,

봉황 깃든 대나무가 화려한 난간 옥 계단 비추네! 鳳竹映雕欄玉砌。

　영롱하게 빛나는 누각은 구름 속에 덮여 있는데 그 공교로운 솜씨
는 인간세상의 것이 아니었습니다. 바위 가장자리 동굴 입구에는 백
옥으로 만든 현판이 걸렸는데 거기에 금칠로 '금광제일동金光第一洞'
이라고 글씨가 적혀 있었지요. 풍 승상은 동굴 문을 보고 이곳이 인간
세상이 아님을 깨닫자 경계심이 생겨 동굴 안으로 들어갈 엄두가 나
지 않았습니다. 그런 와중에 먼 길을 걷느라 몸이 노곤해진 것 같아서
잠시 문턱 돌 위에 앉아 쉬기로 했지요. 그런데 앉기도 전에 별안간
동굴 안에서 굉음이 쩌렁쩌렁 울리는데 마치 하늘이 무너지고 땅이
꺼지는 듯, 석산이 흔들리고 토산이 주저앉는 것 같지 뭡니까. 굉음이
멈추자 이번에는 바람이 미친 듯이 불어 소나무 대나무가 쓰러지고
기와 조각들이 날리면서 거친 기운이 밀려들다가 순식간에 잦아드는
것이었습니다. 풍 승상이 깜짝 놀라 황급히 고개를 돌렸더니 웬 큰
짐승이 동굴 문밖으로 뛰어나오는 것이 아닙니까! 그 짐승이 어떤
모습이었냐고요? 그 모습을 볼작시면

눈빛은 번뜩이고,　　　　　　　　　　　目光閃爍,

털색은 얼룩덜룩한데,　　　　　　　　　毛色斑斕。

꼬리로 쓸자 바위 골짜기에 바람이 일고, 剪尾巖谷風生,

---

97) 규룡虯龍: 중국의 상상 속 동물인 용의 일종. 뿔이 난 것을 '교蛟', 뿔이 없는
　　것을 '리螭라고 불렀다고 한다.

걸음 옮기니 교외 꽃밭에 풀조차 드러눕네.　　　　　移步郊園艸偃。

산 앞에서 울부짖으니,　　　　　　　　　　　　　山前一吼,

온갖 짐승이 다 모습을 감추누나.　　　　　　　　　攝將百獸潛形。

숲 아래를 홀로 어슬렁거리니,　　　　　　　　　　林下獨行,

그 기세에 무리들의 털조차 부들거리네.　　　　　　威使群毛震悚。

온 입의 날카로운 이는 칼·창을 늘어놓은 듯,　　　滿口利牙排劍戟,

네 발의 강한 발톱은 날카로운 가시 같구나.　　　四蹄剛爪利鋒鋩。

　그 짐승이 날듯이 달려오는데 바로 풍
승상이 앉은 자리까지 들이닥칠 기세였습
니다. 풍 승상은 황급히 몸을 피했지만 별
다른 수가 없었지요.[98] 그런데 갑자기 석
장錫杖 소리가 울리자 맹수는 누군가에게
쫓겨나듯 정자 밑에 들어가 벌을 기다리
기라도 하는 것처럼 몸을 웅크리고 눈을
감았습니다. 놀란 마음이 안정되기도 전

석장을 든 지장보살

에 풍 승상은 한 승려가 동굴에서 걸어 나오는 것을 보았습니다. 그
승려가 어떤 모습이었는지 아십니까?

수려한 눈썹은 흰 눈을 드리운 듯,　　　　　　　脩眉垂雪,

파란 눈은 가로지르는 물결 같구나.　　　　　　碧眼橫波。

옷으로는 타오르는 불을 묘사한,　　　　　　　衣披烈火,

일곱 폭의 교초를 걸치고,　　　　　　　　　　七幅鮫綃,

---

98) 【즉공관 미비】須此一驚, 不然只是佳處, 便少起伏。 이런 놀라움이 있어야지. 그
렇지 않고 아름답기만 하다면 기복이 적은 셈이니.

지팡이로는 마귀를 항복시키는,   杖拄降魔,

고리 아홉 달린 황금 석장을 들었구나.   九環金錫。

만일 열반한 빛 속의 손님이 아니라면,   若非圓寂光中客,

분명 능가산[99] 꼭대기 사는 그분이시리라.   定是楞伽峯頂人。

승려는 동굴 입구로 걸어와 금석을 가로로 쥐고 고개를 숙인 채 풍 승상에게 인사를 하더니 말했습니다.

"어린 짐승이 무지하여 승상을 놀라게 했습니다."

그러자 풍 승상 역시 답례를 하고 말했지요.

"스님께서는 어디서 오셨습니까? 죽어가는 절 구해주십시오."

"빈도는 이곳 금광동의 존자입니다. 승상께서는 별고 없으셨습니까? 변변치 않은 차를 준비했으니 방장[100]으로 가서 말씀 나누시지요."

---

99) 능가산楞伽山: 불교 경전에 등장하는 산의 이름. '능가楞伽'는 스리랑카 섬의 산봉우리를 가리키는 산스크리트어 '랑카Lanka'를 발음대로 한자로 옮긴 이름으로, 때로는 능가산稜迦山 또는 가산迦山으로 적기도 한다. 불교 전설에 따르면, 석가모니가 이곳에서 불법을 설파했다고 한다. "능가산 꼭대기 사는 그 분"은 그 앞의 "열반한 빛 속의 손님"과 마찬가지로 석가모니를 뜻한다.

100) 방장方丈: 불교 용어. "사람의 마음은 한 마디이며 하늘의 마음은 한 길人心方寸, 天心方丈"이라 하여, 시방총림十方叢林의 최고 영도자를 일컫는 말로, 때로는 '주지住持'로 불렸다. 나중에는 여기에서처럼 선종 사찰의 장로 또는 주지가 기거하는 공간을 일컫는 말로 사용되기도 했다.

금광동 주인이 옛 행적을 들려주다.

풍 승상은 그가 '별고 없었느냐'고 묻는 말에 고개를 들어 승려를 찬찬히 살펴보았습니다. 그 승려는 과연 예전에 안면이 있었던 것처럼 보였으나 너무 갑작스러운 탓에 생각이 나지 않았습니다. 그리하여 풍 승상은 그를 따라 안으로 들어갔지요.

승려는 방장에 들어서자 차를 내놓았습니다. 풍 승상이 자세히 물어보려고 하는데 금광동의 존자가 몸을 일으키더니 그에게

"제 동굴은 황량하여 둘러볼 곳이 없습니다. 경치를 감상하고 두루 둘러보고 싶다면 다른 동굴로 가시지요."

하고 권했습니다. 그리하여 둘은 차례로 동굴에서 나왔습니다. 동굴 밖은 맑고 아름다운 경치에 바람과 햇살이 따사로운 게 인간세상의 산수와는 전혀 딴판이었지요.

얼마 후 한 곳에 도착했는데, 폭포가 천 길 높이에 맑은 개울물이 흐르고 하얀 바위가 다리가 되고 얼룩 대나무가 길가에 늘어서 있었습니다. 꼭대기 아래 동굴 입구에는 유리로 만든 문패가 있고, 문패에는 금으로 '옥허 존자의 동굴'이라고 쓰여 있었습니다. 풍 승상이 금광동 존자에게 말했습니다.

"동굴 안 경치가 평범하지 않을 듯합니다. 한번 볼 수 있다면 정말 좋겠습니다."

그러자 금광동 존자가 말했지요.

"풍 승상을 먼 곳에서 모셔온 것은 바로 이곳을 보여드리기 위함입니다."

둘은 문을 열고 동굴로 들어갔습니다. 풍 승상은 동굴의 경치가 볼 만할 것이라 생각했습니다. 그런데 안으로 들어서니 먼지만 가득하고 인가는 적막하니 아무도 없는 것 같았습니다. 그저

금 향로에는 재조차 끊어졌고,	金爐斷燼,
옥 편경에서는 소리조차 없는데,	玉磬無聲,
붉은 초에서는 빛이 사라지고,	絳燭光消,
신선의 학당은 낮에도 잠겨 있구나.	仙扃晝掩。
거미줄이 빈 방에 온통 쳐지고,	蛛網遍生虛室,
화려한 갈고리 겹겹의 발을 낮게 누르고 있네.	寶鈎低壓重簾。
벽 사이의 무늬 장막은 헛되이 드리워지고,	壁間紋幕空垂,
선반 위 금칠 된 경전은 좀이 먹었구나.	架上金經生蠹。
한가한 뜰은 고요하기만 한데,	閒庭悄悄,
무성한 솜과 파란 풀은 계단까지 자라 있고,	芊綿碧草侵階,
그윽한 우리는 침침하기만 한데,	幽檻沉沉,
제멋대로 자란 푸른 이끼는 계단에 자라 있고,	散漫綠苔生砌。
솔 그늘은 뜰에 가득한데 학만 마주하고 있고,	松陰滿院鶴相對,
산 풍광은 허공 마주하고 있건만 사람은 아직 돌아오지 않았네.[101]	
	山色當空人未歸。

풍 승상은 머뭇거리다가 조금씩 뒤뜰로 걸어갔습니다. 그러다가 그는 문득 동자 하나가 책상 앞에 앉아서 불경을 읽고 있는 것을 발견했지요. 풍 승상이 동자에게 물었습니다.

---

101)【즉공관 미비】好作山間對子。산간의 대련으로 딱 좋구나.

"어찌하여 이 동굴에만 스님이 안 계시느냐?"

동자가 그의 말을 듣더니 경전을 덮고 대나무 침상에서 나와 손을 모으고 읍하며 대답하는 것이었습니다.

"옥허 존자께서는 인간세상을 유람하러 가셨습니다. 지금까지 오십육 년 되었으니 삼십 년 뒤에나 동굴로 돌아오실 겁니다. 옥허 존자께서 돌아오지 않았으니 영접하는 사람이 없었지요."

이에 금광동 존자가

"물어보실 필요 없습니다. 조금 더 지나면 자연히 아시게 될 겁니다. 이 동굴에 조용한 누대가 있는데 봉우리들 위에 솟아 있어서 만리 아래를 굽어볼 수 있습니다. 누대에 올라 천천히 쉬었다 돌아가시지요."

하고 권하길래 누대로 올라갔답니다. 누대는 푸른 기와로 덮여 있고 황금 괴수가 문을 지키고 있었습니다. 처마는 기이한 보물로 꾸며지고 거대한 옥으로 만든 규룡이 대들보를 휘감고 있었지요. 선반에는 코뿔소 뿔로 만든 도가의 두루마리들이 쌓여 있었습니다. 풍 승상이 책을 집어 보려는데[102] 금광동 존자가 누대 밖 구름 낀 산을 가리키며

"이곳은 아주 볼만합니다. 난간으로 가서 둘러보시지 않겠습니까?"

하고 권하는 것이 아닙니까. 풍 승상은 두루마리를 놔두고 난간에

---

102) 【즉공관 측비】 夙習。 옛날의 습관이렷다?

기대 경치를 바라보았습니다. 멀리 있는 곳을 바라보니

파르란 연기 어둑하게 비치고,	翠烟晻映,
붉은 안개는 자욱도 하구나.	絳霧氤氲。
멋진 나무는 가지를 맞대고 있고,	美木交枝,
맑은 그늘에는 그림자 이어져 있네.	清陰接影。
옥 누각 파란 기와는 영롱하게 빛나고,	瓊樓碧瓦玲瓏,
옥 나무 푸른 가지는 한들한들 흔들리네.	玉樹翠柯遙曳。
빛나는 물결은 강기슭을 두드리고,	波光拍岸,
은빛 파도는 하늘까지 비추는데,	銀濤映天。
파란 색은 사람을 압도하고,	翠色逼人,
차가운 빛은 눈을 찌르는구나.	冷光射目。

이때는 햇살이 비추고 있어서 온 사방이 유리 같았지요. 풍 승상은 한참을 자세히 쳐다보다가 금광동 존자에게 물었습니다.

"여기가 어디입니까? 이렇게 아름다울 수가 있나요!"

그러자 금광동 존자는 놀라서 대답했지요.

"여기가 바로 쌍마하지입니다. 이곳 산수를 감상하신 적이 있는데 어찌 기억을 못 하십니까?"

풍 승상은 그의 말에 고개를 숙이고 곰곰이 회상했습니다. 어린 시절부터 이때까지 일일이 떠올려보았지만 이곳에 온 기억은 없었지요. 그러나 이곳을 어렴풋이 알아볼 수 있었습니다. 그는 어찌된 영문인지 몰라 금광동 존자에게 말했습니다.

"제 마음은 속세의 일로 지쳐서 장년에 있었던 옛일은 전부 기억이 나지 않습니다. 이곳에 언제 왔었는지 모르겠고 어렴풋이 꿈 같습니다. 이런 경치를 잊을 만큼 피곤하게 살았다니 슬프군요!"[103]

그러자 금광동 존자가 말하는 것이었습니다.

"승상께서는 유학자이니 큰 도에 통달하셨을 텐데 어찌하여 과하게 슬퍼하신단 말입니까? (…) 사람은 살면서 이 우주에 몸을 의탁하고, 그 속에서 번영하고 시들고 슬퍼하고 기뻐하는가 하면 얻었다 잃었다 모였다 흩어졌다 하면서 저때 죽고 이때 살아서 모습을 이루고 허물을 바꾸건만 그것이 모두 한바탕 꿈과도 같습니다. 지금은 꿈속에 있으니 애초부터 물을 필요조차 없고, 설사 깨고 난 뒤라고 한들 또 슬퍼할 필요가 어디 있겠습니까? 《금강경金剛經》[104]에서도 '현상

돈황본 〈금강경〉. 당나라 의봉 원년

---

103) 【즉공관 미비】 夙根人轉頭甚快。 전생의 업보를 가진 사람이 개심은 무척 빠르구먼.

계의 모든 법이 꿈·환상·물거품·그림자와 같으며, 또한 이슬과 같고 번개와도 같으니, 마땅히 그렇게 볼지니라.一切有爲法, 如夢幻泡影, 如露亦如電, 應作如是觀'하지 않았습니까? 예로부터 모두가 덧없는 인생을 꿈에 비유해 왔지요. (…) 승상께서 꿈에서 깨어날 수 있다면 뉘우치기만 하면 되는 것입니다. 그런데 슬퍼하실 필요가 어디 있겠습니까? 제 말씀은 모두 올바른 이치이오니, 승상께서는 이 노승의 말을 가볍게 여기지 말아주십시오."

풍 승상은 그의 말에 매우 탄복했습니다. 그가 자리에 앉아 대답을 하려는데 갑자기 처마 위의 햇빛이 잦아들며 어둠이 내려앉았습니다. 풍 승상은 작별인사를 하고 돌아가려 마음먹고 금광동 존자에게 인사를 건넸지요.

"스님의 안내를 받아 구경 잘 하고 돌아갑니다. 이번에 작별하면 언제 다시 만나게 될지 모르겠군요."

그러자 금광동 존자가 말하는 것이었습니다.

---

104) 《금강경金剛經》: 대승불교 경전의 하나인 《금강반야바라밀경金剛般若波羅蜜經》의 약칭. 여기서 '금강'은 다이아몬드를 뜻하고 '반야'는 지혜를 뜻하며 '바라밀'은 피안에 이르는 것 즉 해탈解脫을 뜻한다. 즉, '금강바라밀경'은 '다이아몬드처럼 굳고 날카로운 지혜로 모든 난관을 극복하는 가르침을 담은 경전'이라는 뜻인 셈이다. 불교의 비조인 석가모니釋迦牟尼와 그의 제자 수보리須菩提 존자가 문답을 주고받는 형식으로 되어 있다. 한역본은 모두 여섯 가지가 있는데, 구마라습鳩摩羅什이 번역한 것이 가장 널리 알려져 있다. 선불교에서는 육조六祖 혜능慧能(638~713)이 이 경문을 듣고 깨달음을 얻었다 하여 대단히 중요하게 여긴다.

"그게 무슨 말씀입니까? 머지않아 승상은 이 노승과 벗이 되어 함께 숲에서 지낼 것입니다. 앞날이 아직 긴데 어째서 다시 뵐 날이 없겠습니까?"

"큰 병이 완치되어 매일 입조하여 폐하를 뵈어야 합니다. 공무에 매여 한가할 틈이 없는데 어떻게 숲에서 스님과 함께 즐길 수 있단 말입니까?"105)

풍 승상이 이렇게 말하자 금광동 존자가 대답했습니다.

"인간세상의 시간은 빠르게 흐르니 삼십 년은 순식간입니다. 이 노승이 여기에서 기다리면 승상께서는 금세 돌아와서 이 동굴에서 지내시게 될 것입니다."

"재주가 없으나 그래도 저는 일품 관료입니다. 언젠가 폐하의 성은을 입어 낙향하여 나라의 녹봉을 받지 못한다면 농사를 지으며 삶을 마칠 것입니다. 게다가 지금부터 삼십 년 뒤에 저는 이미 백발이 성성한 노인이 될 텐데, 어떻게 머리를 깎고 가사를 걸친 채 이 마을에서 불문의 제자가 될 수 있겠습니까?"106)

그러자 금광동 존자는 웃기만 할 뿐 대답을 하지 않았지요.

"스님께서 웃으시니 … 제 대답이 잘못되었습니까?"

---

105) 【즉공관 미비】還在夢中不醒。아직 꿈에서 깨지 않았군.
106) 【즉공관 미비】只管說夢話。꿈 같은 이야기만 하는군.

풍 승상이 이렇게 묻자 금광동 존자가 대답했습니다.

"승상께서는 오랫동안 혼탁한 인간세상에 머무느라 전생의 몸을 알아보지 못하는군요. 몸 밖에 다른 몸이 있다는 것을 모르신단 말씀입니까?"107)

"설마 인간의 육체 외에 또 다른 몸이 있습니까?"

"인간의 육체 외에 원래 전생의 몸이 있지요. 오늘 이곳에 온 것은 승상의 육체이기도 하며 전생의 몸이기도 합니다. (…) 몸 밖에 또 다른 몸이 없다면 승상께서 예전에 어떻게 이곳을 떠날 수 있었겠습니까? 또 오늘은 어떻게 이곳에 올 수 있었겠습니까?"108)

그래서 풍 승상이 물었지요.

"스님께서는 제가 제 몸 밖의 몸을 보게 해주실 방법이 있습니까?"

"그걸 보는 게 뭐 어렵겠습니까?"

그는 손가락으로 벽에 동그라미를 그리고 힘껏 입김을 불어넣더니 풍 승상에게 말했습니다.

"이 세계를 들여다보시지요!"

풍 승상이 벽으로 다가가니 동그라미 안이 환하게 반짝거리는 게

---

107) 【즉공관 측비】 禪理。선가의 이치로고.
108) 【즉공관 미비】 着實提醒。착실하게 일깨우는군.

거울이 걸려 있지 뭡니까. 그래서 정신을 집중하여 거울을 살펴보니 그 안에는

바람 드는 서재며 물가의 정자,	風軒水榭,
달 뜬 둑과 꽃 핀 밭두둑,	月塢花畦。
작은 다리 건너면 구불구불 물과 가로누운 못,	小橋跨曲水橫塘,
휘영청 버드나무가 감싼 푸른 창 붉은 문	垂柳籠綠窓朱戶。

이 보이는 것이었습니다. 저수지와 정자도 두루 훑어보니 모두가 예전에 본 적이 있는 것 같았습니다. 그러나 벽에 비치는 것이 어느 곳의 풍경인지는 알 수 없었지요. 풍 승상은 속임수라는 의심이 들어 곧바로 정색하고 금광동 존자를 꾸짖었습니다.

"부처님께서는 정당한 방법으로 중생을 제도하십니다. 그런데 스님께서는 어찌 환술을 부려 눈과 귀를 미혹하십니까?"

그러자 금광동 존자가 껄껄 웃으며 일어나 손으로 풍경의 동남쪽을 가리켰지요.

"이런 경치가 어떻게 환상일 수 있겠습니까? 자세히 살펴보시면 진짜인지 가짜인지 분명해질 겁니다."

풍 승상은 앞으로 다가가서 다시 한 번 집중해서 바라보았습니다. 그러나 풍경 속에는 회벽과 오솔길, 굽이지고 조각된 울타리만 보일 뿐이었지요. 그리고 숲이 우거진 곳에 초가집이 한 채 있었습니다.

옥허동 존자가 자신의 전생을 깨닫다.

대나무창 반쯤 열려 있고,	半開竹牖,
성긴 발은 낮게 늘어졌는데,	低下疎簾。
한가한 계단에는 중천에 뜬 해 그림자 드리워지고,	閒階日影三竿,
고색도 창연한 솥에선 향긋한 연기 피어오르네.	古鼎香烟一縷。

초가집에는 웬 사람이 가부좌를 틀고 두 눈을 꼭 감은 채 방석에 기대어 참선 침상에 앉아 있는 것이었습니다. 풍 승상이 그것들을 보며 머뭇거릴 때였지요. 금광동 존자가 풍 승상의 등을 치더니

"용슬암에서 승상은 어떤 사람입니까?"[109]

하고 일갈하는 것이었습니다.

오십육 년 전에,	五十六年之前,
각자 한 동굴씩 가지고 있었네.	各占一所洞天。
용슬암에서는 놓치지 말라,	容膝菴中莫誤,
옥허동에서부터 이어지는 인연을!	玉虛洞裡相延。

이어서 그가 풍 승상의 귓가에 대고

"헛!"

하고 외치자 풍 승상은 곧바로 깨달았습니다. 옥허 동굴을 유람한

---

109) 【즉공관 미비】棒喝機鋒。봉갈의 예리한 말.
봉갈棒喝은 선불교에서 질문에 대답하지 못하는 수행자를 쳐서 깨우침으로 이끄는 암시나 경고를 말한다.

사람은 자신의 전생이며, 용슬암에 앉아 있는 것은 자신의 육체라는 것을 말입니다! 그는 자신도 모르게 소리를 질렀습니다.

"몸 밖에 몸이 있다는 것을 몰랐는데 오늘에서야 꿈속에 꿈이 있다는 것을 깨달았습니다!"

이리하여 천상보리를 깨달은 그는 기뻐서 어쩔 줄을 모르는 것이었지요.

풍 승상이 마음의 근원110)을 묻고 깨달음을 확인하고자 고개를 돌리니 금광동 존자는 이미 모습을 감춘 뒤였습니다. 보이는 것이라고는 온통 승방이며 가람들뿐이었지요.

구름이 대웅전을 감추고 있는 듯,	如雲藏寶殿,
안개가 회랑을 가리고 있는 듯,	似霧隱廻廊。
귀기울여도 종·편경 맑은 소리 들리지 않고,	審聽不聞鐘磬之淸音,
우러러봐도 봉우리 험한 산세 사라지고 없네.	仰視已失峯岩之險勢。
옥허동부는,	玉虛洞府,
생각하니 바다 위 영주111)에 있을 테고,	想却在海上瀛州,
적막한 누대는,	空寂樓臺,
아마 극락정토로 되돌아갔나 보다.	料復歸極樂國土。
승요112)의 그림 다 보았나 싶더니,	只疑看罷僧繇画,

---

110) 마음의 근원[心源]: 불교 용어. 불교에서는 마음을 만법萬法의 근원으로 여겨서 '심원心源'으로 부르곤 한다. 심성心性과 같은 말이다.

111) 영주瀛洲: 중국의 도교 전설에서 신선이 산다는 바다 위의 산.

112) 승요僧繇: 남조南朝 양梁나라의 정치가이자 화가인 장승요張僧繇(6세기)를 말한다. 오군吳郡(지금의 강소성 소주) 땅 사람으로, 양나라 무제武帝

열두 폭 그림을 모두 말아버리누나!　　　　捲起丹青十二圖。

순식간에 전각들과 마을·개울·산
이 모두 사라져 버리고 홀로 남은 자신
의 몸만 뒤뜰 용슬암의 참선 침상에 단
정히 앉아 있는 것이었습니다. 차는 아
직도 그윽하고 가을바람도 아직 귓가
를 스쳤습니다. 향로 안의 향도 가늘게
피어오르고 좌석 앞의 꽃 그림자 역시
그대로였지요. 입정한 지 한나절 만에
풍 승상의 몸은 만 리 밖을 두루 돌아
다녔습니다. 자신이 본 경치와 했던 말
이 또렷이 기억나는 걸 보니 꿈이 아닌

장승요의 〈이십팔성수진형도〉(모사본)

듯했습니다. 그는 그제야 참선을 하다가 자신의 전생의 모습을 보았
다는 것을 깨달았습니다. 게다가 나이를 따져보니 꼭 쉰여섯 살로,
동자가 이야기했던 인간세상을 즐기러 간 존자의 나이와 들어맞는
것이 아닙니까! 자신이 원래 금광동 존자의 벗인 옥허 존자의 환생임
이 분명하다는 뜻이었지요.

이로부터 풍 승상은 손님과 담소를 나눌 때마다 자신을 '노승'이라

천감天監 연간에 우군장군右軍將軍·오흥태수吳興太守를 역임했다. 운룡
雲龍·인물·초상을 잘 그렸으며, 사찰의 벽화를 많이 그렸다. '화룡점정'
전설의 주인공으로, "용을 그리고 눈동자를 찍자마자 그 그림 속의 용이
벽을 부수고 하늘로 날아갔다畵龍點睛, 破壁飛去"고 한다. 대표작으로 〈이
십팔성수진형도二十八星宿眞形圖〉 등이 있다.

일컬었습니다. 그리고 그로부터 삼십 년 뒤의 어느 날 그는 병 없이 세상을 떠났습니다. 원래대로 옥허동으로 돌아갔지요. 이와 관련된 시가 있습니다.

옥허동 안이 본래 전생이었으니,　　　　　玉虛洞裡本前身,
꿈 한번 꾸고 돌아보니 팔십 년이 지났구나.　一夢回頭八十春。
고금의 훌륭한 이들을 따져보건대,　　　　要識古今賢達者,
환생한 사람 아닌 이 그 누구이던가?　　　阿誰不是再來人。

제29권

규방을 드나들며 등불 아래에서 사랑을 다지고
감옥이 떠들썩하게 방울 울리며 낭보를 알리다
通閨闥堅心燈火 鬧囹圄捷報旗鈴

卷之二十九
通閨闥堅心燈火 鬧囹圄捷報旗鈴 해제

　　이 작품은 세속적 명리를 초월해 순수한 사랑을 꽃피운 청춘남녀에
관한 이야기이다. 이야기꾼은 이방 등의 《태평광기太平廣記》에 소개된
당대 거인擧人 조종趙琮의 이야기를 앞 이야기로 들려주고, 이어서 풍
몽룡馮夢龍의 《정사情史》에 소개된 장유겸張幼謙의 이야기를 몸 이야기
로 들려준다.
　　송대에 절동浙東의 한 고을에서 가깝게 지내던 수재 장충부張忠父와
평민 출신으로 자수성가해 부자가 된 나인경羅仁卿은 같은 날 동시에
각각 아들 유겸幼謙과 딸 석석惜惜을 얻는다. 유겸과 석석은 충부가 연
서당에서 대여섯 해 함께 글공부를 하더니 열네 살이 되자 부부처럼
가까운 사이가 된다. 인경은 딸이 열다섯 살이 되자마자 서당 공부를
중단시키고 바깥출입을 삼가게 하고, 서당을 그만둔 석석을 그리워하다
가 우연히 그 몸종 비영蜚英을 만난 유겸은 가사를 지어 석석에게 전해
달라고 부탁한다. 얼마 후 부친이 새해에 월주越州 태수太守의 초빙을
받는 바람에 월주로 따라갔던 유겸이 이 년 만에 귀향하자 석석은 비영
을 시켜 엽전과 팥을 보낸다. 그러던 어느 날, 아들이 재회와 사랑을
상징하는 엽전과 팥을 애지중지하는 것을 본 장 씨네 마님은 나 씨네에
혼담을 넣지만 장 씨네 형편을 아는 인경은 '과거에 급제하면 딸을 주겠
다'고 잘라 말한다. 그러고는 다음해에 서울로 초빙된 장충부가 아들과
같이 상경하자 '장 씨 댁에서는 혼담만 오고 예물은 오지 않았다'는 이
유로 같은 고을의 부자인 신辛 씨네에 석석을 출가시키기로 결심한다.

그 소식을 들은 유겸은 가사를 지어 석석에게 불만을 토로하고 석석은 오해를 풀기 위해 양 노파와 비영의 도움을 받아 한밤중에 유겸과 극적으로 재회하고 한 달 동안 달콤한 사랑을 나눈다. 그러나 호북의 장군으로부터 초빙된 장충부가 향시를 보이려고 아들을 데려가는 바람에 또 헤어지게 된 두 사람은 밤새도록 울면서 이별을 슬퍼한다.

향시를 마친 후 홀로 있는 어머니 핑계를 대고 귀향한 유겸은 다시 석석과 밀회를 계속하던 중, 며칠째 피로한 기색이 있는 딸을 의심한 나 씨 내외에게 밀회 현장을 들킨다. 컴컴한 딸의 방에서 시커먼 그림자를 발견한 인경은 그것이 충부의 아들임을 알고 한바탕 난리법석을 떤 끝에 유겸을 현 관아로 끌고 가서 고발한다. 현령은 유겸의 언변과 준수한 모습을 눈여겨보고 인경에게 그를 사위로 받아들일 것을 설득한다. 그러나 하필이면 그 소식을 듣고 달려온 신 씨네가 유겸을 간통 혐의로 고소하는 바람에 현령도 난처해져 일단 유겸을 감옥에 가둔다. 감옥에 갇힌 유겸은 호북의 원수부에서 보낸 전령을 통해 과거 급제 사실을 전해 듣고, 마침 감옥을 찾았던 현령은 축하 인사를 하고 유겸을 귀가시킨다. 이어서 석석과 유겸의 혼사를 성사시킬 것을 당부하는 원수의 밀서를 읽은 현령은 인경과 유겸을 함께 불러 중재한 끝에 결국 인경의 양보를 받아내고, 회시에 급제해 벼슬을 얻은 유겸은 정식으로 석석과 가약을 맺는다.

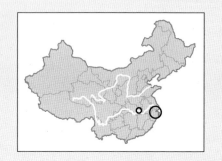

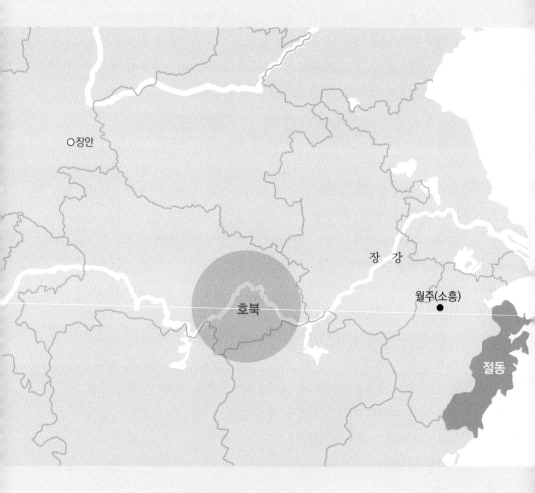

○장안

장　강

호북

월주(소흥)
●

절동

이런 시가 있습니다.

세상에서 어느 것이 최고의 방책일까?　　　　世間何物是良圖,
과거 급제[1)야말로 최고의 부적이라네.　　　　惟有科名救急符。
사람 마음 손 뒤집히듯 바뀌는 것을 보라,　　　試看人情翻手變,
창가에서만 정성을 들여서는 안 된단다.　　　　窓前可不下功夫。

이야기를 들려드리겠습니다. 한漢나라 이전만 해도 인재는 추천을
통해서만 등용2)되었습니다. 그래서 '재능이 출중하고 품성이 올곧다'
든가 '학식이 풍부하고 남다르다'는 식으로 추천의 명목이 다양했지
요. 품성이 고상하면서도 벼슬길에 나오지 않는 이들에게는 또 '명성

---

1) 과거 급제[科名]: '과명科名'은 과거시험의 명목으로 '과목科目'이라고도 했
　다. 당대에는 과거시험의 명목이 50여 종에 이르렀는데, 수재秀才·명경明
　經·진사進士·준사俊士·명법明法·명자明字·명산明算 등이 대표적인 경우
　이다. 송대에는 명목이 다소 줄었고 명대에는 진사과進士科만 설치했다고
　한다. 여기서는 편의상 '과명'을 "과거 급제"로 번역했다.
2) 추천을 통해서만 등용[舉薦徵辟]: '거천징벽舉薦徵辟'이란 중국 고대에 인
　재를 선발하는 주요한 수단으로, 우선 각 지방의 관원이나 왕공·대신들의
　추천을 통하여 발탁한 후 조정에서 골라 임용하고 관직을 내렸다. 여기서는
　편의상 "추천을 통해서만 등용했다"로 번역했다.

과 벼슬 얻기를 바라지 않는다'는 명목으로 등용하기도 했습니다. 그리하여 초야에는 버려진 현자가 없고 사람들도 재능을 감추는 일이 없어서 천하의 인재들이 모두 기용될 수 있었답니다. 그러던 것이 당唐·송宋대 이래로는 오로지 과거에 급제하는 것만 중요하게 여겼습니다. 벼슬에 오르는 다른 길이 있어서 고관대작이야 될 수 있다고 해도 과거를 거치는 것만을 가장 번듯하고 아름답게 여겼답니다. 그렇다 보니 과거에서 낙방했다고 해서 늙어 죽을 때까지 서울에 남기를 원하는 경우도 비일비재했답니다!

우리 왕조에 이르러서는 처음에는 세 가지 방법을 병용했습니다. 그래서 고관대작들의 경우, 과거3)를 거치지 않고도 똑같이 조정에 공을 세우고 역사에 이름을 길이 남기는 경우도 많았습니다. 그러니 어떻게 진사가 되어야만 큰일을 할 수 있다고 하겠습니까?4) 그러나 최근에 와서는 과거제도를 갈수록 중요하게 여기기 시작했습니다. 과거 출신자가 아니면 권력을 잡을 수도 없습니다. 권력을 잡은 이가 쓰는 사람도 과거 출신자가 아니면 당사자에게 나은 관아나 지방을 맡기지 않는 식이지요. 다들 이런 식으로 발탁하곤 했습니다. 또 과거 출신이 아닌 이를 보면 다른 길을 가게 압박하지는 않더라도 어김없이 한직을 골라 당사자를 보내서 얼마 못 가서 스스로 물러나게 만들기 일쑤입니다. 늘 그런 사람들은 사람대접을 하지 않았던 거지요.5) 그렇다

---

3) 과거[科甲]: 중국에서 한대 이래로 인재를 등용하기 위해 국가고시를 치를 때 갑·을·병 등으로 구분해 시행했다. 나중에는 이를 근거로 과거를 '과갑科甲'이라고 불렀다. 명·청대에는 거인 또는 진사 신분으로 관리에 임용된 자를 '과갑 출신科甲出身'이라고 불렀다. 여기서는 '과갑'을 편의상 "과거"로 번역했다.

4) 【즉공관 미비】確論。정확한 말씀.

보니 다른 길로 발탁된 이들 중에 설사 영웅호걸이 그 속에 넘쳐나도 그들이 재능을 펼칠 곳이 없었답니다. 좋은 날이 오래가지 않으며 훌륭한 관리가 되려 해도 그렇게 할 수 없다는 것을 눈치 채고 하나같이 그 뜻을 포기하고 맙니다. 그러니 어떻게 뛰어난 이가 나올 수가 있겠습니까? 진사 출신의 경우에 이르러서는 유도척柳盜跖6)처럼 탐욕스럽거나 주흥周興이나 내준신來俊臣7)처럼 잔혹하여 공정한 것은 둘째 치고 아무리 속절없이 고과考課가 엉망이고 평판이 엉망이더라도 어쨌거나 유력 인사들이 그런 자들에게 운신의 여지를 남겨주곤 하지요. 게다가

> "발이 백 개나 되는 지네는,   百足之蟲,
> 죽더라도 굳어지지 않는다.8)"   死而不僵。

하는 속담처럼, 이들은 벼슬살이에서 낙마하더라도 금방 고관대작이 되어 전과 다를 바 없이 귀한 지체와 대단한 벼슬을 누립니다. 그러니 어디 과거에 급제하지 못한 사람이 한번 실패하면 바로 끝장나

---

5) 【즉공관 미비】可憐。딱하구나!
6) 유도척柳盜跖: 춘추시대 노魯나라의 유명한 도적. 노나라 대부大夫 유하혜 柳下惠의 동생으로, 구천 명이나 되는 무리를 거느리고 제후들을 약탈하곤 해서 나중에 '도척'으로 불렸다고 한다.
7) 주흥周興이나 내준신來俊臣: 당대의 탐관오리. 무측천武則天(624~705)의 측 근에서 정적을 제거하는 일을 맡았는데, 죄인을 다루는 수단이 워낙 잔인하 여 무고한 사람을 무수하게 희생시켰다고 한다.
8) 발이 백 개나 되는 지네는~[百足之蟲, 死而不僵]: 명대의 속담. 삼국시대 위 魏나라의 조경曹冏이 지은 《육대론六代論》에서 유래한 말로, 당사자는 죽 더라도 그 세력이나 영향력은 그대로 남는다는 뜻으로 하는 말이다.

는 경우와 같겠습니까? 그저 세상에서 하도 과거 급제자들을 그렇게 대단하게 여기다 보니 과거에 급제하기만 하면 무슨 승천이라도 하는 것처럼 여기게 된 거지요. 그렇게 과거에 급제한 사람들도 따지고 보면 다 가난한 수재 출신이지 생판 다른 사람은 아니라는 점입니다! 그런데도 사람 보는 눈이 없는 이들은 가난한 수재를 만나기라도 하면 거들떠보려고도 하지 않지요. 그리고 부호의 가족들은 부자에게 기대고 가난뱅이를 무시하면서 온갖 고약하고 각박한 말투로 그들을 대하곤 하지요. 그러다가 갑자기 어느 날 가난한 수재가 과거에 급제하기라도 하면 바로 태도를 바꾸고 온갖 알랑방귀9)를 다 뀌지요. 평소에 그렇게 떠세를 부리고 가난한 수재들을 무시하기로 악명 높다가도, 다른 사람도 아닌 바로 그런 자들이 가장 먼저 나서서 돕겠다고 설쳐대지요.10) 정말이지 세상에서는 바로 이 때문에 천한 자가 순식간에 존귀해지고 가난한 자가 순식간에 부유해지는가 하면, 풀기 어려운 원한이 단숨에 청산되고, 극히 위태로운 길도 금방 평탄해지지요. 아무리 파렴치하고 망신스러운 짓을 저질러도 비단 이불 하나면 얼마든지 덮을 수 있다는 논리지요.

이야기꾼 양반, 어째서 그렇게 보시오?

손님, 정 못 믿으시겠다면 일단 소생이 우스운 아첨꾼 이야기를 하

---

9) 알랑방귀[呵脬捧卵]: 원문에는 '가포봉란呵脬捧卵'이라고 되어 있는데, 글자 그대로 풀이하면 '오줌통(음낭)에 입김을 불어주고 불알(고환)을 받쳐준다'는 뜻이 된다. 상대방에게 잘 보이려고 비굴한 방법으로 아첨하는 것을 두고 한 말이다. 여기서는 편의상 "알랑방귀"로 번역했다.
10) 【즉공관 미비】 逼眞。 핍진하다.

나 들려드리지요.[11) 당나라 때 조종趙琮이라는 거인擧人[12)이 살았습니다. 조종은 여러 차례 계리計吏[13)를 따라온 길에 남궁南宮의 춘시春試[14)에 응시했지만 번번이 낙방했지요. 그의 장인은 종릉鐘陵[15)의 대

---

11) *본권의 앞 이야기는 이방 등의 《태평광기太平廣記》 권182의 〈조종趙琮〉에서 소재를 취했다.

12) 거인擧人: 중국 고대에 과거에 급제한 사람을 부르던 호칭. 글자 그대로 '천거 받은 사람'으로, 그 유래는 한대에서 찾을 수 있다. 과거제도가 실시되기 한참 전인 한대에는 인재를 등용할 때 각 군·국郡國에 명령을 내려 유능하고 현명한 인재들을 추천하게 했는데 이것이 '거인'의 어원이 된 것이다. 그 후 당·송대에 과거제도가 시행되면서 진사과進士科가 개설되자 과거에 응시하여 급제한 사람들을 '거인'으로 부르게 되었다. 명·청대에는 관련 호칭이 더욱 세분화되어 향시鄕試에 합격한 사람을 '거인' 또는 대회장大會狀·대춘원大春元 등으로 일컬었으며, 격을 갖추어서는 효렴孝廉, 속칭으로는 거자擧子나 '나리'를 뜻하는 노야老爺 등으로 불렀다. 명대 이후로 거인에게는 계속해서 회시會試에 응시할 자격을 주는 것은 물론이고 여기에 추가로 '출신出身', 즉 벼슬을 할 자격도 주었다. 적합한 설명이 될지 모르겠지만 이를 쉽게 설명하자면, 당시의 거인에게는 향시에 합격한 후 다시 바로 '출신'하여 말단 관리(9급 공무원?)부터 시작하거나 일정 기간 준비를 거쳐 추가로 그보다 단계가 높은 회시에 지원하여 고급 관리(5급 공무원?)로 시작하는 선택권이 주어졌던 셈이다.

13) 계리計吏: 당대에 인사·호구·조세 관련 장부를 관장한 관리. 정기적으로 상경하여 해당 업무의 회계 보고를 했다고 한다. "계리를 따라서"는 조종이 회계 보고를 위하여 상경한 계리를 수행하여 장안에 온 김에 회시를 본 것을 두고 한 말이다.

14) 남궁南宮의 춘시春試: 명대에 예부禮部에서 주재한 회시會試. '남궁南宮'은 명대 중앙정부의 '육부六部' 중 하나인 예부에 대한 별칭. 당·송대 이래로 과거시험의 최종단계인 진사 시험은 봄철에 거행된다 하여 '춘시春試'로 불렀다. 예부는 전국의 교육 업무과 과거시험을 주관하는 한편 외국과의 외교 관련 업무를 주관했다.

15) 종릉鐘陵: 고대의 현 이름. 지금의 강서성 진현현進賢縣 서북쪽에 해당한다.

장大將이었습니다. 조종은 가난하다 보니 별 수 없이 장인에게 신세를 지며 살아야 했지요. 그의 처가는 무관 집안으로, 번창하는 가문이었습니다. 그렇다 보니 조종이 몇 해째 과거에서 낙방한 가난뱅이 수재인 것을 보고 그를 무시하지 않는 이가 없을 정도였지요. 그의 장인과 장모는 남들이 사위를 업신여기자 자기들 역시 체면이 깎였다고 여기며 사위가 칠칠치 못하고 가망도 없다고 구박했습니다. 아무리 자기 자식이라고는 하지만 보면 볼수록 밉다 보니 그야말로 구박덩어리로 전락하고 말았습니다. 게다가 그를 무시하는 마음을 가지고 있다 보니 보면 볼수록 한심하고 당최 존중할 필요조차 없다고 여겼습니다. 그렇다고 그를 어디로 보내 버릴 수도 없는지라 속으로만 몹시 성가시게 여겼지요. 조종 부부 두 사람은 남들에게 온갖 멸시를 당하는 것은 둘째치고, 부모 곁에서까지 이런저런 냉대를 적잖이 받아야 했습니다. 그러나 출세를 못 했으니 내외는 그저 사나운 팔자만 탓하며 참을 수밖에 없었지요.

하루는 조종이 또다시 장안으로 과거시험을 보러 갔습니다. 마침 봄맞이를 하는 날이다 보니 군대에서는 대회를 열고 다양한 볼거리를 선보였습니다. 당나라 때는 이런 행사를 '춘설春設'이라고 했는데 온 장안에 구경 나오지 않는 여인네가 없을 정도였지요. 대갓집은 대갓집대로 막사를 세워 안에 술자리를 마련하고 친지들을 초대하여 함께 공연을 보았지요. 그래서 대장군의 가족은 전부 막사로 모였고 여인들은 저마다 화사하게 차리고 와서 부를 과시하는데, 조종의 부인만 차림이 남루하지 뭡니까. 그녀는 자신이 낄 자리가 아니라고 생각했지만 남들은 다 참석하는데 자신만 핑계를 대며 빠질 수는 없었습니다. 그래서 창피를 무릅쓰고 남들 꽁무니를 따라 막사에 갈 수밖에 없었지요. 여인네들은 초라한 행색을 한 그녀를 꺼렸습니다. 같이 앉아 있으면 체면을 깎일까 걱정했지요. 그래서 장막을 둘러[16] 그녀를 가려서 거기 혼자 앉게 하고 동석하려 들지 않았답니다. 그녀는 그런 질시에도 익숙하던 터인 데다가 눈치도 빨라서 남들이 시키는 대로 아무 소리 하지 않고 자리에 앉았지요.

그렇게 다들 유쾌하게 술을 즐기고 있을 때였습니다. 갑자기 웬 아전이 대장군 앞으로 나와 고하는 것이었습니다.

"관찰사[17] 나리께서 특별히 장군을 뵙자고 하십니다! 당장 드릴 말씀이 있다고 하시는군요."

대장군은 깜짝 놀라 말했습니다.

"지금은 백성들과 함께 즐기는 때가 아닌가. (…) 정무 때문은 아닌 것 같고 … 관찰사 나리께서 어째서 나를 소환하셨을까? 무슨 예측하지 못한 변고라도 생긴 게 아닐까?"

속으로 몹시 겁을 먹은 그는 땀을 쥐어짜면서 관찰사가 있는 대청 앞으로 갔지요. 그런데 가만 보니 관찰사가 손에 웬 두루마리 문서를 들고 활짝 웃는 얼굴로 묻는 것이었습니다.

"조종이라는 자가 있던데 … 공의 사위입니까?"

---

16) 【즉공관 미비】 人情可恨乃爾。 사람의 마음이라는 것이 고약하기가 이와 같지.
17) 관찰사[觀察]: '관찰觀察'은 관찰사觀察使를 말한다. 당대에는 각 도道마다 관찰사를 두었는데 그 지위가 절도사節度使 다음이었다. 절도사가 없는 지역에는 관찰사를 설치하고 한 도道나 몇 주州를 관할하게 했다.

"그렇습니다만 …"

대장군이 대답하자 관찰사가 말했습니다.

"축하합니다! 방금 서울에서 사람이 와서 보고를 하는데, 장 공의 사위가 급제했다는군요!"

"설마? … 그럴 리가 없을 텐데요."

대장군이 그래도 겸손하게 말하니 관찰사가 쥐고 있던 문서를 대장군에게 건네는 것이었지요.

"이게 서울에서 보내 온 방榜입니다. (…) 사위 이름도 적혀 있으니 공이 직접 가져가서 보십시오."

대장군이 두 손으로 문서를 받아 한눈에 주마간산으로 훑어보니 조종의 이름이 또렷하게 적혀 있지 뭡니까. 그는 자신도 모르게 놀라고 기뻐하며 관찰사에게 인사를 하고 나서 서둘러 귀가했습니다. 그가 멀리 바라보니 막사 안의 여자들이 다 같이 바깥쪽을 쳐다보고 있었지요. 대장군은 그 방을 들고 가솔들을 향해 크게 외쳤습니다.

"조 서방이 과거에 급제했다, 조 서방이 급제했어!"

사람들이 다들 깜짝 놀라 조 씨네 부인 쪽으로 고개를 돌려보니 그녀는 쓸쓸하게 장막 바깥에 앉아 있지 뭡니까.[18] 사람들은 그 모습

---

18) 【즉공관 미비】 此時眞撥轉頭也。 이 순간엔 정말 머리가 돌아가지.

에 무척 민망해졌습니다. 조 씨네 부인은 부인대로 역시 아버지의 말을 듣고 속으로 남몰래 외쳤습니다.

'잘됐구나! 이런 날이 올 줄 누가 알았겠어!'

친지들은 허둥지둥 장막을 치우고 조 씨 부인에게 다가와서

"이제는 부인현군夫人縣君[19]이시군요!"

하고 축하인사를 건네면서 우르르 몰려와서 그녀를 자기들 자리로 데려가는 것이었습니다.[20] 그러나 조 씨네 부인은

"차림이 남루해서 친지들의 체면을 깎을 테니 함께 앉을 수 없습니다. 그냥 혼자 앉아서 보게 해주십시오!"

하고 대답하는 것이었지요. 그러자 사람들은 그녀가 언짢아하는 것을 보고 더욱 불안해져서

"부인, 그게 무슨 말씀이십니까!"

하면서 저마다 억지웃음을 짓는 것이었습니다. 그 와중에 어떤 이는 비위를 맞추려고 자신이 가지고 온 보따리에서 갈아입을 옷을 꺼내 그녀에게 입혀주지 뭡니까. 한 사람이 그렇게 앞장을 서자 모두가 앞다투어 누구는 비녀를 빼 줍네, 또 누구는 머리장식이며 귀고리[21]

---

19) 현군縣君: 당대에 조정에서 관리의 부인에게 내린 봉호封號. 오품五品 관리의 모친이나 아내에게 내렸으며, 송·원대에도 그대로 인습되었다.

20) 【즉공관 미비】 科第妙處, 正在此等. 과거 급제의 묘미는 바로 이런 데에 있기 마련.

를 빼 줍네 하면서 순식간에 조 씨네 부인을 화려하게 꾸며주면서도 '혹시라도 그녀가 마음에 들어하지 않으면 어쩌나' 걱정하는 것이었지요. 그러니 그날 사람들이 봄맞이 공연을 즐길 겨를이 어디 있겠습니까? 다들 조 씨네 부인을 치켜세우면서 그녀 눈치만 볼 뿐이었지요. 처음에는 냉대를 받던 사람이 남편이 급제했다는 단 한 가지 이유 때문에 순식간에 지체가 달라진 것입니다! 조 씨네 부인도 처음부터 같은 사람이요, 친척들도 처음부터 같은 사람들이건만 세상인심이 변덕스럽기가 이와 같은 것입니다!

소생이 왜 이 이야기를 앞 이야기로 삼았을까요? 어떤 사람이 풍기 문란한 일을 저질렀다가 그 일로 한바탕 난리가 났지만 공교롭게도 과거에 덜컥 급제해버렸지 뭡니까. 그 덕분에 그는 죄를 사면받았을 뿐만 아니라 부인과도 다시 합치게 되었지요. 제가 앞서 드린

'아무리 파렴치하고 망신스러운 일을 저질러도 비단 이불 하나면 얼마든지 덮는다.'

라는 말씀에 딱 어울리는 이야기지요. 손님들, 한번 들어보십시오.22) 이 이야기를 증명하는 시가 있습니다.

---

21) 【교정】 귀고리[耳鐺]: 상우당본 원문(제1223쪽)에는 뒤의 글자가 '쇠사슬 당鐺'으로 나와 있으나 전후 맥락을 고려할 때 원래는 '귀고리 옥 당璫'을 써야 옳다.

22) 손님들, 한번 들어보십시오[看官每, 試聽着]:《박안경기》의 작자인 능몽초가 의화본소설을 책으로 '읽는read' 일반 독자들을 대상으로 한 것이 아니라 일종의 공연으로 '보고 듣는see and listen' 청중 또는 관중을 대상으로 한 것임을 확인할 수 있는 말이다. 만일 책으로 읽는 독자들을 대상으로 했다면 "들어보십시오試聽着"라는 표현은 쓰지 않았을 것이기 때문이다.

같은 해에 같이 공부한 벗은,　　　　　同年同學,

한 숲에 둥지를 튼 새와 같건마는,　　同林宿鳥。

좋은 일에는 시련도 많은 법이어서,　　好事多磨,

남들의 온갖 방해 다 당하고 말았네.　　受人顚倒。

사사로운 속사정은 드러나버리고,　　私情敗露,

관가의 시비는 끝날 줄 모르는데,　　官非難了。

급히 전해진 서신 한 장이,　　　　　一紙捷書,

참으로 월하노인[23)]과도 같구나!　　眞同月老。

이 이야기는 송나라 단평端平[24)] 연간에 있었던 일입니다.[25)] 절동浙東 땅에 박학다식한 수재가 하나 살았습니다. 성이 장張, 자는 충부忠父로, 관료 집안 출신이었지요. 그러나 집안이 넉넉하지 않다 보니 남의 집에 불려 가서 되는 대로

절동과 절서의 위치

---

23) 월하노인[月老]: 중국 고대의 전설에 따르면 월하노인月下老人은 남녀의 혼인을 주관하는 신으로, 홍실로 남녀의 발을 몰래 묶으면 반드시 부부가 되었다고 한다. '월로月老'로 불리기도 한 월하노인의 이야기는 역사적으로 당대의 이복언李復言(9세기)이 지은 《속유괴록續幽怪錄》에서 처음 언급된 후로 다양한 문학 장르를 통해 소개되었으며, 당대부터 전해진 남녀를 홍실로 묶어 부부로 선언하는 혼인의례 역시 다양한 형태로 유행했다.

24) 단평端平: 남송의 제5대 황제 이종理宗 조윤趙昀(1205~1264)이 1234년부터 1236년까지 3년 동안 사용한 세 번째 연호.

25) *본권의 몸 이야기는 풍몽룡馮夢龍 《정사情史》 권3의 〈장유겸張幼謙〉에서 소재를 취했다. 나중에는 청대의 극작가 황진黃振(1724~1772?)이 지은 전기 희곡 《석류기石榴記》에 영향을 준 것으로 보인다.

서기書記[26] 일을 보면서 관곡館穀[27]을 타서 생계를 꾸렸습니다. 그 이웃에는 나인경羅仁卿이라는 사람이 살았습니다. 처음에는 가난했다가 조금씩 집안을 일으킨 자로, 집안 형편이 무척 부유했습니다. 이 두 집은 같은 날 아이를 낳았는데, 장 씨네에서는 아들을 낳아서 '유겸幼謙'이라는 이름을 지어주고, 나 씨네에서는 딸을 낳아서 '석석惜惜'이라는 이름을 지어주었답니다. 두 아이가 자라서는 마침 장 씨네 집안에 학당이 있어서 나 씨네도 딸을 거기에 보내 글공부를 시켰지요. 주변에서는 그 둘의 나이와 외모가 잘 어울리는 것을 보고

"같은 날 태어났으니 부부가 되어야지!"

하고 농담을 하곤 했습니다. 그 둘은 나이가 어리다 보니 남들이 그렇게 말하는 것을 보고 정말 그렇게 해야 하는 줄로만 철석같이 믿었습니다. 그래서 자기들끼리 몰래 부부로 여기고 거기다가 서약서까지 써서 반드시 백년해로하기로 맹세했지요.[28] 그러나 정작 양가의 부모들은 이 사실을 모르고 있었습니다.

둘은 학당에서 대여섯 해 함께 공부하는 사이 어느덧 열네 살이 되자 차츰 사랑에 눈을 떴지요. 그래서 남들이 '부부가 되려면 그 일을 치러야 한다'고 하는 소리를 듣고 만나서 이렇게 상의했습니다.

"우리도 부부 사이이니까 남들이 하는 대로 따라 해보자."

---

26) 서기書記: 중국 고대에 문서 기록을 관장하던 관리.
27) 관곡館穀: 중국 고대에 관청이나 대갓집의 서숙書塾에서 학생들을 가르치고 수업의 대가로 받던 곡식 또는 돈.
28) 【즉공관 미비】孩子光景, 然亦前緣。아이들의 모습이지만 그러면서도 전생의 인연이겠지.

두 아이는 서로 좋아하는 데다가 그것이 얼마나 중대한 일인지도 알지 못하는 나이였습니다. 그러니 마다할 까닭이 없었지요. 그 집 서재 앞에는 석류나무가 한 그루 있고, 그 옆에는 돌로 된 걸상이 있었습니다. 나석석이 걸상에 앉은 채 몸을 나무에 기대고 있으니 장유겸이 진작부터 나석석의 다리를 쳐들고 서로 부둥켜안은 채 그 일을 치르기 시작했습니다. 둘은 나이가 어린 탓에 그게 무슨 대단한 재미가 있는지조차 모르면서 그저 둘이 속으로 좋아해서 그렇게 장난을 치고 놀았지요. 그런데 나중에는 꽤 좋은 데가 있다는 것을 알고 날마다 한 번씩 해보면서 멈추려 하지 않는 것이었습니다.

겨울이 되어 학당의 선생이 방학을 하자 석석은 설을 쇠러 집으로 돌아갔습니다. 그리고 이듬해에 석석은 열다섯 살이 되었지요. 석석의 부모는 딸이 나이가 차서 남의 집에 보내 공부를 시키기에 적합하지 않다고 여기고[29] 그녀를 더 이상 학당에 보내지 않았습니다. 유겸은 몇 번이나 나 씨 댁 문 앞에 가서 동정을 살피며 석석과 마주치기를 고대했지요. 그러나 나 씨 댁은 부잣집이어서 안채가 저택 깊숙이 자리 잡고 있는데 석석이 어디 바깥출입을 그리 쉽게 할 수 있겠습니까? 석석에게는 '비영蜚英'이라는 몸종이 있는데 늘 학당에 가서 석석의 시중을 들고 다닐 때마다 따라다녔답니다. 그랬는데 석석이 글공부를 그만두면서 비영도 학당에 오지 않았지요. 그저 석석에게 꽂아주려고 아침에 꽃을 딸 때에만 바깥출입을 하곤 했습니다.

겨울이 되자 유겸은 석석을 그리워하는 마음에 새 가사를 두 편 지었습니다. 비영이 나올 때까지 기다렸다가 석석에게 갖다주라고 건넬 작정이었지요. 가사의 제목은 【일전매一剪梅】인데 그 내용은 다음

---

29) 【즉공관 미비】 已遲了。벌써 늦었지.

과 같았습니다.

같은 해 같은 날 거기다 같은 학당 출신이니,　同年同日又同窓,
우리가 난새와 봉새 사이가 아니라면,　　　不似鸞鳳,
누가 난새와 봉새라는 말인가?　　　　　　誰似鸞鳳。
석류나무 아래의 추억 순식간에 흘러가고,　石榴樹下事勿忙,
원앙 부부는 놀라 흩어지고 말았구나!　　　驚散鴛鴦,
원앙 부부 뿔뿔이 헤어지고 말았구나!　　　拆散鴛鴦。

한 해 내내 글 읽던 서당 오지 않으니,　　一年不到讀書堂,
그리워하지 않으려 하지만,　　　　　　　敎不思量,
어찌 그리워하지 않을 수 있겠나?　　　　怎不思量。
아침저녁마다 향을 피우고 빌 뿐이란다,　朝朝暮暮只燒香,
한 쌍 될 인연이 있다면　　　　　　　　　有分成雙,
하루 속히 어서 한 쌍 되게 해 주시라며.　願早成雙。

　가사는 다 지었는데도 비영은 나올 기색조차 보이지 않았습니다.
그래서 이번에는 시30)를 한 수 지었지요.

옛 사람 떠나버려 야속한 마음 그지없건만,　昔人一別恨悠悠,
그래도 매화를 논두렁가에 부치노라.31)　　猶把梅花寄隴頭。

---

30) 시: 송대 가객 장유겸張幼謙이 지은 〈나석석에게 부치다寄羅惜惜〉를 가리킨다.
31) 그래도 매화를 논두렁가에 부치노라[猶把梅花寄隴頭]: 남북조시대에 육기
　　陸凱(?~504)가 지은 〈범엽에게 드리는 시贈范曄詩〉에서 유래한 말. 원래의
　　시구는 "꽃 꺾어 역참의 사자 만나 논두렁가 그이에게 부치노라. 강남에는
　　가진 것 없어서 대충이나마 봄 한 가지를 드리네.折花逢驛使, 寄與隴頭人.
　　江南無所有, 聊贈一枝春"이다.

가까이에 꽃은 피었건만 님은 보이지 않으니,　咫尺花開君不見,
외롭게 꽃 마주한 채 슬퍼하는 이만 있구나!　有人獨自對花愁。

이렇게 시를 다 짓고 나니 마침 비영이 매화를 따러 학당에 왔지 뭡니까. 유겸은 매화를 한 가지 꺾더니 가사 두 편과 시 한 수를 건네고 이어서 은밀하게 비영에게 당부했습니다.

"꽃이 마침 흐드러지게 피었구나. (…) 너는 꽃을 꺾는다는 핑계를 대고 답장을 좀 받아 오렴."

비영은 그러마고 승낙하고 꽃과 시, 가사를 가져가 석석에게 보여 주었습니다. 그러자 석석은 몰래 눈물만 흘릴 뿐이었지요. 원래는 운을 맞추어 시와 가사를 지어 화답할 생각이었습니다만 연말이어서 시간이 촉박하다 보니 미처 지을 틈이 없지 뭡니까. 결국 답장은 없었습니다.

새해가 되자 월주越州32)의 태수가 유겸의 아버지 충부를 기실記室33)로 초빙했습니다. 충부는 그길로 유겸을 데리고 가서 직접 아들을 가르쳐서 유겸은 두 해가 지나서야 집으로 돌아올 수 있었지요. 석석은 그 사실을 알고 두 해 전 유겸의 편지에 답장을 하지 못한 일도 있고 해서 비영편에 몰래 작은 상자를 하나 들려 보내 그에게

---

32) 월주越州: 중국 고대의 지명. 지금의 절강성 소흥시紹興市 일대에 해당한다. 소흥의 옛 이름이 '월越'이어서 '월주'로 일컬어졌다.
33) 기실記室: 중국 고대의 관직명. 후한대에 설치되었으며, 공문을 작성하거나 전달하는 업무를 관장했다.

전달했습니다. 유겸이 상자를 받아서 열어보니, 엽전 열 닢과 팥[34] 한 알이 들어 있는 것이 아닙니까. 유겸은 석석이 수수께끼를 낸 것임을 알아챘지요. 엽전은 상봉의 의미를 딴 것이고 팥의 의미야 따로 설명이 필요 없었지요. 유겸은 속으로 몹시 반가워하면서 비영을 보고 말했습니다.

"아가씨가 좋은 감정으로 나를 그리워하고 있다니 그저 고마울 따름이다! 어디서건 한 번만이라도 다시 만날 수 있다면 좋으련만!"

"아씨가 밖에 나올 수도 없고 나리 역시 안에 들어가실 수 없으니 … 어떻게 만나겠어요? 그저 소식이나 전해드릴 수밖에요!"

비영이 이렇게 말하자 유겸은 다시 시를 한 편 지어서 비영에게 건네고 답장 삼아 전달하게 했습니다. 그 내용은 다음과 같았지요.

하루를 못 봐도 삼추처럼 길게 느껴진다던데,	一朝不見似三秋,
정말 삼추가 흘렀으니 슬프겠소, 안 슬프겠소?	眞个三秋愁不愁。
돈으로도 술자리의 웃음은 사기 어려우니,	金錢難買尊前咲,

---

34) 팥[相思子]: '상사자相思子'란 상사나무에 열리는 열매인 팥을 말한다. 팥은 크기는 완두만 하고 약간 납작하며 진홍색 또는 흑적색을 띠는데, 중국의 고전문학에서는 이것으로 사랑이나 상사병을 표현하는 경우가 많았다. 여기서도 아래의 시에서는 '상사자'가 '팥'이라는 의미와 함께 '상사병'의 의미로 중의적으로 해석되고 있다. 뒤의 "팥의 의미야 따로 설명이 필요 없었지요"는 곧 유겸이 석석을 그리워한다는 뜻으로 해석된다. 뒤의 시에 나오는 "일립상사一粒相思" 역시 원래는 '팥 한 톨'이라는 뜻이지만 여기서는 "한 톨 만한 상사병"으로 중의적으로 해석된다. 여기서는 전후 맥락에 가깝게 후자로 번역했다.

한 톨만 한 상사병은 죽어도 그치지 않겠구려! 一粒相思死不休。

비영이 떠나자 유겸은 엽전을 살에 닿는 속옷 띠에 달고 석석이 생각날 때마다 끌러서 점을 치거나 노리개 삼아 가지고 놀았습니다. 그 모습을 발견한 어머니가 유겸에게 물었습니다.

"그 엽전은 어디서 난 게냐? (…) 어릴 적부터 네가 이런 걸 가지고 있는 건 본 적이 없는데 …"

"어머님께 솔직하게 말씀 올리겠습니다. (…) 사실은 소자와 한 학당에서 공부했던 나 씨 댁 따님이 근래에 준 것입니다."

유겸이 이렇게 대답하자 장 씨 댁 부인은 속으로 그의 뜻을 알아차리고 생각했지요.

'아들 나이가 약관이 되었으니 이제 혼례를 치를 나이이다. 이 녀석이 어릴 때 나 씨 댁 딸과 한 학당에서 공부하고 근래까지 선물을 부치는 등 내왕하고 있다면 둘이 서로 사랑하는 것이 분명하다. 게다가 나 씨 댁 딸은 우리 집 학당에 다닐 때 보니 품행과 용모가 다 훌륭했지. 이 참에 사람을 보내서 그 아이를 며느리로 맞아들인다면 서로 좋은 일 아니겠나.'

이때 장 씨네 이웃에는 꽃을 파는 양 노파가 살고 있었습니다. 오랫동안 중매를 많이 서온 데다가 장 씨 댁, 나 씨 댁과도 내왕이 잦았지요. 장 씨 댁 부인은 곧바로 그녀를 집으로 불러 이 일을 거론했습니다.

"우리 집은 가난하다 보니 그 댁 같은 부잣집은 애초부터 넘볼 생각도 하지 않았네. 허나 … 나 씨 댁 처자는 어릴 적부터 우리 집에서 내 아들과 함께 공부한 동창이라네. 게다가 둘은 같은 날에 태어났지. (…) 어쩌면 이런 인연이 있으니 그 댁에서 마다하지 않으신다면 연분을 맺어줘도 되지 않을까 싶네마는 …."

"마님, 어째서 그런 말씀을 하세요! 마님 댁이 아무리 형편이 어렵다 해도 명색이 뼈대 있는 관리 집안입니다. 나 씨 댁이 지금 부유하기는 해도 따지고 보면 벼락부자일 뿐입니다. 두 집안을 갖다놓고 따져보면 오히려 마님 댁이 더 낫지요!35) … 제가 가서 이야기를 해보겠습니다."

양 노파가 이렇게 말하자 장 씨네 부인이 말했습니다.

"어멈이 욕 좀 보시게!"

유겸은 유겸대로 은밀히 양 노파에게 이런저런 부탁을 하면서 석석 아가씨를 만나면 꼭 좀 그녀의 뜻을 알아오게 했지요. 양 노파는 일일이 그러마고 승낙하고 그길로 나 씨 댁으로 건너갔습니다.
나인경과 그 부인이 양 노파가 찾아온 까닭을 물었습니다. 그래서 양 노파가 말했지요.

"아씨한테 중매를 좀 서려고 일부러 찾아뵈었습니다요."

"어느 댁인가?"

---

35)【즉공관 미비】如今人豈肯作如是觀。지금 사람들이야 어찌 이렇게 보려 하겠나.

인경이 묻자 양 노파가 말하는 것이었습니다.

"말씀드리자면, 아씨의 사주단자조차 필요 없는 댁이랍니다. 그 댁 도령은 아씨와 같은 해, 같은 달, 같은 날에 태어났으니까요."[36]

"그렇다면 장충부 댁이로군."

하고 인경이 말하니 양 노파가 대답했습니다.

"그렇습니다. (…) 참 괜찮은 도령이지요!"

"그 댁은 대대로 유학자 집안으로 가문도 좋지. (…) 허나, 형편이 어려워서 오랫동안 객지에 나가 사숙私塾 훈장이나 하면서 생계를 꾸리기 바쁜데 무슨 큰 영달을 할 가망이 있겠나!"

그러자 양 노파가 말하는 것이었지요.

"그 도령은 총명하고 준수하기가 남다르니 분명히 좋은 날이 올 겝니다!"

"요즘 세상은 사람들이 그저 눈앞에 있는 것들에만 관심을 가지지. 나중 일을 어느 누가 장담할 수 있겠나?[37] 그 도령이야 괜찮아 보이기는 하더군. 허나 … 공명이라는 것은 팔자소관인데 어찌 될지 누가 알겠는가? 만약 그 도령이 우리 집 딸을 데려가려면 과거에 급제해서

------

36) 【즉공관 미비】會說。말을 잘하는군.
37) 【즉공관 미비】俗見實是如此。세속의 시각이란 것이 정말 그렇더군.

벼슬부터 해야 할 걸세. 그러면 딸을 주도록 하지.”

인경이 그래도 이렇게 말하자 양 노파가 말했습니다.

“쇤네가 보기에는 그 도령은 그런 날이 꼭 올 겝니다!”

“정말 그런 날이 오면 우리 집도 절대로 약속을 어기지 않겠네.”

나 씨네 부인도 같은 말을 하는지라 양 노파가 말했습니다.

“그럼, 일단 그 말씀을 장 씨 댁 마님한테 전하겠습니다. 그 댁 도령을 열심히 공부시켜서 출세할 날까지 기다리시라고요.”

“그렇지, 그래!”

나 씨 댁 부인이 맞장구를 치자 양 노파는 화제를 바꾸었습니다.

“쇤네 … 아씨 방에도 좀 다녀가겠습니다.”

“마침 잘됐군. 딸아이 방에 좀 앉았다가 차라도 들고 가시게.”

양 노파는 전부터 나 씨 댁을 훤히 잘 알고 있었습니다. 그래서 길잡이도 없이 그길로 석석의 방으로 갔지요. 석석은 양 노파에게 자리를 권하고 비영에게 차를 내오게 한 후 물었습니다.

“어멈이 웬일이에요?”

“옆집 장 씨 댁 도련님이 아씨한테 구혼을 해서 이렇게 왔지요. 도련님이 아씨한테 누누이 고맙다고 인사를 전하면서 '같이 공부한 어린 시절 이후38)로 한참을 못 만났지만 한시도 그리워하지 않은 적이 없다'고 전해달라고 하시지 뭐예요? 도련님은 이 댁 원외님과 마님한테 중매를 서달라고 나를 일부러 보내셨답니다. (…) 아씨가 어떻게 중간에서 결정만 내리면 이 혼사가 확실하게 성사될 텐데 말이에요!"

양 노파가 이렇게 말하자 석석이 말하는 것이었습니다.

"이 일은 부모님께서 결정하셔야지 나 같은 여자가 어떻게 입을 열겠어요? … 방금 전 아버지 어머니께서 뭐라고 하십디까?"

"방금 전 원외님과 마님 뜻이야 … 장 씨 댁은 형편이 좀 가난하다면서 장 씨 댁 도령이 과거에 급제해야 딸을 주겠다고 하시네요."

"장 씨 댁 도련님은 그런 날이 꼭 올 거예요!39) 다만 … 아버지 어머니께서는 성정이 급하셔서 그때까지 기다리지 못하고 약속을 어기실까 걱정이네요. 그렇게 말씀하셨다니 어멈이 도련님한테 전해주세요. 그 분한테 당장 분발해달라고요. 나는 일편단심으로 도련님한테 그런 날이 올 때까지 기다릴 테니까!"

석석은 자기 대신 말을 전해줄 것을 부탁하면서 은밀히 금가락지 두 개를 건넸습니다.

"앞으로 도련님이 무슨 말을 하면 어멈이 나한테 은밀히 알려줘요.

---

38) 【즉공관 미비】不止同窓。어디 동창이기만 할까.
39) 【즉공관 미비】猜得着。제대로 맞추었군.

내가 톡톡히 사례를 할게. (…) 우리 아버지 어머니한테는 절대로 알리지 말고요!"

손님들, 이런 어멈들은 모두가 중매의 달인들인데, 알아듣지 못할 말이 어디 있겠습니까? 양쪽에서 하는 말에 다 사랑이 담겼다는 것을 눈치 채고 혼사가 성사되지 않더라도 몰래 둘을 연결시켜주고 큰돈을 챙기겠다는 계산이었지요. 거기다가 금가락지까지 두 개나 보고 나니 얼굴에 웃음꽃이 활짝 필 수밖에요!

"아씨, 부탁할 일이 있으면 무조건 이 늙은것한테 맡기시구려. (…) 절대로 일을 망치지 않을 테니까요!"

나 씨 댁 대문을 나온 양 노파는 다시 장 씨 댁으로 대답을 전하러 가서 방금 들은 말을 일일이 장 씨 댁 마님에게 고했습니다. 장유겸은 그것을 듣고 코웃음을 치면서 말했지요.

"과거 급제는 사나이의 본분입니다. 어려울 게 뭐가 있습니까? 그 마누라는 제 차지가 될 겁니다!"40)

"그 댁 아씨도 도련님에게는 반드시 그런 날이 오겠지만 부모님이 기다리지 못한 나머지 혹시라도 번복할까 걱정이라고 하시더군요. 아씨 마음속에는 도련님밖에 없다면서 알아서 분발하라고 하십디다!"

양 노파가 이렇게 말하자 장 씨 댁 마님은 아들을 보고 말했습니다.

---

40) 【즉공관 미비】有志哉。뜻이 있구나.

"덕담이겠지만 그 처자의 마음을 저버리면 안 되느니라!"

양 노파는 이어서 유겸을 보고 몰래 말하는 것이었습니다.

"나 씨 댁 아씨는 도련님한테 마음이 있어요. 그 댁을 나설 때 또 이 늙은이한테 분부하시더만요. 다음에 하실 말씀이 있으면 이 늙은 것한테 전하라고요. 그러면서 아씨가 저한테 금가락지를 두 개나 주시지 뭐예요, 글쎄? (…) 그 아씨는 참 현모양처감이라니까요!"41)

"앞으로도 기별이 있으면 번거롭겠지만 부탁 좀 하리다!"

유겸이 이렇게 말하니 양 노파도

"물론이지요, 그러고말고요."

하더니 바로 작별인사를 하고 돌아가는 것이었습니다.

이듬해에 장충부는 월주에서 집으로 사람을 보내 '월주 태수와 함께 명을 받으러 서울로 가야 하는데 유겸이 집에서 제대로 공부를 하지 못할까봐서 그도 함께 데리고 가야겠다'고 전하는 것이었습니다. 그래서 유겸도 다시 떠날 수밖에 없었던 것은 말할 필요도 없었지요.

계속 이야기를 들려드리겠습니다. 나인경은 장 씨 댁이 가난한 것이 마음에 걸려서 사실은 딸을 유겸에게 주지 않을 작정이었습니다. '벼슬을 얻어야 딸을 주겠다'고 한 것도 별 생각 없이 내뱉은 말이었

---

41) 【즉공관 미비】肯送指環, 卽以爲賢慧矣. 가락지를 보낼 정도라면 어질고 슬기롭게 여기고 있다는 뜻이겠지.

강태공. 《삼재도회》

주 문왕. 《삼재도회》

지요. 관리가 된다는 것은 보장이 없으니까요. 딸은 해가 갈수록 나이를 먹어가는데, 만에 하나 장유겸이 강태공姜太公[42]처럼 여든 살이 다 돼서 문왕文王을 만난다고 칩시다. 그렇게 되면 딸은 기다리는 사이에 할망구가 될 게 아닙니까? 게다가 장 씨 댁이야 먼 곳에 나가 지낼 테니 일이 성사되기 어렵다고 생각했지요. 인경이야 딸 속마음이 어떨지 어디 신경이나 썼겠습니까?

그런데 그때 같은 마을에 갑부 집이 있었습니다. 성이 신辛으로, 그 댁에도 열여덟 살 된 아들이 있었지요. 그 댁에서는 나 씨 댁 딸이

---

42) 강태공姜太公: 주周나라의 정치가 강상姜尙(BC1156?~BC1017?)을 가리킨다. 강상은 자가 아牙여서 때로는 강자아姜子牙·강태공 등으로 불리기도 한다. 그 조상이 우禹 임금의 치수治水에 공을 세워서 여呂 땅에 영지를 하사받았기 때문에 때로는 여 씨로 간주하여 여상呂尙으로 불리기도 했다. 나이 여든이 다 되도록 위수渭水에서 낚시질을 하다가 그곳을 지나던 주나라 문왕文王의 눈에 띄어 그 스승이 되었다. 문왕 사후에는 무왕武王을 도와 목야牧野의 전투에서 은나라 주왕[商紂]의 군사를 물리쳐 주나라 건국에 큰 공을 세웠다. 그 보상으로 성왕成王 때 제齊 땅에 영지를 하사받으면서 그 후로 천 년 동안 이어지는 제나라의 시조가 되었다.

재색을 겸비했다는 소문을 듣고 중매쟁이를 시켜 혼담을 넣으러 왔습니다. 나인경은 상대가 떵떵거리는 부잣집인 것을 알고 속으로 기뻐했습니다.[43] 게다가 장 씨 댁에서는 말로만 혼담을 건넸을 뿐 예물로 실오라기 하나 온 게 없어서 약속을 어기고 자시고 할 것도 없었습니다. 그러니 어디 지난번의 약속을 염두에나 두었겠습니까? 그래서 단번에 딸을 그 댁에 허락해버리는 것이었습니다. 신 씨 댁은 신 씨 댁대로 날을 잡아 납폐納幣까지 보내왔지 뭡니까!

석석은 그 소식을 듣고 몹시 괴로웠습니다. 그렇다고 해서 부모에게 속마음을 털어놓기도 민망해서 남몰래 속만 끓이다가 몸종 비영을 보고 하소연했답니다.

"나와 장 도령은 같은 날 태어나고 함께 공부한 사이다. 누가 보더라도 천생연분이 아니겠느냐? 우리 둘은 어려서부터 자매처럼 사이가 좋고 부부처럼 우애가 좋았다.[44] 그런데 이제 와서 나더러 다른 사람에게 시집가라고 하시다니 … 어떻게 그럴 수가 있단 말이냐? 차라리 빨리 죽어버리는 편이 낫지. (…) 다만, … 장 도령을 한 번도 만나지 못했으니 영 마음이 편치가 않구나!"

"지난번에 장 도련님께서도 저한테 아씨를 보고 싶다고 하셨어요. 그런데 제가 방법이 없으니 포기하는 수밖에 없다고 말씀드렸지요. 지금 장 도련님은 댁에 안 계시잖아요. 설령 계시더라도 당장 만나기는 어렵고 말이에요."

---

43) 【즉공관 측비】 牛精常情。소 요괴의 통상적인 감정이로군.
44) 【즉공관 측비】 不止於誼矣。어디 우애뿐일까.

비영이 이렇게 달랬더니 석석이 당부하는 것이었습니다.

"내가 생각해놓은 방법이 하나 있으니 만날 수 있을 거다! 장 도령이 돌아오기만 하면 되는데 … 네가 수시로 밖에 나가서 좀 알아보렴."

그러자 비영은 그 말을 잘 새기는 것이었지요.

다시 이야기를 들려드리겠습니다. 장유겸이 서울에서 돌아온 후로 또 한 해가 지났을 때였습니다. 나석석이 벌써 신 씨 댁으로부터 납폐를 받았다는 소문을 들었는데도 석석이 딱히 그것을 거절하거나 싫어하는 기색이 보이지 않는지라 유겸은 몹시 분해서 생각했지요.

'그녀 부모는 탓할 것 없다고 치자. 그런데 … 설마 석석조차 그렇게 고분고분 순종하고 아무 항변도 없단 말인가?'45)

그는 몹시 성이 나서 붓을 집어들더니 가사를 한 편 지었습니다. 그 가사는 제목이 【장상사長相思】로, 내용은 다음과 같았지요.

하늘에도 신이 있고,	天有神,
땅에도 신이 있어,	地有神,
하늘과 산에 하는 맹세 글자마다 참되며,	海誓山盟字字眞,
지금도 묵 자국조차 여전히 새롭기만 한데!	如今墨尙新。
한 봄을 보내고,	過一春,
또 한 봄이 왔건만,	又一春,

---

45) 【즉공관 미비】不見諒。용서가 안 되지.

돈이 은으로 변한 이치를 알 길 없나니,　　　　不解金錢變作銀,

어찌 그이를 잊을 수 있단 말인가?　　　　　　如何忘却人。

가사를 다 지은 유겸은 그것을 소매 속에 넣고 허둥지둥 양 노파 집으로 향했습니다. 양 노파가 그를 맞아들이면서 물었지요.

"도련님, 무슨 일이라도 생기셨수?"

"어멈, 나 씨 댁 아가씨를 다른 집에 시집보내기로 한 일을 아시오?"

유겸이 이렇게 말하자 양 노파가 말하는 것이었습니다.

"듣기야 들었지요. 하지만 제가 중매를 선 게 아닙니다. … 그렇게 참한 아씨가 도련님만 바라보고 계셨건만 … 아쉽게도 결국 인연을 놓치고 마는군요!"

"그녀 부모님은 야속하지 않습니다. 하지만 그 댁 아가씨는 참 야속하구려! 부모가 남에게 시집보낸다는데 어떻게 한마디도 하지 않는단 말이오?"

유겸이 이렇게 말하니 양 노파가 말하는 것이었지요.

"아씨 같은 여자가 무슨 말을 하겠어요? (…) 아씨한테도 분명히 생각이 있을 테니 괜히 사람을 원망하시면 안 됩니다!"

"그렇다면 어멈이 아가씨에게 말을 좀 전해주시오. (…) 내가 가사를 한 편 지었소. 아가씨의 의중을 떠보려고 말이오. 수고스럽겠지만 어멈이 좀 갖다주시구려!"

그는 소맷부리에서 가사를 꺼내더니 월주태수가 준 전별금 한 냥을 심부름값으로 양 노파에게 건넸습니다. 양 노파는 은자를 보자 '피를 본 등에[46]' 같았습니다. 그러니 마다하고 자시고가 어디 있겠습니까? 흔쾌히 부탁을 받아서 그 자리를 떠나는 것이었지요.

양 노파는 꽃을 판다는 구실로 그길로 나 씨 댁에 가서 석석의 방으로 들어갔습니다. 석석은 그녀를 맞이한 후 물었지요.

"그동안 어멈이 도통 걸음이 없었네요?"

"그동안 일이 없어서 찾아뵙지 못했지요. (…) 지금 장 도령이 돌아오셨는데 … 아씨한테 말씀을 좀 전해달라고 하시길래 왔지요."

석석은 유겸이 돌아왔다는 말을 듣고 말하는 것이었습니다.

"그렇지 않아도 비영이한테 알아보게 하려던 참인데 … 도련님이 벌써 돌아오신 줄은 몰랐군요!"

"도련님은 아씨가 신 씨 댁에 시집간다는 소식을 듣고 몹시 언짢아하면서 이 서신을 아씨한테 전해달라고 하십디다."

양 노파는 소매에서 서신을 꺼내 석석에게 건넸습니다. 석석은 한

---

46) 피를 본 등에[蒼蠅]: '창승蒼蠅'은 현대 중국어에서 '파리'를 뜻하지만, 여기서는 '피'와 결부해 말한 점에 주목하여 편의상 "등에"로 번역했다.

숨을 쉬면서 그것을 받아 열어서 처음부터 끝까지 훑어보았습니다. 그런데 다름 아닌 가사가 한 편 적혀 있는 것이 아닙니까. 그녀는 눈물을 흘리면서 말했습니다.

"그분이 나를 오해하고 있네요!"

"이 늙은것은 까막눈이라서 … 도련님께서 그래 서신에서 뭐라고 했습니까?"

양 노파가 묻자 석석이 말하는 것이었습니다.

"내가 그분을 잊었느냐고 하시네요. 예물을 받은 건 우리 아버지 어머니 뜻인데, … 그걸 어떻게 내 마음대로 할 수 있겠어요?"

"아씨, 아씨는 그래 이제 어떻게 하실랍니까?"[47]

양 노파가 묻자 석석이 말했습니다.

"어멈, … 도련님 부탁으로 서신을 전하겠다고 나섰으니 분명히 장 도련님 부탁을 받았을 테지요? (…) 내 진심을 어멈한테 털어놓아도 … 되겠어요?"

"작년에 아씨한테서 사례를 받은 후로 여태까지 조금도 도움이 되어 드리지 못했습니다. 게다가 장 도련님 부탁도 있었으니, 아씨가 분부하시면 물에 들어가라면 들어가고 불에 뛰어들라면 뛰어들겠습

----

47) 【즉공관 미비】好个撮合山。대단한 중매쟁이로고!

니다요! 이 늙은것이 할 수 있는 일이라면 뭐든지 다 하지요! 절대로 반의 반 마디도 흘리지 않을게요."

양 노파가 이렇게 말하자 석석이 말하는 것이었습니다.

"어멈, 정말 호의에 감사해요! (…) 일단 가서 장 도령한테 내 속마음을 확실히 전해줘요! 난 장 도령을 만나지 못했기 때문에 원망하는 마음을 품고 오늘까지 버텼어요. 만약 장 도령을 만날 수만 있다면 그분과 함께 죽으면 죽었지, 다른 사람한테 시집을 가서 구차하게 살지는 않을 거예요!"

"아씨, 진심은 제가 제대로 전해드릴게요. 허나 … 도련님을 만나려 해도 그렇게 하실 수는 없어요. 아씨 댁은 깊고도 넓은데다 장 도련님이 하늘로 쏘아서 들어올 수도 없고, … 그렇다고 제 소맷부리에 도련님을 숨겨서 들어올 수도 없잖아요?48) 그러니 어떻게 도련님을 데려다가 아씨와 만나게 할 수가 있겠어요!"

그러자 석석이 말했습니다.

"내게 도련님을 들어오게 할 방법이 있어요. (…) 어멈이 도와주기만 한다면 아주 쉬워요."

"내가 방금 말씀드렸잖아요. 무조건 분부대로 따르겠다고! 좋은 방법만 있다면야 이 늙은것이 최선을 다하지 않을 리가 있나요?"

---

48) 【즉공관 미비】忙中混語, 極肖婆子聲口. 급한 와중에 말을 섞는 것을 보면 노파의 말투를 아주 닮았군.

석석은 그제야 이렇게 말하는 것이었습니다.

"제 침실이 이 누각에 있어요. 우리 집 맨 끝 층에 있는데 앞쪽과는 벽으로 막혔지요. 누각 밑으로는 문이 하나 있는데 뒤쪽의 작은 텃밭으로 통해요. 텃밭 주변은 낮은 담으로 둘러싸이고 담 너머는 황무지인데 바깥으로 통한답니다. 담 안쪽에는 커다란 동백나무가 너덧 그루 있어서 담을 넘을 수가 있어요. (…) 수고스럽겠지만 어멈이 도련님께서 담 바깥쪽에서 기다리게끔 약속을 받아줘요. 밤이 되면 내가 여종을 그 나뭇가지를 통해 담장으로 올라가게 해서 대나무 사다리를 담 밖에 걸쳐 놓을게요. 도련님이 사다리를 타고 담 위로 올라왔다가 동백나무로 내려오면 그길로 누각에 있는 제 침실까지 오실 수가 있어요. (…) 어멈, 우리 두 사람은 산처럼 사랑이 깊답니다. 그러니 부디 딱하게 여기고 저를 위해 도련님께 잘 좀 전해줘요!"

그녀는 방으로 들어가 은덩이를 하나 꺼내 오는데 무게가 얼추 너덧 냥은 되어 보였습니다. 그것을 어멈 소매 속에 찔러 넣으면서 말했지요.

"이걸로 주전부리라도 좀 사 드세요!"

"아직 공도 세우지 않았는데 이렇게 후한 상을 주시면 어째! (…) 그렇기는 하지만서두 거절했다가는 또 아씨와 같은 편이 아니라고 오해하실지도 모르니께 … 일단 염치 불구하고 받을게요."

양 노파는 이렇게 빈말을 하더니 석석에게 고맙다고 인사를 하면서 작별을 하고 그 댁을 나온 다음 유겸에게 와서 하나에서 열까지 그녀의 말을 다 전했답니다. 유겸은 그 소식을 듣고 당장 날이 저물기만을 학수고대했습니다. 장 씨네와 나 씨네 두 집은 거리가 사실 그다지 멀지 않았습니다. 그래서 유겸은 낮에 미리 담벼락으로 가서 동정을 살폈지요. 그러고는 담 안쪽을 들여다보니 정말 너덧 그루 동백나무의 가지가 담장 밖으로 뻗어 나와 있는 것이 아닙니까. 유겸은 잘 살펴보고 나서 저녁부터 내내 이 담장 옆에서 기다렸습니다. 그런데 한참을 기다렸는데도 담장 안에서는 아무 기척도 없지 뭡니까! 대나무 사다리니 뭐니 하는 건 더 말할 것도 없었지요.

한밤중이 되어 거리에서 시간을 알리는 북소리가 울릴 무렵이 되어서야 우울한 마음으로 돌아왔습니다. 다음 날 밤, 또 그 다음 날 밤도 마찬가지였지요. 그렇게 사흘 밤을 허탕 치면서 기다렸지만 전혀 아무 동정도 없지 뭡니까.[49]

'설마 나를 농락한 것인가? (…) 아니면 약속을 정할 때 무슨 착오라도 있었던 걸까? 그것도 아니라면 … 아가씨가 늦잠이라도 자느라 내가 밖에서 기다리며 고생하는 것을 다 잊은 것일까? (…) 다시 양씨 어멈에게 가서 무슨 영문인지 물어보게 해야겠다!'

하더니 또 종이에 시를 한 편 지었습니다.

동백나무가 동풍을 막고 있으니,	山茶花樹隔東風,
어디 만만 겹 구름산뿐이겠나?	何啻雲山萬萬重。
금실 장식 휘장 안 따뜻해 봄꿈을 탐하시나,	銷金帳暖貪春夢,
이 사람은 밝은 달 아래서 풍찬노숙하겠네!	人在月明風露中。

---

49) 【즉공관 미비】難爲情。참 난감한 일이군.

규방을 드나들며 등불 아래에서 사랑을 다지다.

시를 다 쓴 유겸은 양 노파 집으로 가서 서신을 갖고 석석에게 가서 약속을 어긴 까닭을 물어보도록 부탁했습니다. 알고 보니 나 씨 댁에 서는 딸 석석이 일을 잘하니 온갖 허드렛일을 다 그녀한테 맡겼다지 뭡니까. 유겸과 만날 날짜를 잡은 그날도 뜻밖에 이모 한 사람이 찾아 오는 바람에 그 곁을 지키게 된 것은 말할 것도 없고, 밤에는 그녀 방으로 보내 잠까지 같이 자는 통에50) 아무 손도 쓸 수가 없었다지 뭡니까, 글쎄.51) 이날이 되어서야 이모가 돌아갔는데 마침 양 노파가 들러 유겸의 시를 건넨 것이었습니다. 석석은 시를 보고 나서

"장 도령이 또 나를 오해하셨구나!"

하더니 양 노파를 보고 말했습니다.

"이모님이 내 방에서 주무시는 바람에 사흘 밤 동안 눈도 제대로 붙이지 못했어요. 조금도 짬이 나지 않아서 그런 것이지 내가 약속 을 어긴 게 아니에요! 이제 이모님이 돌아가셨으니 도련님한테 오 늘 밤 등불을 켜면 오라고 전해줘요. 오늘은 절대로 어기지 않을 테니까!"

양 노파는 그 소식을 가지고 장유겸에게 알렸지요.

"사흘 동안 말씀을 전할 기회가 없었다지 뭐예요! (…) 오늘밤 촛불 이 켜진 다음에 만나잡니다."

---

50) 【즉공관 미비】 恁在此。조심해야 할 것이 이 대목이지.
51) 【즉공관 미비】 不做美, 姨娘前世冤家也。좋은 일을 거들지 않다니 이모가 전생의 원수로군.

유겸이 약속한 시간까지 기다렸다가 담장 밖으로 천천히 가서 살펴보니 정말 대나무 사다리가 담벼락에 하나 세워져 있는 것이었습니다. 유겸은 기뻐서 어쩔 줄을 모르면서 살금살금 사다리를 타고 한발 한발 올라갔지요.[52] 담장 위에 이르러 가만 보니 동백나무 가지 위로 웬 검은 그림자가 서 있는 것이 아닙니까. 깜짝 놀랐는데 알고 보니 비영이 거기서 기다리고 있었습니다. 비영이 헛기침을 한 번 하자 서로 눈치를 챘습니다. 그는 나뭇가지를 타고 내려갔습니다. 비영이 그를 데리고 누각 아래까지 갔더니 석석이 거기서 기다리고 있는 것이 아닙니까! 둘은 손을 마주잡고 누각을 올라갔습니다.

등불 아래에서 마주보니 둘 다 모두 커서 모습이 예전과는 사뭇 달랐지요. 두 사람은 하도 반가워서 동시에 말했습니다.

"드디어 오늘 다시 만났군요!"

두 사람은 비영이 앞에 있는 것도 아랑곳하지 않고 서로 얼싸안았습니다. 비영은 상황을 눈치 채고 등불을 들고 누각 밖으로 나갔지요.[53] 그때 달빛이 방을 비추자 두 사람은 서로 기대기도 하고 안기도 하다가 급기야 침상으로 가서 운우의 정을 나누었습니다.

한 번 이별에 네 해를 헤어져 지냈는데,	一別四年,
상봉은 순식간에 이루어졌구나!	相逢半霎。
어린 시절의 좋은 기억 떠올리노라니,	回想幼時滋味,
마치 꿈나라에 있는 듯 즐겁기만 하다.	渾如夢境歡娛。

---

52) 【즉공관 미비】何異登雲梯。 구름다리를 올라가는 것과 다를 게 무엇인가!
53) 【즉공관 미비】好个湊趣丫頭。 정말 눈치가 빠른 여종이군.

당시에는 철없이 까불고 놀았건만,　　　　　當時小陣爭鋒,

지금은 제대로 한번 겨루어 보자꾸나.　　　今日全軍對壘。

꼭 닫은 봉오리 살짝 터지고,　　　　　　含苞微破,

큰 틈새로 핏기 살짝 비치자,　　　　　　大創元有餘紅,

옥기둥이 갑자기 발끈하더니,　　　　　　玉莖頓雄,

그침 없이 내달리며 조금도 망설임 없구나.　驟當不無半怯。

그저 너와 나 진심으로 사랑하기에,　　　　只因爾我心中愛,

부모조차 모두 뒤로 제쳐놓는다.54)　　　　拼却爹娘眼後身。

운우의 정을 나누고 나서 두 사람은 각자 고충을 털어놓았습니다.

"나와 당신의 즐거움은 그저 한 순간뿐이로군. 나중에는 결국 남의 차지가 되겠지 …"

유겸이 이렇게 말하자 석석이 말하는 것이었습니다.

"오라버니는 어쩌면 이렇게도 내 마음을 몰라요? 나는 남의 집과 정혼한 후로 줄곧 목숨을 끊으려고 했어요. 그러다가 시집갈 날이 오기 전에 잠시라도 오라버니와 만나 즐거운 시간을 가지기만 간절하게 바라고 있었단 말이에요! (…) 만일 훗날 내가 남의 짝이 된다면 나는 개돼지만도 못한 년이에요! 때가 되면 두고 봐요!"

두 사람은 밤새도록 도란도란 소곤소곤 이야기를 나누었습니다. 동

---

54) 당시에는 철없이~: 여기서부터 마지막 구절까지는 장유겸과 나석석이 운우의 정을 나누는 장면을 주로 묘사하고 있다. 시오노야와 카라시마의 일역본(제303쪽)에는 이 시가 빠져 있다.

이틀 무렵 석석은 유겸을 깨우더니 옷을 입혀서 내보냈습니다.

"밤에는 어떻게 하지?"

하고 유겸이 묻자 석석이 말했습니다.

"우리 집에는 늘 일이 있어서 밤마다 만나기는 어려울 거예요. (…) 내가 암호를 드릴게요.55) 내 누각 서쪽 다락은 담장 밖 멀리서도 보여요. 앞으로 다락의 등 세 개에 불이 켜지면 대나무 사다리를 가져와 오리버니가 들어오게 해드릴게요. (…) 등이 하나뿐이면 오면 안 되는 것으로 하자고요.56) 바깥에서 우두커니 기다리면서 괜히 지난번처럼 헛고생하지 마시고요!57)"

이렇게 약속하고 헤어진 유겸은 아까처럼 동백나무 쪽으로 가서 사다리를 타고 내려왔습니다. 그런 다음 비영이 담장에 올라가서 사다리를 치우니 정말 귀신도 모를 정도로 감쪽같이 뭡니까?

이날 이후로 유겸은 멀찍이서 하염없이 누각을 바라보곤 했습니다. 그러다가 다락 서쪽에 등 세 개가 켜지기만 하면 그길로 담장으로 다가갔지요. 가서 보면 그곳에는 어김없이 사다리가 놓여 있었습니다. 그러면 그는 안으로 들어가 석석과 즐거운 시간을 보냈습니다. 이렇게 꼬박 너덧 밤을 함께 즐거움을 만끽했지요. 만약 사정이 여의치

---

55) 【교정】 드릴게요[爲]: 상우당본 원문(제1247쪽)에는 '할 위爲'로 나와 있으나 전후 맥락을 고려할 때 원래는 '줄 여與'를 써야 옳다.

56) 【즉공관 미비】 暗號甚妙, 皆惜惜能事處。 암호가 아주 절묘하군, 그게 다 석석의 장기지.

57) 【즉공관 측비】 亦是愛處。 역시 사랑스러운 면.

않으면 한두 밤 건너뛰기도 하면서 한 달 남짓 드나들었지 뭡니까.
한창 즐거울 때인데 정말이지

'좋은 일에는 시련이 많은가 봅니다.'58)　　　　　好事多磨。

얼마 후 호북湖北의 대단한 장수 하나가 장충부의 명성을 흠모하여
그를 서기로 초빙했답니다. 충부는 월주 태수에게 작별을 고하고 집
으로 돌아와 짐을 꾸렸습니다. 그리고 부임하는 길에 유겸을 그곳에
데리고 가서 향시59)를 보게 하기로 했지요.60) 유겸은 그 소식을 듣고
석석이 마음에 걸려 무척 괴로웠습니다. 그러나 아버지의 명령을 거
역할 수는 없었지요. 그 사실을 석석에게 알리고 울면서 그렇게 그녀
와 작별할 수밖에 없었습니다. 석석은 돈과 비단을 많이 꺼내 노자로
건네더니 울면서 그를 보고 말했습니다.

---

58) 좋은 일에는 시련이 많은가 봅니다[好事多磨]: 국내에서 널리 사용되는 '호
사다마好事多磨'는 원래 원·명대 구어체 문학 작품에서 자주 등장하는 성
어이다. 이 네 글자를 글자 그대로 풀이하면 '좋은 일은 시달림이 많다' 정
도로 번역된다. 좋은 일을 이루어지는 과정에서는 이런저런 시련과 고통을
많이 겪게 된다는 뜻이다. 국내에서는 이 성어를 전부 '호사다마好事多魔'
로 적고 그 의미도 '좋은 일에는 마가 많다, 좋은 일에는 마가 많이 낀다'
식으로 사용하는데, 명백한 와전訛傳이다. 여기서의 '마'는 문법으로 보나
맥락으로 보나 '마귀 마魔'와는 거리가 멀고, 원문에서 보는 바와 같이 '갈
마磨'로 써야 옳다.

59) 향시鄕試: 중국 고대에 예부禮部에서 주관한 과거시험. 명대에는 제3대 황
제인 성조成祖 주체朱棣 이후로 '양경兩京제도'를 채택하면서 북경北京과
남경南京에서 각각 시행되었다.

60) 【즉공관 미비】此時似是冤家, 到底却得其力. 이때는 원수 같은데 나중에는 그의
도움을 받지.

"운이 좋아 시집을 가지 않으면 그나마 오라버니와 재회할 때까지 기다릴 수 있을 거예요. 혹시라도 오라버니가 돌아오시기 전에 강제로 혼사를 치르게 하신다면 차라리 누각 앞 우물에 뛰어들어 오라버니와 다음 생에서 다시 인연을 맺을 수밖에요. (…) 이번 생에서 가망이 없다면 영영 이별하는 셈 치자구요!"

두 사람은 밤새도록 울고 불었습니다. 그 와중에 운우의 정을 나누기는 했지만 참담한 마음에 아무래도 평소만큼 즐겁지는 못했지요. 헤어질 무렵 석석은 유겸의 손을 붙잡고 신신당부했습니다.

"오라버니, … 우리 사랑을 잊으면 안 돼요! (…) 틈이 나면 무조건 하루라도 빨리 돌아와야 해요!"

"그야 당부할 것도 없소. 나도 향시만 아니었다면 어떻게든 구실을 찾아 미루면서 가지 않았을 거야! 하지만 이번에 하필 향시가 있으니 미룰 수가 없었구려. (…) 이게 어디 내 뜻이겠소? 돌아올 수만 있으면 당장 돌아오리다. 당신을 하루라도 빨리 보아야 이 속이 후련할 테니까!"

둘은 서로 한참을 꼭 끌어안은 채 차마 떨어질 줄 모르다가 각자 눈물을 머금고 헤어지는 것이었습니다. 유겸은 부친을 따라 호북으로 갔습니다만, 가는 길 내내 경치를 보며 슬퍼한 것은 말할 필요도 없었지요. 그쪽에 도착하니 마침 과거시험 기간이었습니다. 유겸은 간절한 마음으로 생각했습니다.

'과거에서 장원으로 급제한다면 … 어쩌면 그녀의 혼약을 물릴 수

있을지도 몰라.'

그는 평소의 재능과 학식을 총동원해서 문부文賦61)를 완성했습니다. 그리고 시험장을 나와 아버지에게 고했지요.

"어머니께서 집에 홀로 계시니 마음이 놓이지 않는군요. (…) 아무래도 집에 돌아가야 할 것 같습니다."

"어째서 방이 걸리는 것도 보지 않고 가겠다는 게냐?"

충부가 이렇게 물었더니 유겸이 말하는 것이었습니다.

"방에 제 이름이 없으면 무슨 낯이 있겠습니까? 게다가 … 어머니께서 집에 혼자 계시니 아침저녁으로 걱정이 됩니다.62) 이곳은 집에서 멀어 월주에 있을 때만큼 소식을 원활하게 전하기 어렵지요. 그러니 아들이라는 놈이 어떻게 마음을 놓을 수가 있겠습니까? (…) 공명은 어차피 몸 밖의 일입니다. 그것을 누릴 팔자인지 아닌지는 전생에 벌써 정해져 있을 텐데 방을 본들 무슨 소용이 있겠습니까?"

이렇게 며칠 내내 조르자 충부도 그제야 허락을 해서 아들을 집으로 돌려보냈지요.

그렇게 며칠이 지나 집에 왔을 때였습니다. 알고 보니 신 씨 집안에

---

61) 문부文賦: 산문 형식으로 지은 부賦(운문). 여기서는 과거시험의 답안을 문부로 작성했다는 뜻이다.
62) 【즉공관 미비】於母恐未必惓惓如此。모친에게 이렇게 지극한 정성을 다할 리는 없을 텐데?

서는 그해 겨울 모일에 나석석을 신부로 맞아들이기로 날을 잡아놓았지 뭡니까, 글쎄. 석석은 마음이 급해져서 날마다 유겸이 돌아오길 기다리느라 눈이 다 빠질 지경이었습니다. 그래서 수시로 비영에게 구실을 찾아 유겸의 집에 가서 소식을 알아보게 했지요. 그랬다가 이 날 비영은 유겸이 돌아왔다는 소식을 듣고 부리나케 달려와 석석에게 알렸답니다.

"너는 어서 가서 약속을 잡아라. (…) 오늘밤 꼭 만나러 오셔야 한다고, 지난번과 같은 방법으로 들어오시면 된다고 말이다!"

이렇게 이른 석석은 이어서 가사를 한 편 써서 잘 봉한 후 그것까지 가져가 유겸에게 보이도록 일렀습니다. 비영은 명을 받고 장 씨 댁 문 앞에 갔는데, 마침 유겸과 딱 마주쳤지 뭡니까.

"잘됐구나, 잘됐어! 내 그렇지 않아도 나가서 양 씨 어멈한테 서신을 전해달라 부탁하려던 참이었는데 마침 네가 왔구나!"

그러자 비영이 고하는 것이었습니다.

"저희 아씨께서는 아무리 기다려도 도련님이 안 오시는 바람에 시도 때도 없이 눈물을 흘리셨습니다. 날이면 날마다 저더러 소식을 알아오라고 시키셨고요. 오늘도 도련님께서 돌아오셨다는 소식을 듣고 부리나케 저를 보내 도련님과 약속을 잡으라고 하셨어요. (…) 오늘밤에 전처럼 대나무 사다리를 타고 들어와 만나시잡니다. 여기 아씨가 보내신 서신이 있습니다!"

유겸이 뜯어보니 【복산자卜算子】 가사가 적혀 있는 것이 아닙니까. 그 내용은 이러했지요.

다행히도 그이가 돌아오셨다는데,　　　　　　　幸得那人歸,
어떻게 해야 오시게 할 수 있을꼬?　　　　　　怎便教來也。
하루에도 열두 시간이나 그리워하니,　　　　　一日相思十二時,
참으로 사랑을 버리기 어렵구나!　　　　　　直是情難捨。
본래는 좋은 인연이건만,　　　　　　　　　本是好姻緣,
그런데도 거짓된 인연이 아닐까 두렵네.　　　又怕姻緣假。
만일 다른 사람 따르라 강요한다면,　　　　若是教隨別个人,
그저 황천에서나 만나는 수밖에!　　　　　相見黄泉下。

유겸이 가사를 다 읽고 나서

"알겠다."

하고 말하니 비영도 그제서야 물러가는 것이었습니다. 유겸은 유겸대로 그 가사를 소중하게 보관했지요.

밤이 되자 유겸은 멀리 다락 서쪽을 바라보았습니다. 아 그랬더니 벌써 등불 세 개가 밝게 빛나고 있는 것이 아닙니까. 서둘러 담장으로 가보니 대나무 사다리가 드리워져 있길래 바로 안으로 들어가 석석과 상봉했습니다. 석석은 귀한 보물이라도 얻은 것처럼 두 손으로 끌어안으면서 이렇게 원망하는 것이었습니다.

"참 야속하기도 하지! 이제야 돌아오시다니요! 지금 혼삿날이 벌써 정해졌으니 나와 오라버니는 매일 밤 만난다 해도 두 달밖에 남지 않았어요. 시간이 없다구요! (…) 그래도 오라버니와 실컷 즐거움을

나누고 죽을 수만 있다면 아무 여한도 없을 거예요!⁶³⁾ 오라버니는
젊고 준수하시니 장래가 한량이 없을 정도로 촉망되지요. (…) 나는
여염집 저속한 여인들처럼 도련님과 같이 죽자고 강요하고 싶지는
않아요. 하지만 … 훗날 따로 신부를 얻더라도 절대로 나를 잊으시면
안 됩니다!"

말을 마치고 대성통곡을 하니 유겸도 따라 울면서 말했습니다.

"죽으면 같이 죽는 거지 어째서 그런 말을 하시오? 내가 헤어진
후 하루라도 당신 생각을 하지 않은 날이 있는 줄 아시오? 그래서
과거를 치르자마자 방이 붙는 것도 기다리지 않고 돌아온 게요! 아버
님 말씀을 거역할 수 없어서 며칠 늦어진 것뿐이오. (…) 내가 잘못했
소! 그러니 날 원망하지 마시오! 당신이 새 가사를 부쳐주었으니 나
도 운을 맞추어 답사를 한 수 지어 내 마음을 표현하리다."

동심결과 그것을 응용한 노리개

그는 석석의 종이와 붓을 가져다 이렇게 적는 것이었습니다.

---

63) 【즉공관 미비】有情人。사랑을 가진 사람이군.

떠날 때도 내가 원한 것이 아니었는데,	去時不由人,
돌아오는 일인들 어찌 내 마음대로 하겠소.	歸怎由人也。
비단띠의 동심결 매듭 다 만들어졌는데,	羅帶同心結到成,
어쩐 일로 버리라 하시나!	底事敎拚捨。
마음은 몹시도 참되고,	心是十分眞,
사랑은 조금도 거짓이었던 적 없나니.	情沒些兒假。
만일 늦게 돌아왔다고 죽비[64]로 때리겠다면,	若道歸遲打掉篦,
삼천 대라도 기꺼이 맞으리다![65]	甘受三千下。

가사에 담긴 유겸의 마음을 읽은 석석은 그로서도 어쩔 수가 없었다는 것을 알고 더 이상 원망하지 않고 같이 장막 안으로 들어가 애틋한 사랑을 나누었습니다. 이런 속담이 있지요.

'신혼부부가 오랜만에 상봉한 연인만도 못하다.[66]'　新婚不如遠歸。

거기다가 함께할 날도 얼마 남지 않았으니 일각이 천금만큼 귀하다는 것을 알기에 둘은 거리낌 없이 마음 내키는 대로 사랑을 나누었

---

64) 죽비[篦]: '비篦'는 원래 참빗을 뜻하지만 명·청대 구어에서는 사람을 때리는 데에 사용하는 죽비竹篦로 묘사하는 경우가 많다. 죽비는 한쪽은 온전한데 한쪽은 쪼개진 형태를 가지고 있으며 불교 사찰에서 사람을 때리는 용도로 사용되기도 하므로 여기서도 편의상 '비'를 "죽비"로 번역했다.
65) 삼천 대라도 기꺼이 맞으리다: 이 내용은 뒤에 이어지는 나인경의 몽둥이에 대한 복선伏線으로 이해해도 좋을 듯하다.
66) 신혼부부가 오랜만에~[新婚不如遠歸]: 명대의 속담. 오랫동안 헤어졌다가 다시 만난 연인이나 부부의 금슬이 갓 혼인을 한 신혼부부의 금슬보다 훨씬 돈독하다는 뜻으로 한 말이다. 때로는 "갓 혼인한 사이가 오랜만의 이별만도 못하다[新婚不如久別]" 식으로 사용되기도 했다.

지요.

이렇게 보름을 보내고 났을 때였습니다. 유겸은 조금 겁이 났던지 석석을 보고 말했지요.

"나는 이번에 하룻밤도 거른 날이 없고 당신 또한 일찍 자고 늦게 일어나니 너무 겁 없이 지내고 있는 것 같구려. (…) 만에 하나 소문이라도 나서 남에게 발각되기라도 하면 어쩌려오?"

"난 조만간 죽을 작정이에요. 그러니 당분간 실컷 즐거움을 누려야지요! 어차피 발각된다고 한들 한 번밖에 더 죽겠어요? 두려울 것이 뭐가 있겠어요?"[67]

정말 석석은 아주 대담하게 행동했습니다. 나 씨 댁 부인이 석석이 낮에 일을 하는 것을 보니 기운이 하나도 없는데다가 늘어지게 하품을 하는가 하면, 또 어떤 때에는 아침에 일어난 것을 보니 눈이 빨갛게 부어 있는 것이었습니다.

'이 아이가 평소와는 좀 다르구나. (…) 혹시 무슨 짓을 벌이는 게 아닐까?'

부인은 속으로 이상하게 여기면서 각별히 주의를 기울였습니다. 한밤중이 되어 인적이 끊겼을 때였습니다. 살그머니 딸 방 앞으로 가서 동태를 살피는데 가만히 들어 보니 딸이 다락에서 누구와 조곤조곤

---

67) 【즉공관 미비】眞是拼得做得。정말 제대로 싸울 줄 아는군.

이야기를 나누고 있는 것이 아닙니까!

'참 이상한 일이 아니냐? 이렇게 늦은 시각에 … 설마 여태까지 비영이하고 이야기를 나누고 있는 걸까? (…) 이야기를 나눈다고 쳐도 목소리는 또 왜 이리 작은 게야? 무슨 말인지 도통 알아들을 수가 없네.'

이렇게 생각한 나 씨네 부인이 다시 한 번 귀를 기울이는데 가만히 들어보니 이번에는 다락 아랫방에서 코 고는 소리가 들리는 것이었습니다. 그녀는 더더욱 이상한 생각이 들었습니다.

'위층에서는 누가 이야기를 하고 있는데 아래층에서는 누가 자고 있다면 … 세 사람이 있다는 뜻이 아닌가![68] (…) 자는 것이 비영이라면 내 딸은 대관절 누구하고 이야기하는 거지? (…) 이 일에는 분명히 곡절이 있을 게야!'

부인은 황급히 가서 남편에게 이 일을 알렸습니다. 나인경은 깜짝 놀라서

"혼삿날이 다가오는데 사달이 나면 안 된다!"[69]

하더니 부인에게 일렀습니다.

"꾸물거리지 말고 당장 딸 방으로 가서 봅시다! 무슨 일인지 당장

---

68) 【즉공관 미비】却不道怎的。야단 났구만!
69) 【즉공관 측비】專爲此要做。오로지 혼사를 치르는 데에만 집중했건만.

확인해야겠소. 그 다락에는 숨을 곳도 없으니."

나 씨네 부인은 하녀 둘을 깨워 등불
을 들게 해서 셋이 앞장섰습니다. 인경
은 인경대로 몽둥이를 들고70) 뒤를 따
라 딸 방으로 향했습니다. 딸 방의 문이
굳게 잠겨 있는 것을 보고 나 씨네 부인
이 외쳤습니다.

몽둥이

"비영아!

비영은 그래도 자느라 아무 대답이 없는데 위층에서 먼저 이 소리
를 들었습니다.

"어머니께서 부르시네요. (…) 집에 무슨 일이 생긴 게 분명해요."

석석이 이렇게 말하자 유겸도 당황하는 것이었습니다.

"당황하지 말고 가만히 계세요. 내가 어머니를 마중하러 내려가 볼
게요. 밤중에는 오실 일이 없는데 …"

석석은 서둘러 일어나 옷을 입고 아래층으로 내려갔습니다. 장유겸
도 속이 뜨끔했던지 민망한 꼴이 벌어지지나 않을까 싶어서 일어나서
옷을 걸쳤습니다. 그러나 나갈 길이 없어서 하는 수 없이 어두운 구석
에 숨어 바깥 상황에 조용히 귀를 기울였지요.

---

70)【즉공관 미비】利害。 대단해!

석석은 어머니 혼자서 무엇을 물으러 온 줄로만 여겼습니다. 그래서 '대충 막아서면 되겠지' 하고 방심했지요. 아, 그런데 문을 열자마자 등불 두 개가 환하게 비추고, 거기다 아버지까지 떠억 버티고 서 있는 것이 아닙니까! 석석은 깜짝 놀라서 말문이 다 막혔습니다. 그런데 가만 보니 어머니는 하녀 손에 들린 등불을 들고 아버지는 몽둥이를 든 채 그길로 누각 위층으로 돌진하는 것이었습니다.[71] 석석은 상황이 심상치 않게 돌아가자 발각된 것을 눈치 채고 누각 밖으로 나오더니 우물로 뛰어들려고 하는 것이 아닙니까. 그러자 하녀 하나가 석석이 다급하게 달려가는 모습을 보고 등불을 가져다 비추고, 빈손의 다른 하녀는 그녀의 행동을 보고 다급하게 끌어안으며

"왜 이러세요!"

하더니 바로 소리를 질렀습니다.

"아씨가 우물에 뛰어들려고 하십니다!"

그 서슬에 깜짝 놀라 깬 비영이 걸어 나와 살피다가 가만 보니 아씨가 저쪽에서 힘겹게 버둥거리고 있고 두 하녀는 안간힘을 다해 그녀를 끌어안고 있지 뭡니까. 비영은 우물 난간으로 달려가 엎드리더니 잉잉거리면서 말했습니다.

"아씨, 안 돼요!"

누각 아래에서 벌어진 소동은 잠시 접어두고 다시 나인경 부부 쪽

---

71) 【즉공관 미비】此時眞正着急。이때는 정말 당황한 게지.

이야기를 들려드리지요. 내외는 위층 다락방 어두운 구석으로 걸어가더니 한 사람을 찾아냈습니다. 인경이 몽둥이를 쳐들고 때리려고 하고 부인은 부인대로 등불을 가져다 앞을 딱 비추는 찰나! 인경이 보니 장충부의 아들 유겸이지 뭡니까. 그는 일단 손을 멈추고는 욕을 퍼부었습니다.

"이 짐승 같은 놈! 금수 같은 놈! (…) 네놈은 내 벗의 아들이거늘 어째서 이런 경우 없는 짓을 벌여 우리 집안의 가풍을 더럽힌단 말이냐!"

그러자 유겸은 하는 수 없이 무릎을 꿇고 용서를 빌었습니다.

"어르신, 저를 용서하시고 일단 … 제 말씀부터 들어주십시오! (…) 저는 어릴 때부터 따님과 동갑에 동창으로, 마음이 서로 통하는 사이였습니다. 재작년에 사람을 시켜 청혼했을 때 어르신께서는 '과거에 급제하면 허락하겠노라'고 약조하셨지요. 저는 혼사를 위해 더욱 분발해서 글공부를 했습니다. 그 경사를 성사시키기만 바라면서 말입니다. 그런데 … 이 댁에서 갑자기 다른 집에 출가시키려 하실 줄 누가 알았겠습니까?[72] (…) 따님은 원망을 하면서 저를 불러 몰래 만나게 된 것입니다. (…) 원래는 같이 죽고 같이 살기로 약조했었는데 오늘 이렇게 발각되었으니 따님은 죽으려 들겠지요. 저도 혼자서는 살고 싶지 않으니 차라리 때려 죽여주십시오!"

---

[72] 【즉공관 미비】反罪其失信, 亦無聊之極思。 도리어 나인경이 신용을 잃은 것을 힐난하니, 이 역시 무료하게 머리를 쓴 격이다.

"예전에 그런 말을 한 적은 있지. 허나, … 네놈이 언제 급제를 했더란 말이냐? 그러면서 내가 다른 집에 출가시킨다고 원망을 해?[73] 너 같은 파렴치한 금수에게는 공명을 얻을 운은 없을 게다! (…) 네 죄가 막중하다마는 엄연히 국법이 있으니 네놈을 건드리지는 않겠다!"

나인경은 이렇게 말하면서 왈칵 팔을 비트는 것이었습니다. 나 씨네 부인은 이번에는 누각 앞에서 실랑이를 벌이는 소리를 듣고 딸이 자결이라도 할까 겁이 나서 허둥지둥 누각을 내려갔습니다. 인경은 유겸을 바깥의 본채로 끌고 와 밧줄로 꽁꽁 묶은 다음 서재에 가두고 하인들을 시켜 단단히 지키면서 날이 밝는 즉시 관아로 끌고 가도록 했지요. 그리고는 자신은 다시 안으로 들어와 딸이 있는 곳으로 시선을 돌리다가 가만 보니 석석이 산발을 한 채 어머니와 하녀들은 아직도 한 덩어리로 뒤엉켜 그 쪽에서 아우성을 벌이고 있는 것이 아닙니까.

"이렇게 한심한 것을 봤나! (…) 죽게 내버려두시오! 말리기는 왜 말려?"

인경이 벌컥 성을 내면서 몽둥이를 들고 때리려 하자 부인과 하녀들은 붙잡는 사람은 붙잡고, 둘러메는 사람은 둘러메면서 석석을 위층으로 밀고 올라갔습니다. 인경이 혼자 밑에 남아 고개를 들다가 가만 보니 비영이 아직도 우물 난간에 있지 뭡니까.[74] 인경은 속에서 부아가 치밀었지만 어디 풀 길이 없자 한 손으로 비영의 머리채를 잡아채 질질 끌고 와 매질을 하면서 말했습니다.

---

73) 【즉공관 미비】仁卿語亦正。 인경의 말도 맞는 말이지.
74) 【즉공관 미비】悔氣撞着。 재수 없게 마주쳤군.

"이게 다 네년이 다리를 놓는 바람에 벌어진 일이다! (…) 어찌 된 영문인지 냉큼 사실대로 고하지 못할까?"

비영은 처음에는 내내 누각 아래층에서 자고 있어서 몰랐다고 발뺌을 했습니다. 그러나 매질을 견디다 못해 결국 전후 사정을 전부 털어놓을 수밖에 없었지요. 또

"아씨와 장 도련님이 시도 때도 없이 울면서 '같이 죽겠다'고 하시길래 그만 ….”[75)]

인경은 그 말을 듣고 나서 호통을 치면서 비영을 물리쳤습니다. 그러고는 속으로는 좀 후회가 되었던지 이렇게 생각하는 것이었지요.

'지난번에 석석을 놈에게 주었더라면 이런 꼴은 보지 않았을 텐데! (…) 허나, 지금 신 씨 댁이 여기에 섞여 있으니 일이 참 어렵게 돼버렸구나! (…) 관아에서 해결하는 수밖에 없겠어.'

이렇게 밤새 난리를 치고 났더니 날이 벌써 밝았습니다. 아닌 게 아니라 '집에 난리가 나면 날도 금방 밝는다고 느껴지기 마련'이라지 않습니까[76)] 부인은 하녀들과 함께 딸 곁에 꼭 붙어 있으면서 석석이 자결할 틈을 주지 않았습니다. 인경은 인경대로 유겸을 끌고 그길로 현 관아로 향했지요.

현령이 재판정에 나와 고소장을 받아보니 간통 사건으로, 현장에

---

75) 【즉공관 미비】 此話要緊。이 말이 중요하지.
76) 【즉공관 미비】 冷話。썰렁하기는.

서 범인을 붙잡은 데다가 증거도 모두 갖추어져 있는 것이었습니다. 현령은 고소당한 쪽이 수재인 것을 보고 곧바로 유겸을 불러내어 물었지요.

"그대는 글을 읽고 예법을 아는 몸이다. 그런데 어째서 이런 풍기를 문란케 하는 짓을 벌였단 말인가?"

"대인, 사실대로 아뢰겠습니다! (…) 이 일에는 억울한 곡절이 있습니다. 맹랑한 남녀가 음탕한 짓을 벌인 것이 아닙니다!"[77]

유겸이 이렇게 아뢰자 현령이 말했습니다.

"무슨 곡절이길래?"

"소생과 나 씨 댁 따님은 같은 해, 같은 달, 같은 날에 태어났습니다. 어려서부터 나 씨 댁에서 소생의 집으로 따님을 보내 공부를 시키셨으니 저희는 동창이기도 하지요. 저희는 서로 마음이 맞아 사사로이 맹약서를 쓰고 둘이 백년해로하기로 맹세했습니다. 그 후에 소생의 집에서 매파를 보내 혼담을 넣었으나 나 씨 댁에서는 '과거에 급제해야만 혼례를 허락할 수 있다'고 대답하시더군요. (…) 소생은 아버지를 따라 객지에서 학문에 전념하다가 두 해 만에 돌아왔습니다. 그런데 나 씨 댁에서는 당초의 언약을 저버리고 따님을 신 씨 집안에 출가시키기로 결정했다지 뭡니까! (…) 나 씨 댁 따님은 '예전에 했던 맹세를 지킬 수 없게 되었다' 여기고 시집가는 날 목숨을 버려 소생에게

----

77) 【즉공관 미비】 巧言。 교묘한 소리일세.

사죄하려고 했습니다. 그래서 소생과 직접 만나 마지막 작별인사를 하려고 저를 불렀던 것입니다. 그런데 그 행적이 드러나는 바람에 이렇게 붙잡히고 만 것입니다! 나 씨 댁 따님은 강제로 시집을 보내면 차라리 죽겠다고 했습니다. 소생 역시 의리상 혼자 살고 싶지는 않습니다![78] 일이 다 드러났으니 그 죄를 피하지 않겠습니다!"

현령은 유겸의 사람됨이 준수하고 말솜씨도 시원시원한 것을 보자 갑자기 그를 도와주고 싶은 마음이 들었습니다. 그래서 나인경에게 물었지요.

"저자의 말이 사실인가?"

"말이야 다 사실이오나 … 그런 짓은 저지르지 말았어야지요."

현령은 유겸의 재능을 시험해보려고 붓과 종이를 가져와 그에게 주면서 말했습니다.

"그대 마음이 정 그렇다면 진술만으로는 증거가 되지 않으니 사건의 전말을 서면으로 작성해 보이도록 하라!"

그러자 유겸은 바로 붓을 집어들더니 일필휘지로 이렇게 진술서를 작성하는 것이었습니다.

"가만히 생각해보건대, 사랑에 빠진다는 것은 바로 저희 두 사람을 두고 하는 말인 듯합니다. 도의적으로 부끄러울 것이 없다면 남

---

78) 【즉공관 미비】詞甚强直。 말투가 꽤 당찬걸?

의 말에 신경 쓸 필요가 어디 있겠습니까? 나 씨 댁 따님은 저와는 같은 달 같은 날 나서 함께 학당을 다니고 선비가 되었으며, 저와 의기가 투합하여 금란金蘭과도 같은 교분을 맺었으니 단순히 월담 해 처녀를 희롱하는 부류와는 경우가 다릅니다. 사마장경司馬長卿[79] 의 즐거움은 거문고를 연주하는 것이 아니었습니다. 송옥宋玉[80]의 〈초혼招魂〉이 어찌 여색을 밝혀서였겠습니까? 당초 혼인을 하려면 급제부터 하라고 하셨고 저 또한 낙방 위로주[81]를 마신 적이 없습니

---

79) 사마장경[長卿]: 전한대의 문장가 사마상여司馬相如를 말한다. 한대의 갑부 탁왕손卓王孫에게는 문군文君이라는 딸이 있었는데 거문고를 잘 연주했다. 그 소문을 듣고 거문고로 〈봉구황鳳求凰〉이라는 곡을 연주하여 문군의 마음을 사로잡은 사마상여는 그녀와 함께 야반도주를 했다. 《사기史記》〈사마 상여전司馬相如傳〉에 따르면, 사마상여는 얼마 후 자신의 재산을 처분하고 임공臨邛 거리에 술집을 내고 문군에게는 주방을 맡기고 자신은 일꾼과 함께 길거리에서 술그릇을 씻었다고 한다. 이 소식을 전해 듣고 화병으로 두문불출하던 탁왕손은 하는 수 없이 문군에게 상당한 재산을 분배하고 두 사람의 결혼을 인정해주었다고 한다.

80) 송옥宋玉(BC298?-B222): 전국시대 초楚나라의 문장가. 중국 고대의 4대 미 남 중의 하나이며, 굴원屈原의 후학이 되었다. 사부辭賦에도 뛰어나 굴원의 뒤를 이었으며, 당륵唐勒·경차景差 등 당대의 문학가들과 함께 일컬어지곤 했다. 전하는 작품으로 《구변九辨》·《풍부風賦》·《고당부高唐賦》·《등도자호 색부登徒子好色賦》등이 있다.

81) 낙방 위로주[打氁氌]: '타모소打氁氌'는 당대의 풍습으로, 과거시험에 낙방한 수험자들이 술을 마시고 우울한 속을 달래던 것을 말한다. 당대 후기의 학자 이조李肇(?~?)의 《국사보國史補》에 따르면 "과거에 급제하면 수험자의 이름을 자은사 탑에 열거하고 '제명회'라고 불렀다. … 낙방하면 술을 취하도록 마시고 '번민을 떨친다'고 불렀다旣捷, 列書其姓名于慈恩寺塔, 謂之題名會. … 不捷而醉飽, 謂之打氁氌". 여기서 모소氁氌는 '번민·시름'을 뜻하는 말로, 송·금대에는 모소眊矂, 근대에는 모조毛躁로 쓰기도 했다. 이때 동사 로 사용된 '타打'는 전후 맥락을 볼 때 의미상으로 '벌이다try'가 아니라 '떨치 다throw' 또는 '풀다quench'의 의미로 해석된다. 이 풍습에 관해서는 제40권

다. 그런데 난데없이 봉황을 타면서도 통소는 불지 말라시니[82] 인내심이 별안간 원망으로 변한 것입니다. 출가를 앞두고 영별하기로 한 것 또한 십 년 동안 자식을 낳지 않겠다고 맹세한 것과 무엇이 다르겠습니까? 약속을 지키고자 목숨까지 기꺼이 버린다면 천리 밖에서 서로를 그리던 정리를 저버리지 않게 되겠지요.[83] 어차피 울타리를 넘어간 이상 처벌을 받더라도 달게 여기겠습니다. 그러나 삼가 엎드려 바라옵건대, 이 기구한 인연을 가엾게 여기시어

사마상여와 탁문군의 이야기를 다룬 명대 희곡 〈사마상여금심기〉. 만력연간 부춘당본

하찮은 인연이 빛을 볼 수 있게 판결해주시고, 그 지극한 사랑을 어여삐 여기시어 그물을 열어 깊은 인덕을 베풀어주신다면, 찬 골짜기

에도 소개 내용이 있으니 참조하기 바란다.

82) 봉황을 타면서도 통소는 불지 말라시니[跨鳳別吹簫]: 진秦나라에는 소사簫史라는 사람이 있었는데 통소를 잘 불어서 그가 통소를 불면 공작새와 흰 학들이 날아들었다. 소사가 진 목공秦穆公의 딸 농옥弄玉을 아내로 맞아들인 후 통소 부는 법을 가르쳐 몇 년 후 봉황 울음과 비슷한 소리를 내자 봉황이 그 집에 찾아들더니 어느 날 갑자기 두 사람이 봉황을 타고 승천했다고 한다. 소사는 통소를 불어서 농옥을 아내로 맞아들이고, 나아가 봉황을 타고 승천할 수 있었다. 그런데 여기서 봉황을 타면서 통소를 부르지 말라고 했다는 것은 곧 유검과의 혼약을 깨고 다른 사람에게 출가시키려 하는 것을 두고 한 말이다.

83) 【즉공관 미비】 自責反自譽, 東方朔之遺風。 자신을 책망한다는 것이 도리어 자신을 자랑하고 있군. 동방삭이 남긴 유풍이지.

도 짧은 봄을 만나는 격이요 꺼진 재도 다시 살아나는 격이리니 그 은혜는 옥을 심는 것[84]과도 같을 것이요, 그 보답은 풀을 묶는 것[85] 과도 맞먹을 것입니다. 위와 같이 진술하는 바입니다!"

竊惟情之所鍾, 正在吾輩, 義之不歉, 何恤人言。羅女生同月日, 曾與共 塾而作書生, 幼謙契合金蘭, 匪僅逾牆而摟處子。長卿之悅, 不爲挑琴, 宋 玉之招, 寧關好色。原許乘龍須及第, 未曾經打甂甂, 却敎跨鳳別吹簫, 忍 使頓成怨曠。臨嫁而期永訣, 何異十年不字之貞。赴約而願捐生, 無忝千里 相思之誼。既藩籬之已觸, 總桎梏而自甘。伏望憫此緣慳, 巧賜續貂奇遇, 憐 其情至曲, 施解網深仁。寒谷逢乍轉之春, 死灰有復燃之色。施同種玉, 報 擬銜環。上供。

---

84) 옥을 심는 것[種玉]: 진대晉代의 소설가 간보干寶(?~336)가 지은 《수신기搜 神記》에 나오는 이야기. 좋은 인연을 맺는 것을 말한다. 양백옹楊伯雍이라 는 사람이 물이 나지 않는 높은 산에서 사람들에게 마실 물을 나누어주는 선행을 삼 년 동안 베풀었다. 하루는 누가 한 말짜리 돌을 주면서 높고 편평 한 곳의 돌이 있는 곳에 심어 기르라고 당부한다. 그의 말대로 하자 몇 년 후 거기서 옥이 자라나서 그 옥으로 그 고을의 미인 서徐 씨를 아내로 맞아 들였다고 한다.

85) 풀을 묶는 것[結草]: 춘추시대의 역사를 소개한 《좌전左傳》 "선공 15년宣公 十五年"조에 나오는 이야기. 진晉나라의 대부大夫 위무자魏武子에게 애첩 이 있었다. 어느 날 병으로 몸져누운 위무자는 아들 위과魏顆(?~?)를 불러 자신이 죽으면 애첩을 재가시키라고 당부한다. 그러나 병세가 위독해 정신 이 오락가락하던 위무자는 자신이 죽으면 애첩도 함께 묻어 달라는 유언을 남기고 죽는다. 위과는 아버지의 극단적인 두 유언 사이에서 고민한 끝에 그 애첩을 다른 집에 재가시킨다. 훗날 진秦나라와 싸움을 벌일 때 위과가 적장 두회를 추격하는데 무덤 위의 풀이 갑자기 얽혀서 올가미를 만드는 바람에 두회가 거기에 걸려 위과에게 사로잡힌다. 그날 밤 위과의 꿈에 웬 노인이 나타나 자신은 위과가 재가시킨 애첩의 아버지이며, 그 은혜에 보답 하고자 오늘 풀을 묶어 적장을 잡게 해주었다고 일러준다.

현령은 진술서를 읽고 극찬을 하면서 나인경을 보고 말했습니다.

"이렇게 출중한 자라면 사윗감으로 충분하다. 네 여식은 '이미 엎질러진 물'이 되어 주워 담기 어렵게 되었느니라. 차라리 둘을 맺어주는 편이 낫지 않겠느냐?"[86]

"벌써 신 씨 댁의 예물을 받았으니 소인도 이제는 마음대로 할 수가 없습니다!"[87]

나인경이 이렇게 말하자 현령이 말하는 것이었습니다.

"신 씨 집안에서 이 소문을 듣는다면 혼사를 원할 리는 없을 텐데?"

현령이 한참 이렇게 나인경을 설득하려고 할 때였습니다. 뜻밖에도 신 씨 집안에서도 이 일을 알고 추가로 고소를 하러 와서 간통의 경위를 추궁하려 하는 것이었습니다. 신 씨 댁은 어마어마한 부잣집으로, 현령과도 평소 내왕이 있었습니다. 그런데 이번 일은 신 씨 댁의 주장이 정당해서 현령조차 그들의 뜻을 꺾기 어려웠지요. 더욱이 장유겸이 풀려나면 두 집안이 격분한 나머지 그를 때려 죽일지도 모르는 일이었습니다.[88] 그래서 현령은 하는 수 없이 신 씨 집안의 고소장을 받아들여 장유겸을 잠시 옥에 가두는 한편, 나석석을 소환해서 다시 사건의 정황을 심문할 수밖에 없었습니다.

---

86) 【즉공관 미비】好个縣宰。훌륭한 현령이군.
87) 【즉공관 측비】亦是真話。역시 참말이로군.
88) 【즉공관 미비】真好縣宰。정말 훌륭한 현령이야!

계속 이야기를 들려드리지요. 장 씨 댁 부인은 아침이 되었는데도 유겸이 아침을 먹으러 오지 않자 서재로 가서 아들을 찾았습니다. 그러나 거기에도 없는 것이 아닙니까. 어디로 갔는지 도통 감을 잡지 못하고 있는데[89] 가만 보니 양 노파가 오더니 허둥거리면서 말하는 것이었습니다.

"마님, 알고 계십니까? 도련님이 간통죄로 나 씨 댁에 붙잡혀서 감옥으로 끌려갔답니다요, 글쎄!"

"그 아이가 요 며칠 정신줄을 놓고 지내더니 기어이 일을 냈구나!"

장 씨 댁 부인이 깜짝 놀라자 양 노파가 말했습니다.

"나 씨와 신 씨는 두 집 다 떵떵거리는 부잣집이니 관아에서 도련님을 괴롭힐까 걱정입니다. (…) 도련님을 어떻게 구하지요?"

"이 일은 아이 아버지께 알려 상의하는 방법밖에 없겠네! (…) 아녀자인 나로서는 할 수 있는 게 없네. 그저 감옥에 사식이나 넣어주는 수밖에 말일세!"

장 씨 댁 부인은 서신을 쓴 다음 집에서 부리는 하인에게 호북으로 가서 장충부에게 소식을 알리고 방법을 의논하라고 일렀습니다.[90] 하인은 그날 밤 바로 길을 나섰지요.

---

89) 【즉공관 미비】張媽媽一向在夢中。 장 씨 부인은 내내 꿈속에 있었지.
90) 【즉공관 미비】此着得功。 이 수가 힘을 받았군.

이쪽의 장유겸은 감옥에서 상념에 젖어 있었습니다.

'현령께서 무척 호의적이시니 어쩌면 목숨을 보전할 수도 있겠구나. 허나, … 그날 밤 석석은 죽었는지 살았는지! (…) 아무래도 이번 생에서 다시 만나기 어려울까 걱정이구나!'

이렇게 그리움에 사무쳐 눈물을 흘리고 있는데 옥지기들이 다가와 뇌물을 요구하는 것이 아닙니까? 물론, 현령이 괴롭히지 말라는 분부를 내려서 폭행을 당하는 사태까지는 벌어지지 않았습니다. 그러나 이러쿵저러쿵 욕설을 잔뜩 늘어놓지 뭡니까.[91] 유겸은 선비인 데다가 기분까지 우울하다 보니 그런 수모를 어떻게 견딜 수가 있겠습니까?

그런데 이렇게 서로 실랑이를 벌이고 있을 때였습니다. 갑자기 옥문 밖에서 징과 북소리가 한바탕 울리더니 웬 사람들이 옥문을 통해 바로 들이닥치는 것이 아닙니까![92] 그 바람에 감옥 안 사람들은 다 기겁

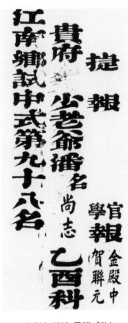

명대의 과거 급제 첩보
남경중국과거박물관 소장

을 하고 말았습니다. 유겸이 그 우두머리를 보니 어깨에 붉은 깃발을 하나 꽂았고 그 깃발에는 구리 방울이 매달렸는데 '원수부의 급보[帥

---

91) 【즉공관 미비】也差得多了。 그래도 차이가 많이 난다.
92) 【즉공관 미비】天下快事, 無過於此。 세상에서 통쾌한 일로 이보다 더한 것은 없을 듯.

府捷報]'라는 글귀가 적혀 있었지요.

"어느 분이 장유겸 수재이십니까요?"

그가 마구 외치자 사람들은 유겸을 가리키면서 말했습니다.

"바로 이자올습니다. 당신들은 뭐 하는 자들이슈?"

그 사람들은 거기에는 대꾸도 없이 몰려들어 유겸을 단단히 둘러싸더니 말하는 것이었습니다.

"저희는 호북의 원수부에서 특별히 수재께 희소식을 전하러 왔습니다. 어서 상표(賞票93))부터 써주십시오!"

그러더니 개중에 하나가 붓과 종이를 꺼내 유겸의 손에 쥐어주고는

"삼백 관으로 써 주십시오!"

"오백 관을 주십시오!"

하면서 성화를 부리지 뭡니까. 그래서 유겸이 말했습니다.

"서두르지 마시오. 명단을 꺼내 석차를 확인한 뒤 상표를 써도 늦지 않소."

---

93) 상표賞票: 명·청대에 과거에 급제한 사람이 그 소식을 전하러 온 사람에게 추후에 상으로 내리기로 한 재물의 종류와 액수를 기입한 일종의 어음.

"높으시던데요, 높아요!"

전령들이 이렇게 말하면서 붉은 종이에 작성된 명단을 꺼내 보여주는데 바로 삼등이었습니다.

"나는 죄를 지어 옥에 갇힌 몸이오. 어째서 내 집으로 가서 소식을 전하지 않고[94) 옥에 와서 소란을 피우는 게요? 현령께서 알기라도 하시면 난처하오!"

하고 유겸이 말하자 전령들이 말했습니다.

"댁으로 갔더니 수재께서 이곳에 계신다더군요. 방금 전에 현령 나리께도 아뢰었습니다. 경사이니 나리께서도 나무라지는 않으실 겁니다."

"내 목숨이 어찌될지도 아직 알 수가 없는 상황이오. 결정은 지현 나리께서 내리실 텐데 내가 상표를 쓴들 무슨 소용이 있겠소?"[95)

그러자 전령들은 마구 소리를 질러대고 옥지기들까지 덩달아 소란을 피우는 바람에 감옥 안은 그야말로 난리법석이 되어버렸습니다. 그런데 가만히 들어보니 길잡이들의 벽제 소리[96)가 들리자마자 옥지

---

94) 【즉공관 미비】到此地位, 連犯罪二字也說得響了。이 지경까지 와서도 '범죄'라는 말조차 [보란 듯이] 꺼내는구나.

95) 【즉공관 미비】好推法。발뺌도 잘하는군.

96) 길잡이들의 벽제 소리[喝導]: 갈도喝導 또는 갈도喝道는 고대 중국에서 관리가 행차할 때 그 행렬 맨 앞에 서서 관리의 행차를 알려 행인들이 길을 비키도록 유도하던 행위를 가리킨다. 우리나라에서는 이를 '벽제辟除 소리'라고 했다.

기들이 허겁지겁 자리를 비키면서 소리치는 것이었습니다.

"지현 나리께서 행차하셨다!"

잠시 후에 현령이 껄껄 웃으며 천천히 감옥 안으로 들어와 사람들이 그래도 유겸을 둘러싼 채 놓아주지 않는 것을 보고 호통을 쳤습니다.

"어째서 그러는 게냐?"

"그렇지 않아도 나리를 기다리고 있었습니다요! (…) 장 수재께서 옥에 있다면서 어음을 써주지 않으려고 하시지 뭡니까, 글쎄. 나리께서 해결해주십시오!"

전령들이 이렇게 말하자 현령이 웃으면서 말했습니다.

"소란 떨 것 없느니라. (…) 장 수재가 우수한 성적으로 급제했고 우리 현에 공금이 있으니 쉰 관을 상으로 주마. 관아 곳간에서 받아가도록 해라."

현령은 붓을 가져다 상표를 써서 전령들에게 주었습니다. 그러나 다들 상금이 적다고 성화를 부리지 뭡니까. 그래서 거기다 열 관을 더 얹어주니 그제야 그 자리를 떠나는 것이었습니다. 현령은 장유겸에게 의관을 바꾸어 입게 한 후 절을 하고 재판정으로 안내해 축하 인사를 했습니다.

"우수한 성적으로 과거에 급제한 것을 축하하외다!"

감옥이 떠들썩하게 방울 울리며 낭보를 알리다.

"소생이 대인의 보살핌으로 운 좋게 과거에 급제했습니다. 허나, … 지은 죄가 무거우니 대인께서 선처해주시기만 바랄 뿐이옵니다!"

유겸이 이렇게 말하자 현령이 말했습니다.

"그건 사소한 일이니 마음에 담아둘 것 없소. 본관이 알아서 잘 처리하리다!"

그런데 현령의 명령을 받들어 대질을 위해 석석의 신병을 확보하러 간 아전이 그때까지 돌아오지 않고 있었습니다. 그러자 현령은 그 자리에서 표를 한 장 써주었는데, 거기에는 이렇게 적혀 있었습니다.

> "장 씨 댁 자제가 방금 급제했으니 풍악을 울리며 댁까지 전송해드리도록 하라. 나 씨네 처자는 소환하지 말고 신주 관아의 결정을 기다리도록 하라!"
>
> 張子新捷, 鼓樂送歸, 羅女免提, 候申州定奪。

표를 다 쓴 현령은 아전에게 명령을 내려 붉은 장식과 악대·말을 대령하게 했습니다. 그리고 나서 유겸에게 술 석 잔을 부어준 다음 그 붉은 장식을 걸어주었습니다. 그러고는 유겸을 말에 태우고 풍악을 울리며 관아 문 앞까지 배웅해주는 것이었습니다.[97] 그야말로

어제까지만 해도 옥에 갇힌 죄수이더니,	昨日牢中囚犯,
오늘은 말을 탄 낭군이 되셨구나.	今朝馬上郎君。
남녀 연애사에 볼거리를 더하였으니,	風月場添彩色,

---

97) 【즉공관 미비】快哉。후련하다!

인온사[98])조차 즐거워하리라!　　　　　　　　　　氤氳使也歡欣。

계속 이야기를 들려드리겠습니다. 유겸이 도중까지 마중을 나갔다가 가만 보니 앞쪽에서 관아의 아전 둘이 여인용 가마 하나를 끌고 관아 쪽으로 향하는 것이 아닙니까. 그 가마 안에서는 흐느끼는 소리가 어렴풋이 들렸습니다. 이쪽에서 현령의 표를 받아 가던 아전이 확인해보더니 가마 안에 있는 것이 나석석임을 알고 목청을 높여 외쳤습니다.

"관아로 갈 것 없소. 장 수재께서 과거에 급제하셔서 소환은 취소되었소!"

명대의 여성용 가마 구영, 〈소주 청명상하도〉

그는 표를 꺼내서 관아로 오는 길이던 그쪽 아전에게 보여주었습니다. 석석은 가마 안에서 그 소리를 똑똑히 듣고 발을 걷어 밖을 힐끔 훔쳐보았습니다. 그런데 가만 보니 아 글쎄 장 선비가 위풍당당하게

98) 인온사氤氳使: 인온대사氤氳大使를 줄인 말. 중국 고대의 민간 전설에서 혼인을 관장하는 신으로, 그 역할은 앞서 소개된 월하노인과 비슷하다.

도 싱글벙글하면서 말을 탄 채 자기한테로 다가오는 것이 아닙니까! 그녀는 속으로 몹시 반가워하는 것이었지요.[99] 유겸은 유겸대로 가마 안의 석석을 발견하고 그날 밤 그녀가 죽지 않았다는 사실을 알고 나서야 그동안 내내 자기 가슴을 짓누르고 있던 응어리를 훌훌 벗어던졌습니다. 이때 두 사람은 네 눈으로 서로를 마주보며 만감이 다 교차했습니다. 석석을 태운 가마가 방향을 틀자 그 위치가 딱 유겸을 태운 말 옆이었습니다. 그렇게 해서 앞서거니 뒤서거니 하면서 오다 보니 마치 신랑이 신부의 가마를 맞이하는 것 같았지요. 딱 하나 부족한 것이 있다면 가마 위를 장식하는 화려한 혼례 장식뿐이었습니다. 두 사람은 길이 갈라지는 지점까지 와서야 서로 눈짓으로 작별인사를 나누었습니다.

유겸은 집으로 돌아와 어머니에게 인사를 올리고 자신을 데려다준 사람들에게 상을 내렸습니다. 사람들이 모두 그 자리를 떠나자 장 씨 댁 부인이 말하는 것이었지요.

"네가 경우 없는 짓을 저지르는 바람에 이 늙은 어미가 걱정이 되어 죽는 줄 알았구나! 이번에 하늘이 돕지 않았더라면 이 일이 어찌 될 뻔했느냐? 오늘도 전령들이 들이닥치길래 관아에서 사람들이 몰려와서 행패를 부리려나 싶어 놀라서 숨을 곳도 찾지 못하고 쩔쩔매기만 했느니라. 나중에 자초지종 이야기를 듣고 나서야 마음을 놓고 네가 관아의 옥에 있다고 하니까 사람들이 바로 그리로 가더구나. (…) 그건 그렇고 … 관아에서는 어째서 너를 풀어준 게냐?"

---

99) 【즉공관 미비】惜惜此時之樂, 不減於張. 석석의 이 순간의 즐거움이란 장 선비 못지않지.

그러자 유겸이 말했습니다.

"소자가 못나서 사사로운 연정으로 그런 짓을 벌여 어머님을 놀라게 만들었습니다! 다행히 현령 대인께서 호의로 이 혼사를 성사시켜 주려 하셨으나 신 씨 집안에서 가만히 있지 않았지요. 그런데 운 좋게 오늘 과거에 급제하니 현령 대인께서 크게 기뻐하시면서 소자를 집까지 보내주셨습니다. 나 씨 댁 딸에 대한 소환도 취소하셨고요. (…) 소자의 허튼 생각인지는 몰라도, 죄를 사면받는 것은 물론이고 … 어쩌면 혼사에도 희망이 생길지 모르겠습니다."

"아무리 지현 나리께서 그렇게 선처하셨더라도 듣자니 신 씨 댁은 자기네 재력을 믿고 포기하지 않으려고 한다더구나. 이 일을 상급 관청에 진정하려고 한다니 그들에게 맞설 수 있을지 걱정이다! (…) 일이 벌어지고 나서 네 아버지와 상의하려고 사람을 보냈다마는 어떻게 손이라도 쓰셨는지 모르겠구나!"

장 씨 댁 부인이 그래도 걱정을 하자 유겸은

"그 일은 일단 현에서 주 관아에 어떻게 고했는지, 주 관아의 뜻은 어떤지 보고 방법을 강구할 생각입니다. 그러니 어머님께서도 일단 걱정을 거두십시오."

하면서 어머니를 안심시켰습니다. 그리고 얼마 지나지 않아 이웃에서 사람들이 축하 인사를 하러 몰려왔습니다. 양 노파도 예외가 아니었습니다.[100)] 장 씨 댁 부인이 반가워한 것은 말할 필요도 없었지요.

계속 이야기를 들려드리겠습니다. 이 고을의 태수는 재판정에 나와서 호북 원수부에서 보낸 서신을 한 통 받았습니다. 그것을 뜯어서 보니 장유겸과 나석석의 일로 태수에게 두 사람을 도와줄 것을 부탁하는 서신이었지요. 그것은 장충부가 집에서 온 서신을 보

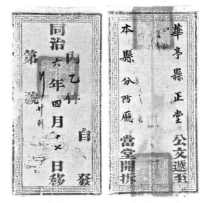

청대의 공문 봉투(동치 6년)

고 자신의 상관에게 부탁해 작성한 것이었습니다. 그래도 어쨌든 상관이 장충부에게 대필을 시킨 것이다 보니 자연히 그 내용도 그렇게 간곡할 수가 없었지요.

당시에는 원수부가 권력을 쥐고 있었습니다. 그래서 태수도 일 처리에 최선을 다하지 않을 수 없었지요. 다만, 태수 본인은 이 일의 경위를 자세히 몰랐기 때문에 현령이 오면 물어보려던 참이었습니다. 마침 이날 현에서도 공문이 도착했지 뭡니까. 태수도 그것을 보고 나서야 내막을 파악할 수 있었지요. 게다가 장유겸이 방금 급제했다는 사실을 알고 나니 더더욱 그를 도와주고 싶어졌습니다. 그런데 가만 보니 신 씨 집안에서 찾아와서 다음과 같은 고소장을 제출하는 것이었습니다.

"장유겸은 간통죄를 범해 감옥에 갇혔사온데 현령이 사정을 봐주며 독단적으로 석방하고 죄를 추궁하지 않았습니다. 이는 명백히 국

---

100) 【즉공관 미비】張生此時可以膽大了。 장 선비도 이때 간 크게 행동해도 좋겠군.

법을 무시한 처사입니다!"

그러자 태수는 신 씨를 불러 이렇게 타일렀습니다.

"그대의 고소대로라면 나 씨네 처자는 이미 순결을 잃은 여인이오. 그런 처자를 가지고 다툰들 무슨 소용이 있겠는가? 그대 집안으로 시집 보내라는 판결을 내리고 그대가 그런 며느리를 받아들인다고 칩시다. 그건 그대 가문의 명성에 누가 되는 일이오! 어째서 당초의 예물을 돌려받고 다른 집안의 참한 처자를 맞아들이지 않는 게요? 그렇게 한다면 전혀 흠결이 없으니 얼마나 좋소이까? (…) 그대 집안은 나 씨네와는 비교할 수조차 없을 정도로 깨끗한 가문인데 어째서 이렇게 쓸데없이 기 싸움을 벌인단 말이요!"101)

신 씨가 태수의 말을 들어보니 그 말에 일리가 있지 뭡니까. 그는 한동안 대답을 못 하다가 이내 머리를 조아리면서 말하는 것이었습니다.

"대감의 결정을 따르도록 하겠습니다!"

태수는 곧바로 아전에게 분부해 종이와 붓을 신 씨에게 가져다주고 그에게 나 씨 집안과의 혼사를 물리기를 원한다는 서약서를 쓰게 했습니다. 그러고는 그것을 현 관아에 이첩하여102) 나인경 명의로 신 씨 댁의 당초의 예물을 반환하게 했지요. 신 씨 댁에서는 태수가

---

101) 【즉공관 미비】雖爲張生, 實是正理。 장선비를 위한 일이라고는 하지만 사실은 정당한 이치이지.
102) 【즉공관 측비】周到。 주도면밀하군.

이렇게 처리해도 함부로 토를 달지 못하고 머리를 조아린 다음 물러 갈 수밖에 없었습니다. 그러자 태수는 즉시 비밀리에 서신을 작성해 공문들 속에 못으로 밀봉해서 현령에게 전달했지요. 거기에는 다음과 같이 쓰여 있었습니다.

> "장유겸과 나석석은 천생연분이오. 현령은 이 인연을 이루어주도록 하시오. 이 일은 원수부의 처분을 받들되 절대 소홀히 처리해서는 안 될 것이오!"
>
> 張羅, 佳偶也。茂宰可爲了此一段姻緣, 此奉帥府處分, 毋忽。

현령은 주 관아에서 보낸 공문과 함께 이 서신을 보고 명첩 두 통을 갖추었습니다. 우선 나인경을 면담을 위해 관아로 초대하러 아전을 하나 보내고, 이어서 다른 아전을 장유겸을 초대하러 보냈습니다. 두 아전은 그 명령을 받들어 길을 떠났지요.

나인경은 평민 출신의 부자일 뿐이었습니다. 그러니 현령이 명첩까지 갖추어 초대하는데 서둘러 달려가지 않을 수가 있겠습니까? 그는 서둘러 작은 모자로 바꿔 쓰고 긴 두루마기를 입은 다음 관아로 갔지요. 현령은 혼사를 성사시킬 생각으로 각별한 예의를 갖추고 그를 보고 말했습니다.

"장유겸은 좋은 사윗감이어서 본관이 지난번에 귀하에게 그를 받아주라고 설득했었소. 이제 그가 급제했으니 내 뜻을 따라준다면 참으로 아름다운 경사가 될 것이외다."

"나리께서 분부하신 일을 소인이 어찌 감히 거역하겠습니까? 다만, … 신 씨 댁에 딸을 주겠다고 했고 그 댁에서도 기어이 맞아들이려

하시니 소인이 뭐라고 해명한단 말씀입니까? 진퇴양난이니 나리께서 헤아려주시기 바랍니다!"

나인경이 이렇게 말하자 현령은

"그대만 승낙하면 되오. 신 씨 집안도 이제 아무 걱정할 필요가 없소이다!"

하더니 껄껄 웃으면서 아전을 불러 주 관아에서 보낸 공문들 속에서 신 씨가 쓴 파혼 서약서를 가져오게 해 나인경에게 보여주는 것이었습니다.103)

"신 씨 댁에서는 이렇게 하기로 했소. (…) 이제는 귀하가 좋은 사위를 얻은 것을 축하해도 되겠지요?"

그러자 인경은 머뭇거리면서 말했습니다.

"신 씨 댁에서 … 어떻게 이런 서약서를 선뜻 써줄 생각을 했을까요?"

"귀하는 모르겠지만 이 모두가 주 태수 대인의 뜻이오. 귀하 사위의 혼사를 성사시킬 마음으로 신 씨 집안에 쓰게 하신 게지!"

하더니 현령은 소매 속에서 태수의 서신을 꺼내 인경에게 보여주었

---

103)【즉공관 미비】眞好縣宰, 然而此時不爲奇也。 정말 훌륭한 현령이다. 그러니 이 대목에서는 놀라울 정도는 아니지.

습니다. 주와 현의 관아에서 이렇게까지 적극적으로 나서는데 인경이 어떻게 거절할 수가 있겠습니까? 할 수 없이

"하찮은 딸의 일로 여러 나리께 심려를 끼쳤습니다. 소인이 어찌 명을 거역하겠습니까?"

하고 고맙다는 인사를 하는데 가만 보니 마침 장유겸도 관아에 도착했지 뭡니까. 현령은 그를 접견하고 웃으면서

"방금 그대의 장인이 직접 혼사를 허락하셨구려!"

하더니 태수의 밀서와 신 씨의 서약서를 유겸에게 보여주고 그간의 경위를 자세하게 일러주었습니다. 유겸은 뜻밖의 희소식에 거듭 감사해마지않았지요. 현령은 즉시 유겸한테 그 자리에서 장인에게 인사를 하게 했습니다. 그러자 나인경도 속으로 기뻐하는 것이었지요. 현령은 이들을 뒤채로 안내해 술상을 차리고 장인과 사위 두 사람을 성대하게 대접하려고 했습니다. 그런데 나인경이 감히 합석할 수는 없다며 극구 사양하는 것이었습니다.

"사위 체면도 있는데 합석한들 무슨 상관이 있겠소?"

나인경은 그제야 마음껏 마시고 즐기다가 헤어졌지요.
집에 돌아온 유겸은 아버지가 호북 원수부와 태수에게 손을 쓰고 태수가 이를 다시 현령에게 부탁한 일을 어머니에게 소상하게 알렸습니다. 그러자 장 씨네 부인은 몹시 기뻐하는 것이었지요.
나인경 쪽은 지현 나리가 대접한 술을 마시고 나니 몸이 한결 가벼

워졌습니다.[104] 그는 현령이 장유겸의 체면을 봐서 자신을 대접한 것을 아는지라 사위를 더욱 장하게 여겼지요. 나 씨 댁 부인은 줄곧 딸의 잘못을 두둔해왔습니다. 그랬는데 이번에 주와 현에서 모두 이렇게 일을 선처해주더라는 인경의 말을 듣고, 거기다가 과거에 급제한 사위까지 얻고 나니 이 같은 결과에 만족한 것은 굳이 말할 필요도 없었지요. 이튿날은 마침 황도黃道의 길일이었습니다. 그래서 바로 양 노파를 중매쟁이로 보내 '딸을 시댁으로 보내기 서운해서 장유겸을 데릴사위로 들이고 싶다'는 의향을 전했지요.

신방에 화촉華燭을 밝힌 첫날 밤, 신랑 신부는 오랜 벗으로 똑같이 온갖 풍파를 다 겪으면서 울고 웃다가 죽다 살아나서 가까스로 부부로 상봉하고 나니 그 기쁨이라는 것은 이루 말로 표현할 길이 없을 정도였습니다.

혼례를 마친 후 부부는 함께 시댁인 장 씨 댁으로 건너가 장 씨네 부인에게 인사를 올렸습니다. 장 씨네 부인은 어엿한 아들과 참한 며느리를 보고 몹시 흐뭇하고 만족스러웠지요. 그러면서 이렇게 분부했습니다.

"주와 현의 나리님들의 은혜는 절대로 잊어서는 안 되느니라! 혼례도 치렀으니 꼭 찾아뵙고 인사를 드리도록 해라!"

"소자도 그럴 생각이었습니다."

유겸은 이렇게 말하고 시어머니의 말벗으로 석석을 집에 머물게

---

104) 【즉공관 미비】原僥幸。애초부터 행운이었지.

했습니다. 장 씨네 부인은 석석을 어릴 적부터 며느리로 점찍었던 터여서 더욱 사이가 좋았지요. 그 사이에 유겸은 주와 현을 돌면서 고맙다고 인사를 했고, 두 관아에서는 각자 사람을 보내 예물을 전달하고 축하 인사를 하는 것이었습니다. 볼일을 다 마치고 나서 두 사람은 원래대로 함께 장인 집으로 돌아왔지요.

이듬해에 유겸은 예부의 회시會試에 응시하여 단번에 급제했습니다. 그는 벼슬이 별가別駕에까지 이르렀고, 내외는 백년해로했지요. 이 이야기를 노래한 시가 있습니다.

'감옥이야말로 행복의 전당'105)이라더니만,　　　　　漫說囹圄是福堂,
그 안에 신랑감 있을 줄 누가 알았으리오?　　　　誰知在內報新郞。
뼛속까지 사무치는 한바탕 추위 없다면,　　　　　不是一番寒徹骨,
어찌 매화 향기 콧속까지 스밀 일 생기겠나!106)　怎得梅花撲鼻香。

---

105) 감옥이야말로 행복의 전당[囹圄是福堂]: 명대 말기에 정등길程登吉(?~?)이 엮은 아동 교재 《유학경림幼學瓊林》에 나오는 말. 원문에는 "아무리 감옥이라도 행복의 전당일 수 있지만 땅에 금만 그어도 감옥이 될 수 있는 법雖囹圄便是福堂, 而劃地亦可爲獄"으로 되어 있다. 감옥살이를 하면 자신의 잘못을 뉘우치고 개과천선하도록 이끄니 감옥이 따지고 보면 행복으로 이끄는 전당이 될 수도 있다는 뜻이다.

106) 뼛속까지 사무치는~: "뼛속까지 사무치는 한바탕 추위가 없다면, 어찌 매화 향기 콧속까지 스밀 일 생기겠나不是一番寒徹骨, 爭得梅花撲鼻香" 이 두 구절은 송대의 승려 보제普濟가 엮은 《오등회원五燈會元》〈용문원선사법사龍門遠禪師法嗣〉"도량명변선서道場明辯禪師"조에 나오는 말로, 시련(추위)을 이겨내야만 행복(매화)을 맛볼 수 있다는 뜻이다.

제30권

왕 대사는 부하에게 위엄을 보이고
이 참군은 생시에 원한의 업보를 받다
王大使威行部下 李參軍冤報生前

卷之三十

王大使威行部下 李参軍寃報生前 해제

　　이 작품은 환생을 통해 복수를 한 사람들에 관한 이야기이다. 이야기
꾼은 홍매洪邁의 《이견지무夷堅支戊》 및 이방李昉의 《태평광기太平廣
記》에 소개된 장안長安 노숙륜의 딸과 인독촌因瀆村 오택吳澤 부자의
이야기를 차례로 앞 이야기로 들려주고, 이어서 《태평광기》에 소개된
왕사진王士眞의 이야기를 몸 이야기로 들려준다.

　　당대 정원貞元 연간에 젊은 시절 태행산太行山 길목에서 도적질을
일삼았던 하삭河朔의 이李 선비는 어느 날 갑자기 형편이 나아진 후로
는 개과천선하고 글공부에 전념하더니 심주深州의 녹사참군錄事參軍이
된다. 그는 성격이 호탕한 데다가 풍류를 즐겨 거문고·바둑·시가·서
화 등 못하는 것이 없어서 현지 태수로부터 신임을 받는다. 당시 그 지
역에서는 성덕군成德軍 절도사節度使인 왕무준王武俊이 무소불위의 권
력을 휘두르고 있고, 부대사副大使로 있는 그의 젊은 아들 왕사진王士眞
역시 부친의 권세를 믿고 안하무인으로 처신하면서 사람을 죽이고도
눈 하나 까딱하지 않을 정도로 잔인한 인물로 악명이 높다. 그러던 어느
날, 사진이 관할 고을들을 시찰하러 나섰다는 소식을 들은 심주 태수는
그를 영접해서 누가 술자리에서 실수를 저지르기라도 할세라 다른 손님
은 전혀 부르지 않고 혼자 술시중을 든다. 그러나 사진이 풍류를 아는
손님을 합석시킬 것을 요구하고, 태수는 심사숙고 끝에 평소 신임하던
이李 참군을 호출한다. 그런데 부름을 받고 달려온 이 참군이 사진에게
절을 하고 고개를 드는 순간, 그의 얼굴을 본 사진은 갑자기 벌컥 성을

내더니 이 참군이 아무리 깍듯이 예의를 차리며 조심해도 내내 성난 표정을 펴지 않는다. 사진은 식은땀을 흘리며 어쩔 줄을 모르는 이 참군을 보더니 더는 못 참는다는 듯이 이 참군을 하옥하라고 호통을 친다. 그러나 이 참군이 끌려가자 사진은 언제 그랬냐는 듯이 다시 웃는 얼굴로 태수와 밤새도록 술자리를 즐긴다. 이튿날 이른 아침에 참군을 찾아간 태수가 까닭을 묻자 한참을 망설이던 참군은 한숨을 쉬면서 자신의 과거를 털어놓는다. 27년 전 도적질을 일삼던 그는 자루를 짊어진 나귀를 몰고 가던 웬 젊은이를 벼랑 아래로 밀어 죽이고 나귀와 자루에 든 비단을 빼앗아 부자가 되었는데, 간밤에 본 사진이 27년 전 자신이 죽인 바로 그 젊은이였다고 고백한다. 태수가 사진에게로 돌아오자 사진은 참군이 아직 살아 있는 것을 알고 또 성을 내면서 당장 목을 베라는 명령을 내리고, 얼마 후 잘린 이 참군의 머리를 확인한 후에야 만족스러워하면서 껄껄 웃는다. 태수가 이 참군을 죽여야 했던 이유를 묻자 사진은 엉뚱하게도 '참군에게는 아무 죄가 없으나 그의 얼굴을 보자 갑자기 살의가 치밀어 죽였다'고 대답한다. 태수는 사진이 돌아가고 나서 은밀히 사진의 나이를 조사한 결과 딱 스물일곱 살인 것을 알고, 그제야 이 참군에게 죽임을 당한 젊은이가 왕사진으로 환생했음을 깨닫는다.

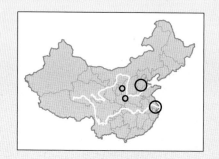

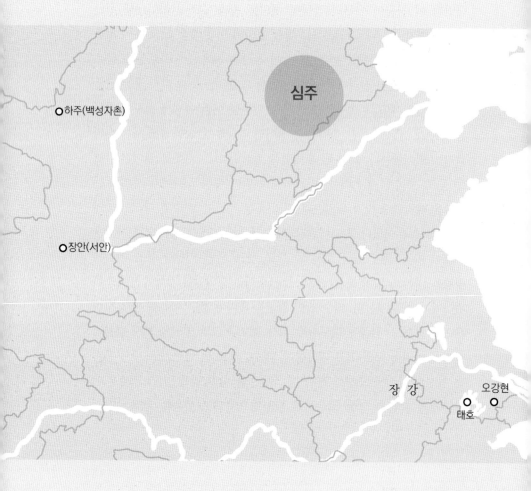

하주(백성자촌)

심주

장안(서안)

장 강

오강현

태호

이런 시가 있습니다.

원한의 업보를 서로가 갚은 사례는,	冤業相報,
예로부터 있었지.	自古有之。
한 가지 일을 하면 한 가지 업보 받는 법,	一作一受,
세상에는 봐주는 법이란 없나니!	天地無私。
사람을 죽이면 죽음으로 갚아야 하나니,	殺人還殺,
자신에게 칼 겨누는 꼴 아니겠는가?	自刃何疑。
만약 믿지 못하는 자 있다면,	有如不信,
이야깃거리 삼아 들어나보시라!	聽取談資。

이야기를 들려드리도록 하겠습니다. 이 하늘과 땅 사이에서 가장 소중한 것이 목숨입니다. 부처님은 살생을 경계하라고 하셨지요. 또, 하나를 죽이면 목숨으로 갚아야 한다고 하셨습니다. 하물며 같은 산 사람이 양심을 저버리고 작정을 하고 남을 죽였다면 어떻게 응보를 받지 않을 수가 있겠습니까? 그래서 율법에서는 남을 죽이면 목숨으로 갚는다는 조목이 가장 엄격한 것입니다. 한 고조漢高祖[1]가 진秦나

---

1) 한 고조漢高祖: 한나라를 세운 개국 황제 유방劉邦(BC247?~BC195)을 말한다. 자는 계季로, 패군沛郡 풍읍豐邑 사람이다. 농민 출신으로 진 시황秦始

라의 가혹한 법률을 없애고 약법 세
장[2]만 남겼을 때, 그중에서도 첫 번째
조항이 바로 "남을 죽이면 사형에 처한
다[殺人者死]"는 것이었습니다. 살인죄
가 무척 무거웠다는 것을 볼 수 있는
셈이지요. 그러나 대명천지에 발각되
지 않고 아무도 알지 못한다면 어디 그
많은 법률을 바로세울 수가 있겠습니
까? 아무리 법망을 벗어난다 하더라도
죽을 사람이야 죽을 수밖에 없지 않겠
습니까? 그래서 '저승의 응보'가 있는

한 고조 유방
〈청각 만소당화전淸刻晩笑堂畵傳〉

것입니다. 하지만 '저승의 응보'라는 것이 제아무리 많아도 저승의 지
옥에서나 이루어지는 일입니다. 아무리 한 치의 어긋남도 없다고는
하지만 그 광경을 확인할 수 있는 사람이 없지요. 설사 누가 죽었다가
되살아나고 그 소문이 용케 퍼졌다고 하더라도, 우기기 잘하고 마음
이 고약한 자들은 그저 '그런 말은 잠꼬대일 뿐'이라고 여기기 일쑤입
니다. 자신이 직접 확인한 적이 없으니 어디 그런 이야기를 곧이들으
려 하겠습니까? 반면에, 이승에서라면 환생한 원수가 이승에서의 응

<hr />

皇이 죽은 이듬해에 군사를 일으키고 항우項羽와 함께 진나라에 맞서 싸웠
다. 진나라의 도읍이던 함양咸陽을 점령하고 한왕漢王이 된 후 항우를 멸망
시키고 천하를 통일했다.
2) 약법 세 장[約法三章]: 한대 초기의 약식 법률. 한 고조 유방은 진나라 도읍
인 함양을 점령한 후 진나라의 가혹한 법률을 폐지하고 "사람을 죽이면 사
형에 처하고 사람을 다치게 하거나 도둑질을 하면 거기에 맞추어 처벌한다
殺人者死, 傷人及盜抵罪"라는 세 조항만 남겼는데, 당시 이를 '약법 삼장約
法三章'이라고 불렀다고 한다.

보3)를 받는 경우야 그런 행적이 분명하고 역사책에도 분명하게 기록되어 있으니 믿지 않을 수가 있습니까? 그런데도 우기면서 고약한 심술을 부리려 들다니요!

소생, 이번에는 팽생彭生4)이 제 양공齊襄公을 놀라게 만든 이야기, 조왕趙王5) 여의如意가 여태후呂太后를 쫓아간 이야기, 두영竇嬰6)·관부灌夫가 전분田蚡에게 매질을 한 이야기 같은 것은 들려드리지 않겠습니다. 그런 사례들을 두고

---

3) 이승에서의 응보[花報]: '화보花報'는 불교 용어로, '화보華報·과보果報'라고도 하는데, 전생에서 지은 죄업罪業에 따라 이승에서 받는 응보를 뜻한다.

4) 팽생彭生(?~BC694): 춘추시대 제齊나라의 대부大夫. 노나라 환공桓公을 살해한 죄로 제나라 양공襄公에게 죽임을 당했다. 동진東晉의 간보干寶가 지은 괴기소설집《수신기搜神記》에 따르면, 양공이 사냥을 나갔다가 큰 멧돼지와 마주쳤는데 시종들이 저마다 '멧돼지가 팽생의 환생'이라며 두려워했다. 이에 격분한 양공이 멧돼지에게 활을 쏘았지만 갑자기 사람처럼 서서 울부짖는 바람에 놀라서 마차에서 굴러떨어졌다고 한다.

5) 조왕趙王: 한나라 고조 유방의 셋째 아들 유여의劉如意(?~BC194)를 말한다. 유방이 총애한 척부인戚夫人의 아들로, 고조 7년(BC200) 대왕代王에 봉해졌다가 2년 후에 다시 조왕으로 봉해졌다. 유방이 몇 번이나 태자로 삼으려 했으나 정실인 여태후呂太后와 대신들의 반대로 포기했다. 유방이 죽고 여태후 소생의 유영劉盈이 황제로 즉위하자 여태후는 유여의를 독살하고 척부인에게도 잔인한 복수를 했다. 원대의 평화소설平話小說에는 죽은 유여의의 원혼이 여태후를 쫓아가서 복수를 하는 것으로 묘사되어 있다고 한다.

6) 두영竇嬰(?~BC131): 전한의 정치가. 자는 왕손王孫으로, 관진觀津 사람이다. 두태후竇太后의 조카로, 오·초 칠국吳楚七國이 반란을 일으키자 대장군大將軍에 임명되어 반란을 평정하고 위기후魏其侯에 봉해졌다. 무제 초기, 승상丞相으로 있을 때에는 유학을 숭상하고 도가사상을 배척하다가 두태후에 의하여 파면당했다. 나중에는 재상으로 있던 전분田蚡의 모함을 받아 위성渭城에서 죽음을 당했다. 두영과 관부가 사후에 원혼이 되어 나타나 전분에게 매질을 한 이야기는 나중에 지어진 소설에 추가된 것으로 보인다.

"시절이 어수선하면 귀신조차 사람을 업신여긴다.[7]" 時衰鬼弄人。

라고 하는 것이겠지요. 또 이런 말도 있습니다.

"이상하게 여기기 시작하면 없던 귀신도 절로 생긴다.[8]" 疑心生暗鬼。

이승에서의 목숨이 끊어지지도 않았는데 스스로 속이 켕기다 보니 별별 말도 되지 않는 상상을 다 하게 된 것입니다. 그래서 확실하게 이승에서 응보를 받은 사례들만 들려드리려고 합니다. 물론, 응보를 받는 방식이야 저마다 차이가 있지요.

손님들께서 마다하시지만 않는다면 소생이 한두 편 더 들려드리도록 하겠습니다.[9] 그런 다음에 몸 이야기로 들어가도록 하지요.

한 편은 당나라 때의 《일사逸史》에 나오는 이야기올시다. 장안長安 성 남쪽에 어떤 중이 살았습니다. 낮에 탁발을 하는데 웬 여자가 뽕나무 위에서 뽕잎을 따고 있는 모습이 눈에 들어왔습니다. 그래서 합장

---

7) 시절이 어수선하면~[時衰鬼弄人]: 명대의 속담. 시운이 쇠락하면 귀신까지 사람을 업신여긴다는 뜻으로, 원래는 "가세가 기울면 종도 상전을 우습게 알고, 시운이 다하면 귀신조차 사람을 업신여긴다勢敗奴欺主, 時衰鬼弄人" 또는 "세상이 어지러워지면 종조차 상전을 우롱하고, 시운이 다하면 귀신 조차 사람을 업신여긴다亂世奴欺主, 時衰鬼弄人" 등으로 사용되었다.
8) 이상하게 여기기 시작하면~[疑心生暗鬼]: 명대의 속담. 사람이 의심을 품기 시작하면 온갖 망상이 다 든다는 뜻으로, "이상하게 여기기 시작하면 귀신 도 만들어낸다疑心生鬼" 식으로 사용하기도 한다.
9) *본권의 앞 이야기는 홍매洪邁《이견지무夷堅支戊》권4의 〈오운랑吳雲郎〉 및 이방李昉《태평광기太平廣記》권125의 〈노숙륜녀盧叔倫女〉에서 소재를 취했다.

을 하면서 물었지요.

"여 보살님, 이 부근에 어디 독실한 시주[10]가 계신지요? 탁발을 받을 수 있는 분 말씀입니다."

그러자 여자가 손으로 가리키면서 말하는 것이었습니다.

"이리로 서너 리를 가시면 왕 씨 댁이 나와요. 마침 공양을 준비하고 있으니 스님이 오신 것을 보면 분명히 반갑게 시주를 할 거예요. 어서 가보세요!"

중이 그녀가 가리키는 쪽으로 갔더니 정말 웬 중들이 앉아서 공양을 먹고 있는 광경이 보이지 뭡니까. 그 중은 '딱 맞게 왔다' 싶어서 아주 좋아했지요. 공양이 끝나자 왕 씨 댁 노인과 노파는 그가 때맞춰 온 것을 보고 물었습니다.

"스님께서는 멀리서 오신 것 같은데 … 누가 예까지 안내하던가요?"

"서너 리 밖에서 웬 젊은 아낙네가 뽕잎을 따고 있더군요. 그분이 가르쳐주었습니다."

하고 중이 말하자 노인과 노파는 깜짝 놀라

---

10) 시주[檀越]: '단월檀越'은 불교 용어로, 산스크리트어 '다나 빠띠daana padi'를 한자로 번역한 말이다. 산스크리트어에서 '다나'는 '베풀다, 주다'라는 의미를 나타내는 동사이며 '빠띠'는 '주인·물주'라는 의미를 가진 명사이다. '다나 빠띠'는 말하자면 '베푸는 주인' 즉 자선가를 뜻하며 이를 의미대로 한자로 옮긴 것이 '시주施主'이다. 국내에서는 '단월'이 그다지 널리 사용되지 않으므로 여기서는 편의상 "시주"로 번역했다.

"우리 집에서 공양을 베푸는 것은 전혀 소문을 낸 적이 없는데 서너 리 밖의 여자가 어디서 알았을까? (…) 예지력을 가진 기인이 분명하다. 범상한 여자가 아니야!"

하더니 중을 보고 말하는 것이었습니다.

"수고스럽겠지만 잠시 스님께서 저희와 같이 가주시지요. 그 여자를 한번 만나봐야겠습니다."

노인과 노파는 그길로 그 중을 데리고 그곳으로 갔습니다. 그 여자는 그때까지도 뽕나무 위에 있다가 왕 씨네 노인과 노파를 보자마자 바로 나무에서 뛰어내리더니 뽕잎이 든 바구니조차 내팽개치고 앞을 향해 온 힘을 다해서 내빼는 것이 아닙니까!

중은 혼자 제 갈 길을 떠나고 노인과 노파만 그녀 뒤를 쫓아갔지요. 그런데 여자는 어떤 집에 도착하자마자 안으로 들어가버리는 것이었습니다. 왕 노인은 그 집이 같은 마을 사람 노숙륜盧叔倫의 집임을 알아보고 따라서 들어갔습니다. 아, 그런데 여자가 방 안으로 뛰어들더니 두 손으로 침상을 옮겨서 방문을 막는 것이 아닙니까. 하도 단단히 막아서 문을 열 수가 없었지요. 노 씨네 어머니는 그 두 노인네가 딸을 쫓아온 것을 괴이하게 여기고 물었습니다.

"왜 그러세요?"

그러자 왕 씨네 노인과 노파는 이렇게 말했습니다.

"제가 오늘 집에서 공양을 베풀었습니다. 헌데, … 막판에 멀리서

온 웬 스님이 공양을 드시러 와서 하는 말씀이 '젊은 아낙이 자기한테 일러주었다'는 거예요. (…) 제가 그런 공양을 베푼다는 사실은 남한테 일러준 적이 없습니다. 그런데 이 댁 아가씨가 어떻게 알았는지 궁금하군요. 해서 한마디 여쭈어보려고 온 것이지 다른 뜻은 없습니다."

노 씨 댁 어머니는 그 소리를 듣고

"그게 뭐 대수로운 일이라고요. 제가 가서 아이를 불러오겠습니다."

하더니 방문을 두드리면서 딸을 불렀습니다. 그런데 딸은 도통 나올 기색이 없지 뭡니까. 노 씨네 어머니가 성을 버럭 냈습니다.

"이게 웬일이람? 요 녀석이 장난을 치다니!"

그러자 여자가 방 안에서 대답하는 것이었습니다.

"난 그 두 늙은이는 보기 싫어요! 내가 무슨 죄를 지은 것도 아니고"

"이웃집 어르신들이 너를 좀 보자는데 뭐가 그렇게 부끄러우냐! 왜 숨어서 나오질 않아?"

하고 어머니가 말했지만 왕 씨 댁 노인과 노파는 그녀가 그렇게 꼭꼭 숨는 것을 보고

"분명히 뭔가 수상한 까닭이 있는 게야!"

하고 더더욱 이상하게 여기면서 문 밖에서 '꼭 한번 보자'고 애타게 부탁했습니다.[11] 그랬더니 여자는 방 안에서 버럭 소리를 지르는 것

이었습니다.

"모년 모월 모일에 산양을 팔던 부자 세 사람 지금 어디로 갔지?"

왕 씨네 노인과 노파는 그 소리를 듣고 깜짝 놀라 표정이 바뀌더니 허겁지겁 집을 뛰쳐나와 뒤도 돌아보지 못하고 다리가 두 개 더 달리지 않은 것이 유감이라는 듯이 달아나버리는 것이었습니다. 여자가 그제야 방문을 열고 나오길래 노 씨네 어머니가 물었습니다.

"방금 한 말은 무슨 소리냐?"

그러자 여자가 말하는 것이었습니다.

"어머니한테 말씀드릴게요. (…) 저는 환생하기 전에는 양을 파는 사람이었답니다. 그런데 하주夏州[12]에서 저 노인과 노파가 사는 집으로 와서 투숙했다가 부자 셋이 모두 둘의 흉계에 속아 죽임을 당하고 말았답니다! 둘은 우리가 지니고 있던 돈과 물건까지 강탈해서 집에서 호사를 누렸고요. (…) 저는 전생의 원한이 사라지지 않아 둘의 집에 아들로 태어났는데 아주 똑똑했습니다. 둘은 저를 보배처럼 애지중지했지만 열다섯 살 때 병이 들어 스무 살 때 죽고 말았지요. 저 집안에서 그 사이에 치료와 약에 쓴 돈은 당초 강탈한 액수의 몇 곱절이나 될 정도였답니다. 게다가 해마다 아들인 제가 죽은 날만 되면

---

11) 【즉공관 미비】前之訪, 此之求見, 皆業使之也。앞의 방문과 여기서 왕 노인이 여
   자를 보려고 하는 것은 모두 업보가 그렇게 이끈 것이지.
12) 하주夏州: 중국 고대의 지명. 지금의 섬서성陝西省의 백성자촌白城子村 일
   대에 해당하며, 원대에 철폐되었다.

불재를 열고 부부가 울고불고하며 난리를 쳤는데 아마 둘이 흘린 눈물만 해도 세 섬은 넘을 겁니다![13] (…) 제가 아무리 지금은 이 댁에 태어났지만 당시의 일들을 모두 똑똑히 기억하고 있지요. 그런데 우연히 웬 중이 탁발을 하는 것을 발견하고 그 중한테 일러준 것입니다. 그 둘은 전생의 원수들인데 제가 둘을 봐서 어쩌겠어요? 방금 둘이 마음속에 감추어놓았던 옛일을 들추어놓았으니 이번에는 아주 단단히 놀라서 돌아가자마자 죽고 말 겁니다. 그렇게 되면 제 목숨값도 돌려받게 되겠지요!”

노 씨네 어머니는 놀랍기도 하고 신기하기도 해서 왕 씨네 노부부쪽 소식을 알아보았습니다. 그랬더니 정말 두 사람이 집에 도착한 후 그 내막을 자세히 알지는 못했지만 당초의 억울한 원한이 끝나지 않은 것을 알고 놀란 나머지 의식이 흐릿해지고 급기야 병이 들어 얼마 지나지 않아 둘 다 죽고 말았다지 뭡니까, 글쎄.

손님들, 이 여자가 세 번 환생하는 동안 한 생에서는 죽임을 당하고, 한 생에서는 목숨값을 받고, 한 생에서는 두 사람의 남은 목숨을 받아가게 된 까닭을 증명해 보였으니 정말 무섭지 않습니까? 소생이 되는 대로 지은 시를 잠깐만 들어보십시오.

뽕잎 따던 여자 참으로 기이하다,	採桑女子實堪奇,
아들일 때 빚을 받은 일 기억해내고,	記得爲兒索債時。
중이 찾아가 탁발까지 하게 이끈 것은,	導引僧家來乞食,

---

13) 【즉공관 미비】 可畏哉。爲惡豈有益乎。 무섭구나! 나쁜 짓을 하니 어찌 보탬이 되겠는가!

분명 목숨값 받아 지옥까지 데려가려 한 게지!　　分明追取赴陰司。

이 이야기는 세 번 환생한 이야기였습니다.

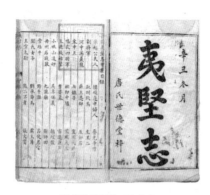

명대에 간행된 《이견지》

　이번에는 두 번 환생했다가 죽고 나서 귀신이 되어 원한을 갚은 이야기를 들려드리겠습니다. 이 이야기는 송대에 지어진 《이견지夷堅志》[14]에 나와 있는 것입니다. 오강현吳江縣에서 이십 리 밖의 인독촌因瀆村에 오택吳澤이라는 부자가 살았습니다. 왕년에 장사랑將仕郎[15]을 지내서 '오 장사吳將仕'로 불렸지요. 슬하에 아들을 하나 두었는데, 어릴 때 이름이 '운랑雲郎'이었습니다. 어려서부터 총명하고 학문에 힘쓰더니 과거를 보고 진사進士가 되어 벼슬을 받을 날만 기다리고

---

14) 《이견지夷堅志》: 남송대 소설가 홍매洪邁(1123~1202)가 지은 필기소설집筆記小說集. 당시 유행하던 기이한 귀신이나 유괴에 관한 이야기들을 주로 다루었지만, 육조六朝시대 이래로 전해지던 소설·일화·방언·풍습 등 다양한 내용을 소개하고 있다.
15) 장사랑將仕郎: 중국 고대의 관직명. 수·당·송대에는 종구품從九品, 명대에 정구품正九品으로, 문관들 중에서 품계가 가장 낮은 관리였다.

있었답니다. 부모 역시 그가 머잖아 입신출세하기만을 고대하고 있었지요. 그런데 소흥紹興16) 5년 8월, 덜컥 병이 들어 죽고 말았지 뭡니까! 부모는 칼에 몸을 베인 것처럼 괴로워하면서 가산을 전부 털어 아들의 명복을 빌고 그 넋을 달랬습니다. 상당한 패물을 들였지만 마음속은 고통뿐으로 하염없이 그리워하는 것이었지요.

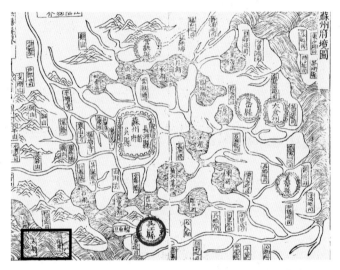

〈소주부경도〉 속의 오강현(동그라미)과 태호 동정 동산(네모 부분)

이듬해 겨울, 장사에게는 아우가 하나 있었는데, 조교助敎17) 벼슬을 하는 이로 이름이 왕자王滋였지요. 동정洞庭 동산東山18)의 처가에

---

16) 소흥紹興: 남송의 개국 황제인 고종高宗 조구趙構(1107~1187)가 32년 동안 사용한 연호. "소흥 5년"은 서기 1135년에 해당한다.

17) 조교助敎: 중국 고대의 관직명. 국자감國子監의 제주祭酒·박사博士를 도와 생도들을 가르쳤다.

18) 동정洞庭 동산東山: 중국 강소성 소주시蘇州市 서남부, 태호 동남부에 소재한 산 이름. 일반적으로 동정서산과 함께 '동정산洞庭山'으로 일컬어진다.

가려고 길을 나섰는데 몇 리 가지 않아 폭풍이 몰아치는 바람에 배가 더 이상 나아가지 못하는 것이었습니다. 복선왕묘福善王廟[19] 아래에 잠시 배를 대고 거센 바람을 피해 뭍에 올라 산책을 했습니다. 그러다가 복선왕묘 쪽을 바라보니 대문이 반쯤 열렸는데 가만 보니 사당 안에서 웬 사람이 검은 색 깁으로 된 더그레[20]를 입고 천천히 걸어 나오는데 운랑 같지 뭡니까. 조교가 다가가 자세히 보니 정말 바로 운랑인지라 깜짝 놀라고 말았습니다. 그는 그것이 귀신인 줄 알면서도 그를 보고 말했지요.

"네 부모님이 밤낮으로 너를 그리워하면서 얼마나 눈물을 많이 쏟았는지 모른다. 너를 보려고 해도 그러지 못해 애만 태우고 있는데 너는 어째서 여기에 있느냐?"

"저는 한 가지 일 때문에 여기에 발이 묶여 있습니다. 이곳에 증인으로 남아 있는데 제 처지가 참으로 곤란합니다. (…) 숙부님께서 이

현지에서는 각각 '동산'과 '서산'으로 불리며 '중국 10대 명차' 중 하나로 일컬어지는 벽라춘碧螺春의 산지이기도 하다.
19) 복선왕묘福善王廟: 수隋나라 때 천주 태수泉州太守를 지낸 구양우歐陽佑를 모신 사당. 포서浦西로 전보되어 부임하던 구양우는 소무邵武(지금의 복건성 남평)에 이르렀을 때 수나라가 망했다는 소식을 듣고 온 가족과 함께 강에 투신해 자결했다. 그곳 주민들이 그의 충성심에 감동하여 사당을 짓고 해마다 제사를 지냈으며, 송나라 정화政和 연간(1111~1118)에 조정에 의해 복선왕福善王으로 봉해지면서 그 사당도 '복선왕묘'로 불리게 되었다. 이 이야기에서 복선왕묘가 있는 곳이 태호가 있는 강소성 소주 근방인 것을 보면 구양우를 복선왕으로 모시고 복을 비는 민간 신앙이 명대에는 강남에까지 전파되었던 것 같다.
20) 더그레[背子]: 명대에 무사들이 착용하던 반팔 조끼. '배아背兒'로 부르기도 했다.

말씀을 부모님께 좀 전해주십시오. 만일 저를 보시려거든 직접 이곳으로 오셔야 합니다. 저는 갈 수가 없으니까요."

운랑은 이렇게 말하고 몇 번이나 한숨을 쉬더니 그 자리를 떠나는 것이 아닙니까. 조교는 그 사정을 듣고는 처가에 가다가 말고 급히 집으로 돌아와 형님 내외를 보고 이 일을 알렸지요. 세 사람은 모두 한바탕 통곡을 하고 나서 그길로 조교가 타고 온 당초의 배를 타고 갔습니다. 셋이 함께 사당으로 가서 가만 보니 운랑이 물가에 서 있지 뭡니까. 그는 부모를 발견하고 앞으로 달려와 소리 내어 울면서 절을 하더니 저승에서 고초를 겪는 사정을 소상히 일러주는 것이었습니다. 그래서 부모가 그에게 자세히 묻고 나서 자신들이 그를 그리워하는 고초를 털어놓으려는 찰나였습니다. 가만 보니 운랑이 별안간 얼굴이 바뀌더니[21] 두 눈썹을 치켜올리고 아버지의 옷을 와락 붙잡고 고함을 지르는 것이었습니다.

"네놈이 내 목숨을 앗아가고 내 재물과 비단까지 훔쳐가서 내가 사오십 년 동안이나 원한을 품고 고통을 겪게 만들었겠다? 그 많은 돈은 다 펑펑 쓰고 없다고 치자. 허나 네놈 목숨만은 내게 돌려다오! 오늘 절대로 너를 용서치 않겠다!"

그러고는 서로 치고 받고 하다가 물속으로 굴러떨어지는 것이었습니다. 당황한 조교가 소리쳐서 하인과 배 위의 사람들을 부르니 모두 물속에 뛰어들어 사람을 구하게 했습니다. 태호太湖[22] 주변에 사는

---

21) 【즉공관 미비】眞正着鬼。정말 귀신이 붙었군.
22) 태호太湖: 중국의 5대 담수호 중의 하나. 강소성과 절강성을 가로지르는 장

사람들은 누구나 헤엄을 칠 줄 알았지요. 그래서 두 사람을 구해서 뭍으로 끌어냈더니 장사는 그때까지도 손짓발짓 해가면서 주먹을 휘두르고 싸우다가 밤이 되고 나서야 그치는 것이었습니다. 조교는 어찌된 영문인지 알 수가 없었습니다. 그러나 방금 한 말을 듣고 나서 무엇인가 수상한 내막이 좀 있다는 것을 분명히 눈치 채고 장사에게 가서 물었지요. 그러자 장사는 눈썹을 찡그리면서 말하는 것이었습니다.

"예전에 임오년壬午年23)이었던가? 오랑캐 기병들이 성을 함락했을 때 웬 젊은 자제가 우리 집에 묵은 일이 있었네. 지닌 돈이 무척 많았는데 … 그 재물에 탐이 나지 뭔가. (…) 몇 달 뒤에 술에 취한 틈을 타서 그 자제를 죽이고 재물을 모두 챙겼지. 그 뒤로는 내가 목숨 빚을 졌다는 죄책감에 한창나이 때부터 늙을 때까지 속으로 내내 그 일을 떠올리며 불안했다네.24) (…) 아들 녀석이 임오년 생이니까 … 그 원혼이 환생했던 게 분명해! 오늘의 응보로 이제 확실해졌구먼!"

그는 그때부터 근심에 사로잡혀 식음을 전폐하다가 열흘째 되던 날 죽고 말았답니다. 그 아들은 딱 두 번 환생해서 한 생에서는 죽임을 당하고 한 생에서는 빚을 받으려 했으니 귀신이 되어 목숨을 받아

강 삼각주의 남쪽 자락에 자리 잡고 있으며, 동으로는 소주, 서로는 의흥宜興, 남으로는 호주湖州, 북으로는 무석無錫과 연결된다. 총 면적은 2427.8km으로, 호수에는 50여 개의 섬이 있고, 역시 50여 개나 되는 하천이 흐르면서 내륙 수로가 거미줄처럼 연결되어 있다. 예로부터 '진택震澤·구구具區·오호五湖·입택笠澤' 등의 이름으로 불리기도 했다.

23) 임오년壬午年: 여기서는 북송의 숭녕崇寧 원년(1102)을 가리킨다.
24) 【즉공관 미비】曉得不安, 何苦爲此。불안한 것을 알면서 왜 그렇게 했을꼬!

간 셈입니다. 앞서 들려드린 이야기보다 한 번 덜 죽기는 했습니다만, 오히려 좀 더 후련하지요? 이제 소생이 되는 대로 지은 시를 또 한 수 들어 보시지요.

원혼은 환생했지만 그때의 재물은 탕진했으니,　冤魂投托原財耗,
슬픔이 이잣돈이 돼버린 격이로구나!　落得悲傷作利錢。
자식이 죽었다고 울어 무슨 쓸모 있겠는가?　兒女死亡何用哭,
생전에 업보를 지은 탓임을 알라!　須知作業在生前。

줄거리가 좀 기이한 두 이야기는 이제 다 들려드렸습니다. 당사자가 해코지를 당하고 바로 귀신이 되어 목숨값을 받아가는 이야기라면 정월 초하루부터 섣달그믐까지 들려드려도 끝이 없을 겁니다. 소생이 이번에는 몸 이야기를 들려드릴까 합니다. 시간이 얼마 없어요!

"여보시오, 이야기꾼 양반, 그럼 진짜 이야기는 여태 꺼내지도 않았던 게요?"

손님들, 소생이 앞서 들려드린 두 편은 한 번 환생하고 두 번 환생하는 동안 속으로 전생을 똑똑히 기억해두었다가 그 기억에 따라 원수를 갚은 경우올시다. 그다지 희한하지 않다는 뜻이지요. 지금 들려드릴 또 다른 이야기는 다음 생에 환생하기는 합니다만, 전생에 자신이 누구였는지 전혀 모르는 상태에서 전혀 다른 길의 사람과 마주치고, 영문도 모른 채 그를 죽이려고 한 것인데 뜻밖에도 그것이 전생의 원수였던 이야기올시다. 하늘의 이치는 물론 인과응보에 따른 것이건만 사람들은 하나같이 그것을 깨닫지 못하지요. 이 이야기는 원한 갚

는 방법이 훨씬 후련하고 줄거리도 훨씬 기이하답니다. 일단 소생이
들려드리는 이야기부터 한번 들어보십시오!

이번 이야기는 당나라 정원
貞元[25] 연간에 있었던 일입니
다.[26] 하삭河朔[27] 출신의 이李
씨 성의 선비가 하나 살았습니
다. 젊어서부터 기운이 남다른
데다가 의리를 중시하고 호걸
을 좋아하며 사소한 일에 연연
하지 않았습니다. 그래서 늘
겁 없는 젊은이들과 어울려 말
을 달리고 칼을 휘두르면서 캄
캄한 밤마다 태행산太行山[28]

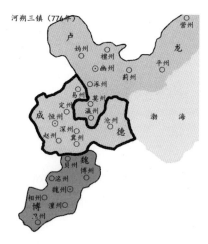

성덕군 절도사 관할 지역 위치(굵은 선 표시)

가는 길목에 출몰하면서 옳지 못한 짓들[29]을 좀 저지르곤 했지 뭡니

25) 정원貞元: 당나라 제9대 황제인 덕종德宗 이괄李适(742~805)이 21년 동안
    사용한 연호.
26) *본권의 몸 이야기는 이방《태평광기》권125의 〈이생李生〉에서 소재를 취
    했다.
27) 하삭河朔: 중국 고대의 지역 이름. 일반적으로 황하黃河 이북 지역을 두루
    일컫는 이름으로 사용된다.
28) 태행산太行山: 중국의 산 이름. 산서성과 하북성의 경계를 이루며 중국에서
    산서와 산동을 구분하는 기준이 되는 산맥이기도 하다. '우공이산愚公移山'
    의 고사성어가 유래한 산맥으로, 남북으로 600km, 동서로 250km 뻗어 있으
    며 산세가 가파르고 험하며 협곡이 겹겹이 둘러싸고 있다.
29) 옳지 못한 짓들[不明不白的事]: 말로 대놓고 표현하기 난감한 일들. 여기서
    는 도적질을 뜻하는 것으로 보인다.

까.30) 나중에 집안 형편이 별 안간 나아지자31) 전날의 잘못을 모두 고치고 마음을 바꾸어 글공부를 했는데 시와 노래를 꽤 잘해서 당시 에 명성을 얻고 좋은 사람으로 지냈답니다. 그러다가 하삭 지역에서 벼슬을 두루 거치면서 나중에는 심주深州32)의 녹사참군錄事參軍33) 에까지 이르렀습니다. 이 선비는 풍채가 좋고 담소를 즐기며 관계가 돌아가는 사정에 밝은 데다가 청렴하고 유능하여 심주태수에게서 큰 신임을 받고 있었습니다. 게다가 격구·오목·바둑 등의 놀이도 못하는 것이 없을 정도였지 뭡니까. 주량도 무척 세고 술버릇도 좋아서 연회의 술자리마다 그가 없으면 모두가 따분해할 정도였지요. 태수는 하도 그를 좋아해서 한시도 그가 없으면 안 될 정도였습니다.

그때 성덕군成德軍34) 절도사로 왕무준王武俊35)이 있었습니다. 그

---

30) 【즉공관 측비】可想而知。 알만 하군.

31) 【즉공관 미비】業在此矣。 업보가 여기에 있었던 게지.

32) 심주深州: 중국 고대의 지명. 대체로 지금의 하북성 중부의 심주시深州市 지역에 해당한다.

33) 녹사참군錄事參軍: 중국 고대의 관직명. 원래는 녹사참군사錄事參軍事이며 '녹사錄事'로 약칭하기도 하는데, 주州나 군郡에서 각 관서의 문서와 장부를 관리하거나 관리의 규찰을 주관했다.

34) 성덕군成德軍: 당대의 절도사의 하나로, '성덕절도사成德節度使'로 불린다. 대종代宗 보응寶應 원년(762)에 처음 설치되었으며, 항주恒州·정주定州·역주易州·조주趙州·탁주涿州 등지를 영유했으며 나중에는 그 영역이 기주冀州·창주滄州까지 확장되었다.

35) 왕무준王武俊(735~801): 당대 중기의 군벌. 거란契丹 노개부怒皆部 사람으로, 원래 이름은 몰락간沒諾干, 자는 원영元英이다. 덕종德宗 건중建中 3년 782, 조왕趙王을 자처하면서 당나라 조정에 반기를 들었다. 그러나 나중에 조정에 투항하고 정원貞元 4년(788), 이포진李抱眞와 합세해서 당시 조정에

는 조정에 헌신하고 이포진李抱眞36)과 같이 주도朱滔37)를 무찔러 공로가 큰 데다가 정예 병력과 명마들을 거느린 것을 믿고 비할 바가 없이 독단적으로 행동하며 법도 따위는 아랑곳하지 않았습니다. 그래서 관할하는 고을의 태수들은 저마다 그의 위세를 두려워하며 벌벌 떨었답니다. 그 아들 사진士眞은 무준의 발탁으로 부대사副大使38) 벼슬을 배수 받았는데, 젊은 나이에 교만방자한 데다가 아버지의 위세를 믿어서 그런지 사람을 죽이고도 눈 하나 깜짝하지 않는 마왕 같은 자였지요. 하루는 무준이 그를 보내 관할하는 군들을 순시하게 했는데 그야말로

맞서던 주도朱滔를 토벌했다.

36) 이포진李抱眞(8세기): 당대의 장수. 자는 태현太玄으로, 하서河西 사람이다. 사려가 깊으면서 결단력이 있어서 조정에 중용되어 택주澤州와 회주懷州의 자사刺史를 차례로 역임했다. 덕종德宗이 즉위한 뒤에는 소의군昭義軍 절도사로 있다가 건중建中 연간에는 왕무준이 노룡盧龍 절도사 주도와 결탁해 당나라 조정에 반기를 들자 왕무준을 설득하여 함께 주도를 역공해 격파했다. 나중에는 도사의 말에 속아 단약丹藥을 과다하게 복용하여 급사했다.

37) 주도朱滔(746~785): 당대의 군벌. 유주幽州 창평昌平지금의 북경 일대 사람이다. 유주 절도사 이회선李懷仙의 휘하에 있다가 형인 주차朱泚를 노룡 절도사로 추대했다. 대력大曆 9년(774) 이래로 크고 작은 관직을 역임하다가 건중建中 3년(782)에 '대기왕大冀王'을 자처하면서 왕무준 등과 합세해 조정에 반기를 들었다. 나중에는 이포진과 조정에 귀순한 왕무준에게 격파되어 세력을 잃고 병으로 죽었다.

38) 부대사副大使: 중국 고대의 관직명. 당대에 일종의 지역사령관이었던 절도사節度使에는 절도대사節度大使·부대사副大使·지절도사知節度事가 있었다. 통상적으로 일컫는 절도사는 부대사·지절도사였으며, 절도대사의 직함은 당나라 황실의 왕들에게 맡겨졌다.

왕 대사가 부하에게 위엄을 보이다.

하늘이 울리고 땅이 놀라는가 하면,	轟天嚇地,
번개가 번뜩이고 천둥이 울리누나.	掣電奔雷。
물을 마시면 얼음이 되고,	喝水成氷,
산을 달리면 길이 열리누나.	驅山開路。
강과 산은 그로 말미암아 흔들리고,	川岳爲之震動,
풀과 나무는 모조리 드러눕네.	草木盡是披靡。
깊은 숲에서는 범도 표범도 자취를 감추고,	深林虎豹也潜形,
시골 집에는 개도 닭도 우울해 하는구나!	村舍犬雞都不樂。

그렇게 다른 군들을 다 지나서 곧 심주에 당도할 참이었습니다. 그 군의 태수는 무준을 두려워해서 그렇지 않아도 사진의 기분을 즐겁게 맞추어주는 등 온 정성을 다해서 아부를 하려 했지요. 예컨대 앞서 들른 군에서 기뻐하거나 성을 낸 일을 사전에 상세하게 알아보았습니다. 듣자니 다른 군이 모두 연회 자리에 배석했을 때 말이나 행동에서 번번이 금기를 범하여 기분을 제대로 맞추지 못하는 바람에 흥을 깬 일이 많았다지 뭡니까.[39] 태수는 그래서 소를 잡네 맛난 술을 대령합네 하면서 정성껏 요리를 장만하고 가수와 악단을 두루 준비했습니다. 처자식도 직접 주방에서 요리를 하고 태수도 몸소 상을 차리는 등 만사를 완벽하게 준비하고 부대사가 행차하기만 기다렸지요. 그런데 가만 보니 미리 내보낸 파발이 와서 아뢰기를 부대사의 길잡이들이 당도했다지 뭡니까. 그 광경을 볼작시면

깃발들은 해를 가리고,	旌旗蔽日,

---

39) 【즉공관 미비】豈知此間陪宴的不樂更甚耶. 그 잔치 자리에 배석하는 이쪽이 더 흥이 깨진다는 것도 모르다니!

군악 소리 하늘까지 떠들썩하다.	鼓樂喧天。
산조차 쪼갤 듯한 도끼 번쩍번쩍 빛나는데,	開山斧閃爍生光,
거기다 사람 죽인 피까지 묻었구나!	還帶殺人之血。
유성 같은 철퇴 꽃봉오리처럼 태가 나는데,	流星錘蓓蕾出色,
아직도 골통 부순 피비린내 진동하누나.	猶聞磕腦之腥。
쇠사슬은 쩔렁쩔렁 울리며,	鐵鏈響琅璫,
재수 없는 놈 덤벼들기만 기다리고 있고,	只等晦氣人衝節過。
구리 방울이 딸랑딸랑 소리 내니,	銅鈴聲雜沓,
더 이상 목숨 내건 놈 달려들지 않누나.	更無拚死漢逆前來。
맘껏 짓밟으니 땅에는 풀조차 남지 못하고,	蹂躪得地上草不生,
성을 내니 꿈속의 넋조차 두려워하네.	蒿惱得夢中魂也怕。

관리 행차의 길잡이들. 구영, 〈소주 청명상하도〉

사진이 도착하자 태수는 교외까지 나가 영접해서 아주 큰 영빈관으로 안내해 여장을 풀게 했습니다. 이윽고 술자리가 벌어지고 전별을 위한 예물을 지고 들어왔습니다. 태수는 누가 실수라도 할까 봐 자기 혼자 정성을 다해서 시중을 들 뿐, 막료나 빈객은 한 사람도 술자리에 부르지 않았지요. 사진이 보니 태수가 준비한 술도 넉넉하고 맛있는 데다가 예물도 아주 성대하지 뭡니까. 게다가 태수가 공손하고 정성스러운 것은 말할 것도 없고, 잡손님이 함부로 자기 눈앞에서 경망스럽게 얼씬거리는 꼴이 보이지 않아 속으로 아주 흡족해하는 것이었지요. '그동안 들른 군들 중에는 이처럼 가지런하고 정중한 곳이 없었다'며 밤이 될 때까지 술판을 벌였답니다.

사진은 위풍이 당당하기는 했지만 나이가 많지 않은 데다가 제법 신바람이 난 상태였습니다. 다만, 반나절 내내 술을 마시는 동안 태수 하나만 앞에서 '예예' 하고 기분을 맞추어주니 내심 기분이야 좋기는 했지만 재미는 아무래도 좀 부족하다고 여겼지요.[40] 그래서 태수를 보고 말했습니다.

"과분하게도 사군께서 각별한 정성으로 이처럼 성대하게 대접해주시니 오늘밤에는 즐거움을 만끽하고 싶구려! 한데, … 우리 둘만 마주보며 술을 마시니까 흥이 좀 덜한 것 같습니다. 한둘 정도는 더 합석시켜 흥을 돋우면 기가 막힐 텐데 말이오.[41]"

"저희 고을은 외진 곳이어서 정말로 이름 난 분들이 적습니다. 더욱이 부대사님의 위엄을 두려워하다 보니 자칫 부대사님의 뜻을 거스를까 다들 겁을 내는군요. 그러니 어떻게 다른 사람을 술자리에 배석하게 할 수 있겠습니까!"

---

40) 【즉공관 미비】原乏趣致。애초부터 재미는 부족했지.
41) 【즉공관 미비】暴戾人亦知酒中趣。포악한 자도 술자리의 멋을 다 아는구먼.

태수가 이렇게 말하니 사진이 말하는 것이었습니다.

"술을 마시고 즐기는 것인데 구애될 것이 뭐가 있겠습니까? 게다가 이런 훌륭한 고을에 멋진 풍류객이 없을 턱이 있나! (…) 좀 불러서 흥을 돋우어달라고 하십시다. 즐거움을 만끽할 수 있게 말입니다. (…) 그렇지 않으면 술친구가 없어서 아무리 성대한 술자리여도 왠지 영 후련치가 않아서 말이야. …"

태수는 그가 그럴듯하게 말하는 것을 보고 생각했습니다.

'남들은 덤벙대서 도움이 되지 않아.[42] (…) 부대사가 이렇게 즐거워하고 흥겨워하니 누구라도 불러서 장단을 맞추어주지 않았다가는 사달이 나겠어. (…) 이李 참군[43]은 풍류가 넘치는데다가 신중하지. 거기다가 입담이며 놀이며 잡기에도 밝고 주량도 많은 편이지. 그 친구 정도는 되어야 만족스러워서 안심할 수가 있겠어. 다른 놈들은 틀렸어!'

한참 생각하고 나서야 사진을 보고 말하는 것이었지요.

"이곳에는 정말로 부대사님의 술자리에 끼워줄 만한 풍류객이 드뭅니다. 딱 한 사람 … 녹사참군인 이 아무개라는 자가 있는데 주량이 꽤 많고 흥도 좀 알지요. 게다가 사람됨이 우스갯소리도 잘하고 잡기에도 두루 밝답니다. 자리에 끼게 해주시면 부대사님의 흥을 만의 하

---

42) 【즉공관 미비】請了別人, 反未必惹事。다른 자를 불렀더라면 오히려 낭패가 나지 않았을 것을.

43) 참군參軍: 중국 고대의 관직명. '군무를 참모한다'라는 뜻으로, 서진西晉 이후로 설치되었고, 때로는 소관 업무에 따라 '자의諮議-', '기실記室-', '녹사錄事-' 등의 직명이 추가되기도 했다.

나라도 돋우어드릴 수 있을지도 모르겠습니다. (…) 가부는 제가 함부로 판단할 수 없으니 직접 결정해주시기 바랍니다."

"사군께서 추천하는 자라면 분명 기가 막히는 양반이겠지. 어디 불러 보시오!"

그래서 태수는 시종을 불러 말했습니다.

"어서 이 참군을 불러라!"

손님들, 만약에 이야기꾼인 소생이 그때 심주 고을에서 이 참군과 같이 지내고 있었고, 거기다 점을 치지 않고도 미래를 예측하는 비법을 가지고 있었다면 당연히 허리를 부여잡고 멱살을 붙잡으면서라도 제발 그런 '여태후의 잔칫상'44)은 받지 말라고 설득하면서 가지 못하게 말렸을 겁니다요! 이 선비는 소환 소식을 듣고 정신이 좀 멍해지는 것을 느꼈습니다. 그러나 부대사의 의향이 그러한데다가 고을의 태수까지 명령을 내려 동석하라고 부른 것은 자신을 배려한 결정임이 분명한데 어떻게 오지 않을 수가 있겠습니까? 그러나 뜻밖에도 이번 걸음은

"돼지와 양이 백정 집으로 들어간 격이니,   猪羊入屠戶之家,
옮기는 걸음마다 죽음의 길로 접어드누나!"   一步步來尋死路。

---

44) 여태후의 잔칫상[呂太后筵席]: 목숨이 오락가락하는 위험한 자리. 한 고조 유방의 황후인 여태후는 신료들이 술을 마실 때 주허후朱虛侯 유장劉章을 감찰監察로 세우고 그 자리를 떠나는 사람은 무조건 현장에서 살해하게 했다고 한다. 이 고사에 근거하여 중국에서는 전통적으로 목숨이 오락가락하는 자리를 '여태후의 잔칫상'으로 일컬었다.

하는 말과도 다를 바가 없었습니다!

"이야기꾼 양반, 틀렸소! 그래 봤자 술시중이나 해달라고 부른 것 뿐이고 물정도 아는 양반일 것 아니오? 그런데 왕사진한테 무슨 비위 거슬릴 말을 해서 불행을 자초한단 말이요?"

손님, 말씀 좀 들어보십시오. 만약에 그의 비위를 긁어서 화를 부른 거라면 그거야 지당한 처벌인데 놀랄 일이 뭐가 있겠습니까? 한마디 말도 하지 않았는데 생뚱맞게 목숨이 달아났으니까 우습다는 게지요! 일단 제가 이어서 하는 이야기를 들어보시면 영문을 아시게 될 겁니다!

그때 명령을 받들어 달려온 이 참군은 본채로 올라가 사진 쪽을 향해 넙죽 절을 했습니다. 그런데 절을 하고 고개를 들었더니 사진이 그 모습을 보자마자 벌컥 성을 내는 것이 아닙니까.[45] 그래도 어차피 불러온 이상 태수로서는 그를 자리에 앉게 하는 수밖에 없었지요. 이 참군은 마지못해 앉기는 했습니다만 내심 놀라고 두려워하면서 겉으로는 더더욱 공손하게 행동했지요. 그런데 사진은 그를 보면 볼수록 더더욱 불쾌해하는 것이 아닙니까! 그를 보니 소매를 걷고 팔뚝을 드러내더니 두 눈은 퉁방울과도 같이 부릅뜬 채 얼굴에는 웃음기 하나 없고 농담조차 한마디도 없었습니다. 오히려 부아가 마구 치밀어 올라서 무슨 꼬투리라도 잡아서 화풀이라도 할 것 같았습니다. 방금 전과는 사람이 다 달라진 것 같지 뭡니까! 태수는 당황해서 어쩔 줄을 몰랐습니다. 그렇다고 영문을 알지도 못하는지라 그저 이 참군만 흠

---

45) 【즉공관 미비】突如其來如。참 뜬금없기도 하지.

쳐보고 있는 수밖에 없었지요.

　그런데 가만 보니 이 참군은 얼굴이 흙빛이 되어서 식은땀을 철철 흘리면서 몸은 몸대로 덜덜 떨면서 좌불안석이었습니다. 심지어 손에 든 술잔과 쟁반까지 달달 떨려서 하마터면 떨어져버릴 것 같지 뭡니까, 글쎄!

　태수는 '이 참군과 몸을 바꾸어서 무슨 말이라도 해서 즐거움이라도 좀 끌어내면 좋겠는데' 하는 마음이 간절했습니다.[46] 그러나 한쪽은 저승사자 같고 한쪽은 혼비백산한 것 같은데 뭘 어쩌겠습니까? 이 참군은 이 참군대로 평소의 그 대단한 풍류와 풍채, 그 현란한 말재간과 동작들도 말짱 헛수고가 된 것이, 그것들이 자바국[47] 저편으로 다 달아났는지 모를 지경이었습니다! 그저 진흙이나 나무로 만든 조각상처럼 내내 떨고만 있었지요.[48] 심지어 현장에서 시중을 드

자바국 사람들. 《삼재도회》

---

46) 【즉공관 미비】 兩人光景俱好看, 苂難爲太守一人。 둘의 상황이 다 볼만하다마는 태수 한 사람만 참 난감하게 됐군그래.

47) 자바국[爪哇國]: '조와爪哇'는 지금의 인도네시아 자바Java에 대한 한자식 옛 이름으로, 때로는 조와도爪哇島·협조야調·가릉訶陵·도파闍婆·가라단呵羅單·야파제耶婆提 등으로 불리기도 했다. 당대에는 불교 국가였고, 송대에는 나라가 셋으로 분열되었으며, 명대에는 중국에 여러 차례 공물을 바치기도 했지만, 나중에는 네덜란드가 이곳을 점령하고 동인도회사의 무역과 행정 관리 본부를 건설했다.

48) 【즉공관 미비】 好形容。 기막힌 표현이로군.

는 사람들조차 모두 당황한 나머지 갈피를 잡지 못하고 한마디 말도 하지 못한 채 그저 차가운 눈길로 그 둘의 눈치나 살필 수밖에 없었습니다.

그런데 가만 보니 얼마 지나지 않아서 사진이 더는 못 참겠다는 투로 대뜸 소리치는 것이었습니다.

"여봐라, 게 있느냐?"

좌우에 있던 부하들이 우레와도 같은 큰 소리로

"옛!"

하고 대답하니 사진이 이 참군을 붙잡게 하는 것이었습니다. 주위 사람들이 그 자리에서 매가 기러기 참새를 낚아채듯이 덥석 붙잡아 대령하자 사진이 말했습니다.

"일단 관아 감옥에 가두어라!"

그러자 부하들은 그길로 이 참군의 옷자락을 끌고 감옥에 가두고 돌아와 아뢰는 것이었습니다. 사진은 두 번 코웃음을 치더니49) 그제 야 처음처럼 즐거움을 되찾고 아까처럼 흥겁게 술을 마시는 것이 아 닙니까. 본인이 무슨 영문인지 말을 하지 않으니 태수도 섣불리 물어 볼 수도 없는 노릇이었지요. 그렇게 전전긍긍하면서 술자리가 끝날 때까지 시중을 들다 보니 어느새 벌써 동이 트지 뭡니까.

---

49) 【즉공관 미비】何以此時不卽殺之。蓋因果未爲人知也。 왜 이때 바로 죽이지 않았 을까? 어쩌면 전생의 인과를 미처 몰라서였겠지.

이 참군이 생시에 원한의 업보를 받다.

태수는 이 일로 놀라 혼이 다 달아나버릴 정도였습니다. 그러고도 혹시 그 일로 사진의 성미를 건드리지나 않을까 두려워서 자기 몸조차 제대로 가누지 못했지요. 그렇다고 해서 이 참군이 그의 심기를 긁은 것 같지도 않아서[50] 당최 영문을 알 길이 없었습니다. 그래서 그 곁에서 시중을 들었던 사람들을 불러서 차례로 캐물었지요.

"너희가 옆에서 자세히 지켜보니 … 혹시 무슨 문제라도 있더냐?"

그러자 부하들이 말했습니다.

"이 참군 본인은 입 한 번 벙긋하지 않았는데 무슨 성미를 건드린 걸까요? 사람들도 그것을 많이 의아해합니다마는 이 참군이 어째서 그렇게 놀라고 두려워하면서 몸조차 가누지 못하고 내내 벌벌 떨기만 했는지 당최 영문을 모르겠습니다요!"

"그렇다면 이 참군에게 가서 물어보는 수밖에 없군. 본인이라면 무엇이 그의 심기를 건드렸는지, 그래서 지레 안절부절못했는지 알 수 있을지도 모른다."

말을 마친 태수가 은밀히 심복 시종을 불러 감옥으로 보내자 그 시종은 태수의 말을 전하고 이 참군에게 물었습니다.

"어제 일 말입니다. (…) 참군께서는 무척 공손한 모습이었고 말 한마디 하신 일도 없으니 애초부터 부대사의 심기를 건드릴 구석이

---

50) 【즉공관 미비】正此爲奇。 바로 그게 이상하다는 거지.

없었습니다. 헌데 어째서 부대사가 그처럼 성을 냈을까요? 또 참군 나리를 감옥에 가두었는데 … 당사자인 참군께서는 무슨 영문인지 아시는지요?"

그러자 이 참군은 소리 내어 울면서 고개를 가로젓기만 할 뿐 끝까지 아무 소리도 하지 않으려 하지 뭡니까. 시종은 이상하게 여기기는 했지만 돌아가 태수에게 그대로 아뢰는 수밖에 없었습니다.

"이 참군은 말을 하려 하지 않고 울기만 할 뿐이었습니다요!"

태수는 더더욱 이상하게 여기면서 말했지요.

"그 친구가 평소에 얼마나 세심하고 시원시원한 사람인가. 그런 친구가 오늘은 어째서 그토록 당황하고 얼이 나간 걸까? (…) 정말 이해가 되지 않는군!"

태수는 직접 감옥으로 가서 그에게 확인하는 수밖에 없었습니다. 이 참군은 태수를 보자 평소 자신을 아껴준 은혜를 생각하면서 더더욱 서럽게 우는 것이었습니다. 태수가 서둘러 그 까닭을 묻자 이 참군은 한참을 망설이다가 한숨을 푹 내쉬더니 그제야 눈물을 닦고 말하는 것이었습니다.

"군후君侯51)께서 간곡하게 하문하시니 제 속내를 이제는 숨길 수가 없군요! (…) 전에는 불가에서 '이승에서 인과응보가 있다'는 소리

---

51) 군후君侯: 고대에 아랫사람이 태수나 자사를 부르던 존칭.

를 들으면 사람들을 현혹하는 헛소리로만 여겼습니다. 그런데 … 그 말이 허튼소리가 아니라는 것을 이제야 깨달았습니다!"

"어째서인가?"

태수가 묻자 이 참군이 말했습니다.

"군후께서는 놀라지 마십시오. 외람되오나 소인 이실직고하겠나이다! (…) 소인은 젊은 시절 가난하게 지낸 탓에 입고 먹을 것을 해결할 길이 없었습니다. 그래서 힘이 좀 센 것만 믿고 협객이나 검객들과 어울리면서 번번이 마을 사람들의 재물을 약탈해 제 것처럼 쓰곤 했지요. 늘 말을 몰고 활을 찬 채 태행산 길을 오가는 등, 날마다 백리 길을 다니면서 홀몸의 나그네라도 마주치면 재물을 빼앗아서 귀가하곤 했습니다. 하루는 웬 젊은이와 마주쳤는데 손에는 가죽 채찍을 들고 날랜 나귀를 몰고 가는데 나귀 등에 큰 자루가 두 개 지워져 있는 것이 아닙니까. 소인이 보니 꽤 무거워 보이길래 그의 뒤를 계속 따라가다가 웬 산간 평지까지 왔는데, 좌우는 만 길이나 되는 바위 낭떠러지였습니다. 날이 저물 무렵인 데다가 앞에는 오가는 사람도 없었지요. 그래서 그를 힘껏 밀어서 낭떠러지 아래로 떨어뜨렸는데 살았는지 죽었는지도 알 길이 없습니다. 그러고는 서둘러 그의 날랜 나귀를 몰아 처소로 가서 자루를 끌러보니 비단52)이 백 필 넘게 들어 있지 뭡니까! 그때부터 집안 형편이 좀 넉넉해졌지요. 그러나 … 옳지

---

52) 비단[繒縑]: '증繒'은 각종 견직물을 두루 일컫는 이름이고, '겸縑'은 누런빛의 가는 생사를 합사해서 짠 비단을 가리킨다. 여기서는 증겸繒縑을 편의상 "비단"으로 번역했다.

못한 소행을 저지른 것에 가책을 느끼고 그때부터 활을 꺾고 화살을 버린 뒤 대문을 닫아걸고 글공부만 하면서 다시는 못된 짓을 벌이지 않았습니다. 결국 벼슬길에 나가 이 자리까지 올라왔지요. 그날로부터 올해까지 따져보니 어언 스물일곱 해나 되었군요![53] (…) 어제 군후의 배려로 왕 공의 연회에 배석하라는 부르심을 받들었을 때에도 막 불려올 때부터 좀 두렵고 떨리길래 그 까닭을 몰랐습니다. 절대로 별일 없을 거라고 여기고 감히 사양할 수 없었지요. 그런데 … 술자리에 이르러 등불 아래에서 왕 공의 모습을 뵙고 보니 바로 제가 왕년에 낭떠러지 아래로 밀어버렸던 바로 그 젊은이와 생김새가 완전히 똑같지 뭡니까! (…) 절을 하고 났을 때에는 내심 두려움에 휩싸여 넋이고 얼이고 할 것 없이 다 달아나고 말았습니다. 원한의 업보가 곧 닥치겠구나 싶었지요. 당장 죽게 생겼으니 그저 목을 내밀고 죽기만 기다릴 뿐 무슨 말이 더 필요하겠습니까? 다행히 군후께서 저를 잘 아시니 솔직하게 아뢴 것입니다. 그러나 이제 … 더는 피하기 어렵게 되었군요. (…) 외람되오나 사후의 일을 부탁드립니다. 모쪼록 제 시신이 길바닥에 버려지는 낭패만 없게 해주시면 여한이 없겠습니다!"

그는 말을 마치자 대성통곡을 하는 것이었습니다. 태수는 저도 모르게 딱한 생각이 들었습니다만 구해주려고 해도 뾰족한 수가 없었지요.

'그런 원한의 업보가 있는 이상 결국 죽음을 피할 수 없지 않겠나!'

---

53) 【즉공관 미비】也算回頭早的, 然猶冤業不散, 況不回頭者乎。그래도 일찍 마음을 돌린 셈이군. 그러나 원한의 업보는 사라지지 않았으니 하물며 마음을 돌리지 않은 자들에 있어서랴!

이렇게 생각한 태수는 반신반의하면서 일단 어떻게 될지 두고 보기로 했습니다. 태수는 사람을 시켜 조용히 알아보고 부대사가 일어났으면 보고하되, 또 다른 동정은 없는지 더 살핀 다음 속히 와서 알리게 했지요. 태수는 속으로 몹시 초조해서 도대체 어떻게 반응을 보여야 할지 갈피를 잡지 못하면서도[54] 그 와중에도 이 참군을 걱정했습니다.

"혹시라도 술이 깨고 나서 잊어버리면 좋겠는데….”[55]

얼마 뒤에 부대사가 잠자리에서 일어났다는 보고가 들어오자 태수는 즉시 부하들을 부르더니 들어가서 무슨 분부라도 없는지 묻게 했습니다. 태수가 다시 가서 알아보게 하려는데 가만 보니 사진이 막 일어나자마자 묻는 것이었습니다.

"간밤의 이 아무개는 지금 어디 있느냐?”

"부대사님 명령대로 관아 감옥에 가두어놓았습니다!”

부하들이 고하자 왕사진은 버럭 성을 내면서 말하는 것이었습니다.

"그놈이 아직 살아 있어? 냉큼 놈의 목을 잘라 매달거라!”

부하들이 지체 없이 바로 태수에게 아뢰러 갔더니 벌써 정탐꾼이

----

54) 【즉공관 미비】李生應得之報, 急殺這个太守。이 참군이 받아야 할 응보 때문에 이 태수가 애가 타는구나.
55) 【즉공관 측비】愛李生之念。이 참군을 아끼는 마음이로고.

급보를 전한 상태였지요. 태수는 깜짝 놀라 표정이 굳어진 채 한숨을 쉬더니 말했습니다.

"그에게 원한의 업보가 있는 줄 알았더라면 나도 어제 그를 부르지 말 것을! (…) 내가 그를 해쳤구나!"

정말 견디기 어려웠지만 어쩔 도리가 없었습니다. 그저 그렇게 부하들이 감옥에 가서 이 참군의 목을 베는 대로 내버려둘 수밖에 없었습니다. 그야말로

"염라대왕이 '삼경에 죽는다'고 적은 이상,   閻王注定三更死,
사경까지 그 사람을 살려두지 않는 법!"   并不留人到四更。

이 참군은 당대의 명사였습니다마는 이제 이렇게 비명에 횡사하고 말았습니다! 부하들은 이 참군의 머리를 들고 사진에게 가서 바치고 확인하게 했습니다. 사진은 몇 번이나 그의 머리를 보고 또 보더니 큰 소리로 껄껄 웃으면서[56] 소리치는 것이었습니다.

"가지고 가라!"

사진이 머리를 빗고 세수를 마치자 태수가 인사를 하러 들어왔습니다. 태수는 내심 이 일을 얼떨떨하게 여기면서도 아무렇지도 않은 것처럼 태연한 모습으로 다시 그를 자기 관아의 사랑방으로 초대해 잔치를 베풀었습니다. 그를 맞이하는 예절에도 더더욱 신경을 썼지요.

---

[56] 【즉공관 미비】雖爲冤報, 然而唐藩鎭之橫極矣。아무리 원한에 대한 복수라고는 하지만 당나라 때 번진의 전횡이 어지간히도 극심했나 보다.

사진은 아주 기뻐하면서 어제보다 마음이 더 돈독하지 뭡니까. 태수
는 그에게 몇 번이나 물어보려다가 번번이 우물쭈물하면서 가볍게
입을 열 엄두를 내지 못했습니다. 그러다가 그가 아주 즐거워하는 모
습을 보고 나서야 일어나 사죄하는 것이었습니다.

"드릴 말씀이 있어서 … 외람되게도 부대사께 가르침을 청합니다.
(…) 부대사께서 소인의 죄를 용서하고 당돌함을 마다하지 않으신다
면 감히 입을 열겠습니다!"

"사군께서 후한 대접을 해주시고 나도 사군과 같이 있으니 아주 즐
겁소이다. 하실 말씀 있으면 얼마든지 하시지요. 눈치 볼 것 없습니다."

"소인은 본래 불민하오나 다행스럽게도 남는 자리가 있었던 덕분
에 한 고을을 다스리고 있습니다. 부대사께서 행차하시어 하찮은 저
희 고을의 정사를 살피시고 관용을 베푸시어 죄를 내리지 않으시니
그 은혜가 천지와도 같습니다! 한데, (…) 어제 부대사께서 술자리에
서 소인에게 다른 손님을 불러 흥을 돋우라고 명하셨지요. 그러나 소
인의 이 고을은 외지고 작아서 사실 이 성대한 술자리를 빛낼 만한
훌륭한 손님이 없었습니다. 소인은 어리석고 물정을 몰라서 혼자 생
각으로 '이 아무개가 술을 잘 마신다'고 여기고 그를 소환하도록 권했
습니다. 그런데, … 뜻밖에도 이 아무개가 어리석고 예절을 배우지
못한 탓에 부대사님의 심기를 불편하게 했으니 참으로 소인이 큰 죄
를 지은 셈입니다! (…) 이제 부대사께서 이미 이 아무개를 죽이시고
이 아무개 역시 죗값을 치렀으니 더 이상 중언부언할 것이 없겠지요.
그러나 … 소인은 하도 어리석어서 아무리 생각해봐도 도무지 깨닫지

못한 것이 좀 있습니다. 그래서 여쭙습니다만, … 이 아무개가 무슨 죄를 지었는지요? 원컨대 부대사께서 그의 잘못을 분명히 지적하여 소인이 분명히 납득할 수 있게 해주십시오. 그렇게 하신다면 다음에 부를 자들에게 주의를 주고 상사를 모시는 예절을 깨우치게 해서 더 이상 실수를 범하지 않게 될 테니 참으로 큰 다행이겠습니다!57)"

태수가 이렇게 말하자 사진은 웃으면서 말하는 것이었습니다.

"이 아무개는 죄가 없습니다. 그냥 … 그자를 보자마자 갑자기 욱하고 내 마음이 끓어오르더니 '이놈을 죽이고 말겠다'는 살의가 생기지 뭡니까? (…) 이제 그자를 죽이고 나니 마음이 후련해지는구려! 나도 왜 그런지 영문을 알 수가 없소이다. 사군께서도 그냥 마음을 놓고 술이나 드십시다. 그자 이야기는 이제 그만 합시다!"

잔치가 끝나자 사진은 즐거운 마음으로 고맙다는 인사를 하고 길을 나서 또 다른 군으로 향했습니다. 그의 이번 행차로 태수의 군에서는 이 참군 한 사람만 목숨을 잃는 것으로 끝났지요. 태수는 그가 떠나자 무거운 짐을 벗기라도 한 것처럼 등이 한결 가벼워졌습니다. 다만 애석하게도 공연히 이 참군의 목숨을 잃게 만든 일만은 어디에 하소연조차 할 수가 없었지요. 태수는 이 참군이 감옥에서 한 말을 뇌리에 떠올리고 은밀히 왕사진의 나이를 탐문하게 했더니 딱 스물일곱이지 뭡니까.58) 그제야 태행산에서 젊은이가 살해당한 해에, 사진이 왕 씨 댁에서 태어난 것을 깨달았지요. 그야말로

---

57) 【즉공관 미비】太守能言。태수가 말을 잘하는군.
58) 【즉공관 미비】可知。알 만하군.

"원수는 외나무다리에서 만나는 법."　　　　冤家路窄。

　오늘도 이렇게 한 사람의 목숨으로 다른 사람의 목숨을 받아갔군요! 부대사의 속사정은 이 참군만 알고 있었습니다. 목숨 값을 받는 쪽조차 일을 벌이고도 영문을 알지 못했으니 제삼자들이야 어떻게 그런 사정들을 알 수가 있겠습니까? 태수는 한숨을 쉬고 괴이하게 여기면서 앉아서도 누워서도 며칠 내내 마음이 영 편치 않았습니다. 평소 교분을 나누는 사이였던 데다가 자신이 그를 배석자로 추천하는 바람에 결과적으로는 그를 해친 셈이었지요. 그래서 스스로 가재를 털어 이 참군의 장례를 후하게 치러주었습니다. 그리고 늘 이 인과因果의 이야기로 사람들을 설득해 의롭지 못한 일은 해서는 안 된다고 깨우치곤 했답니다. 이 일을 증명하는 시가 있습니다.

　　원한의 빚 원래 전생에서부터 깊고 깊어,　　冤債原從隔世深,
　　마주치자마자 살인 충동을 일으켰구나!　　相逢便起殺人心。
　　얼굴은 바뀌어도 응보는 남기 마련인데,　　改頭換面猶相報,
　　하물며 외모가 멀쩡히 그대로인 경우에서랴!　何況容顏儼在今。

제31권

하 도사는 도술을 빌미로 간음을 자행하고
주 경력은 간음을 계기로 반군을 무찌르다

何道士因術成奸　周經歷因奸破賊

卷之三十一

何道士因術成奸　周經歷因奸破賊　해제

　　이 작품은 하늘의 뜻을 참칭하면서 사리사욕을 챙기다 파멸한 사람
들의 이야기이다. 이야기꾼은 이방 등의 《태평광기太平廣記》에 소개된
동제현銅鞮縣 사람 후원侯元의 이야기를 앞 이야기로 들려주고, 이어서
축윤명祝允明의 《구조야기九朝野記》에 소개된 당새아唐賽兒의 이야기
를 몸 이야기로 들려준다.

　　명대 영락永樂 연간에 산동 청주부靑州府 내양현萊陽縣 사람으로 평
소 무예 연마에 열심이던 왕원춘王元椿은 생계가 막막해지자 강도질을
하다가 상인들을 호위하던 경호원에게 죽임을 당한다. 비보를 접한 그
아내 당새아唐賽兒는 이웃에서 두부가게를 하는 심沈 씨 부부와 함께
남편의 시신을 수습해 장례를 치르고, 귀가하는 길에 정체불명의 흰 빛
줄기가 하늘을 비추는 광경을 목격한다. 그 빛을 따라 간 새아가 어떤
무덤 안에서 보검·갑옷과 함께 《구천현원혼세진경九天玄元混世眞經》
이라는 비서를 발견하자, 그 일을 안 도사 하정인何正寅은 도술과 무예
전수를 빙자해 새아에게 접근한 후 정을 통한다. 얼마 후 도술을 완전히
터득해서 오린 종이를 병사와 말로 변하게 하는 능력을 갖게 된 새아는
정인과 함께 조정에 반기를 들 계획을 세운다. 그러던 어느 날, 새아와
정인의 불륜 소문을 들은 내양의 무뢰한들은 그 현장을 덮쳐 돈을 뜯으
려다가 오히려 은신술을 쓴 새아에게 몇 번이나 골탕을 먹는다. 그 사실

을 안 지현은 관군을 동원해 체포에 나서지만, 새아는 종이를 군사와 말로 변하게 만들어 관군을 물리치고 내친 김에 무리를 끌어모아 조정에 반기를 든다. 새아가 내양현을 점령한 데 이어 청주부까지 함락하자 조정에서는 대규모 관군을 파견해 진압에 나서지만 새아의 지략에 번번이 패한다. 그 과정에서 거짓으로 투항해 새아의 신임을 얻은 청주부 경력經歷 주옹周雄은 꾀를 써서 정인을 제거하는 데에 성공한다. 이어서 새아의 잠자리 시중을 들면서 총애를 얻던 미소년 소소蕭韶을 회유해 그로 하여금 팔월 보름날 관군을 무찌르고 승리를 자축하는 술에 만취한 새아와 심복들의 목을 베게 한 후, 성문을 열고 관군과 합류해 새아의 잔당을 완전히 소탕한다.

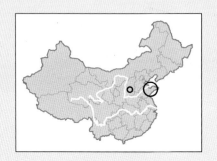

□ 북경

○ 태곡현
○ 병주(태원)

● 빈주
● 청주부   ● 내양현

○ 동제현
○ 노주(장치)   ● 낭야산

남경 □

이런 시가 있습니다.

천명이란 원래부터 참된 것이러니,[1]   天命從來自有眞.
어찌 간악한 도술이 만연한 것 용납하겠나.   豈容奸術恣紛紜.
누런 두건의 장각[2]이 괜히 난리 일으켰다마는,   黃巾張角徒生亂,
옥새[3]가 언제 그들 손에 들어간 적 있었더냐?   大寶何曾到彼人.

이야기를 들려드리겠습니다.[4] 당나라 건부乾符[5] 연간에 상당上黨

---

1) 세 종교[三敎]: 유교·불교·도교를 아울러 일컫는 말이다. 일반적으로 불교
   와 도교는 종교로 간주되지만 유교는 엄밀하게 말하자면 종교가 아니라 학
   파에 속한다. 중국에서는 남북조시대에 이르러 유교·불교·도교의 세 사상
   이 차츰 융합된다.

2) 누런 두건의 장각[黃巾張角]: 후한대 말기에 태평도太平道의 수령인 장각張角
   이 농민봉기를 일으키고 "푸른 하늘이 죽었으니 누런 하늘이 서야 할 터蒼天
   已死, 黃天當立"라는 말을 퍼뜨리게 하여 수십만의 무리를 모으고 누런 두건
   을 머리에 쓰게 했는데 당시 이들은 '황건적黃巾賊'으로 불렸다.

3) 옥새[大寶]: '대보大寶'는 큰 보물이라는 뜻으로, 황제의 정통성을 상징하는
   옥새玉璽를 가리킨다. 여기서는 황제 자리를 뜻하는 말로 사용되고 있다.
   편의상 '옥새'로 번역했다.

4) *본권의 앞 이야기는 이방李昉《태평광기太平廣記》권287의 〈후원侯元〉에
   서 소재를 취했다.

고을의 동제현銅鞮縣[6] 산마을에 나무꾼이 한 사람 살았습니다. 그는 성이 후侯, 이름이 원元으로, 집안 형편이 가난해서 땔감을 파는 일을 생업으로 삼고 있었지요. 그런데 기해년己亥年[7]에 이 현 서북쪽에 있는 산에서 땔감을 구해 돌아올 때였습니다. 어떤 골짜기 어귀에서 잠시 쉬고 있는데 그 옆에 큰 바위가 하나 있지 뭡니까. 그 바위는 우람하기가 몇 칸짜리 집만 했지요. 후원은 그 큰 바위를 마주보면서 혼잣말을 했습니다.

"내 팔자가 이렇게 사납구나!"

그의 한숨 소리가 끝나기도 전이었습니다. 갑자기 그 큰 바위가 스르르 동굴처럼 열리더니 안에서 웬 노인이 깃옷에 까만 모자를 쓰고 서리가 내린 것 같은 백발을 한 채 지팡이를 짚고 나오는 것이 아닙니까. 후원은 깜짝 놀라서 허둥지둥 일어나 다가가서 절을 했지요. 그러자 노인이 말하는 것이었습니다.

"나는 산신령이다. 너는 어째서 그렇게 한탄을 하고 있느냐? (…) 내 법술을 익히면 부자가 될 수 있으니 나를 따라오너라!"

그리고는 노인이 다시 동굴로 들어가는지라 후원도 그 뒤를 따라

---

5) 건부乾符: 당나라 제19대 황제 희종僖宗 이현李儇(862~888)이 사용한 첫 번째 연호로, 서기 874년부터 879년까지 6년 동안 사용되었다.

6) 동제현銅鞮縣: 중국 고대의 현 이름. 지금의 산서성山西省 심현沁縣 일대에 해당하며, 춘추시대 진晉나라의 이궁離宮이 있었던 곳으로, 당대에는 상당군上黨郡에 속했다.

7) 기해년己亥年: 당나라 희종이 재위한 건부 6년(879)에 해당한다.

들어갔지요. 몇십 걸음을 갔을 때였습니다. 시야가 확 트이면서 경치가 또렷하게 눈에 들어오는데, 가는 도중에는 기이한 꽃과 풀, 큰 대나무와 소나무가 울창한 것이었습니다. 이어서 푸른 난간과 붉은 대문의 저택과 겹겹의 누각과 정자가 눈에 들어오지 뭡니까. 노인이 후원을 안내해 별채의 작은 정자에 가서 앉자, 동자 둘이 그에게 식사를 권하는 것이었습니다. 식사를 마치자 이번에는 그를 별실로 안내해 뜨뜻한 물로 목욕을 시킨 다음 새 옷 한 벌을 건넸습니다. 그러고는 그에게 관을 쓰게 하더니 다시 정자로 안내하는 것이었습니다.

노인은 동자를 시켜 땅바닥에 자리를 깔고 후원에게 무릎을 꿇게 했지요. 이어서 노인은 수만 자나 되는 비결을 전수하는데 전부가 둔갑술이나 은신술 같은 도술이었습니다. 후원은 천성이 우직했지만 이 순간만큼은 한번 들은 것은 절대로 잊지 않았지요. 그러자 노인은 그에게 이렇게 주의를 주는 것이었습니다.

"너에게는 작은 복을 받을 운이 좀 있으니 나의 큰 법술에 입문함이 마땅하다. 다만, … 네 얼굴에 망조가 아직 사라지지 않았으니 각별히 조심해야 하느니라! 만일 부당한 것을 도모했다가는 재앙이 내려 목숨을 잃고 말 것이다! (…) 오늘은 일단 돌아가서 이 법술부터 익히거라. 만일 나를 만날 일이 생기거든 지극한 정성으로 이 바위를 두드리거라. 그러면 누가 문을 열고 나와 만나게 해줄 것이다!"8)

후원이 감사의 절을 하고 떠나자 노인은 아까처럼 웬 동자에게 동

---

8) 【즉공관 미비】知其無成, 何爲轉之以法。豈有緣而數復不可逃乎。그가 이루는 바가 없을 줄 알면서 어째서 법술을 그에게 전수했단 말인가? 이 어찌 인연이 있으면 아무리 몇 번이나 벗어나려 해도 벗어날 수 없겠는가!

굴 문 앞까지 배웅하게 하는 것이었지요. 그렇게 동굴 밖으로 나와서 보니 그 동굴은 사라지고 큰 바위만 그대로 있지 뭡니까. 자신이 땔감을 하는 도구도 전부 사라지고 없었지요.

그가 집으로 오자 부모형제는 모두 놀라고 기뻐하면서 말했습니다.

"떠난 지 한 해가 넘어서 범이나 늑대한테 죽은 줄 알았다. 그런데 다행스럽게도 이렇게 살아 있었구나!"

사실, 후원은 동굴에서 하루만 있었을 뿐이었습니다. 집안사람들은 이번에는 그의 옷차림이 화려하고 깨끗한 데다가 신비로운 기운이 넘치는 것을 보고 집중적으로 캐물었지요. 그러자 그는 후원은 가족들을 속일 수 없음을 알고 낱낱이 다 이야기해주었습니다. 그러고 나서 마침내 정당靜堂9)으로 들어가더니 노인이 전수한 술법을 모조리 익숙해질 때까지 익혔습니다. 그렇게 하기를 한 달도 채 되지 않았을 때였습니다. 그는 그 술법들을 모조리 익혀서, 온갖 것으로 둔갑하거나 귀신을 부릴 줄 알게 되었지 뭡니까. 그래서 풀·나무·흙·돌을 마주쳤을 때 주문을 외우기만 하면 전부 무장을 한 병사나 기병으로 변하는 것이었지요. 신통력이 이처럼 대단하다 보니 그 소문이 퍼져서 저절로 그를 따르는 사람들이 생겨나기 시작했습니다. 그렇게 해서 시골 젊은이들 중에 용맹스러운 이들을 장졸로 받아들이고, 드나들 때마다 깃발을 들고 풍악을 울리니 그야말로 작은 나라의 제후諸侯 같았습니다. 그는 '현성賢聖'을 자처하면서 관작을 설치하여 '삼로三老'니

---

9) 정당靜堂: 도교에서 도인들이 차분하게 수련을 하는 장소.

'좌·우필左右弼'이니 '좌·우장군左右將軍'이니 하는 칭호들을 갖추었습니다. 그리고 초하루나 대보름만 되면 성대하게 몸치장을 하고 가서 신령을 알현했습니다. 신령은 그를 접견할 때마다 어김없이

"절대로 군사를 일으키지 마라. 만일 기어이 거사해야 하겠다면 하늘께서 호응하실 때까지 기다려야 할 것이니라!"[10]

하고 경계했고 그때마다 후원은 그러겠다고 대답했습니다.

경자년庚子年[11]이 되자 끌어 모은 군사는 벌써 수천 명이나 되었습니다. 현에서는 그가 요망한 도술로 변란을 일으킬까 봐서 상당 절도사上黨節度使[12] 고高 공에게 공문을 보내 그의 동정을 보고했지요. 고 공은 노주潞州[13]의 군장郡將[14]에게 명령을 내려 군사를 동원해 그

---

10)【즉공관 미비】不反不能矣。반기를 들지 않으려야 않을 수가 없겠군그래.

11) 경자년庚子年: 기해년으로부터 1년 후인 광명廣明 원년(880)을 말한다. '광명'은 희종 이환이 사용한 두 번째 연호로, 이듬해인 881년까지 사용되었다.

12) 상당 절도사上黨節度使: 당대의 관직인 소의절도사昭義節度使의 별칭. 절도사의 관청이 상당에 있었기 때문에 경우에 따라 '상당 절도사'로 불리기도 했다. 숙종肅宗 때에는 지금의 산서성 동쪽의 택주澤州·노주潞州와 함께 하북성의 상주相州·위주衛州·패주貝州·형주邢州·낙주洛州 등지를 관할했기 때문에 '택澤·로潞 절도사'로 불리기도 했다.

13) 노주潞州: 중국 고대의 지명. 지금의 산서성 장치시長治市 일대에 해당한다. 오대십국五代十國시대 북주北周의 선정宣政 원년(578)에 처음 설치되고 나중에 상당군上黨郡으로 개칭되었다. 당대에도 노주와 상당군으로 몇 번이나 번갈아 개칭되었으며 송·원대에는 융덕부隆德府로 일컬어졌고, 명대에는 초기에 노주로 불리다가 가정嘉靖 8년(1529)에 노안부潞安府로 격상되었다.

14) 군장郡將: 중국 고대에 군수에 대한 또 다른 호칭. 고대에는 군수가 군사 관련 업무까지 관장했기 때문에 '군장'으로 일컫기도 했다. 여기서는 "노주의

들을 토벌하게 했습니다. 후원은 그 사실을 알고 즉시 신령에게 가서 대응 방법을 물었습니다. 그러자 신령이 말하는 것이었습니다.

"내가 이전에 말했느니라. (…) 깃발을 내리고 북을 멈춘 채 그들에게 대응해야 하느니라. 그들은 우리가 자기들과 맞서지 않는 것을 보면 함부로 공격하지는 않을 것이 분명하다. 절대로 맞서 싸워서는 안 된다는 것을 명심하거라!"

후원은 말로야 그대로 따르겠다고 했지만 속으로는 승복할 수가 없었지요.

'내 기이한 도술을 쓴다면 놈들을 제압하고도 남지. (…) 게다가 이번이 처음인데 작은 적을 막아내지 못한다면 나중에 큰 적이 몰려왔을 때 어떻게 하겠는가! 더욱이 내가 겁을 먹고 나약하게 처신하는 것을 사람들이 보기라도 한다면 나를 따르지 않으려 할 것이 분명하다. 그래서야 어떻게 권위를 세울 수가 있겠는가!'

이렇게 생각한 후원은 처소에 돌아온 후 신령의 당부를 따르지 않고 추종자들에게 '군사를 조련하면서 기다리라'는 명령을 내렸습니다.

이날 밤, 노주의 관군은 후원의 처소에서 삼십 리 떨어진 곳에서 험한 지세에 기대어 병영을 지었습니다. 그런데 이들은 후원이 술법을 써서 보병·기병과 온갖 무기들로 산과 늪 할 것 없이 가득 깔아놓은 것을 보고는 다들 겁을 집어먹었지요.

이튿날, 노주 관군이 방진方陣을 짜고 전진해 오자 후원은 천여 명

군장"이라고 했으니 명대의 직함으로는 지주知州에 해당하는 셈이다.

을 이끌고 방진을 향해 돌격을 감행했습니다. 그 예봉을 당해내지 못한 관군은 조금 퇴각할 수밖에 없었지요. 그러자 후원은 자신의 법술이 천하무적이라고 여기고 수하를 시켜 술을 가져와 마시게 함으로써 사기를 높여주었습니다. 그러나 그 수하들이 하나같이 병법을 익히지 않은 오합지졸이다 보니 전혀 기율이 없지 뭡니까. 그래서 후원 한 사람이 술을 마시자 너도나도 멋대로 술판을 벌이는 것이었습니다. 노주 관군은 혼란이 벌어진 틈을 타서 대규모 병력을 이끌고 쳐들어왔습니다. 그러자 후원의 군사는 모두 사방으로 흩어져 달아나버리는 것이었지요. 겨우 후원 한 사람만 남았지만 그조차 술에 취해 긴급한 상황에서 미처 주문을 외지 못하는 바람에 사로잡히고 말았습니다. 그는 상당까지 끌려가서 노주부 감옥에 갇히고 무거운 칼이 씌워졌고 삼엄한 군사가 그 감옥을 철통같이 지켰답니다.

  그런데 날이 밝아 감옥 안[15]을 보니 촛대만 하나 남아 있고 후원은

---

15) 【교정】 감옥 안을 보니[看枷中]: 상우당본 원문(제1312쪽)에는 '간가중看枷中'으로 되어 있다. '가枷'는 중죄인의 목에 씌우던 형구인 칼을 말하므로, '칼 속을 들여다보니'라는 뜻이 된다. 그러나 '가'의 의미 자체가 애초부터 '칼'로 한정되어 있는데다가, 이 대목의 본문도 "날이 밝아 칼 안을 보았더니 촛대만 하나 남아 있고 후원은 이미 사라지고 없지 뭡니까天明, 看枷中, 只有燈臺一个, 已不見了侯元" 식으로 진행되고 있다. 아무리 크게 만들어도 1미터를 넘지 못하는 칼 안에 촛대와 후원이 들어갈 공간이 있을 리가 없다. 화본대계판(제549쪽)·천진고적판(제315쪽)·중화서국판(제461쪽) 등 주요한 판본들은 모두 이 부분을 원본 그대로 '간가중看枷中'으로 적고 아무 설명이나 주석도 붙이지 않았으나 전후 맥락을 따져볼 때 옥졸들이 본 것은 '칼 속[枷中]'이 아니라 '옥 안[獄中]'이어야 정상이다. 아마도《박안경기》의 원판에 글자를 새기던 판각공이 앞에서 '칼[枷]'이 여러 차례 나오자 감옥을 뜻하는 '옥獄'을 새겨야 할 자리에 '가枷'를 잘못 새긴 것으로 보인다. 여기서는 '가중'을 전후 맥락에 맞추어 "감옥 안"으로 번역했다.

사라져버렸지 뭡니까! 후원은 그날 밤 동전까지 달아났지요. 그리고 그길로 큰 바위 옆에 도착하자 신령을 만나 자신의 잘못을 빌었습니다. 그러자 신령은 버럭 성을 내더니 이렇게 꾸짖는 것이었습니다.

"어리석은 놈, 내 말을 듣지 않다니! (…) 이번에는 다행히 죽음을 모면했다마는 결국에는 극형을 피하기 어려울 것이다. (…) 너는 내 제자가 아니다!"

그러고는 옷소매를 떨치고 안으로 들어가버리는 것이 아닙니까. 결국 동굴 문은 닫히고 큰 바위만 덩그러니 서 있을 뿐이었습니다. 후원은 자신의 잘못을 뉘우쳤지만 처음으로 돌이킬 수 없었지요.[16) 그가 아무리 간곡한 마음으로 바위를 두드려도 바위는 도통 열릴 줄을 모르는 것이었습니다. 이때부터 후원이 속으로 알아두었던 주문들은 차츰 뇌리에서 잊혀갔습니다. 그나마 기억하는 것조차 한번 외워보면 영 신통치 않았지요. 그런데도 앞서 그를 따랐던 무리들은 무슨 까닭인지는 모르겠지만 모인 채 흩어질 줄 모르고 여전히 그를 주군으로 받들지 뭡니까. 그러자 그는 그 무리를 믿고 그해 가을에 사람들을 이끌고 병주并州[17)의 태곡太谷[18) 일대에서 약탈을 벌였습니다. 그러

---

16) 【즉공관 미비】 猶可及也。 그래도 돌이킬 수는 있는 것을!

17) 병주并州: 중국 고대의 지역명. 지금의 산서성의 행정 중심지인 태원시太原市 일대에 해당한다.

18) 【교정】 태곡太谷: 상우당본 원문(제1314쪽)에는 '대곡大谷'으로 되어 있으나 '큰 대大'는 '클 태太'의 오류 또는 오각으로 보인다. 태곡太谷은 지금의 산서성 태원시 동남쪽과 황하의 지류인 분수汾水 유역의 양곡현陽曲縣 일대로, 춘추시대 진晉나라 때에는 양읍陽邑으로 불리다가 전한대에 양읍현이 설치되었으며, 수나라 개황開皇 18년(598)에 '태곡현'으로 개칭하고 병주에 배속

나 결국은 파멸할 운명이었던 걸까요? 하필이면 병주의 장교가 우연히 병마를 이끌고 그곳을 지나다가 그 사실을 알고 그들을 겹겹이 포위했지 뭡니까. 후원은 당황한 나머지 부적을 쓰네 주문을 외웁네 애를 썼습니다. 그러나 하나도 효과를 보지 못하고 결국 그 싸움터에서 목이 잘리고 말았습니다. 그 무리 역시 뿔뿔이 흩어져버렸지요. 신령이 일러준 말을 듣지 않다가 정말 비명에 죽고 만 것입니다.

이를 통하여 반란이라는 것은 하늘의 섭리로도 꺼리는 일임을 알수 있습니다. 만일 도술을 터득해 조정을 보좌한다면 장 유후張留侯[19]나 육 신주陸信州[20] 같은 인물처럼 저절로 공로를 세우고 대업을 이루어 그 명성을 후세에까지 남겼겠지요. 그러나 사심에 이끌려 군사를 일으켜 반란을 도모한 경우는 요사스러운 도술로 공을 이룬 사례를 찾아보기 어렵습니다. 과거의 장각張角이나 미측微側과 미이微貳[21], 손은孫恩과 노순盧

장량. 《삼재도회》

되었다. '대곡(현)'은 지금의 하남성 낙양시 동남쪽 일대에 존재했던 관문으로, 지리적으로 태원시 일대에 해당하는 병주와는 상당한 거리가 있었다.

19) 장 유후張留侯: 전한 초기의 전략가인 장량張良(BC250~BC186)을 가리킨다. 유방劉邦을 도와 한나라를 세우고 그 공로로 유후留侯에 봉해졌다.

20) 육 신주陸信州: 전한 초기의 정치가인 육가陸賈(BC240~BC170)를 가리킨다. 언변이 좋아서 유방이 천하를 평정하고 나서 남월南越에 두 차례 사절로 파견되었다. 나중에는 승상丞相이던 진평陳平을 설득해 태위太尉 주발周勃과 공조하여 황제 자리를 찬탈하려 들던 여呂 씨 일족을 멸망시키고 유항劉恒(BC203~BC157)을 새 황제로 옹립했다.

21) 미측微側과 미이微貳: 후한대의 민란 지도자. 자매지간인 두 사람은 후한

循[22] 같은 자들은 하늘이 내린 병서와 법술을 배웠음에도 결국은 패망하고 말았지요. 그래서 《평요전平妖傳》[23]에서도

"백원동의 천서[24] 뒤쪽에서는,　　　　　　白猿洞天書後邊,

모반을 누누이 경계하고 있다."　　　　　　深戒着謀反一事。

라고 한 것입니다. 후원의 경우만 하더라도 만일 신령의 당부를 따랐더라면 나중에 분명히 좋은 일이 있었을 것입니다. 그러나 스스로

초기에 교지交趾에서 민란을 일으키고 왕을 자처했으나 싸움에서 패한 후 죽음을 당했다.

22) 손은孫恩과 노순盧循: 동진東晉 시기의 민란 지도자. 동진 말기에 오두미도 五斗米道의 도사인 손은(?~402)이 하북河北 지역에서 농민 봉기를 일으켰으나 싸움에 패하자 바다에 투신하여 자살했다. 후한의 학자 노식盧植의 후손으로 그의 매부였던 노순(?~411) 역시 민란을 일으켰으나 명장 유유劉 裕에게 패하고 자살했다.

23) 《평요전平妖傳》: 명대에 지어진 중국 최초의 장편 괴기소설. 원제는 《삼수 평요전三遂平妖傳》으로, 《삼국지연의三國志演義》의 저자 나관중羅貫中 (1330?~1400?)이 지은 것을 250여 년 후에 풍몽룡馮夢龍(1574~1646)이 증보 하여 출판했다. 북송 황제 인종仁宗이 재위할 때 패주貝州의 왕칙王則과 영 아永兒 부부가 반란을 일으키자 문언박文彦博이 마수馬遂·이수李遂·제갈 수지諸葛遂智 등 이른바 "삼수三遂"의 도움으로 이를 평정한다는 내용으로 이루어져 있다.

24) 백원동의 천서[白猿洞天書]: 《평요전》에서 오랫동안 도를 닦은 흰 원숭이인 원공袁公은 옥황상제를 위해 천상의 비적인 《여의보책如意寶冊》을 관리하 던 중 그 내용을 백운동白雲洞 암벽에 몰래 새긴다. 그 후 그 비적을 훔친 단자화상蛋子和尙은 모반을 경계한 비적의 내용을 제대로 파악하지 못한 상태에서 성고고聖姑姑 등과 함께 왕칙王則을 도와 반란을 일으키게 한다. 이에 놀란 옥황상제는 원공을 꾸짖고 그 요괴들을 평정하여 속죄하게 한다. 드디어 반란을 평정한 원공은 '백운동군白雲洞君'으로 격상되고 전처럼 천 상의 비적을 관장한다.

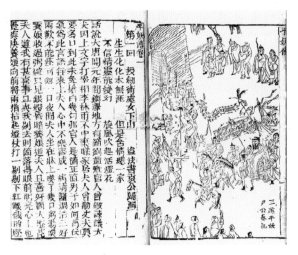

《평요전》

죽음을 불러들이고 말았지요. 일이란 원래 이처럼 분명한 것입니다. 이런 이치조차 알지 못하는 바보들이 이처럼 평화로운 세상을 살면서 거기다가 백련교白蓮教25)까지 맹신하여 도처에서 무리를 모아 난리를 일으키며 죽는 순간까지 뉘우치지 못하니 도대체 어떻게 된 영문일까요!

이번에는 요망한 책이 생기자 반란을 도모했다가 죽음을 당한 자의 이야기를 손님들에게 들려드릴까 합니다.26) 이 이야기를 증명하는 시가 있습니다.

---

25) 백련교白蓮教: 중국 고대의 비밀 종교 집단. 송대에 불교와 명교明教·미륵교彌勒教의 교리를 혼합해서 만들어진 이래로 원·명·청대에는 농민 봉기의 주요한 경로로 변질되어 탄압받는 일이 많았다.

26) *본권의 몸 이야기는 명대 축윤명祝允明의 《구조야기九朝野記》권2에서 소재를 취했다.

일찍 무예에 통달하여 친남편을 죽게 만들고,　　早通武藝殺親夫,

외려 천서를 얻어 딴마음 품는구나.　　　　　反獲天書起異圖。

청주27)에서 난을 일으켰다가 도륙당하고 마니,　　擾亂靑州旋被戮,

'복이 사실은 화가 도사린 곳'28)이란 말 반박하기 어렵구나!

　　　　　　　　　　　　　　　　　福兮禍伏理難誣。

　이제 이야기를 들려드리지요. 우리 왕조 영락永樂29) 연간이었습니다. 산동山東 청주부靑州府30)의 내양현萊陽縣31)에 한 여인이 살았는

---

27) 청주靑州: 중국 고대의 지역명. 발해渤海와 태산泰山 사이에 있는 지금의
　산동성 임치臨淄·익도益都 등지에 해당한다. 전한 이래로 역대 왕조의 주
　요한 거점 지역으로 '천하에서 으뜸가는 고을[天下第一州]'로 일컬어지기도
　했다. 명나라 영락永樂 18년(1420) 당새아가 봉기한 곳이기도 하다.

28) 복이 사실은 화가 도사린 곳[福兮禍伏]: 노자老子의 《도덕경道德經》 제58장
　에 나오는 말. 원문은 "화는 복이 깃든 곳이요, 복은 화가 도사린 곳이다禍
　兮, 福之所倚. 福兮, 禍之所伏"이다. 만사가 수시로 바뀌는 인간세상에서 복
　(행복)과 화(불행)는 서로 보완하고 순환하는 관계에 있다는 뜻으로, 우리
　에게 익숙한 성어인 전화위복轉禍爲福과 비슷한 의미로 사용된다.

29) 영락永樂: 명나라 제3대 황제 성조成祖 주체朱棣(?~1425)가 사용한 연호로,
　1403부터 1424년까지 22년 동안 사용되었다.

30) 청주부靑州府: 명대의 지명. 명대 초기인 홍무洪武 원년(1368)에 원대의 익
　도로益都路가 철폐된 후 설치되었다. 유주濰州·거주莒州·교주膠州의 3개
　주와 함께 치소인 익도益都(지금의 청주시)를 위시한 임치臨淄·박흥博興
　·수광壽光·창락昌樂·임구臨朐·안구安丘·제성諸城·몽음蒙陰·기수沂水·
　일조日照·창읍昌邑·고밀高密·즉묵卽墨·고원高苑·악안樂安의 16개 현을
　관할했으며 이중에서 유주·교주와 고밀·창읍·즉묵은 내주부萊州府로 이
　관되었다.

31) 내양현萊陽縣: 중국 고대의 현 이름. 지금의 산동반도 중부 일대에 해당한다.
　상商·주周 이래로 내자국萊子國 등으로 불리다가 오대의 후당後唐 때에 인
　근에 위치한 내산萊山의 남쪽에 있다고 해서 '내양'으로 불리게 되었다.

데, 성이 당唐, 이름은 새아賽兒[32]였지요. 그녀의 어머니는 젊었을 때 꿈을 꾸었는데 웬 신인神人이 황금 곽을 받쳐들고 나타났답니다. 그 곽에는 영험한 알약이 하나 들어 있었는데, 어머니에게 그것을 삼키게 했더니 바로 태기가 있어서 새아를 낳았다고 합니다. 새아는 어려서부터 총명하고 영리해서 글자를 제법 알았고 자색이 있었습니다. 그런데 늘 종이를 오려서 사람과 말을 만들고 맞붙어 싸우는 놀이를 하고 놀았지요.[33] 그녀는 나이가 들어서 그 고을 석린가石麟街의 왕원춘王元椿에게 출가했습니다. 이 왕원춘이라는 사람은 궁술과 기마술에 익숙하고 무예에 정통한 데다가 집안 형편도 넉넉했답니다. 그

---

32) 당새아唐賽兒(1399~?): 명대 초기의 민란 지도자. 산동성 빈주濱州 포대현 蒲臺縣 사람이다. 당시 도읍을 남경에서 북경으로 옮긴 성조 주체는 대규모 궁전을 조성하고 운하를 정비하는 과정에서 전국의 양식과 인력을 징발했다. 그 과정에서 산동 지역에서는 수십만에 이르는 장정이 징발되는 등 농민의 부담이 가중되고 있었다. 남편 임삼林三이 죽은 후 어떤 돌궤에서 보검과 병서를 발견하자 영락 18년(1420), 백련교白蓮敎의 이름으로 수천명의 무리를 모아 익도의 석붕채石棚寨에서 봉기했다. 토벌군을 섬멸하고 청주 위지휘사淸州衛指揮使 고풍高風을 죽이는 등 기염을 토하자 각지의 백성들이 가세했다. 거주莒州·즉묵卽墨 등지를 차례로 함락시키고 안구安丘를 포위하매 위기감을 느낀 주체가 북경의 정예 병력을 투입하면서 전세가 기울어 그 무리는 산동 도지휘 첨사 위청衛靑이 이끄는 관군에게 궤멸되었다. 본인은 도망쳐 행방이 묘연해졌는데, 일설에 따르면 조정에서 북경·산동 등지의 비구니·여도사들을 검거해 심문했으나 끝내 찾아내지 못했다고 한다. 축윤명의《구조야기》에서는 당새아를 사로잡은 후 형벌을 가해도 조금도 무서워하지 않자 나체로 결박해 저잣거리에서 처형하려 했으나 칼날이 들어가지 않아 도로 감옥에 가두고 칼과 족쇄를 채워 두었는데 어느 사이에 탈옥해 자취를 감추었다고 적고 있는데, 그 일화가 구전되는 과정에서 다소 과장·미화된 것으로 보인다.

33)【즉공관 미비】本有宿根, 使不頭角。이제 보니 전생에 진리를 터득할 자질을 지니고 있어서 그 재능들이 드러나지 못하게 만들었던 게로군.

런데 새아를 아내로 맞아들인 후로는 여색에 빠져 날마다 술을 마시고 즐기기에 바빴지요. 그러면서도 수시로 새아에게 활과 화살·칼 다루는 법을 일러주었는데 새아도 기꺼이 자발적으로 연습하고 놀곤 했습니다.

세월은 손가락을 튕기는 것만큼 빨리 흘러갔습니다.[34] 어느 사이에 그렇게 오륙 년을 살다 보니 집안 형편은 시들해지고 입고 먹는 것조차 부족해졌지 뭡니까. 그러자 새아가 하루는 남편에게 말했습니다.

"우리가 괜히 여기서 굶주림을 참으면서 지냈나 봐요. 차라리 뒤편의 배밭을 처분하고 좋은 말을 한 필 사서 우리 분수에 맞는 일을 좀 해보면[35] 얼마나 좋겠어요?"

왕원춘은 그 말을 듣더니 말했습니다.

"부인, 진작에 말하지 그랬소. (…) 오늘은 날이 저물었으니 여러 말 할 것도 없지."

이튿날, 왕완춘은 일찍 일어나서 처분할 물건의 물목을 작성했습니다. 그러고는 이 매파에게 거간을 서 줄 것을 부탁해서 현지의 부자

---

34) 세월은 손가락을 튕기는 것만큼 빨리 흘러갔습니다[光陰捻指]: 중국 송·원 대 화본, 명대 의화본소설에서 자주 볼 수 있는 '염지捻指'는 원래 엄지와 중지를 튕겨서 '딱' 소리를 내는 동작을 가리키는데, 일반적으로 '염지지간 捻指之間', '광음여염지지간光陰如捻指之間', '백세광음여염지百歲光陰如捻 指' 등으로 사용되고, 손가락을 튕기는 순간만큼 아주 짧은 시간을 가리킨 다. 때로는 '탄지彈指', '탄지지간彈指之間' 등으로 쓴다. 여기서는 편의상 "세월은 손가락을 튕기는 것만큼 빨리 흘러갔습니다"로 번역했다.

35) 【즉공관 미비】賊心早定。도적이 되려는 마음을 이미 굳혔군.

가포賈包에게 넘기고 스무 냥 넘는 은자를 받았지요. 왕원춘은 바로 청주진靑州鎭으로 가서 잘 달리는 명마를 한 필 사서 돌아왔습니다. 활·화살·요도腰刀36)는 처음부터 지니고 있었지요.

명대 요도

그리고 길일을 잡고 나서37) 원춘은 포졸 차림을 하더니 새아에게 작별인사를 했습니다.

"내 갔다가 금방 오리다!"

"몸조심하세요, … 꼭요!"

그러자 원춘은

"고맙소!"

하더니 몸을 날려 말에 올랐습니다. 그러고는 채찍을 한 번 휘두르자 그 말은 한 줄기 연기38)처럼 사라지는 것이었습니다.

원춘은 산조림酸棗林까지 왔습니다. 그곳은 낭야산琅琊山39) 뒤에

---

36) 요도腰刀: 고대 병기의 일종. 허리에 찬다고 해서 '요도'로 불렸다.

37) 【즉공관 미비】日子未必好。날이 좋지는 않았나 보군.

38) 한 줄기 연기[一道煙]: 중국 송·원대 화본, 명대 의화본소설에서 상투적으로 사용하는 표현. '일도연一道煙'은 '한 줄기 연기'라는 뜻으로, 사람이나 사물이 연기처럼 순식간에 사라지거나 달아나는 것을 두고 하는 말이다.

39) 낭야산琅琊山: 중국 산동성의 산 이름. 현재 널리 알려져 있는 안휘성 저현滁縣 서남쪽의 낭야산과는 다른 곳으로, 명대의 백과전서인《삼재도회三才圖會》의〈산동여도山東輿圖〉하단을 보면 지금의 산동성 제성현諸城縣 동남쪽에 자리 잡은 산임을 알 수 있다.

〈산동여도〉 속의 낭야산. 《삼재도회》

있는 산으로, 길이라고는 가운데에 하나밖에 없었지요. 그래서 이곳을 막으면 하늘로 솟아서 가는 수밖에 없었지요. 왕원춘은 그 길목이 강도질하기에 안성맞춤이라는 생각뿐이었습니다. 그 길을 다니는 사람들은 길이 가까워서 다니는 것이겠지만 그 사람들이 하나같이 선량한 근본을 가진 자들은 아니었지요. 남이 자기 재물을 빼앗아 가는 것을 멀뚱멀뚱 보고만 있을 바보가 어디 있겠습니까?

그런데 원춘이 재수가 없었던 것일까요? 마침 웬 나그네들을 마주쳤는데 멀리 보니 전대가 제법 두둑하지 뭡니까.

"횡재했군그래!"

속으로 생각한 원춘은 말을 몰아 바람과도 같이 길을 전후좌우 다 살폈습니다. 다른 인기척은 없는 것을 확인한 왕원춘은 바로 활시위를 당겨 화살을 잰 다음 '피융' 하고 화살을 쏘았습니다.

그런데 맞은편의 그 나그네들 사이에는 맹덕孟德이라는 사람이 끼어 있다가 원춘이 말을 달리는 광경을 발견하고 진작부터 대비를 하고 있었지 뭡니까. 그는 활을 들고 날아오는 화살을 쳐서 땅바닥에 떨어뜨리는 것이었습니다. 왕원춘은 첫 화살이 맞지 않은 것을 보고 말을 멈추더니 두 번째 화살을 쏘았습니다. 그러자 맹덕은 이번에도 아까처럼 화살을 쳐서 떨어뜨리더니 바로 소리를 질렀습니다.

"형씨, 나도 답례를 하리다!"

그러고는 화살 없이 활을 당기기만 하고 화살은 쏘지 않는 것이었습니다. 왕원춘이 가만히 들어보니 활시위 소리만 들리고 화살은 보이지 않지 뭡니까. 그래서 속으로

'저놈40)은 활쏘기나 말타기를 할 줄 모르는 자들이야. (…) 그냥 허세를 부리는 것뿐이겠지.'

이렇게 생각하면서 대비를 하는 둥 마는 둥하며 말을 천천히 몰아다가갔습니다. 그러자 맹덕은 활시위를 당기더니 입으로

"화살 갑니다!"

---

40) 놈[男女]: 명대 구어에서 '남녀男女'는 종복이나 평민이 상전 앞에서 자신들을 일컫거나 상대방을 욕할 때 쓴 말이다. 여기서는 후자에 해당하므로 편의상 '놈'으로 번역했다.

하고 소리치기만 하고 이번에도 화살을 쏘지 않았습니다.41) 왕원춘은 화살이 날아오지 않는 것을 보고는 상대가 정말 활을 쏠 줄 모른다고 안심하고 말을 몰아 추격했습니다. 맹덕은 활시위만 당기는 척하다가 원춘이 방심한 틈을 타 화살을 재더니 활을 쏘았습니다.42) 딱 원춘을 마주하고 정면에서 말이죠. 그 말이 채 끝나기도 전이었습니다.43) 원춘은 고개를 들고 바라보는 찰나, 얼굴에 정통으로 화살을 맞았습니다. 화살은 머리 뒤로 뚫고 지나가는 것이었지요! 원춘은 몸이 넘어가면서 말에서 굴러 떨어졌습니다. 그러자 맹덕은 쫓아와서 칼을 뽑더니 원춘의 목을 향해 몇 번이나 칼질을 했습니다. 원춘이 살아나기는 틀린 거지요! 이 장면을 묘사한 시가 있습니다.

칼날 번뜩일 때 물도 슬프게 흐르고,　　　　　　劍光動處悲流水,
화살촉 날 때 지는 꽃을 배웅하누나.　　　　　　羽簇飛時送落花。
규방에서 기나긴 밤의 꿈 알리려 해도,　　　　　欲寄蘭閨長夜夢,
맑은 넋은 언제나 귀가할 수 있으려나!　　　　　清魂何自得還家。

맹덕은 동행하던 나그네 대여섯 명에게 말했습니다.

---

41) 【즉공관 미비】是个江湖上老手段, 元椿新試, 落其彀中。 강호에서는 늘 쓰는 수법인데 원춘은 이제 막 도적질에 입문하다 보니 그 속임수에 넘어간 게지.

42) 【즉공관 측비】妙。 기막히군.

43) 그 말이 채 끝나기도 전이었습니다[說時遲, 那時快]: 송·원대 화본, 명대 의화본이나 백화소설의 상투적인 표현. 글자대로 번역하면 "말하는 시간은 더디지만 그 시간은 빨랐다說時遲, 那時快"라는 의미가 되는데, 보통 특정한 행위나 상황이 말보다 먼저 종결되는 것을 두고 하는 말이다. 《박안경기》에서는 이 표현을 상황에 따라 "그 말이 채 끝나기도 전에" 또는 "그 행위가 끝나기가 무섭게" 식으로 번역했다.

何道士圖戲
戌春

하 도사가 도술을 빌미로 간음을 자행하다.

"이놈도 알고 보니 신출내기였군요. 도적질은 해본 적이 없는 것 같습니다. (…) 우리 그냥 갑시다. 지체할 틈이 없습니다!"

그러고는 다 같이 자리를 떠나는 것이었지요.

계속 이야기를 들려드리지요. 당새아는 날이 저물 때까지 기다려도 왕원춘이 돌아오지 않자 속으로 걱정이 되었습니다. 그래서 이렇게 혼잣말을 했지요.

'서방님이 일을 제대로 못 하시나 보다. (…) 이때가 다 되도록 돌아오지 않는 걸 보니 … 마수걸이가 좀 늦은 걸까? (…) 내내 걱정을 하게 만드시는구나."

그렇게 초경을 지나 이경까지 기다렸건만 그래도 왕원춘은 돌아올 기색이 보이지 않았습니다. 하는 수 없이 대문을 걸고 방으로 들어온 그녀는 옷도 벗지 않은 채 잠을 청했으나 도무지 잠이 오지 않았지요. 그렇게 동이 틀 때까지 기다렸건만 그래도 돌아오지 않는 것이 아닙니까. 새아는 마음이 급해져서 안절부절못했지만 어떻게 해볼 도리가 없었지요. 그런데 가만히 들어보니 동네사람들이 이런 이야기를 하는 것이었습니다.

"산조림에서 웬 포졸이 죽음을 당했다지 뭔가!"

새아는 놀랍기도 하고 당황스럽기도 해서 이웃에서 두부를 파는 심인시沈印時라는 노인을 찾아갔지요. 그랬더니 심 노인 내외가 그 사건의 진상을 이야기 해주는 것이었습니다.

"새댁, … 진상을 남들한테는 이야기 하면 안 되네? (…) 새댁 집 대랑大郎은 생시에는 참 좋은 양반이었어. (…) 그냥 이렇게만 이야기를 하게. '그런 일에는 익숙지 않은 데다가 남한테서 빼앗은 물건 같은 것도 없다. … 생계거리가 없어서 전날 배밭을 팔고 돈이 좀 생겼길래 말을 사서 청주진에 가서 장사를 하려고 했다. 몸에는 노자로 은자 대여섯 전錢만 지녔을 뿐 다른 물건은 지닌 것이 없다'고 말이야! (…) 일단 산조림에 가서 실상을 파악하세. 그런 다음 지현 나리를 뵈러 가든지 하자구!"

새아는 그길로 심인시와 함께 산조림으로 갔습니다. 거기서 왕원춘의 시신을 발견한 새아는 큰 소리로 울었지요. 그 소식에 놀란 그 동네 이갑里甲44) 등이 모두 찾아와서 설명을 잘 했습니다. 그리고 바로 새아 일행과 함께 내양현으로 가서 지현인 사史 공을 면담했지요. 새아는 아까 심 노인에게 들은 대로 자세하게 이야기했습니다. 그러자 지현 나리가 말하는 것이었습니다.

"강도가 벌인 짓이 분명하군. 돈을 강탈하고 말까지 끌고 갔으니! (…) 너는 일단 돌아가서 남편의 장례를 치르거라. 나는 사람들을 보내 강도를 체포하도록 할 테니. (…) 놈들을 체포하면 말과 돈은 모두

---

44) 이갑里甲: 명대의 지방행정 단위. 각 주州·현縣의 한 지역에서 110세대[戶]를 1리里로 정하고 그 중에서 장정과 전답을 가장 많이 보유한 10세대에게 윤번제로 이장里長을 맡겼다. 그리고 나머지 100세대를 10갑甲으로 나누고 1갑당 10세대를 배정하여 윤번제로 갑수甲首를 맡게 했다. 해마다 이장은 10갑의 이수를 데리고 각종 부역에 동원되었고 10년마다 한 번씩 교체했다. 나중에는 잡범雜範·균요均徭와 함께 명대의 3대 요역의 하나로 일컬어졌다. 여기서는 [해당 리의] 갑수에 대한 별칭으로 사용한 것으로 보인다.

너에게 돌려주도록 하겠다!"

새아는 이갑 등과 같이 지현에게 감사의 절을 하고 집으로 돌아왔습니다. 그러고는 심 노인 내외를 보고 말했지요.

"아버지·어머니[45] 덕택에 일단 속여넘기기는 했습니다. 그건 그렇고 … 수의며 관 같은 것을 장만할 길이 없으니 어떻게 해야 좋지요?"

"새댁, … 뒤뜰의 배밭은 벌써 가賈 씨네에 팔았으니께 … 차라리 앞쪽 집도 그한테 가서 잡히고 돈을 몇 냥 받아서 대랑의 장례를 치르도록 해요. 그 사람도 거절하지는 않을 테니께."

그 말에 새아는 심 노인 내외에게 부탁해서 함께 가 씨네로 가서 울면서 그 사연을 말했습니다. 가포는 그 소리를 듣고 왕원춘이 비명에 횡사한 것을 딱하게 여기면서 말하는 것이었지요.

"집은 새댁이 계속 쓰고, … 내가 쌀 두 섬과 은자 닷 냥을 챙겨줄 테니 집이 팔리면 그때 갚도록 해요."

새아는 은자와 쌀이 생기자 서둘러 관을 사고 수의를 지었습니다. 그리고 나서 산조림으로 가서 왕원춘의 시신을 관에 잘 넣은 다음

---

45) 아버지·어머니[乾爺乾娘]: 중국에서는 혈친이 아니고 계약이나 맹세로 형성되는 가족관계의 경우 호칭 앞에 '마를 건乾'을 덧붙이곤 한다. 중국어에서 '야爺'는 아버지, '낭娘'은 어머니를 가리킨다. 그러나 그 앞에 '마를 건' 자가 붙은 '건야乾爺'와 '건낭乾娘'은 혈연은 없이 한 동네에서 가깝게 지내는 아저씨나 아주머니에 대한 존칭으로 해석할 수 있다. 국내에서는 이런 경우 '아버지', '어머니'로 부르기도 하므로 같은 방식으로 번역했다.

왕 씨네 선영으로 옮겨 안장할 준비를 마쳤지요.46) 그러고는 국과
밥을 좀 지어서 장인들이 무덤 단장을 마치고 나자 서둘러 물건들을
챙겨서 돌아오다 보니 어느덧 날이 저물었지 뭡니까.

그녀는 심 노인 내외와 셋이서 아까 지나온 길을 따라 집으로 향했
습니다. 그런데 어떤 숲의 오래된 무덤까지 왔을 때였습니다. 웬 허연
빛이 한 줄기 비치는 것이 아닙니까. 때는 해가 저무는 황혼 무렵인데
대낮같이 밝게 빛나고 있었습니다. 세 사람은 그 광경을 보고 깜짝
놀라고 말았지요. 심 노파47)는 심 노파대로 놀란 나머지 땅바닥에 나
동그라지고 새아와 심 노인만 용케 버티고 서 있었습니다. 그런데 두
사람이 그 오래된 무덤 안으로 들어가서 보니 그 빛줄기는 땅 밑에서
새어나오는 것이었지요. 새아는 빛을 따라서 대지팡이 끝으로 '툭' 찍
어보았습니다. 그랬더니 찍자마자 그 땅이 마치 비어 있기라도 한 것
처럼 푹 꺼지더니 돌로 된 웬 작은 곽이 모습을 드러냈습니다. 새아가
그 허연 빛이 비치는 틈을 타서 그 안쪽을 들여다보니 보검 한 자루와
투구와 갑옷이 한 벌 놓여 있지 뭡니까. 새아는 그것을 모두 심 노인
에게 챙기게 하고 자신은 심 노파를 부축하면서 집으로 돌아왔습니
다. 그러고는 등불을 켜고 그 석곽을 열어보니 다른 것이 아니라 필사
한 천서天書가 한 권 들어 있는 것이었습니다. 심 노인 내외는 글자를

---

46) 안장할 준비를 마쳤지요[安厝]: '안조安厝'는 묘지에 안장하기 전에 관을 특
   정한 장소에 잠시 거치하거나 정식으로 안장하기 전에 대충 묻어두는 것을
   말한다. 우리 장례 습속에는 적당한 표현이 없어서 편의상 '안조'를 "안장
   할 준비를 마치다" 정도로 의역했다.
47) 심 노파[沈婆]: 이 이야기에서 '심 씨'는 남편인 심인시이므로 그 아내인 노
   파는 다른 성씨임이 분명하다. 그러나 여기서는 노파의 성씨를 명시하지 않
   고 '심파沈婆'라고 부르고 있으므로 편의상 그대로 "심 노파"로 번역했다.

모르는지라 말했지요.

"이게 무슨 쓸모가 있누!"

새아는 천서의 표지에 '구천현원 혼세진경九天玄元混世眞經'이라고 적혀 있는 것을 발견했습니다. 그 옆에는 시가 한 수 적혀 있는데 그 내용은 다음과 같았지요.

"당나라 당 씨 여인이 고을에서 황제가 되면,　　　　　　唐唐女帝州,
새까만 도교 경전과도 맞먹으리라.　　　　　　　　　　賽比玄元訣。
아이들 장난 같은 구환단이라 할지 모르나,　　　　　　兒戲九環丹,
수습만 하면 대궐에서 신하들의 절을 받으리라!"[48]　　收拾朝天闕。

새아는 글자를 알기는 했지만 갑자기 당한 일이다 보니 시의 속뜻을 당장 파악할 수 없었지요. 심 노인 내외는 오늘 하도 고생을 하는 바람에 쏟아지는 잠을 견딜 수가 없었습니다. 그래서 새아와 작별하고 잠을 자러 집으로 돌아갔지요.

새아도 문을 걸고 잠을 청했습니다. 그런데 막 눈을 감자마자 꿈에 웬 도사가 나타나서 새아를 보고 말하는 것이었습니다.

---

48) 당나라 당 씨 여인이~ : 이 5언절구五言絶句 시 각 구절의 첫 번째 글자를 모으면 "당새아수唐賽兒收"가 된다. 그 의미는 "당새아가 받도록 하라" 정도 될 것이다. 이 시가 당나라 때 지어졌다는 근거는 없다. 문법적·수사적으로 볼 때 각 구절의 구성이 다소 어색하고 인위적이라는 느낌이 강하다. 이런 점을 감안할 때 이 시는 이 이야기의 작자인 능몽초가 이 《구천현원 혼세진경》이라는 비적의 주인이 당새아라는 암시를 주기 위하여 새로 지은 것으로 보인다.

"옥황상제께서 특별히 내게 명령하시기를, 너에게 천상의 거룩한 뜻을 가르쳐 만백성을 구하게 하고[49] 너와의 숙연이 끝나지 않았으니 너를 보좌해 여주인으로 섬기라고 하셨느니라!"

새아가 잠에서 깼더니 그때까지도 향기로운 바람이 일면서 꿈속의 일이 아주 또렷하게 기억나지 뭡니까. 이튿날, 새아는 심 노인 부부 두 사람에게 간밤에 꾼 꿈 이야기를 자세하게 들려주었습니다.

"어제 천서를 얻고 나서 공교롭게도 그런 꿈을 다 꾸었네요."

그러자 심 노인이 말하는 것이었습니다.

"참 신기하구면. 그런 일이 다 있다니!"

알고 보면 세상일이란 정말 묘하지 뭡니까. 새아와 심 노인이 이야기를 나누고 있을 때였습니다. 뜻밖에도 현무묘玄武廟[50]의 도사인 하정인何正寅이 건넛집에서 경전을 낭송하고 있었지 뭡니까요. 두 사람 이야기를 자세히 들은 그는 바로 마음이 동했습니다. 그렇지 않아도 평소 이곳을 지나다니면서 곱상한 새아에게 눈독을 들이던 터였지요. 하정인은 이 기회를 타서 그녀를 속여 가로채려고 작정했습니다. 그

---

49) 【즉공관 미비】救萬民，上天本旨也。若使之反，而又敗而，天書多此一番出世矣。만백성을 구하는 것은 하늘의 뜻. 만약 그 뜻과 반대로 처신하면 다시 패망하고 말 테니 천서가 또 한 번 세상에 나타날 테지.

50) 현무묘玄武廟: 도교의 신인 현무대제玄武大帝를 모시던 사당. 현무玄武는 중국에서 원래 거북과 뱀이 합쳐진 전설상의 동물로, 고대 도교에서는 북방의 태음太陰을 상징하는 신으로 숭배되었다. 그러나 여기서는 전후 맥락을 따져볼 때 현무대제의 약칭으로 보아야 옳다.

러나 그녀가 심 씨네 노부부와 내왕하는 것을 눈치 채고 일부러 심 씨네 두부가게를 지나지 않고 한참을 돌아서 현무묘로 돌아왔지요. 그는 혼자 곰곰이 생각했습니다.

'옥황상제를 모시는 일은 여간 중요한 일이 아니다. 허나, … 그 여인을 속여서라도 같이 지낼 수만 있다면야 죽어도 여한이 없겠구나!"[51]

그는 그날 밤 좋은 술과 음식을 장만한 다음, 제자인 동천연董天然·요허옥姚虛玉과, 가동家童인 맹정孟靖·왕소옥王小玉을 한자리에 불러 앉혀다 놓고 같이 술을 먹었습니다. 이 하정인이라는 도사는 아주 부유하게 지내다 보니 평소에 온갖 똑똑한 척은 다 하고 온갖 거만을 다 떨곤 했지요. 그런데 오늘밤 이렇게 극진하게 대접하는 것을 보고 네 사람은 속으로 의아하게 여겨 다 같이 말했습니다.

"사부님, 만약에 저희 네 사람을 쓰실 일이 있다면 저희는 물불 가리지 않고 사부님께 보답하겠습니다!"

그러자 정인은 네 사람을 바라보면서 당새아의 이야기를 조용히 들려주었습니다.

"내가 이 일을 하도록 너희가 거들어주어야겠다. 그러면 나도 너희를 잘 예우하고 절대 배신하는 일이 없을 게야!"

네 사람은 그렇게 하기로 약속하고, 그날 밤 마음껏 술을 마신 후에

---

51)【즉공관 미비】何道意止貪此, 先己無大志。 하 도사의 의도는 그저 당새아만 탐낸 것뿐이었군. 애초부터 큰 포부가 없었던 게야.

헤어졌습니다.

이튿날, 정인은 자리에서 일어나 머리를 빗고 얼굴을 씻은 다음 새아가 꿈에서 본 것과 똑같이 아주 단정하게 차려입었습니다. 하정인이 어떻게 차려입었는지 계속 들려드릴까요? 시로 말씀드리자면 이렇습니다.

정감 어린 눈길은 세속을 벗어난 옥과도 같고,	秋水盈盈玉絶塵,
우아한 비녀하며 파르란 윤건을 썼다마는	簪星閒雅碧綸巾。
황금 화로에서 장생불사약 만들지는 않고,	不求金鼐52)長生藥,
도화원 동굴에서 사랑 나누기만 바라는구나!	只戀桃源洞裡春。

像明孔葛諸

윤건을 쓴 제갈량.《삼재도회》

하정인은 새아의 집 앞까지 와서 헛기침을 한 번 하더니 큰 소리로 불렀습니다.

"여기 누구 없소?"

그러고 나서 가만 보니 천으로 된 휘장 안에서 웬 미모의 젊은 여인이 나오는 것이 아닙니까. 하정인은 새아를 보면서 아주 공손하게 두 손을 모으고 인사를 하고 나서53) 말

---

52) 【교정】 화로[鼐]: 상우당본 원문(제1327쪽)에는 '절鼐'로 되어 있는데 '솥 정鼎'의 별자로 보인다.

53) 두 손을 모으고 인사를 하고 나서[打个問訊]: '문신問訊'은 '안부를 묻는다'는 뜻인데, 여기서는 그 앞에 또 다른 동사 '타打'가 추가되어 명대 불승·도사들의 인사법을 가리킨다. 중화서국판(제465쪽)에 따르면, 일단 몸을 굽혀 인사를 하고 손을 눈썹 높이까지 들었다가 내리는 식으로 절을 했다고 한다.

했습니다.

"빈도貧道는 현무전玄武殿의 도사 하정인이올시다. 어젯밤 꿈에 현제玄帝[54]께서 나타나셔서 빈도에게 '이 곳에 사는 당 아무개는 이 고을의 여주인이 될 것이니 네가 잘 보좌해야 하느니라! 너는 서둘러 가서 천서를 풀이해주고 함께 대사를 이루도록 하라!'고 분부하셨소이다!"

명대 삽화 속의 현제. 정식 명칭은 '현천상제'이다.

새아가 그 말을 듣자니 꿈속에서 있었던 일을 언급하고 있는 데다가, 정인을 보니 차림새가 꿈속에서 본 것과 같고, 사람도 총명하고 수려하게 생긴지라 속으로 기뻐하면서 말했지요.

"도사님은 정말 천상의 신이시군요. 지난번에 남편을 안장하고 돌

54) 현제玄帝: 중국 고대의 신. 도교에서 신봉한 북방 현무신北方玄武神으로, 정식 명칭은 현무대제玄武大帝 또는 현천상제玄天上帝이며, 때로는 줄여서 '현제'로 불렸다. 현무신에 대한 신앙은 송대에 비롯되었으며 명대에 무당산武當山에 사당을 세우면서 이에 대한 참배와 신앙이 성행했다. 때로는 '진무대제眞武大帝'로 불리기도 했다. 중화서국판의 주석(제465쪽)에는 태상노군太上老君, 즉 노자를 높여 부른 호칭이라고 설명하고 있지만, 하정인이 자신을 "현무전의 도사[玄武殿裡道士]"라고 소개한 점이나 전후 맥락을 따져볼 때 착오로 보인다.

아오는 길에 정말 석곽을 하나 파냈는데 투구·갑옷과 보검·천서가 들었더군요. 소녀는 그 내용을 풀이할 도리가 없으니 도사님께서 가르침을 주시기 바랍니다! (…) 안으로 들어와서 한번 보시지요."

새아는 하정인을 초당으로 안내해 앉히고, 이어서 심 노파에게 가서 자기 집에 와서 손님을 접대해줄 것을 부탁했습니다.[55] 그러고는 서둘러 부엌으로 가더니 좋은 차를 세 잔 우려서 직접 쟁반에 받쳐 내왔습니다. 정인은 새아의 가늘면서 뽀송뽀송한 눈처럼 하얀 두 손을 보는 사이 욕정이 요동쳤습니다.

"여주女主께서 몸소 차를 내오는 수고를 다 하시다니요!"

"가세가 기울어서 여종도 하인도 다 달아나버리는 바람에 부릴 사람이 없군요."

"만일 동자가 필요하시면 … 빈도가 둘을 보내 시중을 들게 하지요. 그리고 나이가 좀 있는 여자도 구해서 댁에서 부리게 해드리겠습니다!"

이렇게 말한 정인은 이어서 심 노파가 그 곁에 있는 것을 보더니 생각했습니다.

'세상의 노파치고 재물 안 밝히는 사람은 없지. (…) 저 노파한테도 달달한 맛을 좀 보게 해주면 금방 내 심복이 되어 시키는 대로 다

---

55) 【즉공관 미비】此時猶存別嫌之意。 이때만 해도 의심스러운 자를 피하려는 생각을 가지고 있었구먼.

할 거야.'

정인은 몸에서 열 냥짜리 은괴 하나를 꺼내더니 새아에게 주면서 말했습니다.

"아버님·어머님께 부탁드릴 테니 어서 여자를 하나 구해주십시오. 적으면 제가 내일 더 드리지요. 사람만 쓸 만하면 돈은 얼마가 들어도 상관없습니다!"

그러자 새아는

"그러실 필요 없습니다!"

하고 한사코 사양하는 것이었습니다. 그래서 심 노파가

"새댁, … 일단 받아두구려. 내가 좀 찾아보리다!"

하고 말하니 새아도 그제야 마지못해 은괴를 받는 것이었지요. 새아는 안으로 들어가 향불을 붙인 다음 천서를 내오게 해서 하정인에게 보였습니다. 그런데 금빛 글자로 전서篆書로 내용을 작성해놓았는데 전부가 전쟁과 진법을 해설해놓았지 뭡니까!

정인은 어려서부터 과거시험 공부를 해왔던 터라 문리에 밝았습니다. 그래서 표지의 시를 보더니 문득 속으로 깨달은 바가 있었던지 말하는 것이었지요.

"여주께서는 … 이 시의 뜻을 아시겠습니까?"

"모르겠습니다만 …."

"'당당여제주唐唐女帝州'에서 첫 번째 글자는 '당唐' 자입니다. (…) 밑의 두 구절에서 첫 번째 글자 두 개는 여주의 성함이고 … 마지막 구절 맨 앞의 '수收' 자는 … '이 책을 얻으면 … 큰 일을 이룰 것이다'56) 이런 뜻입니다!"

새아는 하 도사가 감추어진 비밀을 깨우쳐주자 속이 다 근질거리는지 말했습니다.

"도사님께서 도와주시기를 간곡히 바랍니다! 만일 큰일를 이룰 수만 있다면 죽어도 그 은혜 잊지 못할 것입니다!"

"저야말로 여주께서 써주시기를 바라던 참인데 어찌 그런 말씀을 하십니까!"

정인은 이렇게 말하더니 다시 새아를 보면서 말했습니다.

"천서는 이만저만한 보물이 아닙니다. 모래를 날리고 바위를 움직이는가 하면 범·표범 같은 맹수를 쫓아내기도 하고 군사를 만들어낼 수도 있으니까요. (…) 낮에만 연습을 하면 빠뜨리는 것이 생길 것이 분명합니다. 그렇게 되면 정말 큰일 납니다! 더욱이 … 저는 출가한 몸이다 보니 날마다 드나들기는 불편합니다. 차라리 … 밤에는 속인 옷차림으로 연습에 집중하다가57) 날이 밝으면 평소처럼 현무묘로 돌

---

56) 큰 일을 이룰 것이다[就成大事]: 앞에 나온 오언절구에서 '거둘 수收'는 그냥 '받는다'는 뜻만 있지 큰 일를 이룬다는 의미는 없다. 마지막 글자를 해석할 때 하정인이 당새아를 차지하기 위하여 일부러 '큰 일를 이룬다'는 식으로 없는 내용을 부풀려 말한 것임을 짐작할 수 있다.

아가는 편이 낫겠습니다. (…) 법술을 완벽하게 터득하고 나면 남을 두려워할 필요가 어디 있겠습니까?"

그러자 새아와 심 노파가 말했습니다.

"도사님, 탁견이십니다!"

새아는 새아대로 정인에게 야릇한 감정이 생겼는지 그를 손에 넣고 싶은 마음이 간절했습니다. 그래서 말했지요.

"지체할 것 없이 오늘밤부터 … 바로 시작해주시지요!"

"그렇다면 빈도는 현무묘로 돌아가 짐을 챙겨서 저녁이 되자마자 바로 오도록 하겠습니다!"

새아와 심 노파는 그를 문간까지 배웅했습니다. 그때 새아가 또 이렇게 말하는 것이었지요.

"저녁에 도사님만 기다리고 있을게요. (…) 약속을 어기시면 안 됩니다?"

그러자 정인은 현무묘로 돌아가서 제자들을 보고 말했습니다.

"일이 다 되어간다. 오늘밤이면 큰일을 이룰 수 있겠어! (…) 우선 동천연·왕소옥 너희 둘이 필요하다. 하인처럼 차려입도록 하거라.

---

57) 【즉공관 미비】 正寅心裡只圖夜間來, 未必要演法。 정인이 속으로 기어이 밤에 오 겠다고 하는 것이 법술을 연습하려는 의도는 아닐 텐데?

(…) 그곳에 가면 각별히 조심하고 상황에 따라 적절하게 대응하도록 하고!"

이어서 그는 부스러기 은자를 열 냥 정도 꺼내 둘에게 나누어 주었습니다. 둘은 뛸 듯이 기뻐하면서 옷을 담은 상자를 챙겨서 먼저 새아의 집으로 향했지요. 왕 씨네 집 문간에 도착한 둘은 큰 소리로 사람을 불렀습니다.

"여기 누구 계십니까!"

새아는 정인이 보낸 사람들인 줄 알아채고 말했습니다.

"두 분, … 안으로 들어오세요!"

그러자 둘은 대청大廳끼지 들어와서 짐을 묶은 멜대를 내려놓고 새아를 향해 무릎을 꿇더니 큰 소리로 말했습니다.

"동천연·왕소옥, 마님께 삼가 절을 올립니다!"

새아는 두 사람이 꼼꼼한데다가 꽤 준수하게 생긴 것을 보고 속으로 기뻐하면서 말했습니다.

"아유, 이럴 필요 없어요! (…) 두 분은 하 도사님께서 보내신 분들이니 한 가족이나 매한가지입니다!"

그러고는 부엌에 난 작은 곁문으로 데려가더니 침상을 치워주는 것이었습니다. 그러자 둘은 소쿠리와 저울을 가지고 시장으로 가서 자신들이 받은 부스러기 은으로 물건들을 좀 사 가지고 돌아왔는데, 닭·거위·물고기·돼지고기와 제철 과일·과자 같은 것들이었지요. 새아는 동천연이 그 많은 물건을 가지고 돌아온 것을 보고 말했습니다.

"우리 집에 계실 텐데 두 분 돈을 쓰게 해서야 되겠어요? 그래서야 안 되지요!"

"대단한 일도 아닌걸요. (…) 사부님께서 분부하신 일입니다."[58]

동천연은 이렇게 대답하고 이번에는 술을 가지고 돌아오더니 부엌으로 가서 정리를 했습니다. 그러고는 '기름이며 간장을 달라', '땔감을 좀 달라' 하고 부탁하면서도 그때마다 '마님, 마님' 하고 깍듯이 존대하면서 새아가 조금도 신경을 쓰지 않게 하는 것이었습니다.

곧 날이 저물려고 하는 찰라였습니다. 하정인은 유건儒巾에 평상복을 입고 일반인 차림으로 일단 심 노파 집부터 갔습니다. 그는 심 노인 내외에게 밤참을 대접하고 나서 따로 스무 냥의 은자를 심 노인에게 건네면서 말했지요.

"만사를 … 아버님·어머님께서 보살펴주시면 나중에 따로 톡톡히 보답하겠습니다!"

그러자 심 노인 내외는 무슨 뜻인지 눈치를 채고 속으로 생각했습니다.

---

58) 【즉공관 미비】正寅是偸婆娘老手。정인이 여인을 유혹하는 데에는 고수로군!

'이 도사놈이 불쑥 들이닥친 걸 보니 분명히 새아한테 눈독을 들이고 우리한테 거들어달라고 하는 것이 분명하다! (…) 보아하니 그 여인은 낮에도 추파를 던지고 온갖 망측스러운 교태를 다 부리느라 몸조차 못 가누더군! 우리가 이 제안을 받아들이지 않더라도 둘은 밤마다 연습을 하는 척하면서 지들끼리 그 짓을 벌일 게 뻔하다! (…) 우리야 인정을 베푸는 척하면서 은자나 좀 뜯는 수밖에!'[59]

유건. 《삼재도회》

그러면서도 두 사람 모두 이렇게 대답하는 것이었습니다.

"도사님, … 안심하시구려! 새댁은 지아비하고 사별한 데다가 일가친척도 없수.[60] 우리야말로 그 새댁 심복이라우. (…) 만사 다 해달라는 대로 해드릴 테니 … 우리 두 사람 은혜 잊으면 안 됩니다?"

그러자 하정인은 하늘을 우러러보면서 그러마고 맹세하는 것이었지요.

세 사람이 함께 새아의 집에 도착한 것은 황혼 무렵이었습니다. 세 사람은 문을 걸고 대청으로 들어와 앉았습니다. 그러자 새아가 와서 시중을 들고, 동천연과 왕소옥 둘이 과일과 안주를 차리고 한편으로

---

59) 【즉공관 미비】這乖落得使的, 不費力氣。그런 일이야 아주 할 만하지. 힘도 들지 않으니 말이지.

60) 【즉공관 측비】正妙在此。바로 그 점이 기막힌 대목이지.

는 술을 데워 나왔습니다. 정인은 심 노인을 불러 손님 자리에 앉히고, 심 노파와 새아는 주인 자리에 앉혔습니다. 그런 다음 자신은 귀퉁이 말석에 걸터앉았습니다. 그러자 심 노인은 앉으려고 하지 않는 것이 아닙니까. 그래서 정인이

"사양하실 것 없습니다!"

하니 그제야 각자 차례대로 자리에 앉는 것이었지요. 술을 마시는 도중에도 심 노인이 하 도사를 칭찬하면 이에 질세라 심 노파도 하 도사를 칭찬해마지않았습니다. 두 노인은 사이사이에 야릇한 이야기까지 섞어가면서 새아를 부추겼습니다.[61] 그러나 새아는 끝까지 아무 소리도 하지 않았지요. 그러자 정인은

'잘되기는 잘된 것 같은데 … 결정적인 한 방[62]이 필요한데 … 어떻게 일을 성사시킨담?'

하고 생각하다가 보니 문득 뇌리에 이런 꾀가 떠올랐습니다.

알고 보니 하정인은 아주 '든든한 밑천'을 하나 가지고 있었습니다. 아주 길고 큰 것이었지요. 정인은 속으로 생각했습니다.

'내가 자랑을 하지 않고서야 어떻게 그녀 마음을 사로잡을 수가 있겠나!'

---

61) 【즉공관 미비】二十兩之驗也。스무 냥의 힘이로군.
62) 결정적인 한 방[殺着]: 명대 구어에서 '살착殺着'은 승기를 얻을 수 있는 치명적인 일격을 뜻한다. 여기서는 하 도사가 당새아의 마음을 사로잡는 데에 필요한 확실한 한 수를 말하므로 편의상 '결정적인 한 방'으로 번역했다.

때는 마침 대보름 무렵이어서 밝은 보름달이 마치 대낮의 해처럼 밝게 빛나고 있었습니다. 그래서 하 도사가 말했지요.

"달이 참 아름답군요! (…) 잠시 좀 걷다가 돌아올까요?"

그 말에 심 노인과 사람들은 모두 밖으로 나와 대청 앞 컴컴한 곳에 서서 달구경을 했습니다. 하 도사는 그 틈을 타서 난간벽[63])가의 달 밝은 쪽으로 걸어갔습니다. 그러고는 용변을 보는 척 양물을 꺼내더니 손에 쥐고

난간벽의 예시

소변을 보는 것이 아닙니까! 새아는 어둠 속에서 밝은 쪽을 보노라니 아주 또렷하게 잘 볼 수가 있었지요. 아, 그런데 하 도사의 물건을 보니 주렁주렁 늘어진 데다가 길고 크기까지 하지 뭡니까! 새아는 남편이 세상을 떠난 뒤로 이때까지 내내 밤일을 거르고 있었습니다. 그러니 욕정이 동하지 않을 턱이 있겠습니까? 당장에라도 도사의 물건을 낚아채고 싶은 마음이 간절했지요.

하 도사는 더 이상은 방법이 없었던지 하는 수 없이 감정을 억누르고 도로 안으로 들어가 앉는 것이었습니다. 이야기를 나누는 도중에도 두 사람은 시도 때도 없이 그윽한 눈짓을 주고받았습니다. 때로는

---

63) 난간벽[女牆]: '여장女牆'은 중국의 전통적인 건축 양식으로, 때로는 '여아장女兒牆'으로 부르기도 한다. 일차적으로는 사람의 추락을 방지할 목적으로 옥상 주위에 벽돌이나 철봉 등으로 울타리처럼 둘러놓은 낮은 벽을 말한다. 나아가 때로는 군사용 성채에서 엄폐와 방어를 목적으로 들쑥날쑥 요철형凹凸形으로 쌓아 만든 낮은 난간인 성가퀴를 가리키기도 한다.

무심한 표정으로 쳐다보다가 고개를 반대쪽으로 돌리고 몰래 웃기도 하는 것이었지요.[64] 그러다가 하 도사는 토하는 척하면서 손으로 배를 움켜쥐더니 갑자기 소리를 질렀습니다.

"못 참겠다!"

그러자 심 노인 부부 둘은 도사의 속셈을 눈치 채고 말했습니다.

"도사님 몸이 … 편찮으신 것 같으니께 … 우리는 이쯤에서 가보겠습니다. (…) 도사님, … 일단 대청 앞에서 잠깐 쉬십시오. 내일 찾아뵙지요!"

이렇게 내외가 작별하고 그 자리를 떠난 것은 말할 필요도 없었습니다.

새아는 심 노인을 배웅하자마자 서둘러 문을 닫아걸었습니다. 그러고는 하 도사를 대충 살갑게 다독거리는가 싶더니

"저는 방에 들어갔다가 올게요."

하면서 그길로 방으로 들어가 버렸습니다. 그러고는 문도 걸지 않고 옷을 훌훌 벗어던지더니 침상에 올라가 잠을 청하는 것이었습니다. 하 도사더러 안으로 들어오라는 신호가 분명했지요! 그러나 하 도사가 벌써 그녀 뒤를 바짝 따라서 방으로 들어온 줄은 눈치조차 못 챘지 뭡니까. 그는 두 무릎을 꿇더니 말했습니다.

---

64) 【즉공관 미비】酷肖調情之態。 딱 수작을 거는 행동인데?

"빈도, 죽어도 쌉니다! (…) 이토록 아름다운 꽃 중의 꽃65) 같은 분께 무례를 범하다니요! 빈도를 불쌍히 여겨주십시오!"

그러자 새아는 웃으면서 말했습니다.

"네 요 도사놈! 자상한 척하지 말고 방문부터 잠그고 나서 지껄이시지 그래요?"66)

정인은 허둥지둥 방문을 걸고 옷을 훌훌 벗더니 침상 안으로 기어 들어가면서 연신

"우리 여주님!"

하고 불러대는 것이었지요. 이 일을 묘사한 시가 있습니다.

원앙금침에 보랏빛 서리 켜켜이 서렸는데,	繡枕鴛衾疊紫霜,
옥 누각에서 합환의 침상에 나란히 눕는구나.	玉樓並臥合歡床。
오늘밤은 또 다른 양대의 꿈67) 꾸겠지만,	今宵別是陽臺夢,
그저 은빛 등불이 오래가지 못할까 걱정이다.	惟恐銀燈剔不長。

---

65) 꽃 중의 꽃[花魁]: '화괴花魁'는 글자 그대로 꽃들 중의 최고의 꽃을 뜻하는데, 일반적으로 모란牡丹 또는 매화梅花를 두고 하는 말이다. 나중에는 기생집에서 으뜸가는 기생을 가리키는 말로 사용되기도 했다.

66) 【즉공관 미비】如何不說起演法, 先以此爲始耶。固知其不克終矣。어째서 연습을 입에 올리기 전에 이 짓부터 벌인단 말인가! 이 자가 제 명에 죽지 못하겠구나!

67) 양대의 꿈[陽臺夢]: 춘추시대 초나라 가객 송옥宋玉의 〈고당부高唐賦〉에서 유래한 말. 초나라 양왕襄王이 고당에 이르러 잠을 청하자 무산巫山의 신녀神女가 나타나 그와 정사를 나누었다고 하는데, 이때부터 남녀 간의 정사를 '양대의 꿈'이라고 부르기 시작했다.

계속 이야기를 들려드리지요. 두 사람은 그렇고 그런 짓을 좀 벌이다가 베갯머리에서 속내 이야기까지 나누었습니다. 그러다 보니 날이야 밝든 말든, 해야 중천에 뜨든 말든 무슨 상관이겠습니까? 잠자리에서 일어날 생각을 하지 않는 것이었지요.[68] 동천연과 왕소옥 둘은 일찍 일어나서 따뜻한 세숫물[69]을 부어놓고 아침밥까지 차려놓은 다음 두 사람이 일어날 때까지 기다렸습니다. 정인은 먼저 자리에서 일어나 옷을 챙겨 입더니 이어서 이불을 새아 어깨까지 덮어주고 나서 말했습니다.

"더 주무시다가 일어나십시오."

그런 다음 방문을 열고 가만 보니 천연이 쟁반을 받쳐들고 따뜻한 물 두 잔을 가지고 다가오는 것이었습니다. 정인은 한 잔을 탁자 위에 놓고, 한 잔은 손에 들고 침상가로 가더니 새아 옆에서 큰 소리로 외쳤습니다.

"여주님, 아침 물 드십시오!"

그러자 새아는 아양을 부리면서 고개를 들고 두 모금을 먹었습니다. 그러고는 물잔을 정인에게 들이밀고 먹기를 권하길래 정인도 몇

---

68) 【즉공관 미비】是夜竟不演法。이날 밤은 결국 법술 연습은 건너뛰는구먼.

69) 세숫물[面湯]: '면탕面湯'은 현대 중국어에서는 일반적으로 국수를 삶고 남은 물을 뜻하기 때문에 면탕麵湯으로 적기도 한다. 그러나 《박안경기》 등, 명대에 [주로 강남 지역에서] 간행된 구어체 문학작품들에서는 '탕湯'이 따뜻하게 데운 물이라는 뜻으로 사용된 사례를 자주 볼 수 있다. 따라서 여기서의 '면탕'은 얼굴을 씻기 위해 데운 물로 이해하는 것이 옳다.

모금을 먹었지요. 천연은 다시 들어와 사발을 받아 가면서 처음처럼 방문을 닫았습니다. 그러자 새아가 말하는 것이었습니다.

"훌륭한 하인이에요. 어쩌면 저렇게 싹싹하고 똑똑한지!"

"부뚜막에 있는 것이 제 하인이고 저 녀석은 제 심복 제자입니다. (…) 녀석에게 특별히 우리 여주님 시중을 들게 했지요!"

"그렇다면 … 두 사람한테 고생을 시키는 셈이로군요."

그렇게 또 한동안 꾸물거리더니 새아도 자리에서 일어났습니다. 그런데 가만 보니 천연이 따뜻하게 데운 세숫물을 들고 와서 외치는 것이었습니다.

"마님, 세숫물 대령했습니다!"

그러자 새아는 위에 걸쳤던 옷을 벗더니 얼굴을 씻고 머리를 빗었습니다. 정인도 따라서 머리를 빗고 세수를 했지요. 천연이 새아에게 아침밥을 챙겨주자 정인은 이번에도

"옆집 심 씨 댁 아버지 어머니도 모셔서 같이 드시게 해라!"

해서 심 노인 부부 두 사람도 와서 같이 먹었답니다. 그러자 심 노인이 또 말하는 것이었습니다.

"도사님, 돌아가지 마십시오! (…) 여기는 보는 눈이 많습니다. 드는 사람은 눈치 못 채도 나는 사람은 금방 눈치를 챈단 말입니다. (…)

남들이 이상하게 여길 수 있으니께 … 일단 여기서 하룻밤 더 쉬고 … 내일 떠나실 때에도 좀 일찍 일어나서 가십시오!"

"맞는 말이에요."

새아까지 그 말에 맞장구를 치는 것이었습니다. 아닌 게 아니라 정인도 마침 그러려던 참이었지요. 심 노인도 그제야 작별하고 자기 집으로 건너갔답니다. 이 이야기는 더 길게 늘어놓지 않겠습니다.[70]

새아는 밤마다 정인과 함께 법술과 부적·주문을 연습했습니다. 도사가 밤에 와서 새벽에 가는 식으로 연습해서 두 달도 채 되지 않아 전부 다 할 수 있게 되었지요.[71] 새아는 먼저 종이로 사람과 말을 좀 오려서 시험해보았습니다. 그랬더니 전부 진짜 사람과 말과 똑같이 변하지 뭡니까! 두 사람은 우선 천지신명에게 감사의 절을 올리고 나서 거사를 의논하기로 했지요. 그런데 뜻밖에도 동네 이웃사람들이 다들 새아와 하 도사 두 사람이 그렇고 그런 사이라는 것을 눈치 채버렸지 뭡니까. 개중에 빈둥거리는 호사가들은 그 틈을 이용해 돈까지 뜯으려 들었습니다. 그 호사가들을 묘사한 시가 한 수 있습니다. 그 시의 내용은 이렇습니다.

날마다 고기 낚고 새우 잡으면서도,　　　　每日張魚又捕蝦,
환락가나 기웃거리는 것이 그들 인생살이라네.　花街柳陌是生涯。

---

70) 이야기는 더 길게 늘어놓지 않겠습니다[話不細煩]: 송·원대 화본소설, 명대 (의)화본소설의 상투어. 주로 지금까지의 줄거리를 간단하게 정리하고 다음 장면으로 전환할 때 사용한다.
71) 【즉공관 미비】怎得餘功。그 이상을 배울 겨를이나 있었겠나.

어젯밤은 외상술로 기방⁷²⁾에서 취하고,　　　　　昨宵賒酒秦樓醉,

오늘은 건달 되어 이 씨네를 기웃거리네.　　　　　今日幫閒進李家。

　그 호사가들 중에 우두머리는 '마수馬綏'라는 자였고, 다른 하나는 '복흥福興', 또 하나는 '우소춘牛小春'이라는 자였습니다. 그 밖에도 이 도저도 아닌 얼치기 건달이 몇 명 더 있는데, 그저 길거리에서 허튼 짓거리나 벌이면서 소일하는 패거리였지요. 당시 둘의 관계를 가장 먼저 눈치 챈 마수는 복흥·우소춘과 마주치자 말했습니다.

　"자네들 요즘 심 영감 두부집 옆집에 좋은 일이 하나 생겼다는 소리 … 들었는가?"

　"우리도 들은 지 제법 됐지!"

　복흥이 말하자 마수가 말했습니다.

　"연놈의 약점을 잡아서 뻥이나 좀 뜯어내는 게 어때?"⁷³⁾

　"그렇지 않아도 마침 형님 찾아뵈려던 참이었수. 끼워 달라고 부탁하려고요!"

　우소춘이 이렇게 말하자 마수가 말하는 것이었습니다.

---

72) 기방[秦樓]: '진루秦樓'는 원래 진나라 목공[秦穆公]이 딸 농옥弄玉을 위해 지은 누각으로, 농옥이 퉁소를 불면 봉황이 날아왔다고 해서 '봉루鳳樓'로 불리기도 했다. 나중에는 기방을 뜻하는 말로 전용되기도 했다.

73) 【즉공관 미비】閒漢多事。할 일 없는 건달이 오지랖은 참 넓구먼.

"좋기야 좋지! 헌데, 한 가지 … 하 도사 그놈은 굉장한 놈이야. 돈도 많고 거기다 제자까지 넷이나 있지. 심 노인 심 노파도 그 도사 놈의 물건을 챙기더니 그놈 눈이 되어서 한통속으로 그런 짓을 벌이고 있어. (…) 그러니 우리가 손을 안 쓸 수가 있겠는감? 그렇다고 만약에 꺼벙하게 얼렁뚱땅하다가 제대로 해치우지 못했다가는 … 놈의 물건을 챙기지 못할 뿐만 아니라 외려 놈한테 해코지를 당하고 남들 웃음거리만 되고 말 거야!"

그 말에 우소춘이 말했습니다.

"그건 걱정할 것 없수. 사람을 몇 명 더 끌어모아서 같이 가면 괜찮을 거요!"

그러자 마수가 이어서 이렇게 말했습니다.

"머리수가 많은 건 상관없어. 허나, 숨을 곳은 있어야지. 생각해보니까 진림陳林이 사는 곳이 당새아네 집에서 열 집 거리도 안 되는 곳에 있지. 숨기에는 그 집이 딱 좋겠어! 소춘아, 너는 당장 석조아石丟兒·안불착安不着·저편취褚偏嘴·주백간朱百簡 같은 친구들한테 가서 내일 진림이 집에서 만나자고 약속을 잡아라. 진림이는 내가 직접 약속하러 가지."

그러고 나서 각자 헤어져 돌아갔습니다.

계속 이야기를 들려드리지요. 마수는 그길로 진림을 찾으러 석린가로 향했습니다. 그런데 멀리 바라보니 진림이 문간에 서 있는 것이 아닙니까. 마수는 가까이 다가가서 진림에게 아주 공손하게 인사를 했습니다. 진림은 진림대로 서둘러 답례를 하더니 마수를 안으로 안내해 손님 자리에 앉히는 것이었지요.

"그동안 적조했는데 형님이 예까지 다 오셨구려? (…) 무슨 부탁할 일이라도 있수?"

하고 진림이 묻자 마수는 당새아의 간통 현장을 덮치기 위해 그의 집에 숨으려고 하는 사연을 진림에게 자세히 들려주었습니다. 그러자 진림이 말하는 것이었습니다.

"다 말씀대로 하지요. 다만, 한 가지 … 그건 이불 속에서 벌어지는 일이에요. 더욱이 심 노인하고 심 노파까지 끼어 있으니 우리는 밖에서 손을 쓰는 수밖에 없어요. 헌데, 어떻게 하 도사놈을 기다린단 말이유? (…) 내게 꾀가 하나 있습니다. 왕원춘은 생전에 나하고 의형제를 맺고 서로 내왕하던 사이였어요. 왕원춘이 죽었을 때 나도 장례식에 참석했지요. (…) 내일 마누라를 시켜서 새아를 보러 가게 하지요. 하 도사가 안 보이면 없던 일로 하고 따로 방법을 강구합시다. 허나, … 만약에 놈이 집에 있으면 암호를 정하고 우리가 한꺼번에 들이닥쳐서 먼저 그 집 대문부터 닫아겁시다. 물론, 절대로 놀라서 법석을 떨면 안 됩니다. 남 좋은 일만 시켜주는 셈이니까요. 놈을 사로잡은 다음에는 … 만약에 액수가 만족스러우면 그 정도에서 끝내고 … 성에 차지 않으면 그 둘을 바로 현 관아로 끌고 가서 없는 죄까지 만들어내서 조지는 거요. … 이 방법이 어떻습니까?"

"그 방법 한번 기가 막히네그랴!"

두 사람은 작별인사를 나눈 다음 진림은 마수를 대문까지 배웅하고 그길로 서둘러 아내 전錢 씨와 그 일을 의논했습니다. 그러자 전 씨가 말하는 것이었습니다.

"제가 병풍 뒤에서 다 들었어요. (…) 여러 말 다 필요 없어요. 내일 일단 가 보자고요!"

그렇게 해서 그날 밤도 그렇게 지나갔습니다.

다음 날이었습니다. 진림은 자리에서 일어나기가 무섭게 고기와 채소를 담은 선물 상자를 두 개 사 왔습니다. 그러자 전 씨는 되는 대로 차려입고 별로 입고 챙기는 것도 없이 알아서 대비를 했습니다. 이어서 약속한 시각이 되자 마수 일당이 차례로 진림네 집에 들어와 몸을 숨기는 것이었습니다. 그러고 나서 진림은 즉시 전 씨를 출발시켰지요. 이날은 공교롭게도 심 노인은 외상을 받으러 시골로 나가고 심 노파도 집에 없었습니다. 그런데 가만 보니 전 씨가 선물상자를 진 동자를 뒤에 달고 그길로 새아네 집 문 앞까지 들이닥쳤지 뭡니까.

전 씨는 아무도 없는 것을 보고 살그머니 바로 침실 방문 앞까지 들어왔다가[74] 그 방 안에서 이야기를 나누고 있는 새아·하 도사와 딱 마주쳤습니다그려! 먼저 전 씨를 발견한 새아는 재빨리 뛰어나와 전 씨를 맞이하더니 서로 인사를 나누었습니다. 전 씨는 일부러 모르는 척하면서 하 도사에게도 인사를 했지요. 그러자 하 도사는 허둥지둥 답례를 할 수밖에 없었습니다. 새아는 얼굴이 빨개지면서 목이 메

---

74) 【즉공관 미비】如何不關門。亦是疏處, 想自恃其術成耳。어째서 문을 걸지 않았을꼬. 이 또한 소홀한 면이다. 아마도 그 술법을 다 익혔다며 자신만만했던 게지.

는지 혀가 다 굳어지고 소리조차 다 떨렸지요. 그러더니 하 도사를 가리키면서 말했습니다.

"이쪽은 … 저희 친가의 사촌 오라비랍니다. (…) 어렸을 때 출가하셨는데 오늘 저를 보러 오셨지 뭐예요! (…) 갑자기 어머니 생각이 다 나네."

그런데 그 말이 끝나기도 전에 가만 보니 웬 동자가 선물상자를 두 개 지고 안으로 들어오지 뭡니까. 전 씨는 새아를 마주보면서 말했습니다.

"대추가 좀 있길래 색시 차 좀 끓여 먹으라고 가져왔지!"

그러고는 새아에게 상자를 꺼내 일단 동자부터 돌려보내게 했습니다. 새아는 허겁지겁 상자를 꺼내느라 전 씨의 표정을 살필 겨를조차 없었지요. 그런데 전 씨는 대문 앞으로 가서 진림을 보고는 입을 한번 삐죽하더니 서둘러 안으로 들어왔습니다.

그러자 진림은 사람들을 부르더니 한꺼번에 새아네 집으로 들이닥쳐 대문을 걸고 하 도사와 새아를 사로잡으려고 했습니다. 그러나 뜻밖에도 그 두 사람은 요망한 술법을 다 익혀서 달아난 뒤였지요. 그 일당은 눈이 뒤집혀서 엉뚱하게도 전 씨를 붙잡더니

"냉큼 밧줄을 가져와! 이 음탕한 년부터 묶게시리!"

하고 고함을 지르면서 냅다 발로 밟고 땅바닥에 쓰러뜨렸습니다. 그런데 가만 보니 여인은 여인인데 그게 전 씨인 줄 누가 알았겠습니

까?[75] 아닌 게 아니라 사람들은 한 번도 전 씨를 본 적이 없었습니다. 기껏해야 아침에 잠깐 본 것이 다였으니 제대로 본 것도 아니었지요. 전 씨는 땅바닥에 쓰러진 채로 소리를 질렀습니다.

"난 진림 마누라요!"

그 소리에 진림도 허둥지둥 사람들을 헤치고 들어와서 소리쳤습니다.

"이 여자는 아니라구!"

그러면서 덥석 잡아 일으켰더니 그녀는 벌써 쑥대머리에 귀신 형용이 돼버린 뒤였지요. 사람들은 깜짝 놀라서 소리쳤습니다.

"귀신한테 홀린 건가? (…) 분명히 새아와 하 도사놈이 여기 있는 것을 똑똑히 보았는데 … 어떻게 사라져버렸지?"

알고 보니 그 두 사람은 변신술을 썼지 뭡니까. 그래서 사람들이 발견하지 못했던 거지요. 두 사람은 사람들이 갈팡질팡하는 꼴을 똑똑히 지켜보면서 몰래 웃기만 할 뿐이었습니다.[76]

"다 같이 샅샅이 뒤져봅시다!"

우소춘이 이렇게 말하자 일당은 전후좌우를 샅샅이 뒤졌습니다. 그렇게 부엌을 뒤질 때 먼저 동천연을 붙잡고, 그 다음 땔감방에서는

---

75) 【즉공관 미비】 錯認, 可爲笑資。 착각한 게지. 웃음거리가 돼버렸군그래.
76) 【즉공관 미비】 只如此, 足樂矣。何爲思亂。 이 정도에서 그쳤더라면 충분히 즐거웠을 것이다. 어쩌자고 난리를 일으킬 생각을 했더란 말인가!

왕소옥을 붙잡았습니다. 그러고는 그들을 밧줄로 묶어서 방문 앞 기둥에 매달더니 물었습니다.

"너희 둘은 웬 놈이냐!"

"저희 둘은 하 사부님댁 하인입니다요!"

"냉큼 말해라! (…) 하 도사하고 새아는 어디에 숨었느냐! 사실대로 불면 놓아주겠다. 허나, … 불지 않으면 둘 다 관아로 끌고 가서 고문을 받게 만들겠다!"

"저희는 그저 부엌에서 시중만 들었을 뿐입니다요. 헌데 어떻게 그런 일을 알 수가 있겠습니까요?"

동천연이 이렇게 말하지 사람들이 다시 말했습니다.

"달리 간 곳이 없다면 … 집 안에 숨었겠구먼?"

그러자 우소춘이 말하는 것이었습니다.

"내가 보니 방 옆에 컴컴한 다락방이 하나 있습디. (…) 둘이 그 높은 곳에 숨어 있는 게 아니겠소? 내가 사다리를 대고 올라가서 살펴보지요!"

하정인은 우소춘이 다락방으로 올라가겠다고 하는 소리를 듣자마자 짧은 몽둥이를 들고 미리 다락방의 컴컴한 구석에 숨어서 기다렸습니다. 우소춘이 사다리를 갖다 대고 다락 입구까지 와서 사다리의 두 번째 계단을 채 디디기도 전이었습니다. 정인이 우소춘의 머리에 몽둥이를 내려치는 바람에 우소춘은 의식을 잃고 사다리에서 굴러떨어졌습니다. 정인이 빈 곳으로 걸어가서 보니 우소춘이 정신을 차리자마자 소리치는 것이었습니다.

"큰일났다! (…) 귀신이다!"

사람들은 우소춘을 부축해서 살피다가 그의 얼굴이 온통 피투성이가 된 것을 발견하고[77] 말했습니다.

"사다리가 높은 것도 아니고 … 겨우 두 계단 올라갔을 뿐인데 어째서 이렇게 험하게 다쳤어그래!"

"막 두 번째 계단을 디디는데 어디선지 머리를 몽둥이로 때리지 뭐유! (…) 사람도 안 보이는데 … 귀신 장난이 아니고 뭐람?"

사람들은 당최 영문을 알 수가 없었습니다. 그때 전 씨가 말했습니다.

"내가 보니께 방 안 침상 옆으로 공간이 좀 비어 있고, 문풍지를 바른 창문이 두 개 있습디다. (…) 그 안에 몸을 숨기는 곳이 있는 건 아닐까요? (…) 내가 안내할 테니께 한번 가서 뒤져봅시다!"

정인은 그 소리를 듣고 아까처럼 몽둥이를 들고 거기서 기다렸습니다. 그런데 가만 보니 전 씨가 앞서고 진림과 사람들이 그 뒤를 따라

---

77) 【즉공관 미비】亦要得趣。 역시 재미있게 놀고 있군.

서 우르르 몰려오는 것이 아닙니까. 정인은

'저 화냥년이 이 몽둥이맛을 못 본 게로구나!'

싶어서 전 씨가 다가오기가 무섭게 그 길고 큰 손을 뻗어 다섯 손가락을 다 펴서 전 씨 얼굴을 향해 냅다 따귀를 올려붙였습니다. 전 씨는 따귀를 얻어맞자마자

"아이고, 야단났네!"

하고 소리를 지르는데 코에서는 붉은 피가 쏟아지고 눈에는 온통 별이 다 번쩍번쩍하는 것이었습니다. 그나마 진림이 뒤에서 단단히 부축해준 덕분에 쓰러지지는 않았지요.

"정말 해괴하구나! 웬 손바닥이 마누라 뺨을 후려갈기는 걸 똑똑히 봤는데 사람 그림자조차 보이지 않다니! (…) 그 도사놈이 요사스러운 도술을 부린 게 분명해! (…) 여기서 이러고만 있으면 안 되겠다. (…) 우리 이 두 녀석을 데리고 이 길로 현 관아로 끌고 갑시다!"78)

하고 진림이 말하자 사람들이 말했습니다.

"귀신한테 오늘 내내 시달리느라 배가 다 고프네. (…) 밥이라도 좀 지어 먹고 갑시다!"

"그것도 옳은 말씀이요."

---

78) 【즉공관 미비】 此話老成。이 말은 물정을 아는 소리로군.

진림이 이렇게 말하자 전 씨는 뺨이 얼얼해진 채로 방에서 쌀을 퍼 나오더니 부엌으로 가서 밥을 지었습니다. 그러자

"소춘이는 머리를 얻어맞아 제정신이 아니니까 내가 하지요!"

석조아가 이렇게 말하더니 부엌으로 갔습니다. 그런데 풍로風爐 옆에 좋은 술이 두 단지 놓여 있는 광경이 눈에 들어왔습니다. 이어서 부뚜막 앞에 닭까지 몇 마리 있지 뭡니까.

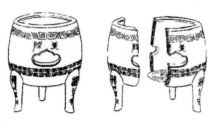

풍로의 예시

"일단 잡아서 먹읍시다!"79)

조아가 이쪽에서 쌀을 일어 밥을 짓는 동안 계속 이야기를 들려드리지요. 새아는 정인을 보면서 말했습니다.

"당신이 두 번 놀려주었으니 … 나는 가볍게 좀 놀려줄게요."

"가볍게 놀려주다니요?"

"내가 한번 해 보일게요!"

---

79) 【즉공관 미비】 貪小害了。작은 이득을 탐내다가 큰코다치지.

석조아는 한쪽에서 불을 지피고, 전 씨는 밥을 지으면서 한쪽에서 닭 두 마리를 잡아 깨끗이 씻은 다음 솥에 넣고 삶았습니다. 그 밥이 곧 뜸이 들려는 찰나였습니다. 새아는 재와 닭똥을 긁어다 밥솥에 넣는 것이었습니다. 그러고는 골고루 잘 섞고 나서 처음처럼 솥뚜껑을 닫았습니다. 옆에서는 닭이 익으려고 하는데 새아가 이번에는 아궁이 속에 물을 몇 국자 끼얹어 불을 꺼버리지 뭡니까. 조아는 반대쪽에서 일을 하느라 아궁이에서 어떤 일이 벌어지는지 낌새조차 알지 못했지요.

이때 사람들 중에는 대청 앞에 앉아 있는 자도 있고 방 안에서 물건을 찾아 나오는 자도 있었습니다. 조아는 좋은 술 두 단지를 꺼내 와서 밀봉한 흙마개를 따더니 한 사발을 따라서 먼저 진림에게 건넸습니다.

"여러분 다 먹지도 않았는데 내가 어떻게 먼저 먹겠소."

"노형께서 먼저 맛을 좀 보시지요. 이따가 또 드리겠습니다."

하고 진림이 그 술을 마시고 나니 조아가 또 한 사발을 따라서 마수에게 먹으라며 건네는 것이었습니다. 그러자 진림이 말했습니다.

"형씨도 한 사발 드시구려!"

그래서 조아가 또 한 사발 따라서 막 마시려는 찰나였습니다. 아, 글쎄 새아가 손을 사발에 내려치는 바람에 사발째 박살이 나버렸지 뭡니까.[80] 새아는 그러고는 바로 한쪽으로 비켜섰습니다.

"해괴하군! (…) 그 도사놈이 요망한 도술을 쓴 게지!"

세 사람이 이렇게 말하자 다른 세 사람이 말했습니다.

"먹지 마슈. 이 술은 남겨놓았다가 사람들이 다 오면 같이 먹읍시다!"

그래도 사람들은 새아를 보지 못하는 것이었습니다. 새아는 또 방으로 들어가 요강을 하나 들고 오더니 술단지마다 요강의 오줌을 절반이나 붓고 원래대로 뚜껑을 닫았습니다. 그래도 사람들은 아무도 그 사실을 눈치 채지 못하는 것이었지요.

"닭이 다 됐겠군. (…) 일단 들어냅시다. 썰어서 술을 먹어야지!"

사람들이 또 이렇게 말하길래 조아가 솥뚜껑을 열고 보았더니 이놈의 닭은 익다가 말았고, 솥의 국물은 국물대로 아예 끓지도 않았지 뭡니까, 글쎄! 사람들은 전부 조아에게 불평을 했습니다.

"네가 아궁이 불을 안 챙기는 바람에 닭이 익다가 말았잖아!"

"한참을 끓였는데 … 거기다 땔감까지 넉넉하게 넣어서 불이 잘 붙었길래 자리를 떴다구요! 그런데 … 어째서 끓지도 않았담?"

이렇게 말하면서 고개를 숙이고 아궁이 속을 들여다보았더니 그 컴컴한 속이 온통 물투성이이지 뭡니까. 그러니 어디 불씨가 제대로 붙어 있을 리가 있습니까?

---

80) 【즉공관 미비】趣。 재미있군.

"어떤 인간이 물을 뿌려서 아궁이 불을 다 꺼버린 거야!"

하고 조아가 말하자 사람들이 말했습니다.

"우리가 그랬을 리는 없고 … 그 도사놈이 또 요사스러운 짓을 벌인 게 분명해! (…) 일단 부엌에서 요리가 다 되면 좀 썰어서 술을 먹읍시다!"

사람들이 차례로 앉자 조아는 술을 담으려고 술 주전자 두 개를 들고 나왔습니다. 그런데 단지를 닫아놓았을 때는 몰랐는데 마개를 열자마자 단지마다 오줌 지린내가 진동을 하지 뭡니까, 글쎄! 그러자 진림이 말하는 것이었습니다.

"우리 셋이 먹을 때는 아주 향기로운 맛난 술이었는데 … 어째서 이렇게 됐담? (…) 어떤 놈이 몰래 훔쳐 먹다가 양이 준 것을 보고 당황한 나머지 오줌을 물인 줄 알고 실수로 단지에 부은 게지!"

사람들은 서로 투덜거리고 난리가 아니었습니다. 새아와 정인 두 사람은 그 광경을 보며 흐뭇한 듯이 웃기만 할 뿐이었지요. 그러다가 새아가 정인을 보고 말했습니다.

"두 아이가 기둥에 묶인 채로 하루가 지났어요. (…) 배가 고플 테니 놈들이 대청 앞에 있는 틈을 타서 간식과 요리를 좀 갖다 먹여야겠어요. (…) 은부스러기도 둘한테 좀 갖다 주고."

그러고는 기둥 옆으로 가더니 동천연의 귓가에 대고 가만히 말했습니다.

"놀라지 마라. (…) 관아에 가거든 솔직하게 말해라. 둘러대다가 얻어맞을 필요는 없다. 내가 알아서 너를 구해주마! (…) 물건과 은자 모두 여기 있다."

"마님께서 구해주시기만 바라겠습니다!"

그러자 새아도 그 자리를 뜨는 것이었지요.

"술은 먹기 글렀네! 정말 기분 잡쳤어. (…) 일단 대충 밥이라도 좀 먹읍시다!"

사람들이 이렇게 말하길래 조아가 부엌으로 가서 밥을 푸는데 전부 그을음 냄새가 나는 것이 아닙니까요. 코조차 들이대기 어려울 판인데 그것을 어떻게 먹겠습니까? 그러자 조아가 말하는 것이었습니다.

"또 그 도사놈이 손을 썼구나! 그 무례한 놈이 정말 괘씸하다! 두 연놈한테 온종일 우롱당하다니! 여러분, 오줌보 자라 같은 그 두 놈을 현 관아로 끌고 갑시다.[81] 그리고 사람을 더 데리고 잡으러 옵시다!"

일당이 문을 열고 나갔는데 안에서 한참 동안 소란을 피우니 바깥에서는 무슨 간통 현장이라도 덮친 줄 알았는지 구경하러 나온 남녀노소가 길가에 잔뜩 서 있는 것이었습니다. 그런데 가만 보니 사람들 틈에 준수한 젊은이 둘이 묶여 있고, 이어서 진림의 아내가 그 뒤를

---

81) 【즉공관 미비】 尿鱉二字新甚, 以其爲道士之幸童也. '오줌보 자라'라는 말이 참 참신하군그래. 도사의 총애를 받는 동자라는 뜻일 테지.

따라 나오는 것이 아닙니까. 구경꾼들은 그녀가 간통의 주인공인 줄 알고 일제히 벽돌과 흙덩이를 주워들더니 입으로는 고함을 지르면서 전 씨와 두 도동道童에게 마구 던져대는 것이었습니다.[82] 하기는 그 상황에서 어디 분명하게 분간이나 할 수 있겠습니까? 전 씨는 하도 맞아서 머리가 깨지고 이마가 찢어졌는데 가까스로 그 자리를 벗어나자 연기처럼 달아났습니다.

　일행이 석린가를 벗어나 그길로 현 관아까지 왔더니 현령 나리는 마침 저녁 점호[83]를 하고 있었습니다. 점호가 끝나기 무섭게 일행은 다 같이 무릎을 꿇더니 지현 나리에게 사정을 고했습니다. 심 노인이 수족이 되어 새아와 정인이 정을 통하는 한편, 요망한 도술로 사람들을 현혹하고 고을 사람들에게 해를 끼친 경위를 자세하게 일러바쳤습니다.[84] '두 주범이 도망치는 바람에 하는 수 없이 공범인 동천연과 왕소옥 둘만 이곳까지 끌고 왔다'는 이야기도 잊지 않았지요. 그러자 지현 나리가 동천연과 왕소옥에게 물었습니다.

---

82) 【즉공관 미비】又錯認, 可笑。 또 착각을 했구먼? 우습구나.

83) 저녁 점호[晚堂點卯]: 중국에서는 고대에 관청의 수장이 매일 아침과 저녁 두 차례 관아 재판정(동헌)에서 공무를 보았는데 이때 예하의 관속들은 수장의 검열을 받았다. 아침 공무[早衙]는 묘시卯時(오전 6시~)부터 보았으며 수장이 명부의 인원을 호명하는 것을 묘시의 점검이라고 하여 '점묘點卯'라고 불렸다. 저녁 공무[晚衙]는 유시酉時(저녁 6시~)부터 재개되었지만 마찬가지로 '점묘'로 불렸다. 아래에서 "出得縣門時, 已是一更時分"이라고 했는데, '일경'은 술시戌時(저녁 8시~)에 해당하므로 이를 통하여 명대에는 저녁 공무가 저녁 8시쯤에 끝났음을 짐작할 수 있는 셈이다.

84) 【즉공관 미비】怎見得便擾害地方, 惟其逼之, 擾害乃不得不然耳。大凡致亂之始皆然。 고을 사람들에게 해를 끼쳤다는 소리인가? 자신들이 그 둘을 몰아붙였기 때문인 것을! 그러니 해를 끼쳤다고 하더라도 그럴 수밖에 없었던 셈이다. 보통 난리의 발단은 다 이런 식이니까.

"바른 대로 털어놓으면 형벌을 가하지 않겠다!"

"형벌을 내리실 것도 없습니다. 소인 … 사실대로 고하겠습니다요. 어느 안전이라고 감히 숨기겠습니까?"

동천연은 이렇게 대답하고는 사소한 내용까지 모두 자백하는 것이 었지요. 그러자 지현은 진림 일당을 보고 말했습니다.

"그 간교하고 음탕한 연놈이 아직도 집에 숨어 있으렷다?"

지현은 즉시 포졸 대장 여산呂山과 하성夏盛에게 명령을 내려 천여 명을 데리고 그 관련자들을 끌고 오라고 하고 그런 다음에 주범을 가 려내기로 했습니다.[85] 그리고 두 도동은 일단 감옥에 가두었습니다.

여산이 나리의 명령을 받들고 관아 문을 나선 것은 벌써 초경 무렵 이었습니다. 그는 진림 일당과 이렇게 의논했습니다.

"나리께서 즉각 처리하라고 명하신 사건이기는 하다마는 … 이렇 게 날이 어두우니 거기 가서 대문을 두드리면 연놈이 눈치를 챌 것이 다. 그것들이 달아나기라도 하면 나리께 뭐라고 아뢰겠는가? (…) 차 라리 일단 연놈이 눈치 채게 만들지 말고 그 집 문 밖에 매복해 있다 가 날이 밝으면 연놈을 사로잡도록 하세!"

"지당한 말씀입니다!"

---

85) 【즉공관 미비】 知縣亦多事。 지현도 참 오지랖이 넓군.

진림 일당은 이렇게 말하고 이어서 여산·하성 두 사람을 평소 잘 알고 지내던 단골 식당으로 데려가 외상으로 술과 밥을 챙겨 먹였습니다. 그러고 나서 모두 새아네 집 문 앞으로 가서 매복했지요. 물론, 심 노인에게는 귀띔도 하지 않았습니다. 정보가 샐까 봐서 말이지요.

중국 만화 〈여영웅 당새이〉의 한 장면

계속 이야기를 들려드리겠습니다. 요허옥과 맹청 두 사람은 사당에 있다가 '도사에게 변고가 생겼다'는 소식을 듣고 마침 현장으로 와서 수소문하던 중이었지요. 새아는 사람들이 다 가고 나서 그 두 아이를 보고 물었더니 정인의 수하이지 뭡니까. 그래서 그들을 집으로 들여 대문을 걸고 일단 방을 치웠습니다. 같이 부엌을 치우고 나서 밥을 지어 먹은 다음 정인을 보고 말했습니다.

"그 일당이 현 관아에 가서 고했으니 분명히 사람을 보내 잡으러 올 겁니다. (…) 우리가 이렇게 앉아서 죽음을 기다릴 수는 없지요. 미리 여기서 대비하고 있다가 그 재수 없는 것들이 오면 본때를 보여주십시오!"

그래서 새아가 즉시 부적을 준비하고 종이를 오려 사람과 말, 깃발과 의장 따위를 만들고 나서 둘은 쉬러 갔습니다. 그리고 날이 밝자 머리를 빗고 얼굴을 씻은 다음 아침을 먹자마자 맹청을 시켜 문을 열게 했지요.

그런데 맹청이 문을 열다가 가만 보니 여산 일행이 한꺼번에 들이 닥치는 것이 아닙니까! 그 광경을 본 맹청은 놀란 나머지 뒷걸음질을 치다가 몸을 돌려 안으로 냅다 뛰면서 연신 고함을 질러 댔습니다. 새아는 포졸들이 몰려와서 자신들을 체포하려 드는 것을 보고 배시시 웃었습니다. 그리고는 종이로 만든 이삼십 장의 사람과 말을 꺼내 허공에 뿌리면서 외쳤습니다.

"변해라!"

그러자 가만 보니 종이로 된 사람들이 모두 덩치 큰 거한들로 바뀌어 저마다 창과 칼을 들고 안에서 몰려나오는 것이 아닙니까. 이어서 요허옥을 시켜 작은 검은 깃발을 흔들게 했더니 한 줄기 검은 기운이 집 안에서 꿀럭꿀럭 회오리치면서 나오는 것이었습니다. 여산과 하성은 영문을 모른 채 무작정 사람들에게 안으로 밀고 들어가도록 다그쳤지요. 그러나 이미 검은 기운에 가려져서 사람조차 분간할 수 없게 돼버렸습니다.

새아는 왕원춘의 가르침을 받은 덕분에 무예 실력이 한결같이 대단했습니다. 칼을 휘두를 때마다 한 사람씩 머리가 잘려 나가지 뭡니까. 사람들은 상황이 불리한 것을 보고 다들 당황한 나머지 바로 몸을 돌려 달아났습니다. 맨 앞에서 뛰던 포졸들은 그나마 몇이라도 달아날 수 있었습니다. 그러나 뒤에 처진 자들은 앞사람들에게 가로막히는 바람에 순간적으로 달아날 재간이 없었지요.

"이렇게 된 바에야 끝장을 보는 수밖에!"

이렇게 말한 새아는 닥치는 대로 사람들을 죽였습니다. 정인은 정인대로 몽둥이로 몇 사람이나 때려죽였지요. 이어서 벌써 달아난 포졸들까지 쫓아서 내내 함성을 지르며 석린교石麟橋까지 돌격했습니다.

새아는 사람들이 멀리 달아나는 것을 보고 다리 어귀에서 군사를 거두고 돌아와서 정인을 보고 말했습니다.

"죽일 놈은 다 죽였지만 … 달아난 놈들이 지현한테 가서 고할 게 뻔해요. (…) 지현 놈은 군사를 일으켜 우리를 죽이러 올 게 분명해요. 우리가 선수를 치지 않으면 기회가 없어요!"[86]

그러고는 투구와 갑옷을 입더니 이삼백 상의 종이 사람과 말을 군사로 변하게 해서 북두칠성이 그려진 깃발을 세우고 병력을 모으면서 사람들에게 외치게 했습니다.

"우리 군사가 되고자 하는 사람은 다 같이 관아의 곳간을 열러 갑시다! 은자·양식·재물·보물을 모두 나누어주리다!"[87]

동네 사람들은 어제의 그 일을 계기로 새아가 요술을 쓸 줄 안다는 것을 깨달았습니다. 게다가 종이로 만들어낸 군사와 말이 많은 것을 보고 그 기세가 대단하다고 여기면서 성 안팎에서 그 소리를 들은 사람들은 모조리 그녀에게로 몰려드는 것이 아닙니까. 개중에 그 고

---

86)【즉공관 미비】賽兒頗狠, 頗能。새아가 제법 무섭기는 하다마는 제법 유능하구나.
87)【즉공관 미비】招徠之法。사람을 불러들이는 방법이지.

을의 호걸인 방대方大·강소康昭·마효량馬效良·대덕여戴德如 네 사람이 두목을 맡으면서 순식간에 이삼천 명이나 모였습니다. 거기다 훌륭한 말 두 필을 빼앗아 새아와 정인에게 타게 해주는 것이었지요. 그 사람들은 징과 북을 울리며 현 관아로 몰려갔습니다.

계속 이야기를 들려드리지요. 이쪽의 사史 지현은 도망쳐온 포졸로부터 새아가 포졸들을 죽인 일을 전해 듣고 허둥지둥 전사典史[88]를 불러 대책을 상의했습니다. 그런데 새아의 군사가 벌써 관아까지 들이닥쳤지 뭡니까. 그들은 지현과 전사를 사로잡은 다음 곳간 문을 활짝 열고 금은을 꺼내 사람들에게 나누어 주는 한편, 감옥에서 동천연과 왕소옥 두 사람을 풀어주었습니다. 나머지 죄수들도 모두 풀어주니 그녀를 따르기를 원하는 사람만 해도 칠팔십 명이나 되었지요.
황혼 무렵이 되었을 때였습니다, 원래는 강도질[89]을 하던 네 사람이 새아가 요술을 쓴다는 풍문을 듣고 모두 새아에게 귀순해 왔지 뭡니까. 그 네 사람은 정관鄭貫·왕헌王憲·장천록張天祿·축홍祝洪이었습니다. 그들은 각자 졸개를 거느렸는데 다 합치면 이천여 명이나 되었지요. 거기다가 사오십 필이나 되는 좋은 말까지 가지고 있었습니다. 새아는 그들을 보고 몹시 기뻐했습니다. 그중에서도 정관은 무

---

88) 전사典史: 명대의 관직명. 원대에 처음으로 설치되어 지현의 관속으로 공문의 발송 및 수취를 담당했다고 한다. 명대에는 주부主簿가 없을 경우에는 전사가 죄인의 체포를 대행하기도 했다고 한다.
89) 강도질[放響馬]: '향마響馬'는 명대에 외지의 상인[客商]을 대상으로 한 강도를 일컫던 말이다. 이 강도들은 상인들을 덮치기 직전에 항상 소리가 나는 화살[嚆矢]를 쏘아서 신호로 삼는다고 해서 '향마'로 불렸다고 한다. 여기서는 편의상 동사까지 포함한 "방향마放/響馬"를 "강도질하다"로 번역했다.

예가 출중할 뿐만 아니라 탁월한 지략까지 갖추었지 뭡니까. 그런 그가 새아에게 와서 이렇게 고하는 것이었습니다.

"이곳은 작은 현으로 바다 끝 외진 곳에 자리 잡고 있습니다. 마냥 여기만 지키고 있다가는 … 조정에서 대군을 일으켜 청주로 통하는 입구를 차단해버리기라도 하면 금전과 식량을 구할 길이 막막해집니다. 그렇게 되면 그들이 공격하기도 전에 우리는 꼼짝 없이 죽고 말 것입니다! (…) 이 청주부는 백성이 많은 데다가 금전과 식량이 풍족합니다. 게다가 동으로는 남서南徐[90]의 험준한 지세에 기대고 있고 북으로는 발해渤海[91] 일대의 이익까지 제어할 수가 있습니다. 나가 싸우기에도 좋고 굳게 지키기에도 좋지요. (…) 병법에서는 속전속결을 중요하게 여깁니다. 지금 내양현을 장악했다고는 하나 청주부에서는 꽤 멀지요. 하루 내에는 이곳 소식이 전해질 수 없다는 뜻입니다. 그러니 이 틈을 타서 밤사이에 청주부를 기습한다면 당분간은 세력을 유지할 수가 있습니다. 그렇게 정예 병력을 양성해서 세력이 충분히 커지면 천하를 호령할 수가 있을 것입니다!"

---

90) 남서南徐: 중국 고대의 지역명. 남서주南徐州를 줄여 부른 이름. 동진東晉 때 서주에 잠시 경구성京口城을 두고 '남서'라고 부르다가 수나라 때 철폐했다.

91) 발해渤海: 중국의 바다 이름. 일반적으로 하북성과 산동성 사이에 있는 바다를 말하는데, 그 위치가 중국의 동쪽이기 때문에 '동해東海'로 부르기도 하고, 황하黃河의 영향을 받아 물빛이 누런색을 띠는 그 남쪽의 황해黃海(우리의 서해)와는 달리 물이 비교적 맑고 푸르기 때문에 '창해蒼海, 滄海'로 부르기도 했다. 국내외 역사학자들 중에는 한·중 고대사를 연구하는 과정에서 '동해'를 한반도 동쪽의 동해로 해석하는 경우가 많은데 '동해'가 발해의 별칭임을 알지 못한 데서 비롯된 오독의 결과이다.

"훌륭한 생각입니다."

새아는 이렇게 말하더니 네 사람에게 원보元寶[92] 두 덩이와 예단[93] 네 곽을 상으로 내렸습니다. 그리고 정관에게는 임시로 도지휘[94]라는 벼슬을 내리고 말했지요.

"청주를 얻으면 큰 상과 함께 중용하리다!"

그러자 네 사람은 바로 출발하는 것이었습니다.

새아는 그길로 뒤채로 가서 사 지현과 서徐 전사를 불러내더니 말했습니다.

"청주부의 지부知府[95]가 네 일가친척이렷다? 서찰을 한 통 써주어야겠다. (…) 이렇게 적어라. '이 현은 작아서 내가 몸을 둘 수 없어 동쪽으로 가서 문상현汶上縣[96]을 칠 작정입니다. 그때 청주부를 지나가게 될 것인데, 만약을 대비하여 특별히 서 전사로 하여금 포졸 삼백 명을 데리고 공조해서 지키게 하려 합니다'라고 말이다.[97] (…) 네가

....

92) 원보元寶: 명대에 유통되었던 화폐의 일종. 금으로는 5냥·10냥짜리 원보를, 은으로는 50냥짜리 원보를 만들어 유통시켰다고 한다.

93) 예단[表禮]: '표례表禮'는 명대에 남의 집을 방문할 때 가지고 가서 성의 표시로 건네던 옷감을 일컫던 말이다. 여기서는 편의상 "예단"으로 번역했다.

94) 도지휘都指揮: 명대의 관직명. 도사都司의 수장으로, 정식 명칭은 도지휘사都指揮使이다. 품계는 정이품으로, 소속 관리인 동지同知·첨사僉事의 보좌를 받아 한 성省의 군정을 관장하는 한편 예하의 각 위衛를 통솔했다.

95) 지부知府: 중국 고대에 부府의 행정장관을 부르던 이름.

96) 문상현汶上縣: 중국 고대의 지명. 당대의 중도현中都縣으로, 금대부터 지금의 이름으로 일컬어졌으며, 지금의 산동성 문상현에 해당한다.

서찰을 써 준다면 내가 노잣돈을 두둑이 챙겨주고 너희 가솔도 함께 돌려보내도록 하겠다!"

지현은 처음에는 그 제의를 거절했습니다. 그러나 새아의 강압을 견디다 못해 결국 써줄 수밖에 없었지요. 그러자 새아는 병방兵房[98]의 관리를 시켜 공문을 한 통[99] 쓰게 해서 앞서의 그 개인 서찰까지 함께 문서 안에 밀봉하고 봉투에는 관인을 찍게 했습니다. 그리고 나서 지현과 전사는 도로 관아의 감옥에 가두었지요.

새아는 직접 방대·강소·마효량·대덕여 네 명의 용맹스러운 장수에게 지시를 내려 각자 삼천 명의 병력을 이끌고 밤 사이에 은밀히 청주의 만초파曼草坡로 가서 대포 소리가 울리는 것을 신호로 모두 청주부의 동문으로 가서 대응하게 했지요. 이어서 서 전사를 닮은 병졸 하나를 골라서 전사의 관모와 관복을 입혀서 새아를 기다리게 했습니다. 그런 다음 이번에 귀순한 호걸들을 남겨 정인

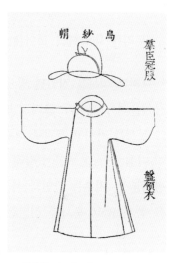

명대의 관모와 관복. 《삼재도회》

---

97) 【즉공관 미비】 賽兒儘有謀略, 亦天縱之也。 새아가 지략이 넘치는구나. 역시 하늘이 그녀를 풀어놓은 게야.

98) 병방兵房: 명대에 현 관아에서 병무를 관장하던 관리.

99) 통[角]: '각角'은 명대에 사용된 양사量詞의 일종으로, 보안을 유지하기 위하여 밀봉한 공문을 세는 단위로 사용되었다. 여기서는 편의상 국내에서 비교적 널리 통용되는 '통'으로 번역했다.

과 협력해서 내양현을 지키게 했지요. 그리고 자신은 정예 포졸 삼백 명을 직접 골라 동천연·왕소옥과 같이 정관 등 네 사람을 지휘하기로 하고 각자에게 술과 밥을 내렸습니다. 새아는 무장을 완전히 갖추고 말에 올라 군사들을 이끌고 그날 밤 바로 출발했습니다.

그렇게 하룻밤을 가서 청주부 동문에 이르렀을 때였습니다. 이제 막 동이 트는 참이어서 성문도 아직 열리지 않은 상태였지요. 새아는 즉시 사람을 시켜 앞서의 그 공문을 들고 성 위를 향해 외치게 했습니다.

"우리는 내양현의 포아捕衙[100]에서 공문을 전하러 왔소!"

그러자 성문을 지키던 병사는 소쿠리를 내리고 문서를 전달받아서 끌어올려 갔습니다. 그리고 발신자가 서 전사인 것을 알고 허둥지둥 그 문서를 가지고 그길로 청주부 관아로 달려갔지요. 지부인 온장溫章이 마침 공무를 보고 있길래 무릎을 꿇고 문서를 바쳤습니다. 문서를 펼쳐본 온 지부는 관인과 서찰이 모두 진짜임을 확인하고 전혀 의심을 품지 않고 문서를 전달한 병사에게 말했습니다.

"우선 서 전사를 성으로 들어오게 해라. 포졸 등은 일단 성 밖에 머물도록!"

---

100) 포아捕衙: 현 관아에서 도적이나 형사 용의자를 수배·체포하는 일을 담당하던 부서. 《중편국어사전重編國語辭典》에서는 《박안경기》 제8권의 "비발본현포아집방批發本縣捕衙緝訪"에 근거하여 '관아의 포졸衙門內的捕快'로 해석했다. 그러나 본편에서 '포아' 뒤에 기관·장소 뒤에 오는 '리裡'가 사용된 것을 볼 때 포졸이 아니라 부서로 이해해야 옳다.

그 병사는 지부의 명령에 따라 그길로 돌아와 성문을 열어주면서 말했습니다.

"지부 나리께서 서 전사님만 성으로 들이고 다른 사람들은 잠시 성 밖에 남으라십니다!"

그러자 새아는 사람을 시켜 이렇게 대답하게 했지요.

"우리는 밤새 행군해서 겨우 이곳에 도착했소. 배가 고픈데 … 성 안으로 들어가 먹을 거라도 구하게 해주시오."

그 말과 함께 삼백 명이 한꺼번에 성 안으로 밀고 들어가니 대여섯 사람이 어떻게 막을 수가 있겠습니까! 새아 일행은 성 안으로 들어오자마자 사람들에게 성문을 지키게 했습니다. 그러고는 대포 소리가 한 번 울리더니 만초파 쪽 군사들이 모두 청주부로 몰려들어 온 거리와 골목이 사람으로 가득 찼습니다. 새아는 앞서의 그 삼백 명을 이끌고 그야말로 파죽지세로[101] 관아로 밀고 들어갔습니다. 지부는 그런데도 상황을 깨닫지 못하고 재판정에 앉아 서 전사를 기다리고 있었지요. 그러다가 상황이 심상치 않은 것을 보고 막 몸을 일으켜 달아나려 했습니다. 그러나 방대가 금세 따라잡아 온 지부에게 칼을 휘두르는 바람에 어깨까지 잘려나간 채 그대로 땅바닥에 쓰러져 버둥거리는

---

101) 파죽지세로[疾雷不及掩耳]: '질뢰불급엄이疾雷不及掩耳'는 중국 고대의 격언으로,《회남자淮南子》〈병훈략兵略訓〉의 "갑자기 울리는 우레에는 귀를 막을 겨를이 없고, 갑자기 치는 번개는 눈을 가릴 틈이 없다疾雷不及塞耳, 疾霆不暇掩目"에서 비롯되었다. 일반적으로 행동이 신속해서 미처 준비하지 못하는 상황을 가리키므로, 여기서는 "파죽지세로"로 번역했다.

것이었지요. 그러자 방대는 다시 칼을 휘둘러 머리를 베더니 그것을 손에 들고 고함을 질렀습니다.

쌍칼을 휘두르며 말을 달리는 당새아를 형상화한 산동성 빈주濱州의 동상

"함부로 움직이지 마라!"

그 소리에 재판정 양쪽으로 늘어서 있던 아전과 종복들은 놀란 나머지 오줌을 지리고 방귀까지 흘리면서 줄줄이 무릎을 꿇었습니다.

강소의 무리는 지부의 관아로 밀고 들어갔지만 아름다운 애첩 둘과, 하인·며느리 등 모두 여덟 명을 사로잡았을 뿐이었습니다. 동지同知[102]·통판通判[103]은 모두 담장을 넘어 달아난 후였지요. 새아는 즉시 백성들을 안심시키는 방을 내걸고 수하들이 백성과 재물을 함부로

---

102) 동지同知: 명대의 관직명. 정식 명칭은 동지부사同知府事 또는 동지주군사 同知州軍事로, 주州와 부府의 수장인 지부知府나 지주知州를 보좌했다.

103) 통판通判: 송대의 관직명. 주의 사무를 두루 판정한다는 뜻의 '통판주사通 判州事'의 약칭으로, 지주나 지부를 보좌하는 관리로, 양운糧運·가전家田 ·수리水利·소송訴訟 등의 업무를 관장하는 한편, 지주·지부 등 관리들에 대해서도 감찰의 책임이 있었다.

빼앗는 것을 금했습니다. 그러고 나서 곳간을 열어 빈민들을 구제하는 한편, 군사를 모으고 군마를 사들였습니다. 자신을 수행한 군관과 장병들에게는 모두 공로에 따라 상을 내렸지요. 내양현의 지현과 전사에게는 앞서의 약속을 저버리지 않고 그들의 가솔들까지 석방하여 고향으로 돌아가게 해주니 저마다 머리를 감싸고 쥐떼처럼 달아나버린 것은 말할 나위도 없었답니다.

그런데 가만 보니 지휘指揮[104]인 왕헌王憲이 미모의 여자 둘과 열여덟아홉 정도의 젊은이 하나를 끌고 오는 것이었습니다. 그 젊은이는 두 여자보다 더 곱길래 새아에게 바쳤습니다. 그러자 새아가 왕헌에게 물었지요.

"어디서 사로잡았소?"

"효순가孝順街의 실 가게에 있는 소蕭 씨네 집에서 잡았습니다. (…) 이 두 여자는 나이가 많은 쪽은 '춘방春芳', 작은 쪽은 '석석惜惜'이옵고 … 이 녀석은 '소소蕭韶'라고 합니다. 셋이 남매 사이라고 합니다!"

왕헌이 이렇게 아뢰자 새아는 나이가 많은 여자를 상으로 왕헌에게 내려 아내로 삼게 했습니다. 그리고 자신은 소소가 마음에 들었던지 즐거워하면서 그와 정을 통하고 싶은 충동이 생겼지요. 그래서 소소에게 말했습니다.

---

104) 지휘指揮: 중국 근세의 관직명. 원래 오대시기와 송대에 500명의 보병으로 편성된 군대를 일컫는 명칭이지만, 때로는 그 보병들을 통솔하는 군관인 지휘사指揮使에 대한 약칭으로 사용되기도 했다.

"네 누이 둘은 내 곁에서만 시중을 들게 하고 … 너는 내가 보살펴 주마."

새아는 이어서 지부의 관아에 있던 두 애첩 자란紫蘭과 향교香嬌를 동천연과 왕소옥에게 짝지어 주었습니다. 그리고는 새아 역시 소소를 불러가서 동침했답니다.[105]

이 소소라는 친구로 말할 것 같으면 한창 아름다운 나이로, 겁을 집어 먹고 밤마다 정성껏 새아의 비위를 맞추면서 새아를 즐겁게 해 주는 데에만 전념했고 새아도 아주 만족스러워했지요. 두 사람 관계가 뜨거워지자 새아는 소소를 한 걸음도 떠날 줄 모르는 것이었습니다. 그러니 어디 하정인을 마음에 두기나 했겠습니까?

계속 이야기를 들려드리겠습니다. 청주부에는 고위 관리인 경력經歷[106]이 한 사람 있었는데, '주웅周雄'이라는 사람이었지요. 그는 당시 청주부를 탈출했으나 가솔들이 모두 새아에 의해 관아에 갇혀 있었습니다. 주 경력은 며칠 동안 숨어 있었지만 뾰족한 방법이 없자 가솔들을 지키려고 일부러 새아에게 귀순하는 척할 수밖에 없었습니다. 그래서 새아를 만나 인사를 하고[107] 말했습니다.

"소관은 원래 청주부의 경력입니다. 부인께서 내양현과 청주부를

---

105) 【즉공관 미비】豈知爲禍根, 乃知色能殺人, 不獨女也。이것이 화근이 될 줄 어찌 알았겠는가? 이제야 아름다운 얼굴도 사람을 죽일 수 있다는 것을 알겠구나. 여자에게만 해당하는 것은 아니지.

106) 경력經歷: 명대의 관직명. 도찰원都察院·통정사사通政使司·포정사사布政使司·안찰사사按察使司 등에 설치하고 문서의 출납을 담당하게 했다.

107) 【즉공관 미비】此人去得。이자는 갈 만 하지.

얻으신 후로 군사를 사랑하고 백성들을 아끼시매 민심이 기꺼이 복종하고 있으니 큰일을 이루실 것이 분명합니다. 그래서 경력인 저도 귀순하게 되었지요. (…) 가솔들은 모두 부인께서 살려주신 덕택을 입었사오니 저도 당연히 온 마음과 온 힘을 다해 견마지로犬馬之勞를 바치고자 합니다!"

새아는 '가솔이 청주부에 있다'는 그의 말을 듣더니 어느 정도 의심이 풀렸는지 즉시 청주부를 지키고 이웃 현들을 공략하는 일까지 주 경력과 상의했습니다. 그러자 주 경력이 말하는 것이었습니다.

"청주부는 위로는 등현滕縣108)과 접해 있고 아래로는 임해위臨海衛109)로 통하니 두 곳은 청주부의 대문과도 같습니다. 만약 등현과 임해위를 장악하지 못하면 대문이 없어진 것과 같은 격이지요. 그러니 이 청주부를 어떻게 지킬 수가 있겠습니까? (…) 사실대로 말씀드리자면, 등현의 허許 지현은 소생의 고종사촌 형제입니다. 소생이 가면 분명히 그가 투항하도록 설득할 수 있을 것입니다. 만약 설득으로 등현을 확보한다면 임해위는 한 팔을 잃는 것과 마찬가지이니 그들이 어떻게 버틸 수가 있겠습니까?"

"그렇게만 할 수 있다면 큰일을 이룬 뒤에 그대와 함께 부귀영화를 누리도록 하리다. (…) 가솔들은 내가 여기서 잘 공양할 테니 염려할

---

108) 등현滕縣: 명대의 지명. 청주 북쪽의 현으로, 그 정확한 위치는 확인할 수가 없다. 현재 같은 이름으로 소개되는 지금의 산동성 등주시滕州市와는 다른 곳이다.
109) 임해위臨海衛: 명대의 지명. 청주 남쪽에 설치되었던 위衛의 이름으로, 그 정확한 위치는 확인할 수가 없다.

것 없소."

"일이 지체되어서는 안 됩니다. (…) 저들이 몰래 선수를 칠지도 모르니까요."

그러자 새아는 서둘러 하인 몇 명과 좋은 말 한 필을 골라주고 즉시 주 경력이 길을 나서도록 배웅해주었습니다. 주 경력은 등현에 도착하자마자 허 지현을 만났지요. 지현은 깜짝 놀라면서 말했습니다.

"노형께서 어떻게 용케 탈출해서 여기까지 오셨소이까!"

주 경력은 새아에게 거짓으로 투항한 일과 새아가 항복을 설득하기 위해 자신을 보낸 일을 자세히 이야기해주었습니다. 그러자 허 지현이 대답했습니다.

"나와 노형이 아무리 거짓으로 투항한다 해도 … 조정에서 알게 되면 예삿일이 아니오!"

"우리 임해위의 대戴 지휘와 약속하여 함께 항복하고 한편으로는 각지의 무안撫按110) 등 상급 관청과 연락을 취해 계책을 써서 새아를

---

110) 무안撫按; 명대의 관직명인 순무巡撫와 순안巡按을 아울러 일컫는 이름. 순무는 명나라 태조 때인 홍무洪武 24년(1391)에 태자로 하여금 섬서성 일 대를 순시·안무[巡撫]하도록 명한 데서 유래했다. 처음에는 세량 감독, 운 하 관리, 유민 안무, 변방 정돈 등으로 업무가 다양했지만 나중에는 군사 업무에 편중되었다. 순안은 정식 명칭이 순안어사巡按御史로, 어명에 따라 각지를 순시하면서 관리 고과, 사건 심리 등의 임무를 수행했으며, 지부知 府 이하의 관리는 그 명령을 따라야 했다.

사로잡도록 합시다. 그러면 나중에 빼앗긴 지역을 수복하고 나서도 곤란해질 일이 뭐가 있겠습니까?"

그러자 허 지현은 서둘러 사람을 보내 대 지휘를 초대해 주 경력과 인사를 시켰습니다. 그러고 나서 세 사람은 상의하여 거짓으로 항복하기로 계책을 세웠지요. 그때 허 지현이 또 말했습니다.

"우리 미리 금화金花·예단·양과 술을 좀 준비해 축하 인사를 하러 가서 '임지를 떠날 수가 없습니다, 만일의 사태에 대비해야 합니다' 하고 둘러댑시다!"[111]

그래서 주 경력은 예물을 든 일행을 데리고 새아를 만나러 가서 투항하겠다는 허 지현의 서찰을 전달했습니다. 새아는 투항서를 받아 보고 선물을 받은 다음 허 지현을 지부로, 대 지휘를 도지휘로 각각 승진[112]시키고 두 사람이 지금처럼 임지를 그대로 유지하게 해주었습니다. 대지휘는 승진 내용을 담은 그 문서를 보자마자 허 지현을 찾아와서 말했습니다.

"새아는 분명히 우리를 의심할 것입니다. 그러니 양동작전을 펴도록 하십시다!"

---

111) 【즉공관 미비】好見識。좋은 생각이야.
112) 승진[僞昇]: '위승僞昇'이란 특별한 사유로 인하여 임지는 없이 직함만 격상시키는 것을 말한다. 인사 행정은 원래 정통성을 가진 정권인 조정의 고유 권한이다. 그런데 여기서는 정통성이 없는 민간의 반란군 우두머리가 함부로 행사해서 두 사람을 승진시켰기 때문에 승진[昇] 앞에 '거짓 위僞'를 붙인 것으로 이해하는 것이 옳다.

"귀 임해위에는 여악女樂113)과 소유小俏114)를 갖추고 있지요? (…) 차라리 그들을 감사의 선물로 새아에게 보내시지요. 우리와 내통할 눈이 될 수 있도록 말입니다."115)

"아주 기막힌 생각이십니다!"

대 지휘는 자신의 관아로 돌아가서 여종 왕교련王嬌蓮과 소유의 행수인 진영아陳鸚兒를 호출해서 말했지요.

"너희 둘은 내 심복이지만 내 너희를 청주부로 보내 적들을 이간시키는 세작細作으로 쓰려 한다. (…) 만약에 성공한다면 나는 조정이 내리는 상 같은 것은 필요 없으니 너희가 그 부귀영화를 다 누리도록 해라!"

그러자 두 사람은 모두 기뻐하면서 수락했습니다. 대지휘는 이어서 비단 자수가 놓인 화려한 옷과 악기를 좀 만든 다음, 현과 위에서 각각 사람을 둘씩 차출해 여악과 소유의 단원들을 호송해 가서 새아에게 바치게 했지요. 그 노래하는 동자와 춤추는 여인들이 어떤 모습이었는지 잠시 보실까요? 그 장면을 증명하는 시가 있습니다.

---

113) 여악女樂: 중국 고대에 관청의 연회에서 가무에 종사한 여성 예인. 명대에는 중기 이래로 중앙 관료나 사대부들이 여성 가무단이나 극단을 사사로이 운영하면서 접대에 대비하기도 했는데 이 가무단을 일컫는 이름으로 사용되기도 했다.
114) 소유小俏: 명대에 술자리에서 노래를 부르며 술시중을 들던 기생을 가리킨다.
115) 【즉공관 미비】小俏用得着, 女樂第二意也。 소유는 쓸모가 있지. 여악은 또다른 의도가 있겠군.

춤추는 소매 향기로운 방석은 봄날의 으뜸이요,　舞袖香茵第一春,
낭랑한 노래는 구성지고 미모는 남다르구나.　　清歌婉轉貌超群。
추상 같은 칼 휘두르자 사람들 별처럼 흩어지고,　劍霜飛處人星散,
왕년에 술 권하던 사람은 보이지 않는구나!　　不見當年勸酒人。

　새아는 단원들의 인물이 곱고 옷차림도 가지런한 것을 보고 속으로
기뻐하면서 전부 다 받아들여 관아에 머물게 했습니다. 그러고는 날
마다 악기를 연주하고 노래하고 춤추게 하면서 즐거움을 만끽했지요.

　계속 이야기를 들려드리겠습니다. 새아가 정인과 작별한 지 반년
남짓 지났으니, 겨울이 지나가고 한 해가 끝나갈 무렵이었지요. 정인
은 새해 선물을 새아에게 보내기 위해 온갖 산해진미며 촉蜀 땅 특산
의 비단과 문갈文葛116), 거기다 금은보화들까지 사들여서 일이십 대
의 작은 수레에 싣고 맹청을 시켜 수레 짐꾼들과 함께 청주부로 실어
가게 했답니다.117)
　세상에는 참 공교로운 일도 많다더니 정인의 경우도 딱 그 짝이었
습니다. 두 달 전에 정인은 어떤 여자를 겁탈하러 갔는데 그 여자가
끝까지 저항하다가 목을 매고 죽어버렸지 뭡니까! 아 그런데 맹청이
하는 말 좀 보소.

---

116) 문갈文葛: 확실하게 알 수는 없지만 글자의 의미를 따져볼 때 '칡[葛]을
　　엮고 무늬[文]를 넣어 짠 천'을 가리키는 것으로 보인다.
117) 【즉공관 미비】賽兒胸中已無正寅矣。正寅總重禮, 能挽之乎。새아의 마음속에
　　는 이제 정인이 없는 것을! 정인이 아무리 대단한 선물을 다 끌어모아 바친들 대세
　　를 되돌릴 수 있겠는가?

"당 마님께서 앞장서서 거사하셨으니 초심을 저버리면 안 되지요. (…) 만에 하나 알기라도 하시면 꾸지람을 내리실 게 분명합니다!"

이렇게 간곡하게 간언했더니 맹청을 거의 초죽음이 되도록 때렸지 뭡니까. 그러나 맹청이 그 일로 앙심을 품을 줄 누가 알았겠습니까. 맹청은 그 수레와 일꾼들을 데리고 청주부에 도착한 후 새아를 만났습니다. 새아는 맹청을 보자마자 자기 가족이라도 만난 것처럼 반가워하면서 청주부 관아로 불러들여 쉬게 해주었지요. 맹청은 이번에는 동천연 등이 저마다 아름다운 아내를 거느리고 거기다 재물까지 잔뜩 챙긴 것을 보고는 속으로 생각했습니다.

'우리는 똑같이 거사하지 않았는가? 그런데 … 저 둘은 운이 좋아서 여기 남아 있는데 … 나는 어떻게 해야 여기서 똑같이 호강을 누릴 수 있을까?'

그러더니 또 이렇게 생각하는 것이었습니다.

'정인이 현에 남아 있으면서 저지른 짓을 일러바쳐야겠다! 어쩌면 … 새아가 기뻐하면서 나를 관아에 남게 해줄지도 모른다.'

저녁이 되자 새아는 재판정에서 물러나와 청주부 관아로 갔습니다. 그리고는 틈을 봐서 맹청을 불러 정인 쪽의 상황을 물었지요. 그런데 맹청이 아무 소리도 하지 않는 것이 아닙니까. 새아는 속으로 이상하게 여겨 더 다그쳐 물었지만[118] 맹청은 그럴수록 침묵으로 일관하는

---

118) 【즉공관 미비】還能念之耶。그러니 정인 생각이 나겠느냐 이 말이야.

것이었습니다. 급기야 계속되는 물음에 견디다 못해 소리 내어 우는 것이 아닙니까! 그래서 새아가 말했습니다.

"울지 마라. 거기서 고생을 많이 한 게로구나! (…) 사실대로 이야기하면 나도 너를 돌려보내지 않겠다."

그 말에 맹청은 입으로 원망하는 척하면서 이렇게 말하는 것이었습니다.

"어차피 말씀을 드려도 죽고, 안 드려도 죽을 목숨.119) (…) 어르신께서는 현에 계시는 동안 밤마다 집집마다 밀고 들어가서 예쁜 여인이나 예쁜 소녀를 찾아내 관아로 데려오게 해서 동침하곤 했습니다. 개중에 아주 반반한 여자는 며칠 더 붙잡아놓고, 좀 마음에 안 드는 여자는 하룻밤 만에 돌려보냈지요. 거기다가 노래를 파는 이문운李文雲이라는 여인을 첩으로 들이는가 하면, 번번이 술에 취해 사람을 때려죽이셨습니다. 또 날마다 구역마다 백 냥이나 되는 지세를 강요하는 바람에 백성들은 반란을 고민할 지경에 이르렀습니다마는 그저 마님 낯을 봐서 차마 그렇게 하지 못하고 있을 뿐입니다! (…) 두 달 전에는 장蔣 감생監生120)에게 딸이 하나 있는데 … 정말 아름답게 생겨서 … 어르신이 그녀를 겁탈하려 들었지요. 그 여자는 어르신을 거부하다가 강요를 견디지 못한 나머지 스스로 목을 매고 죽어버리고 말았습니다! 그래서 소인이 '마님께서 우리를 어떻게 보겠습니까! 헤어진 지 반년 만에 이런 짓을 벌인다면 이 지역을 어떻게 지킬 수가

---

119) 【즉공관 미비】孟淸亦狡甚。 맹청이란 놈도 교활하기 짝이 없구나!
120) 감생監生: 명대에 관학 국자감國子監에서 수학하는 학생을 부르던 명칭.

있겠습니까?'121) 하고 말씀드렸답니다. 그랬더니 충언을 드린 소인을 나무라면서 소인을 매달고 초죽음이 될 때까지 때리시는 바람에 보름 동안 몸도 일으키지 못할 정도였지 뭡니까!"

새아는 그 소리를 듣고 부아가 치밀어 올랐는지 발을 동동 구르면서 말했습니다.

"그 짐승 같은 놈이 배은망덕에도 분수가 있지! 그놈을 죽여야 이 울분이 가라앉겠구나!"122)

그러자 동천연과 여인들은 모두

"마님, 고정하십시오! 어르신을 불러오시면 되지 않겠습니까?"

하고 설득을 했지만 새아는 오히려

"너희들이 이런 일을 얼마나 안다고 그러느냐! (…) 예로부터 큰일을 하는 사람은 일단 사이가 벌어지고 나면 얼마나 많은 사람이 상잔을 벌였는지 모른다! (…) 어떻게 해야 그놈을 불러들일 수 있을까!"123)

하면서 밤새 잠도 제대로 자지 못하는 것이었습니다.124)

---

121) 【즉공관 미비】 毒甚。참 독하구나.
122) 【즉공관 미비】 淫婦未有不妬者, 何不以蕭韶一自反耶。음탕한 여인치고 시샘 하지 않는 경우는 없지. 어째서 소소의 경우로 자신을 반성하지 않은 걸까?
123) 【즉공관 미비】 取回來, 何處着蕭郎。불러들이면 소 도령은 어디다 숨기려고?
124) 【즉공관 측비】 何不以蕭韶遣興。소소를 데려다 기분을 달래지 않고.

이튿날, 새아는 재판정에 나와서 사람들을 다 물리치고 주 경력에게 말했습니다.

"정인이 이처럼 음란하고 방자한 데다가 인의仁義라고는 도통 모르는군요. (…) 직접 군사를 이끌고 가서 놈을 죽여야겠어요!"

그러나 주 경력은 이렇게 대답했습니다.

"그 이야기는 어디서 들으셨는지요? (…) 거짓인지 참인지도 아직 모르지 않습니까! 어쩌면 우리를 이간하려는 술책인지도 알 수가 없습니다. (…) 이 고을은 대단히 중대한 곳으로 이제 막 장악해서 민심이 아직 안정되지도 않은 상태입니다. 이런 마당에 어떻게 경솔하게 상잔을 벌인단 말씀입니까?125) (…) 차라리 이 주웅이 부인의 심복과 같이 가서 확실하게 진상을 알아보고 나서 부인께서 처결해도 늦지는 않을 것입니다!"

"정말 맞는 말씀이오! 그대가 한번 다녀오도록 하시오. 만약에 확인한 결과 사실이라면 당장 나를 대신해서 그 짐승 같은 놈을 죽여주시오!"

그러자 주 경력이 다시 말했습니다.

"아무래도 몇 사람이 같이 가는 편이 좋을 것 같습니다. 소생 혼자만 가서는 아무 쓸모가 없을 테니까요!"

---

125) 【즉공관 미비】周經歷每做假心腹, 所以到底不疑。주 경력은 번번이 심복 행세를 하는군. 그래서 끝까지 의심을 받지 않은 게지.

그래서 새아는 즉시 왕헌과 동천연에게 일이십 명을 거느리고 가라는 명령을 내렸습니다. 그러고는 칼 한 자루를 왕헌에게 주면서 말했지요.

　"만약에 그 이야기가 사실이라면 … 너는 그 짐승의 머리를 가지고 오거라. 내 말을 거역하는 자는 군법으로 다스릴 것이다!"[126]

　이번에는 정관에게 문서를 한 통 건네면서 말했습니다.

　"만약 … 하정인을 죽이면 네가 현의 일을 잠시 맡도록 하라!"[127]

　일행은 새아와 작별하고 내양현으로 가는 길에 올랐습니다. 주 경력은 길을 가는 도중에 혹시라도 동천연이 하 도사의 사람일까 봐서 일부러 그 속을 떠보았지요.

　"하 공은 … 부인의 심복이시지요. 만약 이번 소문이 사실이 아니라면 고마운 일이고 우리한테도 다행스러운 일일 거요. 허나, … 정말 그런 일이 있었다면 우리가 손을 쓰지 않으면 부인께서 군법으로 다스리실 텐데 … 이 일을 어떻게 해야 좋겠소!"[128]

　그러자 동천연이 말하는 것이었습니다.

　"우리 어른은 의심이 많은 양반입니다. 성질도 좋지 않고요! (…)

---

126) 【즉공관 미비】 賽兒利害。 새아가 무섭구나.
127) 【즉공관 미비】 如此, 則正寅已無活法矣。 이렇게 되면 정인은 이제 살아날 가망이 없겠군.
128) 【즉공관 미비】 周經歷精細甚。 주 경력이 무척 용의주도하군.

만약에 나중에 당신과 내가 자기 뒤를 캐고 다닌 걸 알면 원한을 품을
게 뻔합니다. '국에서 일이 나지 않으면 밥에서 난다'129)는 말처럼,
외려 그에게 해코지를 당하고 말겠지요. (…) 정말 그런 짓을 저질렀
다면 차라리 법도에 따라 처리하는 편이 낫습니다. 그래야 후환이 없
어요!"130)

그러자 정관도 맞장구를 쳤습니다. 하정인을 죽이고 나면 자기가
잠시라도 현의 원님 노릇을 하고 싶은 욕심에 말이지요. 주 경력은
사람들이 모두 새아 편을 드는 것을 보고 나서야 걱정할 필요가 없다
는 것을 확신하고, 이어서 말했습니다.

"우리 먼저 외부에서부터 확실하게 탐문하도록 합시다. 만약 손을
써야 한다면 … 내가 수염을 꼬는 것을 신호로 손을 써야 합니다?"

그런데 일행이 성문을 들어서자 온 성내 사람들이 한결같이 하정인
을 욕하는 것이 아닙니까. 그러자 동천연이 말했지요.

"그 이야기가 사실이었군요!"

---

129) 국에서 일이 나지 않으면 밥에서 난다[羹裡不着, 飯裡着]: '국에서 터지지
   않으면 밥에서 터진다羹裡不着, 飯裡着'는 명대의 속담으로, 이쪽이든 저
   쪽이든 언젠가는 문제가 발생할 수밖에 없다는 뜻이다. 때로는 《이각 박안
   경기》 제20권의 경우처럼 '국에서 터진 것이 밥에까지 미친다羹裡來的飯
   裡去' 식으로 사용되기도 한다.
130) 【즉공관 미비】天然亦如此。可知何道不善御人, 自送其死。천연도 이렇게 생각
   하고 있었군. 이제 보니 하 도사가 사람을 통솔하는 데 서툴러서 죽음을 자초한 것
   이었어.

일행은 그길로 현 관아로 가서 하정인을 만났습니다. 그러나 정인은 거만하게 앉아서 예절도 갖추지 않은 채 동천연을 내려다보면서 말했습니다.

"어떤 물건을 가지고 나를 보러 왔느냐?"

"서둘러 오는 바람에 미처 준비하지 못했습니다. 나중에 따로 사람을 시켜 보내 드리지요."

그러자 이번에는 주 경력을 보고 말하는 것이었습니다.

"너희가 내 현에는 어쩐 일로 왔느냐?"

그러자 주 경력은 그 위세에 주눅이 든 척하면서 말했습니다.

"이 현에서 … 누가 부인께 와서 고하기를, 대인[131]이 현의 여자들이 출가하는 것조차 허용하지 않을 뿐더러 … 돈과 식량까지 심하게 닦달하신다고 하더군요. 해서 … 부인께서 소관을 시켜서 아뢰라고 하셨습니다."

정인은 그 소리를 듣더니 탁자를 두드리면서 큰 소리로 욕을 퍼붓는 것이었습니다.

"이런 망할 년이 있나! 그년이 내 덕택으로 그 많은 땅을 빼앗더니

---

131) 대인大人: 명대의 존칭. 주로 고위 관리나 권문세족을 높여서 부르던 호칭이다.

호강에 겨운 게로구나? (…) 또 괜찮은 놈을 하나 꿰어 찬 게로군![132] 이렇게 무례할 수가 있나! (…) 네놈들도 물정을 모르기는 마찬가지다, 위아래도 모르는 것들 같으니!"

그러자 왕헌은 상황이 심상치 않은 것을 보고 주 경력을 거드는 척 하면서 앞으로 나와서 말했습니다.

"고정하시고 … 근본적인 해결책을 찾도록 하시지요. 소관이 잘 말씀드리겠습니다!"

그래서 정인이 이번에도

"해결책을 찾지 않으면 … 좋은 말을 해주지 않겠다 그거냐?"

하고 말하는 찰나, 주 경력이 수염을 꼬는 것이 아닙니까. 왕헌은 당장 사람들 틈에서 칼을 뽑아 하정인의 목을 향해 휘둘러 머리를 베었습니다. 그는 그 머리를 손에 들고 말했습니다.

"마님께서는 정인 한 놈만 죽이고 다른 사람들에게는 죄를 묻지 않겠다고 하셨다!"

정관은 자신이 임시로 현의 정무를 본다는 문서를 사람들 앞에서 알리고, 그길로 정인이 지난번에 관아에 억지로 붙잡아놓았던 여인과 소녀들을 모두 풀어주고 본가에서 데려가게 했습니다. 그리고 구역에 할당한 은자 역시 모두 면제해주었지요.[133] 그러자 내양현에서는 기

---

132) 【즉공관 측비】 猜得着。 정확히 맞추었군그래.

뻐하지 않는 백성이 없을 정도였습니다. 관아에는 금은보화가 잔뜩 쌓여 있었는데 그것들도 사람마다 조금씩 가져가게 했지요. 그러고 나서 몇 수레를 실어서 능라 비단과 함께 청주부로 보냈습니다. 주 경력 일행이 청주부로 돌아와 새아에게 경위를 보고하고, 각자 가서 휴식을 취한 것은 말할 필요도 없었지요.

산동 순안巡按[134] 김金 어사御史 쪽 이야기를 해볼까요? 김어사는 청주부를 빼앗기고 온지부까지 살해되자 조정에 장계狀啓를 올렸습 니다. 병부 상서兵部尚書[135]는 이 장계를 받자 지방의 중대사라고 판 단해 서둘러 조정에 보고했습니다. 그러자 조정에서는 즉시 총병관總 兵官[136] 부기傅奇를 파견해 병마 부원수兵馬副元帥[137]로 삼고 유기장 군遊騎將軍[138] 여효黎曉·내도명萊道明 두 사람을 선봉장으로 삼았습

---

133) 【즉공관 미비】鄭貫干上了, 却也行得好事。 정관이 일을 잽싸게 해치우는군. 그러 나 잘된 일이다.

134) 순안巡按: 명대의 관직명. 정식 명칭은 순안어사巡按御史로, 어명에 따라 각지를 순시하면서 관리 고과, 사건 심리 등의 임무를 수행했으며, 지부知 府 이하의 관리는 그 명령을 따라야 했다.

135) 병부상서兵部尚書: 명대의 관직명. 육부六部의 하나로 지금의 국방부에 해 당하는 병부兵部의 수장. 병부는 군사기무를 주재하는 상서를 중심으로 좌우 두 명의 시랑侍郎과 낭중郎中·원외랑員外郎·주사主事 등의 관리가 그 업무를 보좌했다.

136) 총병관總兵官: 명대의 관직명. 처음에는 군사를 먼 곳이나 전장에 파견할 때 임시 지휘관으로 총병관과 함께 부총병관副總兵官을 임명했다. 나중에 는 군무가 많아지자 한 지역을 관장하는 무관의 요직으로 굳어졌다. 일반 적으로 줄여서 각각 총병·부총병으로 부르곤 한다.

137) 병마 부원수兵馬副元帥: 근세의 관직명. 군사 통솔 및 작전 관련 업무를 관장하는 지금의 총사령관격의 병마대원수兵馬大元帥를 보좌했다.

138) 유기장군遊騎將軍: 명대의 관직명. 순찰·돌격의 임무를 수행하는 기병대

니다. 그러고는 경군京軍[139] 일만을 이끌게 하고 산동순무山東巡撫 도
어사都御史[140] 양여楊汝와 공조해서 약속한 날에 진군하여 적을 박멸
하기로 했지요. 군비와 군량 및 군사는 현지인 산동성 이외에도 하남
河南·산서山西 두 성에서도 편의에 따라 차출할 수 있게 했습니다.
부 총병관은 군사를 이끌고 총독부總督府[141]에 도착해 양 순무의 관
군에게 '조정에서 기필코 당새아를 사로잡으라고 하신다'는 명령을
전달했습니다. 그러자 양 순무가 말하는 것이었습니다.

"당새아의 요사스러운 술법은 신통력이 있어서 당장은 이기기 어
렵소. (…) 최근 주 경력이 등현의 허 지현, 임해위의 대 지휘와 함께
거짓으로 투항했소이다. 그러니 우리가 그 배후인 내양현을 공격하고
대 지휘와 허 지현으로 하여금 청주부 배후에서 치고 나오게 해서
앞도 뒤도 구원할 수 없게 만든다면 모두 승리를 거둘 수 있을 게요!"

그러자 부 총병이 말했습니다.[142]

를 통솔하는 장군으로, 때로는 유격장군遊擊將軍으로 부르기도 했다. 품급
은 종오품상으로, 정삼품인 참장參將보다 낮았다.
139) 경군京軍: 명대의 군사 편제. 북경에 주둔하면서 도성을 지켰던 군대로,
'경영京營'으로 부르기도 했다. 전국 위衛·소所에서 파견된 정예부대로 구
성되었으며, 평소에는 도성을 지키다가 전시나 비상시에는 주력군으로 투
입되었다.
140) 도어사都御史: 명대의 관직명. 감찰기관인 도찰원都察院의 수장으로, 좌도
어사와 우도어사를 아울러 부르는 이름이다. 예하의 부도어사副都御史·
첨도어사僉都御史의 보좌를 받아 절강浙江 등 13개 지역에 분소를 두고
내·외직 관리들을 감찰했다.
141) 총독부總督府: 명대의 관서명. 중앙정부에서 파견되어 지방의 군정을 관장
하는 총독總督이 공무를 처리하던 관아.

"그 계책이 아주 기막히군요!"

부 총병은 즉시 오천의 군사를 나누어 여효를 선봉으로 삼아 내양현을 공략하게 했습니다. 그러고는 도지휘 두충杜忠과 오수吳秀는 소환하고 고웅高雄·조귀趙貴·조천한趙天漢·최구崔球·밀선密宣·곽근郭謹 등 여섯 명의 지휘에게는 새로 차출한 이만의 군사를 이끌고 내양현에서 스무 리 떨어진 지점에 병영을 구축하고 다음 날의 공격을 준비하게 했습니다.

이 소식을 전해 들은 정관은 성문을 닫아걸고 그날 밤 바로 청주부에 급보를 전했습니다. 새아는 급보를 받자마자 장수들을 소집했지요.

"지금 부 총병이 대군을 이끌고 우리를 토벌하러 온다고 하니 내 직접 군사를 이끌고 가서 놈들을 물리치겠소!"

새아는 왕헌과 동천연에게 청주부를 지키게 하고, 마효량과 대덕여를 소환해 군사 일만을 이끌고 등현과 임해위의 삼십 리 이내 지점까지 진격해서 기습하는 적들에 대비하게 했습니다. 그리고 아무리 상대방이 '등현과 임해위의 군사'라고 해도 절대로 들여보내지 말라는 엄명을 내렸지요.[143] 그러자 주 경력은 속으로 죽는 소리를 했습니다.

---

142) 부 총병이 말했습니다[楊巡撫說]: 상우당본 원문(제1376쪽)에는 이 대목이 '양 순무가 말했다楊巡撫說'로 되어 있다. 그러나 전후 맥락을 따져볼 때, 양 순무는 이미 앞에서 전략을 설명했으며 자신의 전략에 대해서 '그 계책이 아주 기막히군요此計大妙' 하고 스스로 맞장구를 칠 수는 없다. '그 계책이 아주 기막히군요' 다음에 부 총병이 작전에 나서는 것을 보면 이 말은 부 총병이 한 말로 보아야 옳다. '양 순무가 말했다'는 오각이다.

143) 【즉공관 미비】 儘有兵機, 非酒色自敗, 勝之難矣。 군대에 기율만 갖추어져 있다

"이 여인이 이렇게 무서운 상대일 줄이야!"

새아는 이어서 방대를 소환해 오천의 군사를 이끌고 먼저 출발하게 했습니다. 그 뒤를 이어 자신도 군사 이만을 이끌고 내양현으로 와서 현에서 십리 떨어진 지점에 본영을 두고 전·후·좌·우와 정중앙에 모두 다섯 개의 병영을 구축했지요. 정중앙의 병영에는 유격대 두 부대를 배치하고 사방에 녹각鹿角·질려蒺藜·영삭鈴索144)을 나란히 설치했습니다. 그러고 나서 원문轅門145)을 달

녹각과 질려. 《삼재도회》

고 밥을 지어 먹은 후 잠시 휴식을 취하면서 '설사 적의 군사가 공격해 오더라도 함부로 움직이지 말라'는 명령을 내렸지요.

계속 이야기를 들려드리겠습니다. 여 선봉은 군사 오천을 이끌고

___

면 술이나 여색 때문에 스스로 무너지지 않는 이상 이기기 어렵지.

144) 녹각·질려·영삭: 중국 고대에 적의 공격으로부터 성이나 병영을 지키기 위하여 설치하던 방어 장비. 녹각鹿角은 사슴뿔처럼 갈라진 나무를 말한다. 질려蒺藜는 쇠로 마름쇠처럼 가시를 단 방어 장비로 기병의 공격을 방어하는 데에 주로 사용되었다. 영삭鈴索은 야간에 적의 기습을 알리기 위하여 줄에 방울을 달아 설치하던 장비이다.

145) 원문轅門: 고대의 군영 출입문. 고대에는 황제가 영토를 둘러보거나 사냥을 나갔을 때 행궁 주위에 수레들을 늘어놓아 울타리로 삼았는데, 출입구 쪽에는 수레 두 대를 하늘을 바라보도록 뒤집어 놓고 '원문'이라고 불렀다고 한다. 나중에는 군대를 통솔하는 장군의 군영을 드나드는 문을 가리키는 말로 사용되었다.

반나절동안 함성을 지르며 공격했습니다. 그런데 새아의 병영에서는 아무 동정도 보이지 않지 뭡니까. 그래서 즉시 사람을 보내 총병에게 여차저차하고 보고했지요. 부 총병은 양순무와 함께 장수들을 데리고 진두로 나서 운제雲梯146)에 올라갔습니다. 새아의 병영 쪽을 보니 병영이 가지런하게 배치되어 있고 장병들은 용맹한 데다가 깃발들도 선명하고 무기들도 번쩍거리는데, 갈색 비단 일산日傘 아래에 늠름하고 아름다운 여장수가 앉아 있는 것이 아닙니까. 그 좌우로는 젊고 고운 장군이 둘 섰는데, 하나는 소소이고 하나는 진영아로, 각자 북두칠성이 그려진 작은 검은 깃발을 들고 있었습니다. 또 아리따운 여자 둘도 군복을 입었는데,147) 하나는 소석석으로 보검을 받들고 있고, 하나는 왕교련으로 한 통의 활

운제. 《삼재도회》

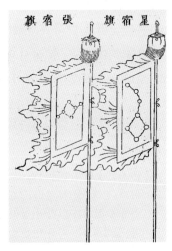

칠성기(오른쪽). 《삼재도회》

---

146) 운제雲梯: 중국 고대에 성채를 공격할 때 사용하던 사다리의 일종. 소방대의 사다리처럼 일반 사다리보다 상당히 길어서 높은 곳까지 올라갈 수 있었기 때문에 '구름까지 올라가는 사다리'라는 뜻에서 '운제'로 불렸다.

147) 【즉공관 미비】好看。볼만하구나.

과 화살을 받들고 있었지요. 병영 앞에는 북두칠성과 현천상제玄天上帝가 그려진 검은 깃발이 바람에 펄럭이며 서 있는 것이었습니다.

그 광경을 넋을 잃고 바라보던 총병은 운제를 내려와서 선봉에게 명령을 내려 고웅·조귀·조천한·최구 등을 이끌고 일제히 공격에 나서게 했습니다. 그러면 새아 쪽은 어땠는지 잠시 볼까요? 그 장면을 묘사한 시가 있습니다.

검의 빛이 움직이니 검은 서리 번뜩이고,	劍光動處見玄霜,
싸우고 돌아온 이 의기 한번 양양하다마는,	戰罷歸來意氣狂.
가소롭다 고금에 온갖 요망한 일들 모두,	堪笑古今妖妄事,
고당에 간 한바탕 봄날의 꿈처럼 덧없는 것을!	一場春夢到高唐.

새아는 원문을 열더니 방대로 하어금 군사를 이끌고 진격하게 했습니다. 이윽고 양쪽이 격돌하여 두 장수가 세 합을 싸우기도 전이었습니다. 새아가 조금도 당황하지 않고 입으로 주문을 외우기 시작했습니다. 그리고 작은 검은 깃발 두 개를 휘두르자 그 검은 기운이 병영 안으로부터 꾸역꾸역 밀려나오더니 여 선봉의 군사를 칠흑같이 뒤덮는 바람에 피아를 분간조차 할 수 없지 뭡니까! 여효는 당황해서 어쩔 줄을 모르다가 방대에게 정통으로 방천극方天戟[148]을 맞고 말에서 굴러떨어졌습니다. 여효는 머리가 깨져 뇌수를 쏟으면서 죽고 말았습니

---

148) 방천극方天戟: 중국 고대의 병기의 일종. 장대 끝에 강철로 된 뾰족한 날과 함께 한쪽에 초승달처럼 살짝 휜 작은 날이 부착된 창으로, 《삼국지연의三國志演義》에서 여포呂布가 사용한 방천화극方天畫戟과 같은 종류의 창이다. 다만 방천화극은 방천극의 날이나 자루를 화려한 무늬나 조각으로 꾸민 경우를 말한다.

다. 고웅과 조천한도 모두 사로잡히고 말았지요. 부 총병은 선봉이 불리해지자 패잔병들을 데리고 본영으로 철수하더니 어쩔 줄을 모르는 것이었습니다. 포로들을 사로잡은 방대는 고웅과 조천한을 병영으로 끌고 가서 새아와 대면시켰습니다.

방천극(동그라미 부분) 예시. 나관중 《삼국지연의》

"일단 현 관아에 가두어라. 회군한 후에 처리하리라!"

이렇게 말한 새아는 이번에는 방대에게 말하는 것이었습니다.

"오늘 이 싸움에선 놈들에게 이겼지만 놈들 본영의 군사들은 손실이 없었소. 내일 또 공격해 오면 차라리 놈들의 가쁜 숨이 가라앉기도 전에 놈들이 경황이 없는 틈을 타서 우리가 쳐들어간다면 완전히 승리를 거둘 것이 분명하오!"[149]

새아는 방대에게는 병영을 지키게 하고 강소를 선봉에 서게 했습니

---

149) 【즉공관 미비】 先發制人, 卽襲縣之故智。 먼저 공격에 나서 적을 제압하자는 게로군. 바로 현을 공격할 때 쓴 수법을 다시 써먹는구나.

다. 그리고 직접 군사 일만을 이끌고 은밀하게 부 총병의 병영 앞까지 접근해서는 함성을 지르며 일제히 공격해 들어갔습니다. 부 총병은 새아가 밤에 병영을 기습할 것에만 대비하고 있었을 뿐, 그녀가 대낮에 승세를 몰아 들이닥칠 줄은 생각도 못 했지요. 그래서 당황해 어쩔 줄을 모르면서 맞서 싸울 엄두조차 내지 못하지 뭡니까. 부 총병과 양 순무 두 사람은 말을 타더니 뒤로 도망쳐버리고 이만 오천이나 되는 관군은 일이천 밖에 되지 않는 적조차 이기지 못하고 모조리 투항하기에 바빴습니다. 새아는 이어서 좋은 말 일천여 필을 노획하고 군비, 군량과 무기까지 모조리 챙겨서 청주부로 돌아왔답니다.

군관들 중에 가까스로 도망쳐 나온 사람들은 부 총병을 따라 도당부都堂府150)로 와서 의논한 끝에 다시 장계를 올려 장병들을 추가로 파견해줄 것을 요청하려고 했습니다. 그러자 양 순무가 말했습니다.

"군사 삼사만을 잃고 많은 군관이 죽음을 당했소이다. 조정에서 알기라도 하면 우리에게 죄를 물을 것이 분명하오. (…) 등현의 허 지현은 청렴하고 유능한 충신으로, 주 경력·대 지휘와 공조해서 이 고을을 무사히 지키기 위해 두 사람 모두 계책을 써서 거짓으로 투항한 것으로 알고 있소. (…) 지금 주 경력은 적진에 있어서 나올 수 없겠지만 허·대 두 사람은 그대로 임지를 지키고 있지요. 그러니 차라리 은밀히 두 사람을 불러들이면 분명히 적을 무찌를 묘안이 생길 것이오!"

---

150) 도당부都堂府: 명대의 관서명. 명대에는 도찰원의 수장인 도어사都御史·부도어사副都御史·첨도어사僉都御史를 '도당都堂'이라고 별칭했으며, 이들이 공무를 처리하는 관아를 '도당부'라고 불렀다. 때로는 외지로 파견된 총독이나 순무 역시 도찰원 어사로 간주하여 '도당'으로 불렸다고 한다.

부 총병은 서둘러 사자를 보내 허 지현과 대 지휘를 총독부로 초대해서 새아를 무찌를 방안을 상의했습니다. 그러자 허 지현은 부 총병과 양 순무 두 사람에게 가까이 다가가 가만히 여차저차하고 말하더니

"이렇게만 하면 열흘도 지나지 않아 새아를 무찌를 수가 있소."

하고 말하는 것이 아닙니까. 그러자 부 총병이 말했습니다.

"그렇게만 된다면 내가 책임을 지고 장계를 올려 그대에게 큰 상을 내리시도록 보증을 서리다!"

허 지현은 총병151)에게 작별을 고하고 현으로 돌아왔습니다. 그러고는 대 지휘와 함께 각자 선물을 준비하고 심복을 보내 새아의 승리를 축하하는 한편 주 경력에게도 은밀히 기별을 전했습니다. 그러나 주 경력에게는 진작부터 계획이 있었지 뭡니까!

알고 보니 주 경력은 소소가 새아에게 상당한 총애를 받고 있는 데다가 싹싹하고 총명한 것을 알고 평소 꾸준히 그와 안면을 트고 막역한 사이로 지내면서 온갖 방법을 다 동원해 그의 기분을 맞추어 주고 있었습니다.152) 그래서 소소는 민망해하면서 이렇게 말했지요.

"저는 원래 나리께서 관할하시는 고을의 백성입니다. 그런데 지금 나리께서 이처럼 저를 보살펴주시니 몸 둘 바를 모르겠습니다."

---

151) 총병[總制]: '총제總制'는 명대에 지방의 군정을 관장하던 총독總督의 별칭이다. 여기서는 (부)총병을 가리킨다.
152) 【즉공관 미비】深心妙用。공을 들여서 기막히게 써먹는군.

"자네는 부인께서 사랑하시는 사람인데 어떻게 소홀히 대할 수가 있겠는가!"

"일가족이 다 해코지를 당하는 바람에 어쩔 수 없이 목숨을 부지하고 있을 뿐입니다. 사랑은 무슨 사랑입니까?"

"그런 말 하지 말게. (…) 자네 누이 둘이 부인을 측근에서 모시고 있지 않은가. 그런 영광이 어디 있겠나?"

그 말에 소소가 말하는 것이었습니다.

"누님은 강도놈한테 출가한 걸요. (…) 저 역시 아무리 이불 속에 있다고는 하지만 그래 봤자 범을 데리고 자는 격입니다. 이 심정이야 오죽하겠습니까?[153] (…) 동생도 그저 몸종 노릇만 하고 있으니 우리 일가족의 원한을 어디 가서 하소연하겠습니까!"

주 경력은 그가 이렇게 말하는 것을 보고 다시 말했습니다.

"그렇다면 … 기회를 봐서 불의에 맞서도록 하게. 그러면 조정에서도 분명히 큰 보답을 하실 게야. (…) 그러지 않고 훗날 부인이 패하기라도 하면 자네 같은 옥마저 돌들과 함께 불타버리고 말 걸세! (…) 자네는 부인과 잠자리를 같이 한 사람이니 더더욱 변명의 여지가 없지. 해코지를 당한 자네 일가족의 원수도 갚을 길이 없게 되는 것은 물론일세!"

---

153)【즉공관 미비】蕭韶亦是有志之人, 不爲色迷。소소 역시 뜻이 있는 사람이다. 여색에 눈이 어두워진 것이 아니었어.

"저도 일이 결국 그렇게 되고 말 거라는 것은 압니다. 그러나 …
벗어날 묘안이 없군요!"

"자네는 새아 곁에 있으니 … 이렇게 이렇게 해주기만 하면 되네.
(…) 외부에서 합세하는 일은 모두 내게 맡겨놓게나!"

그러고는 허·대 두 사람으로부터 온 소식을 그에게 알려주는 것이
었습니다. 그러자 소소는 반가워하면서 말했습니다.

"제가 일단 누이한테 알려서 한 편이 되도록 하겠습니다!"154)

계획을 잘 세운 두 사람은 중추절仲秋節이 되면 거사해서 자정이
지나 천등天燈155)에 불을 붙이는 것을 신호로 삼기로 했습니다. 주
경력은 즉시 이 소식을 허 지현과 대 지휘에게 알렸지요. 이것이 팔월
열이틀의 일이었습니다.

열사흘이 되자 허 지현과 대 지휘는 각자 유능한 포졸들을 파견했
습니다. 그리고 자신들은 각자 병사와 군관 삼사십 명을 데리고 미리
청주부로 잠입해서 사방에 매복하고 있다가 포를 쏘는 소리가 들리기
만 하면 주 경력과 합세해 반란군들을 진압하기로 했지요. 허 지현은
이어서 친아들 허덕許德에게 밀명을 내려, 주 경력과 미리 약속하여
'보름날 밤에 포를 쏘는 것을 신호로 청주부의 성문을 장악하는 일'을

---

154) 【즉공관 미비】有心人。 결기가 있는 사람이군.
155) 천등天燈: 공중 높이 단 등불. 고대 중국에서는 새해 첫날 밤이 되면 집집
마다 긴 장대 끝에 등을 매달아 이튿날 아침까지 불을 밝히곤 했는데 이를
'천등'이라고 불렀다. 지금은 섣달그믐 밤에 등롱을 걸고 이튿날 아침까지
불을 밝힌다.

모두에게 숙지시키게 한 것은 말할 필요도 없습니다.

계속 이야기를 들려드리지요. 소소의 두 누이는 왕교련과 진앵아에게 와서 바깥소식을 전했습니다. 그 두 사람은 원래 대 씨 댁의 세작이었으므로 당연히 각별히 유념하고 있었지요.

보름날 저녁이 되자 새아는 잔치를 열고 달구경을 하면서 잠시 술을 마시고 있었습니다. 그런데 가만 보니 왕교련이 와서 새아에게 이렇게 고하는 것이었습니다.

"오늘밤은 팔월 대보름으로, 유난히 환한 밤입니다. 더욱이 부 총병을 무찌르고 약간의 군비, 군량과 군사들까지 노획했습니다. (…) 저희는 마님의 총애를 입으면서도 보답할 길이 없었습니다. 해서 각자 마님께 생신 축하 인사라도 올릴까 합니다!"

박판.《삼재도회》

왕교련은 단목으로 만든 박판을 손에 들고 노래를 한 곡 불렀습니다. 그 내용은 이러했지요.

범이 삼강¹⁵⁶⁾을 건너니 빠르기 바람 같고,	虎渡三江迅若風,
용이 사해를 다투며 하늘까지 치닫는구나.	龍爭四海競長空。
빛이 번쩍이는 검술에 별과 같이 떨어지니,	光搖劍術和星落,
여우·토끼 죄다 숨어버리고 단번에 이기누나!	狐兎潛藏一戰功。

---

156) 삼강三江: 고대에 중국 각지의 하천들을 아울러 일컫던 이름.

새아는 노래를 듣고 몹시 즐거워하면서 큰 술잔으로 석 잔을 마셨습니다. 그러자 여인들은 저마다 차례로 술을 바치는 것이었지요. 그녀들은 모두 노래를 할 줄 모르는지라 왕교련이 대신 노래를 불렀습니다. 사람들은 새아를 만취하게 만들어야 손을 쓰기가 수월하다고 여겼지요. 전앵아도 축하주를 올리려고 하는데 새아가 말하는 것이었습니다.

"나는 충분히 먹었느니라. (…) 너희가 이렇게도 마음이 갸륵하구나! (…) 너희도 한 잔씩만 먹거라!"

새아는 또 스무 잔 넘게 마시는 바람에 진작에 거나하게 취하고 말았습니다. 여인들은 이번에는 노래를 부르고 춤을 추면서 번갈아 가며 술을 권해서 새아를 완전히 인사불성이 되게 만들었습니다. 새아는 앉은 자리에서 그대로 쓰러지고 마는 것이었지요. 그러자 소소가 말했습니다.

"마님께서 취하셨소. 다들 마님을 부축해서 방으로 모십시다!"

그러고는 소소가 새아를 끌어안자 사람들도 다 같이 다가와 방 안 침상으로 메고 들어가는 일을 도왔습니다. 소소는 사람들을 내보내고 나서, 새아의 옷을 벗기고 이불을 덮어준 다음 방문을 걸어 잠갔지요. 사람들은 그렇게 해서 각자 자러 가고, 미리 공모한 사람들만 잠을 자지 않고 새아의 소식을 기다렸습니다. 소소는 '혹시 새아가 일부러 취한 척하는 것은 아닐까' 싶어서 심지를 잘라 등불을 밝힌 다음 도로 침상으로 올라가 새아를 끌어안고 새아의 몸 위에 올라타고 일부러 그 일을 하는 시늉까지 했답니다. 그러나 새아가 어디 그것을 알 턱이

있습니까? 소소는 그렇게 한참 동안 새아를 어루만지고 쓰다듬다가
바깥에서 사람들이 모두 잠들어 조용해졌다 싶자[157]

'지금 손을 쓰지 않고 언제까지 기다리겠는가!'

하고 생각하면서 자리에서 일어나 서둘러 옷을 챙겨 입었습니다.
그러고는 침상맡에서 새아의 보검을 뽑더니 살그머니 이불을 걷었습
니다. 그러고 나서 새아의 목을 향해 온 힘을 다해 내려치니 어깻죽지
까지 베어지면서 두 토막이 나버리지 뭡니까! 새아는 잔뜩 취한 나머
지 꼼짝도 하지 않았습니다.
  소소는 허둥지둥 방을 나오더니 동생과 왕교련·진앵아를 보고 조
용히 말했습니다.

"새아를 처치했습니다!"

"동천연과 왕소옥 두 놈이 눈치를 채면 안 되니 몰래 놈들을 습격
하러 가세!"

왕교련이 이렇게 말하자 진앵아도

"맞는 말씀이오!"

하더니 칼을 들고 동천연이 있는 방 앞으로 가서 문을 두드리고 말했
습니다.

---

157)【즉공관 미비】有心人, 亦是硬心人。결기가 있는 사람이로군. 마음이 모진 사람이
     기도 하고.

"마님 몸이 편찮으십니다. 어서 일어나십시오!"

그 소리를 들은 동천연은 잠이 덜 깬 채로 허둥지둥 옷을 걸치고 방문을 열다가 미처 대비도 하지 못한 상태에서 진앵아가 휘두르는 칼에 맞았습니다. 그는 방문 앞에 쓰러져 버둥거리다가 다시 한 번 칼을 맞고 숨이 끊어져버렸지요. 왕소옥은 왕소옥대로 취해서 인사불성인 것을 사람들이 끌고 와서 죽여버렸답니다. 사람들이 말했습니다.

"해치우기는 했는데 … 우리는 어떻게 빠져나가죠?"

"당황할 것 없어요. 이미 약속이 돼 있으니까!"

소소는 이렇게 말하고 천등에 불을 붙여 장대 위로 끌어당겼지요. 얼마 지나지 않아 주 경력이 열 명 정도 되는 일군과 평소 거두었던 호걸들을 데리고 대문을 열더니 일제히 관아로 밀고 들어왔습니다. 그러자 소소는 주 경력을 보고 말했습니다.

"새아와 동천연·왕소옥을 모두 처치했습니다! (…) 이 관아에 있는 사람들은 전부 피해자들이니 나리께서 선처해주십시오!"[158]

"여러 말 할 것 없느니라. 관아의 금은보화를 각자 최대한 챙기도록 해라. 산처럼 쌓인 나머지 재물들은 모두 봉인을 하고 관청에 환수시킬 것이다."[159]

---

158) 【즉공관 미비】 蕭韶有主意。 소소도 생각은 있었군.
159) 【즉공관 미비】 周經歷有擘擅。 주 경력에게도 계획이 다 있었구나.

주 경력이 간음을 계기로 반군을 무찌르다.

주 경력은 이어서 그 세 사람의 목을 잘랐습니다. 그리고 소소 일행을 데리고 함께 청주부 관아의 대문을 열고 총통을 쏘았지요. 그리고 나서 가만 보니 합세하기로 약속했던 포졸 칠팔십 명이 전부 달려와서 주 경력과 합류하더니 절을 하면서 말하는 것이었습니다.

"소인들은 내양현과 임해위 두 곳에서 파견된 포졸들입니다! 강도들을 잡으러 왔습니다!"

"강도들은 모두 사로잡았다. 죽인 연놈들 머리는 여기 있으니 모두 나를 따르라!"

주 경력은 그길로 동문東門의 성 옆에 이르러 대포를 세 번 쏘고 나서 성문을 열었습니다. 그러자 허 지현과 대 지휘가 각자 군사를 오백 명씩 거느리고 성 안으로 밀고 들어오는 것이었습니다. 그러자 주 경력이 말했습니다.

"백성들하고는 상관이 없소. 새아는 죽였으나 아직 잔당은 박멸하지 못했으니 각자 군사를 나누어 가서 처치하도록 하시오!"

계속 이야기를 들려드리겠습니다. 왕헌과 방대는 대포 소리를 듣고 잠자리에서 일어났지만 무슨 영문인지 알 수가 없었습니다. 그래서 어쩔 줄을 모르고 있는데 주 경력이 이끄는 군사가 벌써 방대의 집 안으로 쳐들어오는 것이 아닙니까. 방대가 까닭을 물으려는 찰나, 옆에서 창이 튀어나와 방대의 목을 잘랐습니다. 대 지휘는 마효량과 대덕여를 사로잡았고, 전장의 허 지현은 강소·왕헌 등 열네 명을 해치웠습니다. 심인시는 두 달 전에 역병으로 죽는 바람에 없애지 못했지요. 주 경력은 군사들이 병변을 일으킬 것을 우려하여 급히 군령을 내렸습니다.

"관직을 가진 괴수들만 죽이고 병졸이나 양민에게는 죄를 묻지 말라!"

그 덕분에 그들은 모두 주 경력에게 투항했답니다.[160] 그러고 나서 허 지현은 사람들을 보고 말했습니다.

"이곳은 내양현과 사오십 리 떨어져 있다. 그 현에서는 아직 상황을 모를 것이다. 병가에서는 속전속결을 중요하게 여기는 법.[161] 나와 대 대인이 오늘 밤 그 현을 기습하러 갈 테니, 주 대인은 남아서 이 청주부 관아를 지키도록 하시오."

그러고는 두 사람은 군사 오천 명을 이끌고 내양현으로 쳐들어갔습니다. 허 지현이 거짓으로

"청주부에서 차출되어 이웃 현을 장악하러 가는 군사요!"[162]

하고 둘러대니 성 위의 군사들이 두 말 없이 그들을 성 안으로 맞아들이는 것이 아닙니까. 정관은 마침 재판정에 앉아 있다가 허지현이

---

160) 【즉공관 미비】得勝後, 要緊着。승리를 거둔 뒤가 아주 중요하지.

161) 병가에서는 속전속결을 중요하게 여기는 법[兵貴神速]: '병귀신속兵貴神速'은 삼국시대 위나라의 역사가 진수陳壽(233~297)가 편찬한 《삼국지三國志》〈위지魏志·곽가전郭嘉傳〉에서 유래한 말로, 전투에서는 적의 예측을 뛰어넘을 정도로 신속하게 작전을 펼쳐야 한다는 뜻이다.

162) 【즉공관 미비】卽用賽兒襲靑州故智。새아가 청주를 기습할 때 쓴 수법을 즉석에서 응용하는군.

이끌고 온 군사들에게 죽임을 당했습니다. 장천록·축홍 등은 당황해서 모두 투항했지요. 그 무리를 청주부로 끌고 가서 감옥에 가두고 처분을 기다리게 했습니다. 민심을 안정시킨 허 지현은 다시 청주부로 돌아가서 주 경력·소소 등과 함께 새아 등의 수급首級을 가지고 부 총병과 양 순무를 만나 새아의 일을 상세하게 고했습니다. 그러자 부 총병은

"여러분의 신묘한 계책에 놀랐소이다!"

하면서 칭찬을 아끼지 않는 것이었지요. 그리고는 즉시 승전을 알리는 장계를 작성하는 한편 귀경할 채비를 했습니다.163)

조정에서는 주 경력을 지주知州로, 대 지휘를 도지휘로 각각 승진시켰습니다. 그리고 소소와 진 앵아에게는 각각 순검巡檢164) 벼슬을 제수했으며165) 허 지현은 병비 부사兵備副使166)로 승진시켰지요. 나머지 사람들도 각자 지위의 높고 낮음에 따라 금화은자金花銀子167)와 예단을 상으로 내

금화은자

---

163) 【즉공관 미비】總兵巡撫因人成事而已。 총병과 순무는 그들 덕분에 성사시킨 것 뿐이지.
164) 순검巡檢: 중국 고대의 관직명. 오대五代의 후당後唐에 처음으로 설치되었으며 명대에는 현령의 관속으로 현의 치소에서 비교적 먼 군사도시[鎭市]나 관문[關隘]을 관리했다.
165) 【즉공관 미비】兩个標致巡檢。 둘 다 아름다운 순검이로고.
166) 병비 부사兵備副使: 명대의 관직명. 각 성省의 주요 거점 지역에 설치하고 군사측비 상황을 관장하는 관리를 '병비도兵備道'라고 불렀다. 부사副使는 병비도를 보좌하는 관리를 말한다.

렸답니다. 또 왕교련·소석석 등에게는 잘 어울리는 양민을 골라 출가하게 했지요. 새아가 패하고 나서야 뒤늦게 투항한 나머지 사람들에게는 투항을 인정하지 않고 따로 죄를 물었습니다.

이 이야기는 요망한 도술 때문에 목숨을 잃은 자들의 본보기라고 할 수 있겠습니다. 이 이야기를 증명하는 시가 있습니다.

사해를 누비매 살기가 하늘까지 치솟고,	四海縱[168]橫殺氣沖,
괜스레 여도적이 산동 땅 유린하더니,	無端女寇犯山東。
퉁소 부는 어느 밤 요망한 기운 다하자,	吹簫一夕妖氛盡,
달 이울고 꽃 지듯 바람에 자취 감추는구나.	月缺花殘送落風。

---

167) 금화은자金花銀子: 명대에 유통되었던 은자의 일종. 명대에는 조정에서 부세賦稅를 징수할 때 현물(미곡)을 원칙으로 삼았다. 그러나 일부 지역에서는 현물 대신 그 값에 해당하는 은자를 환산해서 납부했는데, 이를 '절색은折色銀·경고절은京庫折銀' 등으로 불렀다. 현존하는 기록에 따르면, 영종英宗 정통正統 원년(1436)에는 미米·맥麥 1섬[石]을 은 2전錢 5푼分으로 쳐서 납부했다고 한다. 조정에 징수된 이 은자들은 주로 황제의 하사품이나 무관의 녹봉으로 사용되었으며, 품질이 좋고 겉에 무늬가 새겨져 있어서 '금화은자'라는 별칭으로 불리기도 했다.

168) 【교정】 종횡[縱橫]: 상우당본 원문(제1390쪽)에는 '종'이 '따를 종從'으로 되어 있으나 전후 맥락을 따져볼 때 뒤의 '가로 횡橫'과 대비되는 의미를 가진 '늘어질 종縱'의 별자 또는 오각으로 보인다.

제32권

음행에 빠진 호 선비는 아내를 바꾸고
좌선하던 선사는 응보의 이치를 드러내다
喬兌換胡子宣淫 顯報施臥師入定

卷之三十二

喬兌換胡子宣淫 顯報施臥師入定 해제

　　이 작품은 남의 여자와 불륜을 저지르다가 패가망신한 사람의 이야기이다. 이야기꾼은 풍몽룡馮夢龍의 《정사情史》에 소개된 서주舒州 사람 유요거의 이야기를 앞 이야기로 들려주고, 이어서 소경첨邵景詹의 《멱등인화覓燈因話》에 소개된 철용鐵鏞의 이야기를 몸 이야기로 들려준다.

　　원대에 면주沔州 원상리原上里에는 아내의 미모를 자랑하는 풍조가 유행한다. 그 고을에서 으뜸가는 미인인 적狄 씨를 아내로 둔 대갓집 자제 철용鐵鏞은 고을 사람들이 적 씨에게 수작을 걸어도 성을 내기는커녕 오히려 흐뭇해한다. 그러면서도 자신은 자신대로 적 씨에 버금가는 미녀인 호수胡綏의 아내 문門 씨에게 눈독을 들인다. 그러던 어느 날, 호수 내외를 집으로 초대한 철용은 호수와 둘만 남았을 때 아내를 바꾸어 즐길 것을 제안하고, 마침 적 씨를 탐내던 호수도 처음에는 거부하는 척하다가 '기생 백 명을 사서 대접해주면 그렇게 하겠다'고 약속한다. 철용은 그 말에 큰돈을 들여 기생을 사서 호수를 접대하지만, 도리어 호수가 선수를 쳐서 만취한 그를 집까지 부축해 온 김에 적 씨와 정을 통한다. 서로에게 반한 호수와 적 씨는 마음 놓고 밀회를 가지기 위해 철용에게 이름난 기생을 소개해주고, 적 씨는 적 씨대로 호수가 건넨 술에 쉽게 취하는 약을 술에 타 철용에게 먹이고 정신이 몽롱해진 틈을 타 호수와 불륜을 저지른다. 기생과 약술에 몸이 축나 결국 몸져누운 철용은 대담하게도 철용의 집을 드나들면서 보란 듯이 음행을 즐기는 호수를 보자 자신이 귀신에게 홀린 줄 알고 요와선사了臥禪師를 불러 법회를 열고 자신을 지켜줄 것을 부탁한다. 그러던 어느 날, 기력을 회복한 철용은 호수가 음행의 대가로 성병에 걸린 것을 알고 병문안을 갔다가 문 씨와 정을 통하고, 그녀로부터 호수와 적 씨가 오래전부터 자기 몰래 불륜을 저질러온 사실을 전해 듣는다. 얼마 후, 호수가 병으로 죽고 적 씨까지 죄책감에 병들어 죽자 철용은 그제야 과거의 잘못을 뉘우치고 여색을 멀리하면서 수양에 전념한다.

○장안(서안)

● 면주(면현)
● 한중

○서주　　장　강

○평강(소주)

○수주(가흥)

● 옥사산(영신)

이런 가사가 있습니다.

대장부 한 손에 오구¹⁾ 들고,	丈夫隻手把吳鉤,
만 명이나 되는 적의 목을 베려 하지만,	欲斬萬人頭。
어이하여 쇠와 돌로,	如何鉄石,
만들어진 것 같던 그 의지가,	打成心性,
유독 꽃 앞에서만 무력해지는 걸까?	却爲花柔。
그대여 항적²⁾과 유계³⁾를 보시라.	君看項籍并劉季,

---

1) 오구吳鉤: '구鉤'는 원래 춘추시대에 유행한 날이 구부러진 칼을 말한다. 오吳나라 사람들이 구부러진 칼을 잘 만들었기 때문에 나중에는 이런 칼을 '오구'라고 불렀다고 한다.

2) 항적項籍: 전국시대의 군벌 항우項羽(BC232~BC202)의 본명. 항우는 유방劉邦과 함께 진 시황秦始皇에 맞서 천하를 다투면서 '서초 패왕西楚霸王'으로 일컬어졌으나 애첩인 우희虞姬에게 마음을 빼앗기는 바람에 유방과의 경쟁에서 결국 패하고 만다.

3) 유계劉季: 한나라를 세운 개국황제 유방을 말한다. 유방이 항우에게 고전할 때 본처인 여치呂雉는 정성을 다해 남편을 내조했다. 그러나 유방은 척 부인을 편애하여 자신의 후계자로 척 부인 소생의 조왕趙王을 세우는 등 여치의 애를 많이 태웠다. 유방이 죽은 후 권력을 장악한 여치는 연적이었던 척 부인에 대한 복수로 조왕을 독살하고, 척 부인의 손발을 자르고 눈알을 뽑고 독약을 먹여 벙어리로 만든 후 측간에 던져 '인간 돼지[人彘]'라고 불렀다고 한다.

성을 내면 사람들 두려워하게 만들지만,　　一怒使人愁,
하필이면 마주친 여인이,　　　　　　　只因撞着,
우희와 척 씨이다 보니,　　　　　　　虞姬戚氏,
호걸 둘 다 큰일을 그르쳤더란다!　　　豪傑都休。

항우와 우희의 사별을 극적으로 표현한 그림

　이 가사는 왕년에 어떤 현자가 지은 것입니다. 사람이 세상을 살아가는 데에 있어 여자는 대단히 중요한 요인으로 작용한다는 것을 이야기하고 있지요. 여러분이 제아무리 영웅호걸이고, 사람을 죽이고도 눈 하나 까딱하지 않는 냉혈한이라도 일단 반들반들한 머릿기름과 뽀얀 분을 바른 여인4)을 보기만 하면 피가 흐르는 그 몸뚱이도 금방 기운이 빠져버리고 말기 때문입니다. 초 패왕楚霸王이나 한 고조漢高祖를 예로 들더라도 그렇지요. 천하를 다투는 등 얼마나 대단한 영웅입니까? 그러나 한 사람은 죽기 직전까지도 우희虞姬를

---

4) 반들반들한 머릿기름과 뽀얀 분[油頭粉面]: 고대 중국에서 여자는 아름답게 보이기 위해 머리카락에 기름을 바르고 얼굴에 하얀 분을 발랐다고 한다. 여기서는 아름다운 여인을 두고 한 말이다.

잊지 못했고, 한 사람은 술에 취해서도 척 부인戚夫人에게 모질게 대하지 못했습니다. 그 바람에 그들에게 얽매여 온갖 모습을 다 보여주었지요.

그러니 보통 사람들은 오죽하겠습니까! 풍류를 안다는 젊은이치고 사랑을 안다 흥취가 있다 하는 자들은 아 그놈의 여자한테 코가 꿰어버리고 맙니다. 그러니 얼이 다 날아가고 넋이 다 달아나지 않을 수가 있겠습니까?5) 그러나 이것은 음덕과 상당히 많이 결부되어 있습니다.6) 그렇다 보니 남의 집 아내나 여인을 간음하지 않거나 남의 절개와 정절을 지켜준 사람은 알게 모르게 후한 보답을 받아서 장원壯元으로 급제하는 이도 있었고, 큰 벼슬을 지내는 이도 있었고, 귀한 아들을 얻는 이도 있었지요. 그래서 이들 중에는 더러 역사에 이름을 남기는 경우도 있었다는 것은 굳이 말할 필요도 없습니다. 그러나 간음을 탐하고 욕정에 휘둘려 못된 심보를 가지고 남의 집 아낙네들을 더럽히는 부류는 수명이 짧아지거나, 벼슬을 박탈당하거나, 그게 아니면 자기 아내나 여인이 그 응보를 받지 않은 경우가 한 사람도 없을 지경이지요. 심지어 저승에서조차 용서를 받지 못 했답니다!

우선 송나라 순희淳熙7) 연간 말기의 사례를 예로 들어보지요.8) 서

---

5) 얼[三魂]과 넋[七魄]: 사람의 영혼을 두루 일컫는 말. 고대 중국에서는 일반적으로 몸을 떠나서 존재할 수 있는 정신을 '혼魂', 몸에 붙어서 드러나는 정신을 '백魄'으로 구분했다. 도가에서는 이를 세분하여 사람에게 혼이 세 가지가 있고 백은 예닐곱 가지가 있다고 여겨 각각 '삼혼三魂'과 '칠백七魄'으로 일컬었다. 편의상 여기서는 전자를 '얼', 후자는 '넋'으로 구분했다.

6) 【즉공관 미비】着眼。주목할 대목이지.

7) 순희淳熙: 남송 제11대 황제 효종孝宗 조신趙眘(1127~1194)의 연호. 1174년부터 1189년까지 16년 동안 사용했다.

8) *본권의 앞 이야기는 풍몽룡馮夢龍《정사情史》권3의 〈유요거劉堯擧〉에서

주舒州9)에 유요거劉堯擧라는 수재秀才가 살았습니다. 그는 자가 당경唐卿으로, 아버지를 따라 평강平江10)에서 벼슬살이를 하게 되었습니다. 그런데 이 해에는 마침 가을 향시가 있어서 임지로 가는 길에 배를 한 대 빌려 수주秀州11)까지 가서 시험을 보기로 했지요. 배가 출발하자 당경은 고개를 들고 고물 쪽을 보다가 노를 든 사람을 발견하고 깜짝 놀랐습니다. 알고 보니 열예닐곱 살의 웬 미모의 여자가 살쩍과 묶은 머리를 곱게 드리우고 눈썹과 눈은 애교를 담고 있지 뭡니까! 차림이나 화장은 수수했지만 이런저런 맵시 있고 단아한 자태는 예사롭지가 않았지요. 고물에 서 있는 그 여자는 그야말로 가지 끝에 핀 해당화가 수면에 비스듬히 비치고 있는 것 같았습니다. 당경은 멀찍이서 바라보는 것으로는 부족했던지 좀 더 가까이서 여유롭게 바라보는데12) 저도 모르는 사이에 마음이 설레었습니다. 그는 배에서 꼼꼼하게 상황을 따져보더니 사공의 딸임을 눈치 채고 감탄하면서 말했습니다.

소재를 취했다.

9) 서주舒州: 송대의 지명. 지금의 산동성 등현滕縣 일대에 해당한다.

10) 평강平江: 남송대의 지명. 지금의 강소성 소주시 일대에 해당한다.

11) 수주秀州: 중국 고대의 지명. 오대五代의 오월국吳越國 때에 처음 설치되었으며, 북송대에는 양절로兩浙路, 남송대에는 양절 서로兩浙西路에 속했다. 대체로 지금의 절강성 가흥嘉興, 강소성 송강松江 등지에 해당한다.

12) 멀찍이서 바라보는 것으로는 부족했던지~[觀之不足, 看之有餘]: 원·명대의 속담. 미모가 사람의 눈길을 끌어서 아무리 보아도 성에 차지 않는 것을 가리킨다. 원대 극작가 범강范康?~?의 잡극 희곡 《죽엽주竹葉舟》에는 '멀찍이서 바라보는 것으로는 부족하고 데리고 놀기에는 여유로웠다觀之不足, 玩之有餘'(제1절) 식으로 사용되었다.

"예전부터 '오래 묵은 키조개에서 빛나는 진주가 나온다'[13]고 하더니 정말 이런 일이 다 있구나!"

배를 끄는 송대의 배끌이꾼들. 장택단, 〈청명상하도〉(부분).

당경은 그녀에게 한두 마디 말을 걸고 싶었지만 그 아버지가 함께 고물에서 노를 젓고 있는 것이 마음에 걸렸습니다. 그래도 '혹시 들키기라도 하면 어쩌나' 싶어서 애써 점잖은 척하면서 섣불리 고물 쪽을 똑바로 쳐다볼 엄두를 내지 못했지요. 그러나 이따금 그녀를 훔쳐보노라니 보면 볼수록 아리따워서 감정을 주체할 수가 없지 뭡니까. 아 그래서 속으로 꾀를 내어, '배가 무거워 속도가 더디면 제때에 도착할 수 없다'고 둘러대면서 사공에게 뭍으로 올라가 배를 끄는 것을 도우라고 시켰겠다? 그런데 알고 보니 이 배의 노인은 배 주인으로, 아들

---

13) 오래 묵은 키조개에서 빛나는 진주가 나온다[老蚌出明珠]: 명대의 속담. 늦둥이로 얻는 자녀는 용모가 빼어나다는 뜻이다. '방蚌'은 태호太湖 등지에서 나는 대형 민물조개의 일종으로, 진주를 만들어낸다. "오래 묵은 키조개에서 빛나는 진주가 나온다"는 때로는 "빛나는 진주는 오래 묵은 키조개에서 나온다[明珠出老蚌]" 식으로 사용되기도 한다.

하나와 딸 하나가 뱃일을 돕고 있었습니다. 이날도 아들 삼관보三官保가 아까부터 강기슭에서 배를 끌고 있던 참이었습니다. 그런데도 당경이 막무가내로 그 노인까지 뭍으로 올려 보내는 바람에 딸만 고물에서 노를 저었지요. 당경은 혼자 선창 안에 있다 보니 뜻대로 수작을 걸기에 딱 좋았습니다. 그는 일단 잡담거리를 좀 찾아서 그녀에게 말을 걸었습니다. 그런데 그가 열 마디를 하면 한두 마디 대답하기는 했지만 그 대답이 운치가 있고 마음을 설레게 만들지 뭡니까. 당경은 그녀가 대답을 하는 틈을 타서 그녀에게 눈짓을 했습니다. 그녀는 더러 수줍어하면서 시선을 피했지만 더러는 빤히 쳐다보면서 거절했습니다. 또, 당경이 다른 곳을 쳐다보느라 귀찮게 하지 않으면 그때는 또 차가운 말을 툭 던지고는 속으로 웃음을 참으면서 몰래 당경의 반응을 훔쳐보는 것이었습니다. 그야말로

겉으로는 아닌 척 꾸미지만, 　　　　　明中粧14)樣,
은근히 사람을 설레게 만드는구나!　　暗地撩人。

그래서 사람 얼이 다 달아날 지경이었습니다.15) 당경은 그녀를 아주 단단히 붙잡아 놓을 요량으로 상자를 열고 흰 비단 손수건을 한 장 꺼내 호두를 하나 묶더니 동심결同心結16)을 엮어서 여자 앞으로

---

14) 【교정】꾸미지만[粧]: 상우당본 원문(제1394쪽)에는 '중배끼(과자) 여粔'로 되어 있으나 전후 맥락을 따져볼 때 '꾸밀 장粧'이나 '단장할 장粧'의 별자로 사용되었다.

15) 【즉공관 미비】自是拿人的老手, 亦老江湖人物耳。唐卿自是酸子, 眼孔小。본래가 사람을 휘어잡는 고수이자 강호에서 잔뼈가 굵은 인물인 게지. 당경은 본래 샌님이다 보니 식견이 좁구나.

16) 동심결同心結: 명대의 장식물. 붉은 비단띠를 엮어서 만든 매듭 장식으로,

던졌습니다. 여자는 그것을 발견했지만 짐
짓 못 본 척 무심한 표정으로 노만 젓는 것
이었습니다. 당경은 여자가 정말 못 본 줄
알고 남이 눈치 챌까 조심하면서 수시로 눈
짓을 하고 손으로 가리키면서 그것을 주워
보게 했습니다.[17] 그러나 여자는 그래도 그
자리에 버티고 선 채 전혀 개의치 않는 눈치
였지요. 그러는 사이에 사공은 배를 묶었던

동심결

밧줄을 걷어서 배에 오르려고 하는 것이 아닙니까. 당경은 마음이 더
더욱 급해져서 손짓 발짓을 다 했습니다. 그래도 그녀가 꼼짝도 하지
않는 것을 보고 이제는 글렀다고 생각했지만 후회해도 소용이 없었지
요. 그렇게 되자 손을 쭉 뻗어서 도로 주워 오고 싶은 마음이 간절했
습니다.

　사공이 선창으로 내려오자 당경은 얼굴이 빨개지고 식은땀을 줄줄
흘리면서 정말이지 몸 둘 바를 모를 지경이었습니다. 그런데 가만 보
니 그 여자는 당황하지도 서두르지도 않고 슬쩍 발을 손수건 쪽으로
뻗어 신발 코에 그것을 걸더니 자기 쪽으로 끌어와서 치마 속에 감추
는 것이 아닙니까. 그러고는 천천히 몸을 숙여 소매 속에 넣고는 얼굴
을 붉히며 물 쪽을 바라보고 마냥 웃는 것이었습니다.[18][19] 당경은 그

전통적으로 남녀의 사랑이나 부부의 금슬이 영원히 변하지 않기를 비는 상
징물로 여겨졌다.

17)【즉공관 미비】唐卿嫩甚。당경이 무척 여리군.

18)【즉공관 미비】癡心人見之, 能不心死。집착하는 사람이 그녀를 보았으니 매달리지
않을 수 있나?

19)【즉공관 측비】老手, 却有趣。고수구나. 그래도 재미있군.

녀 때문에 애가 타던 차에 그녀가 딱 결정적인 순간에 움직여서 그것을 감추는 것을 보고 속으로 무척 감격하면서 더더욱 그녀의 매력에 빠져들었습니다. 이렇게 해서 두 쪽 다 서로에게 마음이 있다는 것이 확인된 셈이었지요.

그 이튿날이었습니다. 당경은 어제와 같은 말로 사공을 뭍으로 올려 보내서 아들과 둘이 배를 끌게 했습니다. 그러고 나서 당장 능글능글하게 여자에게 고맙다며 인사를 하는 것이었지요.

"어제 … 받아주어 고맙소. 안 그랬더라면 … 내 체면이 말이 아니었을 거요!"

"간이 크신가 했더니 … 그렇게 겁이 많은 분이었어요?"

여자가 웃으면서 이렇게 말하자 당경이 말했습니다.

"그대가 이처럼 경국지색에 이처럼 슬기로우니, 훌륭한 반려자를 만나야 어울릴 것이요. 그러나 … 지금은 화려한 봉황이 불운하게도 닭 둥지에 떨어진 격이니 어찌 안타깝다고 하지 않을 수가 있겠소!"

"선비님 말씀은 옳지 않습니다. 미인의 목숨이 짧은 것은 예로부터 그랬지요. 그러니 어디 소녀 한 사람뿐이었겠습니까? (…) 이 모든 것이 팔자에 정해진 일이니 어떻게 원망하겠습니까?"

여자가 이렇게 말하자 당경은 그 현명함에 더더욱 탄복하는 것이었지요. 이렇게 해서 두 사람은 의기가 투합하여 한 사람은 선창 안에서 한 사람은 고물 위에서 몇 자도 되지 않는 거리를 두고 서로 눈짓을 주고받으면서 사랑이 매우 깊어져 갔답니다. 다만, 사공이 아무리 뭍에 올라가 있다고는 해도 고개만 돌리면 금방 배 위 상황을 확인할 수가 있었습니다. 그래서 대화만 주고받을 뿐 아무 손도 쓰지 못한 채 괜히 속만 태우는 것이었지요.[20]

수주에 도착하자 당경은 따로 객줏집을 구하지 않고 그 배를 거처로 삼았습니다.[21] 과거를 보러 시험장에 가서도 당경은 그 여자를 마음속에서 떨쳐버리지 못했습니다. 그래서 시험 문제를 받자마자 일필휘지로 답안을 작성하고 부리나케 시험장을 나왔지요. 그가 서둘러 배로 돌아와서 가만 보니 사공 부자 두 사람은 선창에 아무도 없기도 하고 몸도 한가한 틈을 타서 딸에게 배를 잘 지키게 하고 성내로 물건을 사러 들어갔지 뭡니까.[22] 당경은 사공 딸만 배 위에 혼자 있는 것을 발견하고 '행운이 하늘에서 뚝 떨어졌다' 싶었습니다. 그래서 서둘러 배로 뛰어들더니 여자에게 물었지요.

"당신 아버지와 오라비는 어디 갔소?"

"성내에 가셨어요."

그러자 당경이 말했습니다.

"귀찮겠지만 아가씨 … 배를 조용한 곳으로 옮기고 이야기나 좀 나누는 게 어떻겠소?"

---

20) 【즉공관 미비】 一發難過。 더더욱 괴롭지!
21) 【즉공관 측비】 有意。 계산이 있는 게지.
22) 【즉공관 미비】 天與之緣, 何復奪之算。 하늘이 그에게 인연을 주셨는데, 그녀를 가질 방법을 모색하지 않고 무엇을 망설이겠나?

그는 말을 마치기가 무섭게 바로 가서 배를 맨 줄을 푸는 것이었습니다. 여자는 그의 속셈을 눈치 채고 서둘러 노를 움직여 아무도 왕래하지 않는 장소로 배를 옮겨놓았습니다. 그러자 당경은 잽싸게 고물 위로 뛰어 올라가 여자를 끌어안더니 말했지요.

　　"나는 지금 한창 왕성한 나이지만 아내를 들이지 않았소. (…) 나를 저버리지 않는다면 그대하고 백년가약을 맺을 것이오!"

　　그러자 여자는 그를 밀치더니 예의를 갖추어서 말했습니다.

　　"미천한 신분에 빼어난 용모도 아니오나 … 선생의 배필이 되기를 진심으로 바라나이다. 다만, … 마른 등나무나 하찮은 덩굴이 어디 감히 높디높은 소나무가 되기를 바라겠습니까? 선생이야 원래부터 푸른 구름을 품을 그릇이신데 … 훗날 어디 저처럼 천한 것한테 다시 눈길이나 주시겠어요? (…) 소녀, 그 말씀 받아들일 수 없사오니 자중하시기 바랍니다!"

　　당경은 그녀가 진지하게 말하는 것을 보더니 더더욱 사랑을 느꼈습니다. 욕정은 욕정대로 불처럼 활활 타오르는 것이었습니다. 그는 그녀를 얻을 수 없을까 봐 안달이 나서[23] 여자 등을 두드리면서 말했습니다.

　　"뭘 그렇게 빼고 그러시오? 나는 이틀 동안 당신한테 반해서 얼이 다 달아나버리는 바람에 내 감정조차 주체할 수 없을 지경이오. (…)

---

23) 【즉공관 측비】 不必。 그럴 필요까지야 ….

그동안은 당신에게 다가가 사사로운 사랑을 흐뭇하게 나눌 기회가 없는 것이 그렇게 속상할 수가 없었지! (…) 오늘 하늘께서 나를 도우셔서 우리 둘만 여기 있게 되었길래 '마음껏 즐거움을 누리고 평생의 소원을 이룰 수 있겠다' 싶던 참이오. 헌데, … 당신이 이렇게 단호하게 거절하니 다시는 희망이 없겠구려! (…) 사나이 대장부가 소원을 이루지 못할 바에야 이 목숨이 다 무슨 소용이 있겠소? (…) 당신이 어제 나를 위해 비단 손수건을 감추어주었으니 그 은혜가 적지 않소이다. 허나, … 이제 인연이 없다고 하니 내 이 한 목숨 죽어서 보답하는 수밖에 없구려!"[24]

하더니 바로 강으로 뛰어내리려는 것이 아닙니까! 그러자 여자는 서둘러 그의 옷자락을 붙잡으면서 말했습니다.

"성급하게 굴지 마세요. (…) 일단 의논부터 하시지요!"

당경은 그제야 몸을 돌려 그녀를 꼭 안으면서

"의논은 무슨 의논이요!"

하더니만 그녀를 끌어안고 선창 안으로 들어가 동침하는 것이었습니다. 그 즐거움은 너무도 커서 정말 값진 보배를 얻은 것 같았지요. 일이 끝나자 여자는 몸을 일으켜 흐트러진 머리를 쓸어 올리더니 당경의 옷매무새를 고쳐주고[25] 나서 말했습니다.

---

24) 【즉공관 미비】 旣肯移船, 卽不必發極, 唐卿眞是嫩貨。 기왕에 배를 옮겨놓을 작정이었다면 언짢아할 것도 없지. 당경은 정말 마음이 여린 자로군!

25) 【즉공관 측비】 老手, 必非處子矣。 고수로군. 분명히 처녀는 아닐 게야.

"외람되게도 선생께서 사랑을 주시니 부끄러움을 무릅쓰고 뜻을 받잡습니다. 비록 한 순간의 사랑이지만 그 의리는 쇠나 바위만큼이나 단단합니다. 훗날 남겨진 꽃술 진 꽃떨기 같은 소녀가 흐르는 물에 허무하게 사라져버리지 않게 해주십시오!"

"그대의 아름다운 사랑을 얻었는데 어찌 그 맹세를 저버리겠소? 이제 급제자 발표가 임박했으니 만약 작은 벼슬이라도 얻는다면 기필코 예의를 갖추어 아내로 맞아들여 화려한 저택에 모시도록 하리다!"26)

두 사람은 이렇게 해서 각별한 금슬과 사랑으로 한바탕 즐겁게 웃는 것이었습니다. 그러고 나서 여자가

"아버지가 성내에서 돌아오실지도 모르니 배를 원래 자리로 돌려놓겠습니다."

하자 당경은 당경대로 일부러 내렸다가 사공이 돌아오고 나서야 다시 배를 탔습니다. 덕분에 아무도 두 사람의 일을 알지 못했답니다. 그러나 누가 알았겠습니까.

컴컴한 방에서 떳떳치 못한 짓을 벌여도,	暗室虧心,
천지신명의 눈은 번개처럼 밝으신 것을!	神目如電。

당경의 아버지는 평강 임지에서 아들이 과거시험을 보러 갔다는

---

26) 【즉공관 미비】倘無寸進, 將如何。非有成算者。 그 작은 벼슬조차 얻지 못하면 어쩌려고 그러나! 계획성이 있는 자는 아니로군.

소식만 학수고대하고 있었습니다. 그러던 어느 날이었습니다. 저녁에 꿈을 하나 꾸었는데 그 꿈에서 누런 옷을 입은 사람 둘이 나타났지 뭡니까. 그 둘은 손에 종이를 한 장 들고 갑자기 들이닥쳐서 이렇게 알려주는 것이었습니다.

"궁궐에 방이 붙고 영식이 장원으로 급제했소이다!"

그런데 바로 그때 옆으로 누가 지나가다가 그 종이를 냅다 잡아채더니 말하는 것이었습니다.

"유요거는 최근에 양심을 저버리는 짓을 해서 진작에 낙제로 처리되었소!"

그 서슬에 아버지가 깜짝 놀라서 깨고 보니 꿈이었습니다. 가민히 생각하니 꿈이 괴이하기도 하고 아들이 무슨 일을 저질렀는지도 몹시 궁금했지요. 꿈속에서 한 그 말대로라면 아들이 입신양명하기는 틀린 것 같았습니다.

아닌 게 아니라 수주에서 급제자를 발표했는데 당경은 급제하지 못했지 뭡니까! 알고 보니 시험장의 감독관은 당경이 답안을 아주 잘 작성했다고 여기고 그를 장원으로 정하려 했는데, 다른 감독관 하나가 다른 사람 답안을 낙점하고 당경을 차석으로 정하려 하는 바람에 실랑이가 벌어졌다지 뭡니까. 당초의 감독관은 그 결정에 반발하면서

"만일 차석으로 삼겠다면 차라리 이번에는 뽑지 말고 다음번 과거까지 유보하도록 합시다. 장원이 아닌 것이야 두렵지 않지만 뽑아주고도 그를 욕보여서는 안 되지요."27)

하고 욱해서 당경을 낙제로 처리해버렸다는 것이었습니다.

이때 당경이 배에서 기다리고 있는데 가만 보니 다들 왁자지껄하면서 각자 여기저기 돌아다니며 급제 소식을 전하는 것이었습니다. 그러나 당경의 배만 조용하니 귀신 하나 얼씬하지 않았지요! 그는 '틀렸다' 싶어서 한숨만 쉴 뿐이었습니다. 고물 위의 그 여자도 실망했던지 몰래 눈물을 흘리는 것이었지요. 당경은 할 수 없이 아무도 없을 때 좋은 말로 그녀를 위로하고 그 배로 집으로 돌아가서 부모에게 도착 인사를 했습니다. 그러자 아버지는 꿈에서 들은 말을 언급하면서 아들에게 묻는 것이었지요.

"나는 이런 꿈을 꾸어서 네가 낙방할 줄 진작에 알고 있었느니라. 헌데, … 무슨 양심을 저버리는 일이라도 한 게냐?"

그러자 당경은 입으로는

"절대로 그럴 일은 없었습니다."

하고 발뺌했습니다만 속으로는 무척 놀라서

'그런 일이 다 있었단 말인가?'

하고 반신반의했습니다. 그러다가 나중에 시험장에서 그런 일이 벌어진 것을 알게 되었지요. 그제야 자신이 급제하지 못한 것이 음덕을 해치는 바람에 입신양명에 차질이 빚어진 것임을 깨달았습니다. 그는 속으로 후회가 좀 되기는 했지만 그래도 변함없이 그 여자를 마음에

---

27) 【즉공관 미비】 考官誤人多矣。 시험 감독관이 여러 사람 망치는구먼.

서 놓지 않았습니다. 다음 번 시험에서 당경은 정말 장원으로 급제했습니다. 그래서 여자와의 지난번 약속을 떠올리고 가는 곳마다 그녀를 찾았지만 끝내 그 행방이 묘연하여 어디로 가버렸는지 알 길이 없었지요.28) 나중에 당경은 비록 급제하기는 했지만 평생토록 이 일을 애통하게 여겼답니다.29)

손님들, 보십시오. 유당경은 바로 이 한 번의 잘못 때문에 과거시험에서 좌절하는 벌을 받고, 나중에는 사랑했던 여자와의 상봉조차 이루지 못하고 말았습니다. 아마도 그녀가 그의 인연이 아니다 보니 음덕에까지 누가 미치게 된 것이겠지요. 세상 사람들에게 부탁합니다. 절대로 경거망동하여 남의 집 여인을 농락하지 마십시오.30) 옛날 사람들이 잘 말해주었습니다.

내가 님의 아내나 여인을 탐하지 않으면,	我不淫人妻女,
내 아내나 여인도 결코 남을 탐하지 않지만,	妻女定不淫人。
내가 만일 남의 아내나 여인을 탐하면,	我若淫人妻女,
내 아내나 여인도 똑같이 남을 탐할 것이다!	妻女也要淫人。

이번에는 소생이 남의 아내나 여인을 탐하고 내 아내와 여인이 남을 탐하는 바람에 인과응보가 돌고 돈 이야기를 하나 들려드리겠습니

---

28) 【즉공관 미비】 卽不第, 以一貴家子, 豈不能得一舟中女, 而必待成名方踪跡之乎。唐卿自是無志人。아무리 급제하지 못했다고 해도 그렇지 명색이 귀한 집 자제라는 자가 어떻게 한 배를 탔던 여자 하나 얻지 못하고 꼭 과거에 급제하고 나서야 그 행방을 찾아다닌단 말인가! 당경은 애초부터 의지가 없는 자였나 보다.

29) 【즉공관 미비】 不得不恨。한스럽게 여기지 않을 수가 없지.

30) 【즉공관 미비】 好話有益。좋은 이야기는 보탬이 되는 법.

다.31) 원나라 때 면주沔州32)의 원상리原上里에 한 대갓집이 있었습니다. 성은 철鐵33)이요 이름은 용鎔으로, 그 선조가 수의어사繡衣御史34)를 지낸 집안이었지요. 그는 적狄 씨를 아내로 맞아들였는데, 자태와 용모가 아리따워서 그 명성이 그 고을에서 으뜸이었습니다. 그 한중漢中35) 땅 면주 고을의 풍속에는 여자들이 놀기를 좋아해서 명문대가에서는 앞다투어 자기 여인들의 아름다운 모습을 자랑하곤 했습니다. 한 집안에서 아름다운 아내를 맞아들이기라도 하면 남들이 모르기라도 할세라 동네방네 떠벌리고 바깥에 나가 놀면서 사람들에게 선보이느라 바빴습니다. 매번 꽃 피는 이월 보름이나 보름달 뜨는 팔월 대보름만 되면 처녀총각들이 왁자지껄 떠들며 어울리고, 사람들이 인산인해를 이루어 어깨를 스치고 등이 닿거나 눈짓을 하고 마음을 주고받는 것도 태연하게 받아들이며 대수롭지 않게 여길 정도였습니다. 또, 저녁이 되어 집에 돌아갈 때가 되면 길에서도 '누구네가 일등이고 누

---

31) * 본권의 몸 이야기는 명대의 소설가 소경첨邵景詹(16세기)이 지은 《멱등인화覓燈因話》 권2의 〈와법사입정록臥法師入定錄〉에서 소재를 취했다.

32) 면주沔州: 고대 중국의 지명. 지금의 섬서성陝西省 면현勉縣 지역으로, 처음에는 '면주'로 불리다가 명대에 이르러 면현沔縣으로 개칭되었다.

33) 【교정】철鐵: 상무당본 원문에는 '철鋏'로 나오는데, '쇠 철鐵'의 별자여서 일률적으로 정자로 바꾸었다.

34) 수의어사繡衣御史: 전한의 관직명. 한 무제漢武帝가 천한天漢 2년(BC99)에 광록대부光禄大夫 범곤范昆과 이전에 구경九卿을 지냈던 장덕張德 등을 어사로 임명했는데, 이들이 자수를 놓은 비단옷을 입고 황제가 내린 부절符節과 호부虎符로 군사를 동원해 농민의 반란을 진압했다고 한다. 때로는 수의직지繡衣直指·직지사자直指使者 등으로 불리기도 했다.

35) 한중漢中: 중국 고대의 지역명. 전국시대에 이 지역이 한수漢水의 중류에 자리 잡고 있다고 해서 '한중'이라고 부르게 되었다. 지금의 섬서성 진령秦嶺 이남에 해당한다.

구네가 이등'이라는 식으로 한 사람 한 사람 평가하는 일도 비일비재했지요. 그러다가 정말 괜찮은 사람이 화제에 오르기라도 하면 모두들 떠들고 농담을 하면서 서로 칭찬하고 부러워하곤 했는데 그 여자의 남편이 듣고 있든 말든 아랑곳하지 않았습니다. 설사 그 남편이 그런 소리를 듣는다 해도 '남들이 내 아내를 아름답다고 칭찬하나 보다' 하고 여기면서 은근히 흐뭇해할 뿐 한두 마디 그에게 농담을 던져도 언제나 마음에 두는 법이 없었답니다.36) 지원至元37) 및 지정至正38) 연간에 이르러 이 같은 풍조는 더더욱 극심해졌습니다.

철 선비는 아름다운 아내를 맞아들이자 그녀를 데리고 여기저기 휘젓고 다니고 싶은 마음이 간절했습니다. 그렇게 가는 곳마다 자기 아내를 본 사람치고 혀를 차면서 칭찬하지 않는 사람이 없을 정도였거든요! 철 선비와 알고 지내는 사람들은 또 그들대로 그녀를 희롱하기도 하고 미모를 칭찬하기도 한 것은 굳이 말할 필요도 없었습니다. 안면이 없는 사람조차 적 씨를 보고, 또 그녀가 철 선비의 아내라는 사실을 알기만 하면 접근해 억지로 친분을 맺고 온갖 말로 추근대고 술과 음식으로 유혹하곤 했습니다. 그러면서 그가 인연이 있는 사람입네 복이 있는 사람입네 하면서 다들 그의 비위를 맞추기에 바빴지요.

그래서 철 선비는 집을 나설 때 몸에 돈을 지닐 필요가 없었습니다.

---

36) 【즉공관 미비】無恥極矣。 정말 부끄러움이 없구나.
37) 지원至元: 원나라의 초대 황제 보르지긴 후빌라이孛兒只斤 · 忽必烈(1215~1294)가 사용한 연호. 1264년부터 1294년까지 31년 동안 사용했다.
38) 지정至正: 원나라 제11대 황제 보르지긴 토곤테무르孛兒只斤 · 妥懽帖睦爾(1333~1370)가 사용한 마지막 연호. 1341년부터 1370년까지 30년 동안 사용했다.

그런 패거리들이 자진해서 그를 데리고 가서 술도 내고 고기도 사고 해서 늘 술과 음식을 실컷 먹고 돌아올 수 있었거든요!39) 그렇다 보니 온 고을 안팎에 사는 사람치고 그를 모르는 사람이 하나도 없을 정도였고, 엉큼한 마음을 품고 그의 아내에게 수작을 걸려고 들지 않는 사람이 하나도 없을 정도였습니다. 다만, 철 선비는 대갓집 출신인 데다가 사람 됨됨이가 좀 강직하고 사나워서 특별한 이유가 없는 한 함부로 그의 성미를 건드리지는 못했지요. 그래서 그저 군침이나 흘리고 눈요기나 하면서 입방정만 떠는 정도에서 그칠 수밖에 없었습니다. 옛날사람도 이런 말을 남겼지 않습니까.

재물 관리가 느슨하면 도둑을 부르고,　　　　　謾藏誨盜,
용모가 너무 화사하면 간음을 부른다.40)　　　　冶容誨淫。

적 씨가 이렇게 아름다우니 이런 풍속이 유행하는 상황 속에서 어떻게 그녀가 맑고 깨끗하게 세상을 살아나가게 내버려둘 리가 있겠습니까? 당연히 사달이 날 수밖에 없었지요. 아닌 게 아니라 이런 말도 있지 않습니까.

"볼거리가 없으면,　　　　　　無巧
이야깃거리가 되지 않는다."　　不成話。

---

39)【즉공관 미비】所謂有妻祿。이른바 마누라 복이 있는 경우로군.

40) 재물 관리가~:《주역周易》〈계사 상繫辭上〉에 나오는 말. 재물을 제대로 관리하지 않는 것은 도둑을 부르는 것과 같고, 여자가 차림을 너무 요염하게 하면 간음을 부르는 것과 같다는 뜻이다.

음행에 빠진 호 선비가 아내를 바꾸다.

당시 같은 마을에는 성이 호胡, 이름이 수綏인 사람이 살고 있었습니다. 아내는 문門 씨로, 아주 귀엽고 아리따웠지요. 물론, 적 씨보다는 좀 못하지만 그래도 상위권의 자색을 가진 셈이었습니다. 만약에 적 씨만 없다면 아무도 그녀와 비교가 되지 않을 정도였지요. 그런데 이 호수역시 풍류가 넘치고 방탕한 사람이었습니다. 그러나 그녀가 아무리 이처럼 대단한 자색을 가졌어도 적 씨에게는 한 수를 접어야 한다고 생각하니 정말 속으로 승복할 수 없지 뭡니까. 아 그랬는데 철 선비가 문 씨를 보자 그녀를 흠모하게 될 줄이야! 그는 그물질 한 번으로 그녀까지 사로잡아 두 미인을 모두 거느려야 속이 후련해지겠다고 생각했습니다. 그래서 두 사람은 각자 상대를 속일 속셈을 품고 서로 돈독한 교분을 나누면서 내왕했습니다. 아내를 서로 바꾸어 쓰는 것조차 마다하지 않겠다는 속셈이었던 거지요![41]

철 선비는 성격이 강직했지만 호 선비는 교활하기 짝이 없었습니다. 그래서 철 선비는 호 선비 앞에 있을 때면 어김없이 그의 아내를 유혹하고자 하는 뜻을 드러내곤 했습니다. 호 선비는 호 선비대로 그 상황을 역이용해 자신의 뜻을 굽히고 그런 제안을 거꾸로 철 선비에게 하면서 더 이상 거절하지 않았지요. 철 선비는 '호 선비하고 말이 좀 통하니 어쨌든 일을 도모할 수 있겠구나' 하고 여겼습니다. 그러나 호 선비 역시 그 기회를 타서 적 씨를 유혹하려고 작정했으면서도 전혀 내색하지 않고 있다는 사실은 모르지 뭡니까.[42] 한번은 철 선비

---

41) 【즉공관 미비】俱不知足, 所以俱敗家風。둘 다 만족할 줄 몰라서 똑같이 가풍을 망가뜨린 것이다.

42) 【즉공관 미비】畢竟深心者事先成, 而報亦速。어쨌든 속 깊은 사람이 일을 먼저 이루기 마련이지. 물론 응보도 빠를 것이고.

가 적 씨를 보고 말했습니다.

　"남들이 다들 당신은 으뜸가는 미색이라고들 하지. 허나, … 내가 보기에 호 선비의 아내도 당신보다 못하지 않습디다. 어떻게든 수를 써서 손에 넣고 말겠어! (…) 사람이 한 세상을 살면서 미인 둘을 다 차지할 수 있다면 죽어도 여한이 없을 게요!"

　"당신은 호 선비와 그렇게 사이가 좋으면서 이야기도 사실대로 털 어 놓지 못해요?"[43)]

　적 씨가 이렇게 말하자 철 선비가 말하는 것이었습니다.

　"내가 전번에 그런 의향을 살짝 내비쳤더니 그자도 이상하게 여기 지 않습디다. 그렇기야 하지만 … 어떻게 직설적으로 털어놓을 수가 있겠소? 아무래도 당신이 대신 앞장을 서줘야 성사시킬 수 있겠어. (…) 당신이 시샘을 할까 걱정이긴 하지만 …."

　"저는 지금까지 질투심은 품은 적이 없어요. 도와드릴 수 있을 일이 라면 안 도와드린 적이 없지 않아요? 다만 한 가지, … 여인을 사고파 는 일만은 … 각자 가정이 딸려 있는데 어떻게 그녀를 유혹할 수 있다 는 거예요? (…) 당신이 호 선비 내외하고 같이 내왕하는 사이가 되어 아내도 마실을 다니고 자식들도 서로 알고 지내서 서로 거리낌이 없 어야 해요. 그렇게 늘 그녀를 우리 집안으로 끌어들일 수 있어야 기회 를 봐서 당신이 손을 쓸 수 있게 되지 않겠어요?"

---

43) 【즉공관 미비】 便有機械。 장치가 있는 게야.

"현명하신 마님 말씀이 아주 일리가 있으십니다요!"

철 선비는 이때부터 호 선비와 더욱 가까워져서 수시로 그를 집으로 불러 술을 마셨습니다. 심지어 그 아내까지 초대해서 적 씨에게 접대를 하게 했지요. 그는 바깥에서 이름난 기생과 한량들까지 두루 불러 농담을 하고 기분을 맞추게 했습니다. 물론, 그것은 호 선비가 즐거워하도록 기분을 맞추거나, 문 씨의 주의를 끌고자 하는 의도도 있었지요.44) 잔치가 벌어지자 적 씨는 문 씨를 안내해 안채 발 너머로 바깥을 훔쳐보게 했습니다. 그녀가 음란하고 외설적인 바깥의 광경을 지켜보노라니 벌이지 않는 짓이 없을 정도이지 뭡니까. 여러분이 아무리 목석이라고 해도 욕정이 동할 지경이었답니다. 철 선비와 호 선비는 둘 다 불량한 마음을 품고 각자 풍류를 자랑하면서 미인들마음을 움직이려고 애를 썼답니다. 그랬더니 발 뒤에서 지켜보던 여인이 먼저 한 사람의 욕정을 자극할 줄 누가 알았겠습니까! 그게 누구냐고요?

알고 보니 문 씨는 둘이 같이 안에서 훔쳐보기도 했지만 그래 봤자 손님의 몸이었습니다. 그렇다 보니 아무래도 절제심을 조금은 가지고 있었습니다. 자기 집에서 원 없이 눈요기를 하면서 욕정을 일으키는 적 씨처럼 행동할 수는 없었지요.45) 호 선비는 철 선비와 비교할 때 용모만 뛰어난 것이 아니었습니다. 풍류가 넘치는 신분에다 부드러운 성격 하며 자기 분야에서의 전문성 등에서 철 선비보다 훨씬 뛰어났

---

44) 【즉공관 미비】賠了夫人又折兵, 鐵生之謂也。 부인을 잃고 군사까지 잃었다더니 그것이 철 선비를 두고 한 말인가 보다.

45) 【즉공관 미비】自招之, 尤開門揖盜。 자초한 게지. 게다가 문을 활짝 열고 도둑에게 [어서 오시라고] 절을 하는 격이지.

지요. 그렇다 보니 적 씨는 거꾸로 그가 마음에 들어서 수시로 발 너머에서 얼굴을 드러내고 그를 유혹하면서, 갈수록 의도적으로 술과 안주들을 챙기며 조금도 지치는 기색이 없는 것이었습니다. 철 선비는 '아내가 내조를 하는 것'으로만 여기고 속으로 흐뭇해할 뿐 어디 그 속마음을 알 수가 있었겠습니까?[46]

철 선비는 술을 마시고 나서 호 선비를 보고 말했습니다.

"호 형과 나는 각자 고운 아내를 얻었고 거기다 둘이 사이도 아주 좋으니 각별한 관계라고 할 수 있겠소이다!"

그러자 호 선비가 겸손하게 말하는 것이었지요.

"제 처는 보잘것없는 여자입니다. 완벽하신 형수님 미모에 어디 비길 수나 있겠습니까!"

"소생이 보기에는 막상막하올시다. 다만 한 가지, … 호 형과 내가 각자 자기 것만 지키고 있으면 별로 재미가 없소이다. (…) 우리 미친 짓 좀 해봅시다그려! 서로 바꾸어서 한번 쓰면서 그 아름다움을 공유하도록 하는 거 … 어떻습니까?"

그 말은 호 선비의 의도와 딱 맞는 소리였습니다.[47] 그러나 호 선비는 일부러 이렇게 대답했지요.

---

46) 【즉공관 미비】癡漢。단단히 미친 자로군.
47) 【즉공관 미비】良心已喪, 安得不敗壞。양심이 사라졌는데 어떻게 [가풍이] 더럽혀지지 않을 수가 있겠나?

"제 아내는 보잘것없는 여자올시다. 과분한 칭찬을 하시지만 소생이 아무리 생각해봐도 어떻게 형수님을 범할 수가 있겠습니까? 그런 짓은 정리상으로 옳지 않지요!"

그러자 철 선비는 웃으면서 말했습니다.

"우리가 술에 취해 이런 농까지 하는구려! 정말 전혀 격의가 없다고 하겠소이다!"

그러고는 둘 다 크게 웃고 헤어졌습니다.
철 선비는 집에 들어오더니 술이 취한 채로 적 씨를 보고 그 아래턱을 치켜들면서 말했습니다.

"당신을 호 가네 여자하고 좀 바꿔 썼으면 하는데 … 어떻소?"

그러자 적 씨는 일부러 욕을 하는 것이었습니다.

"미친 작자 같으니! (…) 당신은 훌륭한 집안의 자제잖아요! 남의 마누라를 훔치겠다고 자기 아내 몸을 다 버리려고 들다니! 정말 부끄럽지도 않은가 보군요. 그런 소리를 다 내뱉다니!"[48]

"어쨌든 간에 두 집안이 잘 지내기로 한 이상 서로 덕을 좀 보면 또 어때서!"

---

48) 【즉공관 미비】鐵生癡甚, 胡生可恨, 狄氏尤恨。철 선비의 집착이 심하구나. 호 선비가 원망스럽고 적 씨는 더더욱 원망스럽다!

"저야 안에서 당신 기분을 맞추어주는 건 얼마든지 할 수 있어요. 하지만 저더러 그런 짓을 하라고 하면 그렇게는 못 해요!"[49]

"농담으로 해본 소리요. 설마 내가 정말 당신을 버리기야 하겠소? 난 그냥 그 여자를 내 것으로 만들려는 것뿐이야."

그가 이렇게 말하니 적 씨가 말하는 것이었습니다.

"그 일은 성급하게 달려들면 안 돼요. 당신은 그저 호 선비가 즐거워하도록 기분만 맞추어주면 된다고요. (…) 그자는 당신하고는 경우가 달라서 아내를 아까워할지도 모르니!"[50]

그러자 철 선비는 적 씨를 끌어안고 말했습니다.

"아이구 현명하신 우리 엄니! 어쩜 이렇게도 맞는 말씀만 하실꼬!"

그가 적 씨와 방으로 들어가 동침한 것은 말할 필요도 없습니다.

계속 이야기를 들려드리겠습니다. 적 씨는 호 선비에게 호감이 생기기는 했지만 남편인 철 선비가 워낙 성미가 좋지 않아서 이런 생각이 들었습니다.

'남편이 충동적으로 문 씨를 유혹할 생각으로 신이 나서 그런 얼빠진 소리를 한 게지. 만에 하나라도 내가 일을 벌였다가 남편이 알기라

---

49) 【즉공관 미비】 老面皮。 낯짝도 두껍군.
50) 【즉공관 미비】 正是。 그건 그렇지.

도 한다면 나중에는 의심을 하고 사사건건 시비를 걸 테니 아무래도 현명한 방법은 아니지. (…) 차라리 꾀를 좀 내서 남편 눈을 속이면서 바람을 피운다면 안전하기도 하거니와 얼마나 즐겁겠어?'[51]

이렇게 생각한 그녀는 속으로 이미 꾀를 잘 짜두었습니다.

하루는 호 선비가 또 철 선비의 집에 와서 술을 마시게 되었습니다. 이날은 호 선비와 철 선비 둘뿐으로, 다른 손님은 전혀 없었지요. 적 씨는 발 너머에서 왔다갔다하면서 호 선비에게 신호를 보냈습니다. 그러자 호 선비는 눈치를 채고 주량을 넘지 않게 대충 술을 마셨습니 다. 그러면서도 철 선비에게는 큰 사발로 술을 권하면서[52] 기분을 맞 추어주는 것이었지요.

"소생은 그동안 철 형의 사랑을 친혈육보다 더 많이 받아왔습니다. 철 형께서 제 처에게 관심을 가져주셔서 제 처도 철 형을 흠모하고 있지요. 해서 … 소생이 그 사이에 처에게 이야기를 해놓았습니다. 벌써 어느 정도 마음의 준비도 된 것 같더군요. (…) 철 형께서 소생을 보살펴주신다면, … 여러 말 할 것 없이, 먼저 철 형께서 백 명 정도의 기생을 불러 제게 한턱 내시면 그 일을 성사시켜 드리도록 하지요!"

"호 형이 기꺼이 도와주겠다니 천 번이라도 내야지요!"

철 선비는 그 소리를 듣고 속이 다 시원해져서 평소의 주량을 넘겨 큰 사발째 들이키는 것이 아닙니까! 호 선비가 닭살 돋는 아부로 철

---

51) 【즉공관 미비】此意更狠。 그 심사가 더더욱 고약하군그래.
52) 【즉공관 미비】惡毒甚。 악독하기도 하지!

선비의 기분을 맞추어주면서 술을 먹게 부추기는 통에 철 선비는 얼마 지나지 않아 고주망태가 되고 말았지요.

호 선비가 부축한다는 핑계로 철 선비를 안고 발 안으로 들어갔더니 적 씨가 마침 발 옆에 서 있는 것이 아닙니까. 그는 평소에도 내외를 하지 않던 사이이다 보니 바로 와서 남편을 넘겨받아 부축했지만 철 선비는 이미 인사불성이었지요. 호 선비는 입술을 적 씨의 얼굴에 들이대고 입을 맞추는 시늉을 하지 뭡니까. 그러자 적 씨는 발끝으로 그의 다리를 걸더니 소리 높여 여종 염설艷雪과 경운卿雲 둘을 불러서 주인마님을 부축해 들어가게 했습니다. 그렇게 해서 호 선비와 적 씨만 발 안에 남게 되었지요. 호 선비는 냅다 적 씨를 끌어안더니 놓아줄 생각을 하지 않았습니다. 적 씨는 적 씨대로 몸을 돌리더니 그를 마주 안는 것이었지요. 그러자 호 선비는 바로 정사를 벌일 기세였습니다.

"간절하게 흠모해왔습니다. 그런데 오늘에야 천상의 즐거움을 누릴 수 있게 되었군요! 정말 삼생三生53)의 인연이올시다!"

"소첩도 전부터 마음이 있었어요. (…) 여러 말이 필요 없습니다!"

적 씨는 이렇게 말하고 나서 바지를 내리고 바로 안채 의자에 앉더니 두 발을 위로 치켜들고 호 선비에게 몸을 내맡기는 것이었습니다.54) 철 선비가 속으로 호 선비의 아내를 탐냈는데 도리어 호 선비한테 먼저 자기 아내를 가로채이고 말았으니 얼마나 우습습니까! 그야

---

53) 삼생三生: 과거의 전생前生, 현재의 현생現生, 미래의 후생後生을 말한다.
54) 【즉공관 미비】可謂朋友先施。 벗이 먼저 나선다는 격이로군.

말로

집사람 팽개치고 벗의 아내 흠모했건만,   捨却家常慕友妻,
뒤로 벌써 밀회를 가질 줄 누가 알았으랴! 誰知背地已偷期。
만둣국 팔아서 국수를 사 먹는 격[55])이니, 賣了餛飩買麵喫,
이런 경우가 제 정신이겠습니까?   恁樣心腸癡不癡。

중국식 만둣국 혼돈餛飩

호 선비는 풍류에는 도사여서 온갖 수완을 다 부리며 원 없이 상대를 가지고 놀았습니다. 적 씨는 적 씨대로 하도 황홀해서 호 선비에게 이렇게 당부하는 것이지요.

"이 일 … 발설하면 안 돼요!"

"형수님께서 소생을 마다하지 않으시고 즐거운 만남의 기회를 내려주셔서 정말 감사합니다! 그러나 형님께서는 오래전부터 제게 형수님을 주기로 하셨으니 아시더라도 상관은 없을 겁니다."

---

55) 만둣국 팔아서 국수를 사 먹는 격[賣了餛飩買麵喫]: 명대의 속담. 우리 속담 '바지 내리고 방귀 뀌기'처럼, 괜한 수고를 사서 하는 것을 뜻한다.

호 선비가 이렇게 말하자 적 씨가 말하는 것이었습니다.

"우리 남편은 댁의 부인을 탐내서 그런 소리를 한 것뿐이에요. 여색을 밝히기는 해도 워낙 강직한 양반이어서 그 성미를 건드리면 안 됩니다! (…) 꾀를 내어 그이를 속이고 몰래 즐겨야 오래갈 수 있다니까요."

"어떤 꾀를 쓰시게요?"

그러자 적 씨가 말하는 것이었습니다.

"그이는 술과 여색을 밝히는 양반입니다. (…) 당신이 이름난 기생을 찾아서 그이를 데려가 술을 먹이고 밤새워 오입을 하게 하세요. 그렇게 해서 그이가 안 돌아오면 나히고 당신이 밤새도록 재미를 보면 되잖아요!"56)

"그 말씀이 아주 일리가 있군요! 형님이 아까 제 처를 유혹하겠다면서 저한테 기방에서 기생 백 명을 구해준다고 했습니다. 내가 그 기회를 타서 괜찮은 기생 한둘을 시켜 형님을 붙들어놓도록 손을 써놓겠습니다. 그러면 형님이 기생들을 마다할 리가 있습니까? 다만, … 머리 얹으라고 기생들한테 줄 그 많은 돈은 어떻게 장만해야 할지 걱정이군요!"

그러자 적 씨가 말했습니다.

---

56) 【즉공관 미비】 可畏。 무섭구나!

"그 일이라면 전부 저한테 맡겨 놓으세요!"

"형수님께서 그렇게 배려만 해주시면 소생 이 목숨을 다해서 형수님을 모시고 즐거움을 누리도록 하겠습니다!"

두 사람은 계획을 잘 세우고 나서 헤어졌습니다.

사실 알고 보니 호 씨네는 가난하고 철 씨네는 부자였습니다. 그래서 철 선비는 술과 음식으로 호 선비와 안면을 텄지요. 그런데 호 선비가 앞에서는 철 선비의 기분을 맞춰주면서 이렇게 뒤통수를 칠 줄누가 알았겠습니까! 철 선비는 집안 형편이 넉넉하기는 했지만 기생과 술에 돈을 많이 쓰면서 그 많던 땅들을 차츰 탕진해버리고 말았습니다. 게다가 적 씨가 호 선비와 어울리면서 그를 부추겨 온종일 바깥에 나가서 즐겨야 했습니다. 적 씨는 적 씨대로 호 선비와 술을 마시고 놀고 산해진미를 마련하느라 날마다 쓰는 돈이 적지 않았지요. 적 씨는 호 선비를 하도 좋아해서 돈을 쓰면서도 조금도 아까워하지 않았습니다. 그래서 철 선비가 안달복달하자 호 선비와 안팎으로 그를 부추겨서 그나마 있던 땅까지 싼 값에 팔아치우게 했습니다. 적 씨는 거기다가 그 돈까지 조금씩 빼돌려서 몰래 호 선비를 봉양했지 뭡니까.

호 선비는 이름난 기생을 물색하자 바로 철 선비를 데려가서 연결시켜주었습니다. 그러고는 술을 차리고 계속 머물게 하는 바람에 날이 새고 밤이 되어도 돌아올 생각을 하지 않는 것이었습니다. 적 씨는 또 평소 지니고 있던 패물들을 인편으로 남편에게 조금씩 보내서 술과 음식으, 기생에게 상으로 줄 돈으로 충당하게 해주었습니다.57) 그렇게 해서 남편이 귀가하지 않는 날에는 어김없이 호 선비와 실컷

정을 통하곤 했지요. 철 선비는 '아내가 현명해서 질투를 하지 않는다'고 철석같이 믿고 갈수록 더 절제하지 못하고 그것을 또 아주 흡족하게 여기기까지 했습니다.[58] 어쩌다가 며칠 만에 돌아와도 적 씨가 남편을 보고 몹시 반가워하면서 조금도 질투를 하거나 성을 내는 기색이 없지 뭡니까, 글쎄. 철 선비는 하도 감격스러워서 꿈속에서조차 아내가 좋은 사람이라고 잠꼬대를 할 정도였습니다.

그러던 어느 날이었습니다. 마침 적 씨가 호 선비를 불러 같이 먹으려고 술과 과일을 준비하고 있는데 공교롭게도 철 선비가 집으로 돌아왔지 뭡니까. 그는 귀가해서 그 모습을 보더니 물었습니다.

"어째서 술을 차린 게요?"

"당신이 오늘 돌아올 줄 알고 적적해하실까 봐 술자리를 마련하고 기다리던 참이었지요. (…) 아까 사람을 보내 호 선비도 합석하라고 불렀어요."

"내 마음 알아주는 사람은 우리 부인뿐이라니까!"

얼마 후에 호 선비가 정말 왔길래 철 선비는 또 그와 거나하게 술을 마시면서 의논이라고 하는 것이 한결같이 기방에서나 입에 올릴 법한 이야기뿐이지 뭡니까. 그러다가 좀 취하자 철 선비는 또다시 문 씨 이야기를 들고 나왔습니다.

---

57) 【즉공관 미비】 妙着。기막힌 수로군!
58) 【즉공관 미비】 眞癡。정말 집착이 대단하군.

"철 형께서는 지금 그처럼 유명한 기생과 사귀면서 어째서 기어이 제 하찮은 조강지처까지 신경을 쓰십니까? 정말 못나고 보잘것없는 제 아내를 마다하지 않으신다면 어떻게든 방법을 강구해보지요."

호 선비가 이렇게 말하자 철 선비는 감사해마지않는 것이었습니다. 그러나 입으로야 고맙다고 했지만 하루종일 호 선비에게 속아 기방에 가서 인사불성으로 취하다 보니 눈이 다 어지러울 정도였습니다. 그러니 문 씨를 찾아가서 그런 재미를 볼 한가한 틈이 어디 있겠습니까?[59]

반면에 호 선비는 적 씨와 불처럼 뜨거운 사이가 되어서 하룻밤도 거르는 적이 없을 정도였습니다. 그렇게 지내다가 철 선비가 집에 있으니 여간 불편한 것이 아니었습니다. 호 선비는 또 금방 술에 취하는 처방을 알아내서 몰래 적 씨에게 알려주고 술을 만들게 했지요. 그러자 철 선비는 열 잔도 마시기 전에 벌써 잔뜩 취해서 몸이 축 늘어지더니 잠잘 생각밖에 하지 않는 것이었습니다. 이 처방이 생긴 후로는 철 선비가 아무리 집에 버티고 있더라도 적 씨나 호 선비와 몇 잔도 먹지 않아서 벌써 옆에 축 늘어지곤 했지요. 그러면 호 선비는 안에서 나와서 적 씨와 다른 술로 바꾸어 밤새도록 담소를 나누면서 정사를 즐겼답니다. 철 선비는 그래도 깨어날 줄을 모르는 것이었습니다.

한번은 귀가했다가 호 선비와 적 씨가 한창 즐겁게 술을 마시고 있는 장면을 발견했지 뭡니까. 호 선비는 살그머니 그 자리를 피하기

---

59) 【즉공관 미비】 落得口許, 只叫他應接不暇, 可謂眞狡。 말로만 허락을 했지 그저 철 선비가 기생을 상대하느라 경황이 없게 만들었으니 정말 교활하다고 하겠다.

는 했지만 어지럽게 흩어져 있는 술잔과 쟁반들은 미처 수습할 틈조차 없었지요. 철 선비가 어찌 된 영문인지 캐묻길래 적 씨는 둘러댔습니다.

"웬 친척이 왔길래 붙들어놓고 밥을 대접했어요. 그런데 … 당신이 오랜 술을 억지로 먹일 텐데 감당이 되지 않는다면서 내빼버렸어요!"

그러자 철 선비도 더 이상 묻지 않는 것이었습니다. 철 선비는 적 씨가 자신은 남에게는 몸을 허락하지 않겠다고 한 지난번 말을 곧이 듣고서[60] '심성이 정숙한 아내'라고만 믿고 있었습니다. 호 선비는 호 선비대로 거리낌 없이 기분을 맞추어주었지요. 그러나 그것으로도 모자랐던지 하루종일 기생을 대령합네 술자리 상대를 해줍네 하다 보니 더더욱 어디 의심을 품을 수가 있겠습니까? 더욱이 '작심한 사람 둘이 아무 생각도 없는 사람 하나를 해코지하는 것'[61]쯤이야 일도 아니었습니다! 거기다 여종까지 수족이 되어서 사소한 흔적까지도 다 감추곤 했지요. 그러다 보니 밖으로는 호 선비를 아주 좋은 친구라고만 믿고, 안으로는 적 씨를 현모양처라고만 믿으면서 끝까지 미혹되어 실상을 깨닫지 못했습니다.[62] 그러나 이 사정을 아는 이웃 사람은 차

---

60) 【즉공관 미비】 忒不精細。정말 칠칠치 못하군.

61) 작심을 한 사람 둘이~[兩个有心人算一个無心人]: 명대의 속담. 아무 대비를 하지 않은 사람은 작심을 하고 달려드는 사람을 이길 수가 없다는 뜻이다. 때로는 제20권의 "생각이 없는 사람이 작심을 한 사람에게 맞서다無心人對着有心人"나 "작심을 한 사람이 생각이 없는 사람을 해친다有心人算無心人", "작심을 한 사람이 생각이 없는 사람에 맞선다有心人對沒心人" 등으로 사용되기도 한다.

62) 【즉공관 미비】 如鐵生者, 卽不瞞亦可, 何必算也。철 선비 같은 자는 속이지 않으

츰 많아졌습니다. 그들은 가조畬63)調【산파양山坡羊】64) 가락에 맞춘
가사까지 지어서 철 선비를 비웃었답니다.

저 색욕의 현장에서,	那風月場,
어느 누가 사랑을 하지 않겠는가?	那一个不愛。
엄연히 아리따운 아내 가졌으면서도,	只是自有了嬌妻,
방종한 생활을 일삼는구나.	也落得个自在。
종일 못된 짓 벌이고 돌아다닐 필요 있나?	又何須终日去亂走胡行,
외려 살 맞대고 지내는 사람을,	反把个貼肉的人兒,
남에게 보내 빚 갚으라 하는구나!	送別人還債。
당신은 남의 집사람을 덥석 채왔지만,	你要把別家的一手擎來,
뜻밖에도 내 집 식구가,	誰知在家的,
당신을 두 손으로 갖다 바칠 줄이야!	把你雙手托開。
쌀 사려던 쪽이 되려 쌀을 판 격65)이구나.	果然是糴66)的倒先糶了,

면 다행이지 굳이 해코지까지야.

63) 【즉공관 협주夾注】音可。발음은 '가[kě]'이다.
   현대 중국어에서 '畬'의 발음은 '대tāi'이다. 그래서 중국에서 출판된《박안
   경기》판본들은 모두 "畬調"를 '대조[tāi diào]'라고 적고 있다. 그러나 상우
   당본 원문(제1418쪽)의 해당 글자 옆에 붙은 협주夾注에는 "발음은 '가'이
   다音可"라고 되어 있다. 그렇다면 적어도 여기서의 "畬調"는 '대조'가 아니
   라 '가조[kě diào]'로 읽어야 옳다.

64) 가조畬調【산파양山坡羊】: 명대 정덕正德 연간(1506~1521)에 민간에 유행한
   민요 가락. 여기서 '가조畬調'는 원래의 가락을 살짝 비틀어 새로 만든 변주
   곡이라는 뜻이다.

65) 쌀을 사려던 쪽이 도리어 쌀을 판 격[糴的倒先糶了]: 명대의 유행어. '적糴'
   과 '조糶'는 일반적으로 쌀 등 식량을 팔고[糶] 사는[糴] 것을 가리키지만
   《박안경기》등 명대 소설·희곡의 구어에서는 몸을 팔고 사는 매춘행위 또
   는 성행위를 뜻하는 은어로 사용되기도 한다. 여기서는 철 선비가 호 선비

그 집 대문 어디 있는지 본 적 있나?	你曾見他那門兒安在。
괭이 꼬리 잘라다 괭이 밥으로 준다[67]더니	割猫兒尾拌着猫飯來,
재산까지 탕진하고도 아까운줄 모르네.	也落得與人用了些不疼的家財。
아이쿠 저런,	乖乖,
그렇게 꽃을 탐내더니만,	這樣貪花,
결국은 본전 다 날리고 액땜한 격이로구나.	只箅得折本消災。
아이쿠 저런[68],	乖乖,
한바탕 이 거래로,	這場交易,
공평한 인생이 되지 않았는가!	不做得公道生涯。

계속 이야기를 들려드리지요. 철 선비는 하루 종일 주색에만 빠져 비몽사몽으로 세월을 보냈습니다. 그러다 보니 어느 사이에 몸이 축 나 병이 생기는 바람에 잠자리에서 일어나지도 못하고 내내 집에 누 워 지내는 신세가 되었지요. 그러자 호 선비는 좀 불편하다고 여겼던

의 아내 문 씨를 탐내다가 호 선비가 선수를 치는 바람에 도리어 자신의 아내 적 씨를 호 선비에게 빼앗긴 일을 두고 한 말이다.

66) 【즉공관 협주夾注】 狄。 발음은 '적dí'이다.

67) 괭이 꼬리 잘라다 괭이 밥으로 준다[割猫兒尾拌猫兒飯]: 명대의 속담. 고양 이가 먹던 먹이를 빼앗아서 도로 그 밥으로 준다는 뜻으로, 눈속임으로 사 람을 우롱하거나 남의 재물로 생색을 내면서 전혀 아까워하지 않는 것을 두고 하는 말이다. 제15권을 참조하기 바란다.

68) 아이쿠 저런[乖乖]: 명대의 유행어. '괴괴乖乖'는 현대 중국어에서는 아기에 대한 애칭이나 아기를 달래는 말로 사용된다. 그러나 명대 관화官話, 표준 어나 일부 지역 방언에서는 이 같은 명사와는 달리 '아이쿠, 하마터면 큰일 날 뻔했구나乖乖, 好險啊', '저런, 저 여자 노래 정말 잘한다乖乖, 她唱得眞 棒' 등과 같이 놀라움이나 감탄의 어감을 나타내는 감탄사로 사용되기도 했다.

지 섣불리 그 집을 드나들 엄두를 내지 못했습니다. 그런데 적 씨가 그에게 이렇게 알려주는 것이었습니다.

"남편은 침상에서 일어나지 못해요. 게다가 여종들은 내 눈이 되어 주고 있으니 안심하고 와도 상관이 없답니다."

호 선비는 그 소식을 접하자 거리낌 없이 마음대로 철 선비의 집을 드나들었습니다. 나중에는 하도 익숙하게 걸음을 하다 보니 무심결에 방심한 나머지 철 선비가 몸져누운 침상 앞을 지나갔지 뭡니까. 철 선비는 문득 그 모습을 발견하고 이상하게 여기면서 물었습니다.

"호 선비가 어째서 안에서 나오는 게냐?"

그러자 적 씨와 두 여종은 한 목소리로 이렇게 대답했습니다.

"누가 지나가는 건 … 못 봤는데요? 호 선비는 무슨 호 선비예요!"

"방금 본 건 호 선비가 분명해! 그런데도 너희는 아무도 안 지나갔다고 하는구나. (…) 설마 병치레로 눈이 침침해져서 귀신이라도 본 건가?"[69]

그러자 적 씨가 말했습니다.

"귀신을 볼 리가 있나요! 당신이 속으로 맨날 그 집 여편네 생각만

---

69) 【즉공관 미비】太昏。 너무 어리석구나!

하다 보니 그 생각이 사무치는 바람에 정신이 오락가락하다가 눈을 떴을 때 그자가 보인 게지요. 눈이 침침해져서 그래요!"[70]

이튿날, 호 선비는 그 이야기를 전해 듣고 말했습니다.

"일시적으로 거짓말을 해서 그를 속인다고 칩시다. 그러나 나중에 병이 낫기라도 하면 분명히 곰곰이 따져볼 텐데 … 그러면 이상하게 여기지 않을 리가 있습니까? (…) 그가 귀신으로 여겼다고 하니 내게도 방법이 있소. 진짜 귀신을 데려다 그에게 보여주어야지요! 정말 눈이 침침해서 헛것을 보았다고 믿게 해야 나중의 의심을 피할 수 있습니다!"

그러자 적 씨는 웃으면서 말했습니다.

"또 황당한 소리를 하시네! 어디서 귀신을 데려올 수가 있겠어요?"

"오늘밤 어두운 틈을 타서 당신 집 뒷방에 숨어 있다가 당신하고 재미를 본 다음 내일 내가 귀신으로 변장해서 밖으로 걸어 나오면 일거양득이 되지 않겠습니까?"

정말로 이날 밤에 적 씨는 호 선비를 다른 방에 대기하게 하고 여종 둘을 시켜 침상 곁에서 철 선비의 시중을 들게 했습니다. 자신은 '병구완에 지쳐서 다른 침상에서 자려고 한다'고 둘러대고 철 선비는 버려두고 호 선비와 동침하는 것이었지요.

---

70) 【즉공관 미비】 巧言之婦。 말재주가 비상한 여인이군.

이튿날이었습니다. 철 선비가 잠에서 깼지만 의식이 몽롱한 상태라는 소식을 듣고 호 선비는 쪽을 좀 찍어서 얼굴에 바르고 살쩍머리는 붉게 물을 들였습니다. 그러고 나서 무명천으로 두 다리를 싸서 걸어도 부석거리는 소리가 나지 않게 한 다음 일부러 철 선비 앞을 지나냅다 밖으로 뛰어나갔습니다.71) 병으로 몸이 허약해진 철 선비는 그 모습을 보더니 깜짝 놀랐습니다.

"귀신이다, 귀신!"

그는 허겁지겁 머리에 이불을 뒤집어쓰더니 덜덜덜 몸을 떠는 것이었습니다. 적 씨가 허둥지둥 달려와서

"웬일로 이렇게 놀랐어요?"

하고 묻자 철 선비는 통곡을 하면서 말하는 것이었습니다.

"내가 어제 귀신 이야기를 했는데 오늘 정말 귀신이 나왔지 뭐요!72) (…) 이 병은 희망이 없나 보오. 어서 … 어서 무당을 불러주시오. 푸닥거리라도 해야겠소!"

철 선비는 이날 놀라는 바람에 병세가 차츰 심각해졌습니다. 적 씨도 좀 미안했던지 법사法師를 찾아갈 수밖에 없었지요.73)

---

71) 【즉공관 미비】一似弄小孩子。 마치 어린 아이를 가지고 노는 격이로구나.
72) 【즉공관 미비】墜其計中. 그 꾀에 넘어갔군.
73) 【즉공관 미비】豈不陰騭。 이것이 음덕 덕분이 아니고 무엇인가.

좌선하던 선사가 응보의 이치를 드러내다.

그때 원상리로부터 백 리 떨어진 곳에는 요와 선사了臥禪師라는 고승이 살았습니다. 그는 호가 허곡虛谷으로, 법력이 인근의 산사들 중에서도 으뜸이었지요. 철 선비는 예의를 갖추어 그를 초청하여 참회의 법회를 열고 부처의 힘으로 자신을 지켜달라고 빌었습니다.

이날, 요와선사는 정신을 집중해 수행74)에 몰두하고 있던 참이어서 평소보다 시간이 많이 지나도 좌선 자리에서 일어나지 않았습니다. 그러다가 해거름이 되어서야 깨어나더니 철 선비에게 묻는 것이었습니다.

"선생 윗대에 '수의공繡衣公'이라는 분이 계셨습니까?"

"바로 저의 조부이십니다!"

그러자 선사가 다시 물었습니다.

"선생의 벗들 중에 … 호 선비라는 자가 있는지요?"

"제 친한 벗입니다마는 ….."

적 씨는 '호 선비' 이름이 나오자 마음에 좀 켕기지 뭡니까. 그래서 다가와서 귀를 세우고 대화를 엿듣는데75) 선사가 말하는 것이었습니다.

---

74) 수행[入定]: '입정入定'은 불교 용어로, 마음을 차분히 가라앉히고 정신을 한 곳에 집중하여 수행하는 선정禪定의 경지에 드는 것을 가리킨다. '선정'은 산스크리트어 댜나dhyāna를 발음대로 한자로 적은 것으로, '정신 통일'과 같은 말이다.

75) 【즉공관 미비】干係。관련되어 있으니.

"방금 전에 참 기이한 것을 보았습니다."

"무슨 기이한 것을요?"

그러자 선사는 이렇게 말했지요.

"소승이 막 길을 나섰는데 이 댁의 토지土地76)가 눈에 들어오지 뭡니까. 마침 댁의 조부인 수의공께서 거기서 억울한 사정을 하소연하시기를 '내 손자가 호 선비에게 해코지를 당하고 있다'고 하더군요. 토지는 '나는 지위가 낮아 그 일을 해결해줄 수 없다'고 거절하면서 수의공에게 이렇게 이르더군요. '오늘 남두성과 북두성77)께서 만나 옥사봉玉筍峰78) 아래로 내려가십니다. 그러니 가서 이 일을 고하면

---

76) 토지土地: 중국의 고대 전설에 등장하는 토지신土地神을 가리킨다. 토지신은 특정한 지역이나 주택을 지키는 수호신으로, 천재지변이나 전란으로부터 사람들을 보호하는 것은 물론이고 사후세계(저승)에서도 그들의 넋을 관리하는 것으로 믿어졌다. 중국에서는 전통적으로 사람이 죽으면 그 넋이 토지신에게 먼저 간다고 여겨서 망자의 가족은 토지묘로 가서 지전을 태우고 토지신에게 예배를 올렸다고 한다. 토지신에 대한 신앙은 도교가 민간에 전파되는 후한대부터 확인되며, 그 신앙이 보편화(전국화)되는 것은 당·송대부터인 것으로 알려져 있다.
77) 남두성과 북두성[南北二斗]: 중국의 고대 천문학에 등장하는 '이십팔수二十八宿' 중에서 기수箕宿와 두수斗宿 두 별은 남방에 위치해 있을 때에는 기수가 남쪽에, 두수가 북쪽에 자리 잡는다. 그래서 전자를 '남두[성]', 후자를 '북두[성]'으로 일컬으며 둘을 아울러서 '남북 이두南北二斗'로 부르기도 했다. 여기서는 두 별이 그 별을 관장하는 신선으로 묘사되고 있다.
78) 옥사봉玉筍峯: 중국의 산봉우리 이름. 지금의 강서성江西省 길주吉州 영신永新 땅에 자리 잡고 있는 옥사산玉筍山의 봉우리로, 중국 도교에서 일컫는 '삼십육소동천三十六小洞天'의 하나이다.

분명히 해결할 수 있을 것입니다.' 수의공께서 소승에게 같이 가자고
하셔서 그곳으로 갔더니 정말 노인 두 분이 계시더군요. 한 분은 진홍
색 옷을 입었고 한 분은 푸른색 옷을 입었는데 마주 앉아 바둑을 두고
있었습니다. 수의공께서는 머리를 조아리면서 사연을 하소연했지요.
두 노인은 전혀 반응을 보이지 않았지만 그래도 수의공께서는 하소연
을 멈추지 않았습니다. 노인들은 바둑을 다 두고 나서야 입을 열고
이렇게 말하는 것이었지요. '착한 이들에게 행복을 내리고 음탕한 것
들에게 불행을 내리는 것은 하늘에서 정하신 불변의 이치이니라. 너
는 유가儒家 출신이거늘 자업자득의 이치를 깨우치지 못하고 아무 보
탬도 되지 않는 부탁을 하는구나! 네 손자는 못난 놈이니 죽어 마땅하
다! (…) 다만, 너는 이름난 유학자여서 대를 끊을 수는 없으니, 네
손자는 죽음을 모면할 수도 있을 것이다. 허나, … 호 선비는 공공연히
음행을 부추기고 법도를 망치면서 요망하게 네 손자를 유인했으니
이승에서 응보를 받지 않는다면 저승에서라도 반드시 그 죄를 받을
것이다. (…) 너는 일단 돌아가거라. 호 선비는 따로 관장하는 이가
있으니 그놈을 원망할 것도 없고 내게 하소연할 것도 없다.' 이렇게
말을 마친 노인은 소승을 돌아보면서 말하더군요. '너도 인연이 있어
서 우리를 만나게 된 것이다. 기왕에 이 일을 목격했으니 네가 세상
사람들에게 꼭 알리도록 해라. 인간들이 받는 불행과 행복에는 한 치
의 실수도 없다는 것을 꼭 깨우쳐주어라!' 그 말이 끝나자마자 두 노
인은 사라졌습니다. (…) 소승이 수양을 하는 동안 본 광경은 이상과
같습니다. 그런데 정말 수의공과 호 선비라는 사람이 있다고 하시니
어찌 신기한 일이 아닐 수가 있겠습니까!"

적 씨는 그 소리를 듣고 깜짝 놀라서 어쩔 줄을 모르는 것이었습니

다.79) 철 선비는 철 선비대로 호 선비가 자신을 부추겨 오입과 방탕한 짓을 벌이게 만들자 조부가 그를 고발한 것인 줄로만 생각했을 뿐 정작 적 씨에게 그런 일들이 있었는지는 미처 몰랐지요. 그러면서도 '죽음을 모면할 수도 있다'는 소리를 듣고 '이제는 살았구나' 싶어서 마음을 놓았으며 병도 한결 호전되었습니다. 반면에 적 씨는 호 선비 걱정을 하느라 마음의 병이 들고 말았답니다.

얼마 지나지 않아 철 선비는 완쾌했습니다. 그러나 호 선비는 갑자기 허리에 통증이 있는가 싶더니 아 글쎄 열흘도 되지 않아 큰 종기가 잔뜩 생겼지 뭡니까! 의원이 그것을 보더니 말했습니다.

"주색이 지나쳐서 그런 겁니다. (…) 물이 말라버렸으니 구할 방법이 없군요!"80)

그러자 철 선비는 날마다 호 선비의 침실로 직행하여 병문안을 했습니다. 전부터 호 선비 집안과 가깝게 내왕하던 사이다 보니 조금도 거리낌이 없었지요. 문 씨는 호 선비의 침상 곁에서 병구완을 하고 있다가 황급히 얼굴과 몸을 가렸습니다. 그러나 철 선비가 평소 자기 집 일을 도와주는 것을 보고 내심 감격했던지 차츰 서로 대화를 주고받고 급기야 눈짓과 추파까지 주고받기에 이르렀지 뭡니까.81) 철 선비는 오래전부터 흠모해왔던 터에 이런 기회가 오자 대놓고 문 씨를 집적거렸습니다. 욕정이 한껏 달아오르자 호 선비의 눈을 뒤로한 채 둘은 벌써 관계를 맺고 말았습니다. 철 선비야 그동안 바라던 일이었

---

79) 【즉공관 미비】 太昏。너무 어리석구나!
80) 【즉공관 측비】 也喫了狄氏之虧。적 씨 때문에 낭패를 본 게지.
81) 【즉공관 미비】 今日之姑蘇, 前日之會稽。지금의 고소가 왕년의 회계지.

습니다마는 자기 아내를 농락당하고 한참 지나 이제야 그 오랜 빚을 돌려받은 셈이었지요. 그야말로

응보로 응보를 갚았으니,	一報還一報,
하늘은 속일 수가 없나 보다.	皇天不可欺。
그동안 주고받았던 거래도,	向來打交易,
이제야 청산하게 되었구나!	正本在斯時。

문 씨와 철 선비가 이룬 인연은 적 씨와 호 선비가 처음에 그랬던 것과도 같이 아교나 옻칠처럼 끈끈했습니다. 호 선비의 목숨이 오늘 내일하며 도무지 나아질 가망이 없다는 것을 알자 두 사람은 산만큼 높은 금슬과 바다만큼 깊은 사랑으로 아예 백년해로를 기약하는 부부가 될 작정까지 했습니다. 그래서 철 선비는 문 씨를 보고 말했지요.

"내 아내는 무척 현명하다오. 지난번에는 내가 당신을 만나는 것을 허락하고 내가 좋은 인연을 이루도록 거들어주었소. 그러니 지금 당신을 맞아들여 같이 집으로 가서 지낸다면 아주 기막힌 선택이 되겠지!"

그러나 문 씨는 코웃음을 치면서 이렇게 말하는 것이었습니다.

"그렇게 남을 거들어줄 만큼 아량이 넓어서 자기 일까지 그토록 열심히 거들어주었나 보군요?"[82]

"내 처가 자기 일을 어떻게 … 거들었다는 게요?"

---

82) 【즉공관 미비】 亦巧言。[이 여인도] 말재주가 보통이 아니야.

"제 남편하고 벌써 오래전부터 정을 통했답니다. 남편은 밤만 되면 늘 집에서 자지 않았지요. 당신이 외출하기만 하면 당신네 집으로 달려갔는데 … 정말 조금도 모르셨어요?"

그 말을 들은 철 선비는 꿈에서 막 깨고 술에서 확 깬 것 같았습니다. 그는 그제야 호 선비가 자신을 속여왔다는 것을 깨달았습니다. 그래서 선사가 수양하던 중에 자기 조부가 그런 하소연을 했던 거지요. 자신이 이번에 문 씨를 손에 넣은 것도 사실은 인과응보였던 것입니다. 철 선비는 문 씨를 보고 말했습니다.

"내가 지난번에 이 두 눈으로 그를 똑똑히 보았는데도 그들이 헛소리라고 숨기기에 급급했었지! (…) 오늘 만약 당신이 진상을 알려주지 않았더라면 끝까지 두 연놈에게 속을 뻔했구려!"

"집에 돌아가더라도 절대로 누설하면 안 됩니다. 보나마나 당신 부인이 내 탓을 할 테니까 …"

"내게는 당신이 생겼으니 그런 원한 따위는 벗어도 되오. 더욱이 당신 남편은 목숨이 위태로운 상황 아니오? 내가 집에 돌아가서 떠벌린들 무엇을 하겠소!"[83]

그는 조용히 문 씨와 작별하고 집으로 돌아왔지만 일단 은인자중하면서 아무 말도 하지 않았답니다.

그리고 이틀도 지나지 않아 호 선비는 죽고 말았습니다. 철 선비는

---

83) 【즉공관 미비】本初心也, 元不可恨。 본래 초심이야. 애초부터 원망할 수 없는 일이지.

조문을 마치고 집으로 돌아왔지요. 그런데 적 씨가 전날의 정을 떠올리면서 속으로 애통해하다가 무심결에 눈물을 흘리고 있는 것이 아닙니까. 철 선비는 이때 이미 진실을 알고 그녀를 쳐다보고 있었습니다. 어떻게 그 내막을 눈치 채지 못할 수가 있겠습니까?

철 선비는 코웃음을 치면서 말했습니다.

"웬 눈물을 흘리는 게요?"

그래도 적 씨가 한동안 말이 없자 철 선비가 다시 말했지요.

"나는 다 알고 있으니 속일 것 없소!"

그러자 적 씨는 낯이 벌겋게 달아오르면서 애써 둘러댔습니다.

"당신이 내왕하던 절친한 벗이 돌아가셨잖아요. 그래서 무심결에 … 한숨을 쉬면서 눈물을 흘린 거예요.[84] 그런데 알기는 뭘 알고, 속이기는 누굴 속였다고 그래요?"

"둘러댈 것 없다니까! (…) 내가 집 밖에서 잘 때 그자가 언제 자기 집에서 잔 적이 있었소? 또 당신이 언제 혼자 잔 적이 있었나? (…) 내가 지난번에 병이 났을 때 직접 본 건 또 누구였소? (…) 그런데도 그런 소리를 하는 거요? (…) 뭐? '당신이 내왕하던 절친한 벗이 돌아가셨잖아요. 그래서 무심결에 한숨을 쉬면서 눈물을 흘린 거예요' 라고?"

---

84) 【즉공관 미비】却不道怎的。 어쩌라는 소리인가.

적 씨는 진실을 들키자 변명할 엄두조차 내지 못하고 침묵을 지키면서 속상해했습니다. 그리고 나서도 호 선비를 그리워하는 것이었습니다. 그녀는 호 선비가 그리워서 눈만 감았다 하면 그의 생시 모습이 보이는 바람에 그 그리움이 사무쳐 병이 들더니, 음식조차 끊고 죽고 말았답니다.

그녀가 죽고 나서 반년이 지나자 철 선비는 매파에게 부탁해 문 씨를 맞아들여 후처로 삼았습니다. 철 선비와 문 씨는 금슬이 무척 좋았습니다. 철 선비는 선사가 언급한 불행과 행복의 응보를 속으로 생각해보더니 참으로 깨달은 바가 있었던지 문 씨를 보고 말했습니다.

"나는 당신의 자색을 본 후로 나쁜 마음을 품었었소. 헌데, … 호 선비가 먼저 내 전처를 범하고 말았지. (…) 그건 나의 이승에서의 업보[85])요. 호 선비와 내 전처는 나를 배신하고 정을 통하다가 이번에 동시에 죽어 버렸지. (…) 그런데 당신은 내 아내가 되었으니 이는 그들의 이승에서의 업보인 셈이요. 망령되게도 삐뚤어진 음행을 바라는 자들에 대한 경계인 게지! 지난번에 선사께서 수양을 마치고 깨셨을 때 벌써 다 설파하신 말씀이오. (…) 나도 이제야 참회하는 마음이 생기는구려. 가세는 기울었지만 그럭저럭 잘 수습되어 지낼 만하게 되었소. 그러니 분수를 지키면서 우리 한번 잘 살아봅시다!"

철 선비는 곧 예의를 갖추어 요와선사를 스승으로 모시고 오계五

---

85) 이승에서의 업보[花報]: '화보花報'는 불교 용어로, '화보華報·과보果報'라고도 하며, 전생에서 지은 죄업罪業에 따라 이승에서 받는 업보를 뜻한다.

戒[86]를 받았습니다. 그 후로는 잘못된 음행을 끊고 다시는 문 씨를 내버려 두고 방탕한 짓을 벌이지 않았답니다.[87]

한중과 면주 일대에는 이 이야기가 전해져서 사람들이 인과응보가 허튼소리가 아니라는 것을 깨달았답니다. 선사는 선사대로 가는 곳마다 수양할 때 자신이 목격한 일들을 들려주고 사람들을 설득하여[88] 그 지역 풍속을 많이 바꾸어놓았다고 하는군요. 이 이야기를 증명하는 시가 있습니다.

한중과 면주 일대의 풍속에서,	江漢之俗,
그 지역 여인들은 놀기를 즐겼다지.	其女好游。
문화가 아니라면,	自非文化,
누군들 구하지 못할쏘냐?	誰不可求。

미색을 보고 서로 기뻐하며,	覯色相悅,
서로가 유혹하기 바빴지만,	彼此營勾。
한발 빠른 줄 알았더니,	寧知捷足,
외려 선수를 빼앗길 줄 누가 알았으랴!	反占先頭。

---

86) 오계五戒: 불교에서 출가하지 않은 신도들을 위하여 정한 다섯 가지 계율. 살생하지 말 것[不殺生], 도둑질하지 말 것[不竊盜], 간음하지 말 것[不邪淫], 허튼소리 하지 말 것[不妄語], 음주하지 말 것[不飮酒]이 그것이다.

87)【즉공관 측비】要緊。중요하지.

88)【즉공관 미비】大功。큰 공(덕)이로군.

남 유혹해 패가망신시키고,　　　　　　　　誘人蕩敗,
제 딴에는 대비한다고 했지만,　　　　　　自己綢繆。
하루아침에 그 한 몸 사라지고 나자,　　　一朝身去,
그 땅은 모두 남의 차지 되었겠구나.　　　田土人收。

눈앞에서 응보를 받았으니,　　　　　　　眼前還報,
한 치도 어긋남이 없구나!　　　　　　　　不爽一籌。
세상 사람들에게 당부하나니,　　　　　　奉勸世人,
욕정에 빠지지들 마십시오!　　　　　　　莫愛風流。

제33권

장 원외는 의롭게 양자를 들이고
포 용도는 기지로 각서를 되찾다

張員外義撫螟蛉子 包龍圖智賺合同文

卷之三十三

張員外義撫螟蛉子　包龍圖智賺合同文　해제

　　이 작품은 조카의 재산을 가로채려 한 백모의 속임수를 꾀로 물리친 청백리의 이야기이다. 이야기꾼은 풍몽룡의 《지낭智囊》에 소개된 대량大梁 사람 장張 부자의 이야기를 앞 이야기로 들려주고, 이어서 무명씨의 잡극雜劇 《포대제지잠합동문자包待制智賺合同文字》에 소개된 유천상劉天祥·유천서劉天瑞 형제의 이야기를 몸 이야기로 들려준다.

　　송대에 변량汴梁 서쪽 관문 밖 의정방義定坊에 유劉 씨 형제가 살았는데, 형 천상天祥은 슬하에 자식이 없고 후처 양楊 씨가 데려온 전 남편 소생의 딸만 있었다. 아우 천서天瑞는 아내 장張 씨에게서 안주安住라는 아들을 얻었는데, 출산 전부터 지인인 이李 사장社長과 사돈을 맺기로 약속한 상태였다. 그런데 변량에 가뭄이 들자 천서는 형과 의논해 재산 분배 각서를 작성한 후 처자식을 데리고 생계거리를 찾아 객지로 떠난다. 얼마 후 천서 일가는 노주潞州의 부자인 장병이張秉彝의 집에서 더부살이를 하게 되고, 슬하에 자식이 없었던 병이는 안주를 양자로 들이고 천서 내외와 형제처럼 사이좋게 지낸다. 그러다가 반년이 지나 아내와 함께 죽을 병에 걸린 천서는 임종할 때 병이에게 안주를 잘 키워 줄 것을 부탁한다.

　　15년 후, 병이는 열여덟 살이 된 안주에게 진실을 알리고 친부모의 유골을 선영에 안장하고 돌아올 것을 당부한다. 변량에 도착한 안주는 백부 천상에게 인사를 갔다가 양 씨의 속임수에 넘어가 재산 각서를 빼앗기고 만다. 안주로부터 경위를 전해 들은 천서와 이 사장은 거듭 양 씨를 설득하지만 양 씨는 끝까지 잘못을 인정하지 않고 외려 안주에게 매질까지 한다. 그러자 이 사장은 개봉부開封府 관아에 진정을 넣고, 심문을 거쳐 양 씨의 위증을 눈치 챈 부윤 포증包拯은 꾀를 써서 양 씨가 스스로 안주가 조키임을 자백하게 만들어 각서를 돌려받는다. 포증은 선행을 베푼 병이에게 정려문을 세워주고 안주를 이 사장의 딸 정노定奴와 혼인시키라는 판결을 내린다. 친부모의 유골을 선영에 안장한 안주는 정노와 가약을 맺은 후 제2의 고향인 노주로 돌아가 자신을 정성껏 키워준 장병이 내외를 봉양한다.

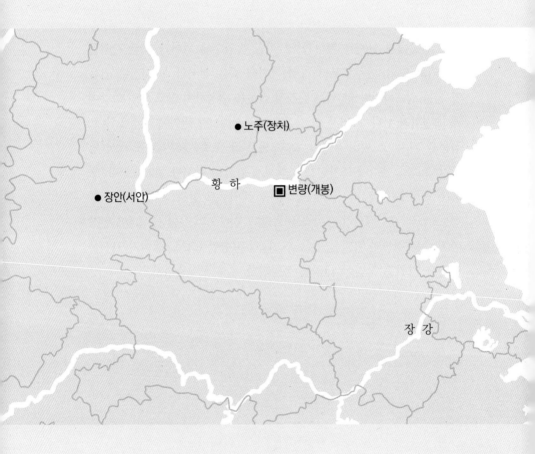

● 노주(장치)

황 하

● 장안(서안)   ▣ 변량(개봉)

장 강

이런 시가 있습니다.

득실과 흥망은 늘 하늘에 달렸나니,   得失榮枯總在天,
술수 아무리 부려도 헛수고일 뿐.   機關用盡也徒然。
사람 마음 겁 없이 코끼리 삼키려는 뱀¹⁾ 같고, 人心不足蛇吞象,
세상사도 따지고 보면 매미 잡는 사마귀²⁾ 꼴! 世事到頭螳捕蟬。

---

1) 코끼리 삼키려는 뱀[蛇吞象]: 이 구절은 명대에 유행한 속담으로, 욕심이 끝
   이 없는 것을 두고 한 말이다.

코끼리를 삼킨 뱀. 생텍쥐페리, 《어린 왕자》

2) 매미 잡으려는 사마귀[螳捕蟬]: 전국시대 사상가 장주莊周(BC369~BC289?)
   의 우언집인 《장자莊子》〈산수山水〉에 나오는 우언에서 유래한 말. 그 우언
   은 이렇다. "한 매미를 보니, 이제 막 시원한 나무 그늘을 얻어 자기 몸조차
   잊고 있는데, 사마귀가 낫 같은 팔을 발을 들어 매미를 덮치려 했다. 그렇게
   지켜보면서 자기 몸조차 잊고 있는데, 기이한 까치가 그 뒤를 따르면서 이
   득을 노리고 있었다. 이득에 몰두하다가 정작 자신의 참모습을 망각한 것이

왕후장상 수명 연장해줄 약은 없으며,	無藥可延卿相壽,
돈 있어도 현명한 자손은 사기 어렵지.	有錢難買子孫賢。
가난도 달게 분수 지키며 팔자대로 산다면,	甘貧守分隨緣過,
그야말로 자유롭게 노니는 신선일 것을!	便是逍遙自在仙。

　이야기를 들려드리겠습니다.3) 대량大梁4) 고을에 장張 씨 성을 가진 부자 노인이 살았습니다. 아내는 이미 세상을 떠나고 아들도 없이 딸만 하나 낳아서 사위가 있었지요. 장 노인은 나이가 벌써 일흔이 넘어서 논밭과 재산을 모두 사위에게 넘겨주고 한집으로 합쳐 딸 부부의 봉양을 받는 것을 노후 대책으로 여겼습니다. 그런데 딸과 사위

다.睹一蟬, 方得美蔭而忘其身, 螳蜋執翳而搏之, 見得而忘其形, 異鵲從而利之, 見利而忘其眞” 나중에는 전한대 학자 유향劉向의 《설원說苑》〈정간正諫〉에 이르러 “사마귀가 매미를 잡으려 하지만 그 뒤에는 참새가 있네螳螂捕蟬, 黃雀在後”라는 대구로 사용되기 시작했다. 눈앞의 이익에만 집착하는 바람에 그 뒤에 따르게 될 불행은 간과하는 경우를 두고 한 말이다.

매미 잡는 사마귀

3) *본권의 앞 이야기는 풍몽룡 《지낭智囊》 권9의 〈찰지부察智部·봉사자奉使者〉에서 소재를 취했다.
4) 대량大梁: 중국 고대의 지명. 전국시대 위魏나라의 도성으로, 지금의 하남성 개봉시 서북부 일대에 해당한다.

는 겉으로만 장 노인 기분을 맞춰주면서 눈치를 살피고 말을 듣는 척했지요. 노인은 아들을 낳을 생각은 전혀 하지 않았습니다. 그러나 그 생각을 버렸더니 딸 부부가 자신을 차츰 홀대하는 바람에 견딜 수가 없었습니다. 하루는 노인이 문간에 한가하게 서 있는데 가만 보니 외손자가 나와서 '진지 드시라'며 할아버지를 부르는 것이었습니다.

"밥 먹으라고 나를 찾는구나?"

장 노인이 이렇게 말했더니 외손자는

"우리 할아버지요. 외할아버지 말고!"

하고 대답하는 것이 아닙니까! 장 노인은 그 말을 듣고 기분이 몹시 언짢았습니다.

"딸은 태어나는 순간부터 남의 집 식구[5]라더니 정말 허튼소리가 아니구나! (…) 내 나이가 아무리 많다지만 정력만은 아직 시들지 않았으니 후실이라도 하나 들여야 할까? 혹시 아들을 하나 얻는다면 장 씨 집안의 후손이 될 텐데 …."

이렇게 생각한 그는 자신이 남겨두었던 나머지 재산을 가지고 매파에게 부탁해 노魯 씨 댁 딸을 아내로 맞아들였습니다. 그런데 혼사를

---

5) 딸은 태어나는 순간부터 남의 집 식구[女兒落池便是別家的人]: 명대의 속담. 딸은 남의 집 며느리로 출가하므로 남의 집 식구와 다를 바가 없다는 뜻으로, 과거에 많이 사용된 출가외인出嫁外人과 비슷한 말이다.

치르고 얼마 지나지 않아 정말 아이를 임신했고, 딱 일 년 만에 아들을 하나 낳았지 뭡니까! 장 씨는 무척 기뻐했고 일가친척들도 모두 와서 축하 인사를 했지요. 그런데 유독 딸과 사위만 속으로 언짢게 여겼답니다.[6] 장 노인은 아들에게 바로 '일비一飛'라는 이름을 지어주었고, 사람들은 모두 그를 '장일랑張一郎'이라고 불렀지요.

다시 한두 해가 지났습니다. 장 노인은 병이 들었는데 증세가 하도 심각해서 몸조차 일으키지 못할 정도였지요. 위급한 상태에 이르자 장 노인은 유서를 두 장 쓰더니 한 장을 노 씨에게 주면서 일렀습니다.

"나는 사위와 외손자가 효도를 하지 않길래 자네를 후실로 맞아들였네. 그런데 하늘도 나를 불쌍히 여기셨던지 이 아들을 보게 해주셨지! 원래는 가산을 전부 아들에게 줄 생각이었네. 허나 … 아이 나이가 어린 데다가 자네는 자네대로 여인이어서 가문을 지킬 수가 없으니 어쩌겠는가! 사위한테 관리하라고 내줄 수밖에 없네! (…) 내가 사위에게 훗날 내 재산을 우리 아들한테 돌려주라고 대놓고 말했다가는 그 둘이 몰래 흉계를 꾸밀지도 모르네. 해서 지금 내가 이 유서 속에 … 은밀히 수수께끼[7]를 숨겨놓았네. (…) 자네가 단단

---

6) 【즉공관 미비】人情之常。인지상정이지.

7) 수수께끼[啞謎]: "아미啞謎"는 보통 쉽게 맞추기 어려운 수수께끼를 말하지만 여기서는 유서를 읽는 방법을 가리킨다. 한·중·일 세 나라에서는 고대로부터 100여 년 전 쉼표·마침표·느낌표·물음표 등과 같이 서구의 근대적인 문장부호가 도입될 때까지만 해도 뒤에 예시한 각서 원문에서 보듯이 문장부호를 사용하지 않고 간격이나 빈틈도 두지 않고 빽빽하게 글을 적었다. 때문에 문장을 어디에서 어떻게 끊느냐에 따라서 그 의미와 메시지가 다르게 받아들여지는 경우가 빈번했다.

히 간수하고 있다가 우리 아들이 다 크면 관가에 송사를 제기하도록 하게. 혹시라도 청렴결백한 관리를 만나면 그때 꼭 할 말을 하도록 하게!"

노 씨는 그 당부대로 하기로 하고 유서를 잘 간수했습니다. 장 노인은 그길로 사람을 시켜 딸과 사위를 불러서 당부를 몇 마디 하고 나머지 유서 한 장을 건넸습니다. 사위가 그것을 받아서 보니 이렇게 적혀 있었습니다.

"張一非我子也家財盡與我婿外人不得爭佔。"

그것을 본 사위는 몹시 기뻐하면서[8] 바로 마누라에게 건네 잘 간수하게 하는 것이었지요. 장 노인은 이어서 자신의 남은 재물을 은밀히 노 씨 모자에게 주고 생활비로 쓰게 하는 한편 집을 한 칸 빌려 그들이 지내게 해주었습니다. 그리고 며칠도 지나지 않아서 병세가 악화되는 바람에 죽고 말았답니다. 사위는 장인의 장례를 마치고 나자 그 집 재산이 전부 자기 것이라도 되는 양 부부 내외가 기고만장해진 것은 말할 필요도 없었지요.

계속 이야기를 들려드리지요. 노 씨는 아들을 정성껏 키워서 쑥쑥 잘 자랐습니다. 그러다가 문득 장 노인의 유언이 생각난 노 씨는 유서

---

8) 기뻐하면서~: 장 노인의 사위가 기뻐한 이유는 이 유언의 글귀를 "張一, 非我子也. 家財盡與我婿, 外人不得爭占." 식으로 끊어 읽었기 때문이다. 그렇게 끊어서 읽으면 그 의미는 "장일(장 씨 맏이)은 내 아들이 아니므로 집안 재산은 모두 내 사위에게 주며 외간사람들은 함부로 가질 수 없다"가 된다.

를 지니고 아들을 데리고 관아에 가서 송사를 제기했지요. 아, 그런데 관리들은 이구동성으로 '친필 유서에서 그렇게 말한 이상 재산은 당연히 사위에게 돌아가야 옳다'지 뭡니까! 게다가 그 사위는 돈으로 사람까지 매수한 상태였습니다. 그러니 어느 누가 노 씨 편을 들려고 하겠습니까? 그러자 친척들은 모두 장 씨 아들 편을 들어 불만을 토로하면서9) 다 같이 말했습니다.

"어르신께서 병환을 앓을 때 되는 대로 유언을 하시는 바람에 이런 웃기는 사태가 벌어지고 말았군! 그런데도 대응할 방법조차 없으니 …."

그리고 얼마가 더 지났을 때였습니다. 신임 지현知縣으로 바뀌었는데 유능하다는 평판이 자자하지 뭡니까. 그래서 노 씨는 이번에도 아들을 데리고 관아로 가서 송사를 제기했지요.

"세상을 떠날 때 유서에 수수께끼를 몰래 감추어놓았다고 하셨습니다요!"

지현은 유서를 보고 또 보다가 문득 그 속뜻을 깨달았습니다. 그는 즉시 사람을 시켜 장 노인의 딸과 사위, 그리고 일가친척들과 그 구역 담당관이며 원로들을 모두 불러오게 했지요. 지현은 그 사위를 보고 말했습니다.

---

9)【즉공관 미비】親戚有公道, 官府不如矣。官府有欲, 親戚無欲也。若亦以錢囑之, 不難改口。친척들에게는 정의감이 있는데 관아가 못났군. 관아에서 하려고만 했더라면 친척들은 할 마음도 먹지 않았을 것이다. 만약에 돈으로 부탁한다면 말을 바꾸기 어렵지 않을 테지.

"네 장인은 참으로 현명한 사람이다. 만약 이 유서가 아니었더라면 집안의 재산을 하마터면 너에게 모두 **빼앗길** 뻔했구나! 내가 직접 읽어 주지.

'張一非, 我子也, 家財盡與。我壻, 外人, 不得爭佔。'[10]

네 장인이 어째서 '날 비飛' 자를 '아닐 비非'로 적었는지 아느냐? 네 처남 나이가 어려서 네가 이 유서를 보고 나쁜 마음을 품고 해코지를 할까 걱정한 것이다. 그래서 이런 기지를 발휘한 것이니라! 이제 내가 알아냈으니 전 재산은 당연히 네 처남의 것이다. 여기에 더 이상 무슨 말이 필요하겠느냐?"

그러고는 바로 붓을 들어 유서에 구두점을 찍더니 재산을 전부 장일비에게 돌려주라는 판결을 내리는 것이었습니다. 감탄한 사람들은 흩어질 때가 되어서야 장 노인이 아들 이름을 지어줄 때 이미 계산이 서 있었다는 것을 깨달았답니다. 그야말로

남의 씨가 어찌 많은 재산을 가진단 말인가?　　異姓如何擁厚資。
친아들에게 돌아가야 함은 의심할 것도 없단다.　應歸親子不須疑。
유서 속 수수께끼[11] 누가 풀 수 있을까 했더니,　書中誣謎誰能識,

---

10) 장일비, 아자야~: 이 유언을 이렇게 끊을 경우 그 의미는 앞의 경우와는 달리 "장일비는, 내 아들이므로, 집안 재산을 모두 다 준다. 내 사위는 외간 사람이니, 함부로 가질 수 없다"가 된다.

11) 【교정】오誣: 상우당본에는 '서로 헐뜯을 오誣'로 나와 있다. 그러나 전통적으로 '수수께끼 미謎'와 함께 사용되고 전후 맥락에 걸맞은 글자는 '벙어리 아啞'이다.

원님[12]의 현명함이 참으로 놀랍기도 하구나!　　　大尹神明果足奇。

이 이야기 하나만 가지고도 세간의 친소 관계라는 것이 하늘이 정해 주시는 것임을 알 수가 있지요. 진실이 잠시 흐려질 수는 있을지 모릅니다. 그러나 나중에는 자연히 청렴하고 현명한 관리가 나타나 시비를 가려 주게 되는 법입니다. 그러니 여러분도 양심을 버리거나 자신을 속이는 짓을 벌이지 마시라 이겁니다!

이번에는 소생이 다른 이야기를 또 하나 들려드리겠습니다.[13] 제목

원대 잡극 《포 용도가 꾀로 각서를 받아내다》의 삽화

---

12) 원님[大尹]: 중국 고대의 관직명. 원래는 춘추전국시대 宋송나라의 관직명이었으나 명대에 태수太守에 대한 다른 호칭으로 사용되기도 했다.

13) *본권의 몸 이야기는 원대에 무명씨가 지은 잡극 희곡인 《포대제지잠합동문자包待制智賺合同文字》에서 소재를 취했다.

은 〈포 용도가 꾀로 각서를 받아내다〉[14]입니다. 이 이야기가 어디서 나왔는지 아십니까? 바로 송宋나라입니다. 변량汴梁 고을 서관西關 밖 의정방義定坊에 주민들 중에 유 씨네 첫째가 살았는데 이름이 천상天祥이고, 아내는 양楊 씨였습니다. 아우인 유 씨네 둘째는 이름이 천서天瑞이고, 아내는 장張 씨였지요. 이 집안의 가족 몇 식구는 한 집에서 지냈고 분가한 적이 없었습니다. 천상은 자식이 없고, 양 씨는 재가한 여자로 시집을 오면서 딸을 데리고 들어왔습니다. 남들이 말하듯이 '기름병을 끌고 온 셈'[15]이었지요. 천서는 아들을 하나 두었는데, 이름

---

14) 〈포 용도가 꾀로 각서를 받아내다[包龍圖智賺合同文]〉: 원대의 잡극 희곡 〈합동문자合同文字〉를 말한다. 〈합동문자〉는 무명씨의 작품으로, 원래 제목은 〈포용도지잠합동문자包龍圖智賺合同文字〉 또는 〈포대제지잠합동문자包待制智賺合同文字〉이다. 줄거리는 이 제33권의 내용과 큰 차이가 없으므로 소개를 생략한다. 권선징악을 주제로 원대의 재산 상속과 그로 말미암은 가정에서의 갈등을 잘 반영했다 하여 인기를 끌었으며, 명대에 식기자息機子의 《원인잡극선元人雜劇選》과 장무순臧懋循의 《원곡선元曲選》에 각각 수록되었다.

15) 기름병을 끌고 온 셈[拖油瓶]: 명대의 은어. 명대에는 전 남편의 자녀가 있는 과부가 재가할 때 재혼하는 남편 집에 그 자녀를 데려가는 일이 많았다. 이 경우 천재나 인재로 그 자녀에게 불행한 일이 생겼을 때 과부는 전 남편의 집안으로부터 비난을 받기 마련이었다. 재혼하는 남편 쪽에서는 그 같은 분쟁에 휘말리지 않으려고 과부에게 문서로 다짐을 받았는데 '전 남편 소생의 자녀는 재가할 때부터 지병이 있다. 따라서 금후로 만약 예상하지 못한 일을 당하더라도 재혼한 남편은 이와는 무관하다'라는 식으로 작성하곤 했다. 명대에 민간에서는 이 경우 병을 핑계로 댄다고 해서 '타유병拖有病'이라고 했는데 나중에는 이것이 민간에 전해지는 과정에서 발음이 비슷한 '타유병拖油瓶'으로 잘못 전해졌다고 한다. 여기서도 원래는 '병을 핑계로 대다'로 번역해야 옳지만 편의상 원문에 나와 있는 그대로 풀어서 '기름병을 끌고 가다'로 번역했다. '타拖'는 동사로 그 뒤에 사물을 뜻하는 명사가 오면 '끌다drag'라는 의미를 나타내지만 동사구가 오면 '핑계를

을 유안주劉安住라고 불렀습니다. 그 마을에는 이李 사장社長16)이라는 사람이 살았는데, 정노定奴라는 딸을 하나 두었고, 유안주와 동갑이었지요. 이 사장과 유 씨네는 절친한 사이였기 때문에 당사자들이 태어나기도 전에 뱃속 아이를 약혼시켰답니다.17) 유안주가 두 살 때 벌써 천서가 그를 이 씨 댁 딸과 짝지어준 것이지요. 그런데 양 씨는 성품이 매우 어질지 못했습니다. 거기다가 은근히 자기 딸이 다 자라면 데릴사위를 들이고 재산을 모두 그에게 나누어줄 생각을 하고 있었지 뭡니까. 그렇다 보니 동서들 사이에서는 걸핏하면 뒷말이 나오곤 했습니다. 그나마 천상 형제는 사이가 좋았기 때문에 장 씨도 화를 삭이고 지내다 보니 사이가 벌어지는 지경까지는 가지 않았지요.

그런데 뜻밖에도 흉년을 만나 작물18)을 거두지 못하게 됐지 뭡니

대다cook up'로 해석하는 것이 보통이다.

16) 사장社長: 원대의 관직명. 지방행정조직인 사社의 수장. 지원至元 7년(1270)에 지방 향촌의 50세대를 1사社로 편성하고 나이가 많고 농사에 밝은 한족 출신 지주를 그 수장인 사장에 임명하여 행정을 관장하게 했다. 명대의 의화본에 원대의 직함이 나온 것은 이 이야기의 원본인 희곡 〈포용도지잠합동문자包龍圖智賺合同文字〉가 원대의 작품이어서 그 이야기에 언급된 인명·지명·관직명 등을 그대로 반영했기 때문이다.

17) 뱃속 아이를 약혼[指腹爲婚]: '지복위친指腹爲親'은 뱃속 아기에게 인연을 맺어준다는 뜻이다. 중국에서는 전통적으로 지인 사이인 두 집안에서 여주인이 비슷한 시기에 임신을 하면 아이가 태어난 후 부부의 인연을 맺기로 언약하는 일이 많았다. 한 집이 아들이고 한 집이 딸이면 당사자들이 장성했을 때 정식으로 혼례를 치러 부부의 인연을 맺게 해주었는데 이를 '지복혼指腹婚' 또는 '태혼胎婚'이라고 불렀다. 또 두 집 아기 모두 아들이거나 딸인 경우에는 의형제나 의자매의 인연을 맺어주었다. 학자들의 연구에 따르면, 이 같은 특이한 혼인 풍습은 육조六朝시대에 권문세가 사이에서 비롯되었으며, 원대에 이르러 국법으로 금지하기도 했지만 민간에서는 근대까지 존속했다고 한다.

까! 상급 관청에서는 공문을 내려 주민들에게 분가해서 식구를 줄이고 객지로 나가서 생계거리를 찾게[19] 했습니다. 그래서 천상은 아우와 상의해서 즉시 멀리 떠나기로 결심했지요.

"형님은 연세가 많아서 객지에 나가시면 안 됩니다! 이 아우가 아내와 아들을 데리고 좀 다녀오지요."

천서가 이렇게 말하자 천상은 아우의 뜻을 따르기로 하고 즉시 이사장을 부르더니 그를 보고 말했습니다.

"사돈이 계신 자리에서 한 말씀 드리겠습니다. 올해 흉년이 심하게 드는 바람에 생계를 꾸리기가 어렵게 되었습니다. 상급 관청에서는 공문을 내려 주민들한테 식구를 줄이고 타향으로 가서 생계를 꾸리라는군요.[20] 해서 지금 아우네 세 식구가 날을 잡아 먼 길을 떠나기로 했답니다. (…) 우리 집안은 원래 분가한 적이 없습니다. 해서 각서[21]

---

18) 작물[六料]: '육료六料'는 고대 중국에서 일반적으로 벼[稻], 보리[大麥], 밀[小麥], 콩[大豆], 팥[小豆], 깨[芝麻]의 여섯 가지 곡물을 가리키는 말이었다. 여기서는 편의상 "작물"로 번역했다.

19) 생계거리를 찾게[趁熟]: '진숙趁熟'은 중국에서 고대에 흉년을 만났을 때 작황이 좋거나 수확을 앞둔 지방으로 가서 생계거리를 찾는 것을 말한다. 여기서는 편의상 "생계거리를 찾다"로 번역했다.

20) 【즉공관 미비】上司多事, 救荒無奇策, 不擾之足矣。상부 관청에 일이 많아서 구황에 기발한 대책이 없는가? 엉망으로 만들어놓지 않으면 그걸로도 족한 거겠지.

21) 각서[合同文字]: '합동문자合同文字'는 원·명대 구어에서 계약[문]서를 뜻한다. 그런데 이 이야기에는 계약 사항, 의무 이행, 법적 제재 등 확인서의 기본 내용이 포함되어 있지 않다. 오히려 유천상·유천서 형제가 그 집안이 소유한 부동산 및 재산의 내역과 그 소유권을 명시하는 것을 주요한 내용으로 삼고 있을 뿐이다. 그래서 여기서는 원래의 뜻인 계약서 대신에 '각서'

를 두 장 써서 소유한 논밭과 농기구, 가옥들의 내역을 모두 이 문서에 적고 우리 형제가 각자 문서를 한 장씩 간수하기로 했지요. 아우가 한두 해 지나서 돌아오면 상관이 없습니다. 허나, … 오 년, 십 년이 지나도 돌아오지 않고, 그 사이에 만에 하나 무슨 변고라도 생기면 이 문서가 아주 중요한22) 증거가 되어주겠지요. 일부러 사돈을 모셔 증인으로 삼기로 했으니 우리한테 서명을 좀 해주시지요."

"당연히 그래야지요, 당연히!"

이 사장이 승낙하자 천상은 바로 백지를 두 장 꺼내더니 붓을 들고 이렇게 쓰는 것이었습니다.

로 번역했다.

22) 아주 중요한[老大]: '노대老大'는 현대 중국어는 물론이고 원·명대 구어에서도 '맏이firstborn·큰형the eldest'이라는 의미로 주로 사용된다. 그러나 명대의 일부 구어체 문학작품들에서는 '노'가 '아주very', '대'가 '크다big·중요하다important'라는 의미로 해석되어 '아주 중요하다very important' 또는 '결정적이다decisive' 등의 형용사 또는 관형어로 사용된 용례들을 적잖이 확인할 수 있다. 시내암施耐庵의 소설 《수호전水滸傳》에서 무송武松과 반금련潘金蓮의 이야기를 다룬 대목을 보면 "和這十兩銀子收着, 便是個老大證見"이라는 대사가 나온다. 여기에 나오는 '노대'는 '맏이'나 '큰형'으로 이해하면 곤란하며 그 뒤에 오는 명사 '증견證見'을 수식하는 형용사 관형어로 해석하여 '아주 중요한' 또는 '결정적인'으로 이해해야 옳다. 즉 그 대사를 "이 은자 열 냥과 같이 잘 간직해두게. 아주 중요한 증거니까!"라고 번역해야 하는 것이다. 이 이야기에 등장하는 '노대' 역시 마찬가지이다. 전후 맥락을 살펴볼 때 《수호전》의 경우처럼 여기서의 '노대'는 유천서의 형인 유천상을 가리키는 명사가 아니라 확인서의 성격을 지시하는 형용사 관형어로 해석해야 옳다. 따라서 여기서는 '老大的證見'을 '맏이의 증거'가 아니라 "아주 중요한 증거"로 번역했다.

동경 서쪽 관문 의정방에 사는 주민 유천상, 아우 유천서, 어린 조카 안주는 작물을 수확하지 못하였다. 이에 상부 관청의 공문을 받들어 분가하여 식구를 줄이고 각지로 나가 생계거리를 찾기로 하였다. 그래서 아우 천서가 그 아내와 아들을 데리고 타향으로 생계거리를 구하러 가기를 자원하였다. 모든 가산과 부동산은 아직 나누지 않은 바, 이제 확인서를 두 장 작성하고 각자 한 장씩 보관하여 증거로 삼고자 한다.

年 片

東京西關義定坊住人劉天祥、弟劉天瑞切侄安
住只爲六料不收牽上司文書分房口各處趁
熟弟天瑞自願挈妻帶子他鄉趁熟一應家私房
產不曾分另今立合同文書二紙各收一紙爲照

日立文書人劉天祥
親弟劉天瑞
見人李社長

상우당본의 각서(부분)

년   월   일

　작성자 유천상
　친아우 유천서
　증 인 이사장

명대 서명의 예시. 명나라 마지막 황제 숭정제 주유검朱由檢의 서명

그 자리에서 각각 서명23)을 한 형제는 각자 한 장씩 간수하고 이

---

23) 서명[花押]: '화압花押'은 각종 문서에 본인임을 알 수 있도록 자신의 이름이나 직함 아래에 자필로 쓰는 일정한 자형字形이다. 토지·노비·가옥 등의 매매 문서나 권리관계를 밝힌 문서를 작성할 때 문서의 공적인 효력 및 신

사장을 잘 대접해서 돌려보냈답니다. 천서가 길일을 골라 행장을 꾸리고 나서 형수와 작별인사를 나누고 길을 나서니 형제는 두 사람 다 눈물을 흘렸답니다. 그러나 양 씨만은 마침 그 세 식구가 집을 떠나기를 바라마지않으면서 몹시 흐뭇해하는 것이었지요. 이 일을 소개한 선려조仙呂調의 【상화시賞花時】24)가 한 편 있습니다.

두 장의 각서를 각자 간수하고,	兩紙合同各自收,
어느 날 갑자기 헤어지니 그 근심 한량 없구나!	一日分離無限憂。
고향 땅 떠나서,	辭故里,
다른 고을로 가게 된 것은,	往他州,
바로 저 누렇게 말라 죽은 싹 못 살려서이니,	只爲這黃苗不救,
'마음 떠나면 그 뜻 거두기 어렵다'는 경우구나!	可兀的心去意難留。

계속해서 이야기를 들려드리지요. 천서는 아내와 아들을 데리고 도중에 풍찬노숙을 하면서 말 그대로

다리를 만나면 꼭 말에서 내리고,	逢橋下馬,
나루를 건널 때는 꼭 배를 탔다네.25)	過渡登舟。

뢰를 위해 사용했다. 수례手例·수압手押·수결手決·수촌手寸·서압署押·화서花書·화자花字로 불리기도 했으며, 줄여서 '압押'이라고 부르기도 했다.

24) 선려조仙呂調의 【상화시賞花時】: 제33권 이야기의 원본인 원대 잡극 희곡 〈포용도지잠합동문자〉의 제1장에 해당하는 설자楔子(막간극)에 나오는 노래 가사이다.

25) 다리를 만나면 꼭 말에서 내리고~: 송대의 문인소설인 《후청록侯鯖綠》에 나오는 시의 일부. 원문은 다음과 같다. "집을 떠날 때 어르신께서 이렇게 당부하셨지. 다리를 만나면 꼭 말에서 내리고, 나루를 건널 때는 배를 먼저 타려 하지 마라. … 이 말대로 하면 길 가는 것이 힘들지는 않으리라記得離

그렇게 며칠이 되지 않아 산서山西 땅 노주潞州²⁶⁾ 고평현高平縣의 하마촌下馬村에 도착했습니다. 그곳은 바야흐로 풍년이 들어서 무슨 장사를 해도 잘될 것 같았지요. 그래서 당장 그 고을 부자의 집을 한 칸 빌려서 지내기로 했답니다.

　　그 부자는 장張 원외員外²⁷⁾로, 이름은 병이秉彝이고, 아내는 곽郭 씨였습니다. 이 부부 내외는 남들을 위해 재물을 나누고 의리를 중요하게 여겼으며 선행과 자선을 베풀기를 좋아했지요. 토지와 주택도 넉넉하게 가지고 있었습니다. 그러나 자녀복만은 하나도 없어서 그 일이 늘 속으로 불만이었지요. 그러다가 유 씨네 내외를 보니 화기가 애애한 것이 여간 마음에 드는 것이 아니었답니다.

　　그때 유안주는 나이가 딱 세 살이었습니다. 장 원외는 아이가 말쑥하게 생기고 눈치가 있고 총명한 것을 보고 아주 좋아했지요. 그래서 아내와 의논한 끝에 그 아이를 양자로 들이기로 했습니다. 곽 씨도 내심 그렇게 되기를 바라던 참이었습니다. 그래서 바로 사람을 시켜 천서와 장 씨에게 이렇게 부탁하게 했지요.

　　"장 원외께서 댁의 도련님을 보시고 엄청스럽게²⁸⁾ 마음에 들어 하

　　家曰, 尊親囑付言. 逢橋須下馬, 過渡莫爭船. 雨宿宜防夜, 雞鳴更相天. 若能依此語, 行路免迍遭" 모험을 하지 말고 매사에 신중하게 대처하라는 뜻으로 한 말이다.

26) 노주潞州: 중국 고대의 지명. 지금의 산서성 장치시長治市에 해당한다. 북주北周 선정宣政 원년(578)에 처음 설치되었고, 당나라 천보天寶 원년(742)에 상당군上黨郡으로 개칭되었다가 건원乾元 원년(758) 이래로 다시 노주로 불렸다.

27) 원외員外: 원·명대의 존칭. 여기서는 재산이 많거나 권세가 있는 부자들을 부르는 호칭으로 사용되었다.

십니다. 그 아이를 수양아들로 삼아 두 집안이 서로 내왕하고 싶다고 하시는군요. 두 분 의향은 … 어떠신지요?”

천서와 장 씨의 입장에서야 부잣집에서 자기 아들을 양자로 들이고 싶다는데 마음에 들고 자시고 할 것이 뭐가 있겠습니까? 그래서 냉큼 대답을 했지요.

“저희는 너무 가난해서 그런 호강은 언감생심이올시다 … 마는, … 혹시라도 원외께서 그처럼 아름다운 인정을 베풀어주신다면 … 저희 부부로서야 여기서 지내는 동안 정말이지 대단한 영광이 아닐 수 없겠지요!”

그 사람은 그 말을 장 원외에게 전했습니다. 장 원외 부부는 몹시 기뻐하면서 당장 길일을 골라 유안주를 양자로 들이고 그날부터 그를 ‘장안주張安柱’라고 부르기 시작했습니다. 장 씨는 장 씨대로 원외와 성씨가 같은지라 원외를 오라비로 모시기로 했지요. 이때부터 원외는 천서와 매부 자형 사이가 되어 각별하게 내왕하면서, 집세는 물론 옷값에 밥값까지 돈을 쓰지 못하게 하는 것이었습니다. 두 집이 이렇게 거의 반년을 지냈을 때였습니다. 뜻밖에도

‘기쁨이 오기도 전에,   歡喜未來,

---

28) 엄청스럽게[十二分]: 중국어에서 ‘십분十分’은 ‘매우’ 또는 ‘몹시’에 해당하는 정도부사로서 널리 사용된다. ‘십이분十二分’ 역시 정도부사이다. 그러나 일상적으로는 용례를 찾아볼 수가 없는 것을 볼 때 아마 ‘십분’보다 정도가 대단한 것을 과장해서 나타내기 위하여 특별히 사용했을 것이다. 여기서는 편의상 “엄청스럽게”로 번역했다.

괴로움이 또 닥칠 줄이야.'   煩惱又到。

이번에는 유 씨 부부가 차례로 역병에 걸려 몸져누웠지 뭡니까, 글
쎄! 그야말로

된서리는 뿌리가 없는 풀에만 내리고,   濃霜偏打無根草,
불행은 복 없는 놈한테만 닥치누나[29]!   禍來只捧福輕人。

장 원외는 그들 부부가 병이 든 것을 보고 친혈육같이 대하는가
하면, 의원을 불러 약을 짓고 병구완까지 챙겼습니다. 그러나 증상은
악화되기만 할 뿐 나아질 기색이 전혀 보이지 않았지요. 급기야 며칠
되지도 않아 장 씨가 먼저 세상을 떠나고 말았습니다. 천서는 한바탕
대성통곡을 했고, 장 원외는 관을 사서 장사를 지내주었답니다.
  며칠이 지난 뒤였습니다. 천서는 자신의 병이 날로 악화되자 나을
수 없다는 것을 깨달았습니다. 그래서 즉시 사람을 시켜 장 원외를
부르더니 그를 보고 말했습니다.

  "큰 은인께서 자리에 계시니 소생 … 속에 담아두었던 말씀을 좀
드려도 되겠는지요?"

  "매제! 나는 자네와 친혈육과도 같은 사이일세. 당부할 말이 있으
면 전부 나한테 맡기게. 부탁한 일은 절대로 저버리지 않을 테니 기탄

---

29) 【교정】 닥치누나[捧]: 상무당본(제1442쪽)에는 '손 어지러울 분捧'으로 나와
있다. 그러나 전후 맥락을 따져볼 때 '뛸 분奔'으로 이해하는 것이 옳다. 여
기서도 '분'을 '뛰다'의 의미에 착안하여 '닥치다'로 번역했다.

없이 말해보게나!"

원외가 말하자 천서는 이렇게 말했습니다.

"저희 친형제 둘은 왕년에 고향을 등질 때 형님이 각서를 두 장 써서 형님이 한 장을 보관하고 소생이 한 장을 간수했습니다. 무슨 변고라도 생기면 그것을 증거로 삼기 위해서 말입니다. (…) 지금 큰 은인께서 각별하게 대해주신 덕택을 입고 있습니다만, 뜻밖에도 팔자가 기구하여 객지의 귀신이 되고 마는군요! (…) 안주는 어리고 아는 것도 없는 녀석입니다만 큰 은인께서 양자로 거두어주셨습니다. 부디 큰 은인께서 음덕을 두루 쌓으셔서 아들놈을 장성할 때까지 잘 키워주십시오. 이 각서를 아들에게 주시고 저희 부부 내외의 유골을 선영에 묻으라고 당부해주십시오! 소생 금생에서는 은혜를 갚지 못할지언정 내세에는 기꺼이 나귀가 되고 말이 되어서라도 큰 은혜에 보답하겠습니다! 그러니 … 꼭 아들이 본래의 성씨를 잊지 않게 해주십시오!"

말을 마친 천서는 눈물을 비 오듯이 흘리는 것이었습니다. 장 원외는 장 원외대로 눈물을 흘리면서 연신 그렇게 하겠다고 대답하고 좋은 말로 그를 안심시켰지요. 천서는 문서를 꺼내 장 원외에게 주어 간수하게 하고, 저녁나절이 되자 눈을 감고 세상을 떠나고 말았습니다. 장 원외는 또 관과 수의, 이불 따위를 준비해 입관을 마치고 나서 그 부부 내외의 관을 자신의 선영 옆에 임시로 안장했습니다.

장 원외는 이렇게 안주를 키우면서 자신의 친아들같이 사랑을 베풀었습니다. 안주가 차츰 커갔지만 출생의 비밀을 알려주지 않은 채 학당에 보내 글공부까지 시켰지요.
안주는 영리하고 총명해서 글을
한 번 보기만 해도 다 외울 정도였
습니다. 그래서 나이는 열몇 살밖
에 되지 않았지만 "오경五經30)"에
"자子·사史"31)까지 통달하지 않
은 책이 없었지요. 게다가 됨됨이가 온순한데다가 효성과 공경을 다

오경

해서장 원외 부부도 그를 진귀한 보배와도 같이 대했습니다. 해마다
봄가을이면 안주를 데리고 성묘를 가서 자기 부모에게 절도 시켰지
요. 물론, 그 까닭을 그에게 설명해주지는 않았지만 말입니다.

참으로 세월은 쏜살같고 해와 달은 베틀의 북 같아서, 손가락을 퉁
길 만큼 짧은 사이에 어느덧 십오 년이 흘렀습니다. 안주도 벌써 다
커서 열여덟 살이 되었지요. 장 원외는 그렇지 않아도 곽 씨와 상의한
끝에 안주에게 과거의 사연을 알려주고 고향에 돌아가 아버지를 안하
도록 하게 했지요. 때는 바야흐로 청명절淸明節이었습니다. 부부 두
사람은 이번에도 안주를 데리고 성묘를 갔습니다. 그런데 가만 보니
안주가 옆의 무덤을 가리키면서 원외에게 묻는 것이었습니다.

---

30) 오경五經: 중국 고대의 대표적인 학파인 유가儒家의 주요한 경전인 《역경易
經》·《서경書經》·《시경詩經》·《예경禮經》·《춘추春秋》를 가리킨다.
31) 자子·사史: 전자는 도가道家, 법가法家 등과 같이 유가를 제외한 중국 고대
의 학파들의 경전이나 관련 저술들을 말하며, 후자는 정사正史·편년사編年
史·전기傳記 등과 같이 역사 사건들을 기술한 저술들을 말한다. "자·사"는
경우에 따라서는 이런 범주를 뛰어넘어 다양한 저술과 서적을 아울러 일컫
는 말로 폭넓게 사용하기도 한다.

장 원외가 의롭게 양자를 들이다.

"아버님께서는 해마다 저한테 이 무덤에 절을 하라고 시키셨지요. 지금까지 여쭌 적이 없습니다만 … 저희 친척분이신지요? 소자한테 일러주십시오."

"아들아, 그렇지 않아도 너에게 일러주려던 참이었느니라! 허나, 너를 고향에 돌려보내 너를 낳아주신 친부모를 알게 되면 너를 키워준 우리 은혜에는 무덤덤해질까 걱정이구나! (…) 너는 사실 성이 장 가도 아니거니와 이 고을 출신도 아니란다. 너는 원래 성이 유 씨이니라. 동경 땅 서관의 의정방에 살던 유천서의 아들이고, 네 큰아버님은 유천상이란다. 너희 고향에 흉년이 들어 분가하고 식구를 줄이는 바람에 네 아버지 어머니가 너를 이곳으로 데려와 생계거리를 구했었지. 허나, … 뜻밖에도 네 부모님 두 분 모두 세상을 떠나는 바람에 이곳에 모시게 되었단다. (…) 네 아버지는 임종할 때 내게 각서 한 장을 남기셨다. 네가 소유해야 할 가산과 토지들이 전부 이 문서에 적혀 있단다. 네가 다 커서 어른이 되면 너에게 이런 사연을 일러주고, 이 문서를 가지고 큰아버지 큰어머니를 뵙고 양친의 유골을 가지고 선영에 가서 안장하게 해 달라고 당부하셨단다. (…) 아들아, 이제 너에게 알려줄 수밖에 없구나! 내 비록 삼 년 동안 너를 양육하는 수고는 기울이지 못했다마는[32] 그래도 십오 년 동안 보살펴준 은혜가 있지 않겠니? 그러니 우리 부부 둘을 잊으면 안 되느니라!"

장 원외가 이렇게 말하자 안주는 그 말을 듣고 울다가 땅바닥에

---

32) 삼 년 동안 너를 양육하는 수고는~: '삼 년 동안 양육하는 수고'란 친부모가 진자리 마른자리 갈아가면서 자녀를 키우는 은혜를 가리킨다. 여기서는 장 원외가 자신이 유안주의 친아버지가 아님을 밝히면서 한 말이다.

쓰러져버리는 것이 아닙니까. 원외와 곽 씨가 이름을 부르면서 의식을 되찾게 해주자 안주는 다시 부모의 무덤을 향하여 절을 했습니다.

"오늘에서야 저를 낳아주신 부모님을 알게 되었군요!"

한바탕 소리 놓아 울고 난 그는 원외와 곽 씨를 보면서 말했습니다.

"아버님, 어머님! 소자가 이 일을 알았으니 한 시도 지체할 수가 없습니다. (…) 아버님, 그 문서를 제게 주십시오. 부모님 유골을 모시고 동경에 꼭 좀 다녀와야겠습니다! 선영에 모시고 나면 다시 돌아와 아버님, 어머님을 모시도록 하겠습니다. 두 분 의향은 어떠신지요?"

그러자 원외가 말하는 것이었습니다.

"네가 효도를 다하겠다고 하는 일인데 내가 어떻게 막겠느냐? 부디 빨리 갔다가 빨리 돌아와서 우리 내외가 걱정하는 일이 없게 해주기만 바랄 뿐이니라!"

그길로 함께 집으로 돌아오자마자 안주는 행장을 꾸리고 이튿날 부모에게 절을 올리고 작별인사를 했습니다. 원외는 각서를 꺼내 안주에게 건넸습니다. 이어서 사람을 시켜 유골을 꺼내 오고, 모시고 가게 했지요. 그렇게 해서 길을 나서려는데 원외가 또 신신당부를 하는 것이었습니다.

"고향에 너무 오래 연연하느라 이 양부모를 잊지는 말아다오!"

"소자 어떻게 은혜를 알면서 갚지 않을 수가 있겠습니까. (…) 큰일을 마치고 나면 전처럼 슬하로 돌아와 두 분을 모시겠습니다!"

세 사람은 저마다 눈물을 흘리면서 작별인사를 나누는 것이었습니다.

안주는 길에서 지체하지 않은 덕분에 일찍 동경 서쪽 성문 바깥의 의정방에 도착할 수가 있었습니다. 도중에 물어 물어 유 씨 댁까지 왔는데 가만 보니 웬 노파가 문 앞에 서 있는 것이 아닙니까. 안주가 곁으로 다가가 큰소리로 인사를 하고 나서 말했습니다.

"할멈, 미안하오마는 내 말씀 좀 전해주시오. 나는 성이 유, 이름이 안주로, 유천서의 아들입니다. 듣자니 여기가 우리 큰아버님 큰어머님 댁이라고 하는구려. 두 분을 뵙고 내 뿌리를 알고자 일부러 이렇게 찾아왔소이다!"

그런데 가만 보니 노파는 그 소리를 듣자마자 표정이 좀 바뀌더니 안주에게 묻는 것이었습니다.

"지금 둘째 도련님과 동서는 어디에 있느냐? (…) 네가 정말 유안주라면 그 증거로 각서가 있어야 한다. 그렇지 않으면 일면식도 없는 자를 어떻게 진짜라고 믿을 수 있겠느냐."

"부모님은 십오 년 전에 노주에서 돌아가셨소이다! 다행스럽게도 나는 양부모님께서 지금까지 키워주셨지요. 문서야 당연히 내 짐 속에 있고요."

안주가 말하자 노파는 그제야 말했습니다.

"내가 바로 유 씨 집안 장남의 마누라이니라. 문서가 있다면 진짜겠지. (⋯) 그 문서는 나한테 주고 너는 일단 문 밖에 서 있거라.[33] 내가 가지고 들어가서 네 큰아버지한테 보여주고 나서 너를 데리고 들어가마."

"큰어머님이신 줄도 모르고 ⋯ 정말 실례를 저질렀습니다!"

안주는 이렇게 말하고 짐을 풀더니 두 손으로 문서를 건넸습니다. 양 씨는 그것을 받아 안으로 들어갔습니다. 그러나 안주가 한참을 기다려도 도무지 나올 기색조차 보이지 않지 뭡니까, 글쎄! 사실 양 씨는 딸이 벌써 데릴사위를 들인 터여서 마음속은 그저 재산을 전부다 그에게 넘겨줄 생각뿐이었지요. 그래서 밤낮으로 시아주버니와 동서와 조카가 돌아오는 것을 막는 데에만 골몰하고 있었답니다. 오늘도 시아주버니와 동서 두 사람 모두 세상을 떠났다는 말을 듣자 큰아버지와 조카가 여태까지 한 번도 서로 만난 적이 없으니 얼마든지 속일 수 있다고 생각한 게지요. 방금 전에도 안주를 속여 문서를 손에 넣자마자 그것을 몸 속 깊숙한 곳에 꼭꼭 감추어두고 안주가 다시와서 매달리면 딱 잡아뗄 속셈이었습니다. 그런데 유안주가 운이 풀리지 않으려고 그랬는지 일이 터지자니 하필이면 그녀와 마주쳤던거지요. 만일 유천상을 먼저 만났더라면 이런 봉변은 하지 않았을 텐데 말입니다.

다시 이야기를 들려드리지요. 유안주는 기다리다 보니 한숨이 다

---

33) 【즉공관 미비】騙他在門外, 足知其不良矣。 안주를 속여 문 밖에 세워두었으니 양씨가 나쁜 것을 잘 알 수 있는 셈이다.

나오고 목이 다 탔습니다. 그런데도 귀신 그림자 하나 얼씬하지 않지 뭡니까. 그렇다고 해서 집 안으로 불쑥 밀고 들어갈 수도 없었지요. 그렇게 한참을 이상하게 여기고[34] 있을 때였습니다. 가만 보니 앞에 서 웬 나이 지긋한 사람이 걸어오더니 묻는 것이었습니다.

"젊은이, 그대는 어디 사람이오? 무슨 일로 우리 집 문 앞에 우두커 니 서 있는 게요?"

"혹시 … 큰아버님이 아니신지요? 저는 십오 년 전에 부모님이 노 주에 생계거리를 찾으러 가실 때 데려갔던 바로 그 유안주입니다!"

안주가 이렇게 말하자 그 사람이 말하는 것이었습니다.

"그럼 네가 바로 내 조카로구나! 헌데, … 너희 집 각서는 어디 있느 냐?"

"방금 큰어머님께서 벌써 가지고 들어가셨는데요."

그러자 유천상은 온 얼굴에 웃음꽃이 활짝 핀 채 그의 손을 잡고 대청으로 갔습니다. 안주가 엎드려 절을 하려고 하는데 천상이 말하 는 것이었습니다.

"얘야, 먼 길 오느라 지쳤을 텐데 그럴 것 없다! 우리 내외는 나이가 많아서 말 그대로 바람 앞의 촛불 신세란다. 너희 세 식구는 떠난 뒤 로 십오 년 내내 기별이 없었다마는 … 우리 형제 둘은 그저 너 하나

---

34) 이상하게 여기고[疑心]: '의심疑心'은 이상하게 여기는 것을 가리킨다.

중국 전통 가옥에서 대청의 위치와 내부 모습

만 바라보고 있었단다! '이렇게 많은 재산을[35] 물려받을 사람이 없다'
고 얼마나 걱정근심을 했던지 내 눈이 다 침침해지고 귀까지 잘 들리
지 않게 되었구나! 이제 다행스럽게도 네가 돌아왔으니 참으로 기쁘
다! (…) 그건 그렇고 … 네 부모는 편안하고? 어째서 우리를 보러
같이 오지 않은 게냐?"

안주는 눈물을 철철 흘리면서 부모가 모두 죽고 양아버지가 키워준
사연을 자초지종 들려주었습니다. 그러자 유천상도 덩달아 한바탕 소
리 놓아 울더니 양 씨를 불렀습니다.

"임자, 조카가 여기서 임자한테 인사를 하겠다는구려!"

"조카라니 … 웬 조카요?"

---

35) 【즉공관 미비】既有偌大家私, 當時何必分房他往。 이렇게 많은 재산을 가졌으면
　　서 그때 굳이 분가해서 객지로 보내야 했을까?

"아, 십오 년 전에 생계거리 구하러 객지에 나갔던 유안주 말이야!"

그랬더니 양 씨는

"누가 유안주래요? 여기에는 사기꾼이 너무 많아서 탈이야. 하나같이 우리가 재산 좀 가진 걸 알고 유안주인 척 사기 치는 놈들이잖아요! (…) 그 아이 부모가 떠날 때 각서가 있었지요. 그걸 가지고 있다면 진짜겠지. 하지만 … 그게 없다면 보나마나 가짜예요! 그걸 왜 안 보여주나 몰라?"

하고 말하는 것이 아닙니까! 그래서 천상이 말했지요.

"방금 애가 임자한테 벌써 건넸다던데?"

"난 본 적이 없어요!"

양 씨가 이렇게 말하자 안주가 말했습니다.

"제가 이 손으로 직접 큰어머님께 드렸지 않습니까! 어째서 그런 말씀을 하세요?"

"임자, 장난치지 마시오. 애가 당신이 자기 문서를 가져갔다고 하지 않소."

천상이 이렇게 말했지만 양 씨는 그래도 고개를 가로저으면서 끝까지 인정하려 들지 않는 것이었습니다. 그래서 천상이 다시 안주에게 말했습니다.

"그 문서가 정말 어디에 있느냐? 사실대로 말하려무나!"

"제가 어떻게 큰아버님을 속일 수가 있겠습니까? 정말 큰어머님께서 가져가셨다니까요! (…) 양심과 하늘이 빤히 지켜보고 있는데[36] 어떻게 남을 속일 수가 있겠습니까?"

그러자 양 씨는 냅다 욕을 퍼부었습니다.

"이 후레자식[37]아! 내가 언제 그 문서를 보았다고 그래?"

"임자, 입씨름 할 것 없소. 임자가 정말 가져갔으면 나한테 좀 보여 준들 어때서 그래?"

천상이 이렇게 말해도 양 씨는 버럭 성을 내면서 말하는 것이었습니다.

"이 영감탱이가 노망이 나셨나? 내가 당신하고 부부의 정이란 게 있는데 내 말은 죽어도 못 믿겠다 이거유? 생판 알지도 못하는 남은 아예 의심조차 하지 않으면서 말이야! 그딴 문서 숨겨놓았다가 내가 창문을 바르겠어, 뭘 하겠어? 무슨 쓸데가 있다고! (…) 만약에 정말로 조카가 왔으면 내가 얼마나 기쁘고 반갑겠어요? 내가 왜 억지로 잡아떼겠냐고! (…) 저놈의 거렁뱅이가 아주 작정을 하고 와서 혓바닥을 놀리는 거라고

---

36) 양심과 하늘이~: 이 말은 유안주가 거짓말을 한다는 누명을 쓴 자신의 입장을 해명하려고 한 말이다. 그런데 잘못을 한 양 씨는 지레 이 말을 자신에게 하는 빈정거리는 말로 받아들이고 있다.

37) 후레자식[弟子孩兒]: '제자弟子'는 원·명대 구어에서 기생을 일컫는 은어로 사용되었다. '제자해아弟子孩兒'는 글자 그대로는 '기생의 자식'이라는 뜻이지만, 여기서는 편의상 통용되고 있는 "후레자식"으로 번역했다.

요! 우리를 속여서 재산을 가로채려는 수작이라고, 글쎄!"

"큰어머님, 저는 정말이지 재산은 바라지도 않습니다. 그저 조상님들 선영 곁에 제 부모님의 유골만 모시면 그길로 노주로 돌아갈 것입니다. 제게는 정을 붙이고 살 곳이 따로 있습니다."[38]

안주가 이렇게 말하자 양 씨는

"누가 네놈 그 감언이설을 곧이들을 줄 알고?"

하면서 대뜸 작대기를 집어 들더니 안주를 향해 머리며 얼굴에 마구 휘두르는 것이 아닙니까. 그 바람에 안주는 금세 머리가 깨져서 붉은 피가 튀고 난리가 아니었습니다. 천상은 옆에서 뜯어말리면서 고함을 질렀습니다.

"일단 확실하게 물어나 보자니까!"

그러나 그 자신조차 상대가 조카인지 아닌지 확인하지 못한 상황이었지요. 그런 판국에 마누라가 죽어도 인정하지 않으려고 하는 것을 보니 안주가 가짜인지 진짜인지 알 수가 없어서 도무지 판단을 내릴 수가 없지 뭡니까. 꼼짝없이 양 씨의 말을 따를 수밖에 없었지요. 양 씨는 안주를 앞문 밖으로 억지로 밀어내더니 대문을 걸어 잠그는 것이었습니다. 그야말로

---

38) 【즉공관 미비】 說得響。똑 부러지게 말도 잘하는군.

능구렁이 아가리의 혀와,　　　　　黑蟒口中舌,
누런 말벌 꽁무니의 침.　　　　　　黃蜂尾上針。
이 둘조차 독하려면 한참 멀었다네.　兩般猶未毒,
가장 독한 건 여편네 마음이니까!　　最毒婦人心。

유안주는 기가 막혀서 한참 동안 땅바닥에 쓰러져 있었습니다. 차츰 의식을 되찾은 그는 부모의 유골을 마주한 채 소리 놓아 통곡을 하고 나서 말했습니다.

"큰어머님, 어째서 이다지도 악독하게 대하십니까!"

그렇게 울고 있는데 가만 보니 앞에서 또 웬 사람이 걸어와서 묻는 것이었습니다.

"젊은이, 그대는 어디 사람이오? 어쩐 일로 여기서 울고 있는 게요?"

"저는 바로 십오 년 전에 부모님을 따라 생계거리를 구하러 떠났던 유안주입니다!"

그러자 그 사람은 그 말을 듣고 깜짝 놀라면서 안주 얼굴을 자세히 뜯어보고 또 뜯어보더니 물었습니다.

"누가 자네 머리를 이 꼴로 만들었는가?"

"저희 큰아버님은 상관이 없습니다. 큰어머님이 제가 조카라는 사실을 인정하려 들지 않으시는군요. 제 각서를 가져갔으면서 결사적으로 잡아떼고, 거기다가 제 머리까지 이 꼴로 만들어놓으셨습니다!"

안주가 이렇게 말하니 그 사람이 말하는 것이었습니다.

"나는 다른 사람이 아니라 바로 이 사장이라는 사람일세. 그러고 보니 … 자네는 내 사위로구먼! (…) 일단 십오 년 동안 있었던 일을 자세하게 좀 들려주게. 내 책임지고 자네를 도와줄 테니까."

그가 장인이라는 소리를 들은 안주는 아주 공손하게 인사를 하더니 울면서 사연을 털어놓았습니다.

"장인어른, 제 말씀 좀 들어보십시오! 당초 부모님은 안주와 함께 생계거리를 찾아 산서 땅 노주 고평현의 하마촌까지 가서 장병이 원외 댁의 가게에서 지냈습니다. 그러나 부모님께서는 병에 걸려 두 분 다 돌아가셨답니다. 장 원외님은 저를 양자로 거두시고 다 클 때까지 키워 주셨지요. 제가 올해 열여덟이 되고 나서야 양아버님께서 그런 사연을 일러주셨습니다. 그래서 부모님 유골을 지고 와서 큰아버님께 보여드렸지요. 그런데 뜻밖에도 큰어머님께서 저를 속여 각서를 빼앗고, 거기다가 제 머리까지 작대기로 때렸지 뭡니까! 이 억울한 사정을 어디에 가서 하소연해야 합니까?"

말을 마친 그는 샘물 솟듯이 눈물을 쏟는 것이었습니다. 이 사장은 부아가 치밀어서 얼굴이 다 달아올랐습니다.

"각서는 큰어머니한테 빼앗겼다 치고, … 그래, 그 내용은 기억하고 있는가?"

이 사장이 묻자 안주가 말했습니다.

"기억하고 있습니다!"

"내가 들을 수 있도록 어디 한번 외워보게나."

용도각 학사 포증의 초상
《삼재도회》

그래서 안주가 처음부터 끝까지 다 외우는데 한 글자도 틀림이 없지 뭡니까!

"정말 내 사위가 맞구나! (…) 여러 말 할 것 없네. 이 고약한 할망구가 정말 경우가 없구나! 내 당장 유 씨네를 찾아가서 그 할망구가 생각을 돌리면 그 정도에서 참겠다. 허나, 그래도 말이 안 통하면 … 지금 개봉부開封府 부윤府尹이 포包 용도龍圖[39] 나

---

39) 포包 용도龍圖: 북송의 명신이자 명판관인 포증包拯(999~1062)을 말한다. 자는 희인希仁으로, 여주廬州지금의 안휘성 합비 사람이다. 인종仁宗 천성天聖 연간에 진사로 입신한 후로 감찰어사監察御史·용도각 직학사龍圖閣直學士·개봉 지부開封知府·추밀부사樞密副使 등의 벼슬을 역임했다. 민간에서는 예로부터 그 벼슬을 따서 '포 용도', 청렴성을 따서 '포청천'으로 일컬어졌다. 공직에 있는 동안 법을 추상같이 공정하고 엄격하게 집행하여 "얼굴에 쇠를 뒤집어쓴 것처럼 [법 집행에] 사사로움이 없다鐵面無私"라는 칭송을 받았다. 또, "나라가 세상을 부유하게 만들고자 한다면 백성들을 어여삐 여기는 마음가짐을 근본으로 삼아야 옳다國家富有天下, 唐以恤民爲本"라는 소신에 따라 권문세족을 두려워하지 않고 힘없는 백성 편에 서서 백성들로부터 푸른 하늘 같은 청백리라는 뜻에서 '포청천包靑天'으로 존경받아서 당시 항간에는 "청탁이 먹혀들지 않는 분으로 염라대왕과 포대감이 계시다關節不到, 有閻邏包老"라는 말이 유행할 정도였다고 한다. 청백리로서의 그의 이미지와 일화들은 송대 이래로 천 년이 넘도록 민간에 구비되고 전승되면서 그와 관련된 각종 소설·연극·영화·드라마가 다양하게 만들어졌다.

리로, 아주 현명하신 분이다. 그러니 나하고 같이 송사를 벌이러 가자꾸나! 자네 재산을 돌려받지 못할까 하는 걱정일랑 아예 할 필요도 없네.”

이 사장이 말하자 안주가 말했습니다.

“장인어른만 믿겠습니다!”

이 사장은 이렇게 해서 유천상의 집 대문을 두드리고 안으로 들어가서 노부부 내외에게 말했습니다.

“사돈, 사부인! 이게 무슨 경우요? 친조카가 돌아왔는데 어떻게 확인할 생각일랑 하지도 않고 대뜸 아이 머리를 때려서 저 지경으로 만들어놓습니까!”

“그건 … 사장님, 저놈이 사람들한테 어떻게 사기를 쳤는지 모르서서 그래요. 작정하고 우리 집에 와서 허튼소리를 늘어놓은 놈이라고요! 저놈이 우리 집 조카라면 애당초 각서를 지녔을 테고 당신이 쓴 서명도 있을 것 아니에요? 만약에 그 문서를 가지고 있다면 유안주가 틀림없겠지요.”

양 씨가 말하니 이 사장이 말했습니다.

“안주는 사부인이 자기를 속이고 꼭꼭 감추어놓았다고 합디다. (…) 어떻게 그렇게 잡아뗄 수가 있습니까?”

“사장님도 참 우습군요. 내가 저놈 문서를 언제 봤다고 그래요? 아주 도둑년 취급을 하고 있네, 정말! 남의 집 일에 누가 당신한테 참견하라고 그럽디까?"

그러더니 양 씨는 또 작대기를 들고 안주를 때리려 드는 것이었습니다. 이 사장은 자기 사위가 다칠까 봐 몸을 들이밀고 가로막으면서 안주를 데리고 나와서 말했습니다.

"고약한 할망구, 참 고약한 심통을 부리는구먼! 잡아떼기만 하면 끝날 줄 알고? 어림도 없지! (…) 사위, 너무 속상해하지 말게. 일단 부모님 유골과 자네 짐을 챙겨서 우리 집으로 가세나. 하룻밤 쉬고 내일 개봉부에 고발하러 가자구!"

안주는 분부대로 장인을 따라 그길로 이 씨 댁으로 향했습니다. 이 사장은 이어서 그를 안내해 장모에게 인사를 시키고 술과 밥을 차려 정성껏 대접했지요. 그러고는 다친 그의 머리를 동여매고 약까지 발라주었습니다.

이튿날 동이 틀 무렵, 이 사장은 고발장을 작성해서 사위와 함께 개봉부로 갔습니다. 잠시 기다리자 포 용도가 벌써 재판정에 모습을 드러내는데 그 모습을 볼작시면

둥둥 관아의 북 울리고,	鼕鼕衙鼓響,
아전들 양쪽으로 늘어서니,	公吏兩邊排。
염라대왕의 생사전이더냐,	閻王生死殿,
동악의 혁혼대이더냐[40]!	東岳嚇魂臺。

중국 민화 속에 묘사된 염라대왕의 생사전

　이 사장과 유안주는 재판정에 나가 억울한 사정을 털어놓았습니다.
그러자 포 용도는 고발장을 받아 본 다음 먼저 이 사장을 올라오게
해서 사건의 경위를 물었지요. 그러자 이 사장도 자초지종 사실대로
고하는 것이었습니다.

　"네가 송사를 독점할 속셈으로41) 그를 부추긴 것은 아니겠지?"

　포 용도가 이렇게 말하자 이 사장이 대답했습니다.

---

40) 염라대왕의 생사전이더냐~[閻王生死殿, 東岳嚇魂臺]: 중국의 고대 전설에
　서 저승의 염라대왕閻羅大王은 사람의 생사와 윤회를 관장하는 것으로 믿
　어졌다. '동악東岳'은 지금의 산동성 태안泰安에 자리 잡고 있는 태산泰山
　을 말하는데, 중국 전설에서는 사람의 생사를 관장하는 도교의 신인 동악대
　제東嶽大帝가 이곳을 관할한다고 믿었다. "생사전生死殿"은 염라대왕이 죽
　은 사람의 생사를 결정했다는 전각이며, "혁혼대嚇魂臺"는 동악대제가 죽
　은 사람의 죗값의 경중을 결정했다는 장소이다.
41) 송사를 독점할 속셈으로~: 원대의 사장은 향촌의 지방행정 사무를 담당한
　관리이지만 이 대사를 통하여 지금의 변호사나 사법서사의 역할도 수행했
　음을 짐작할 수 있다.

"저 아이는 소인의 사위이며 문서에는 소인의 서명이 있습니다. 어린 나이에 억울한 죄를 뒤집어쓴 것이 하도 딱해서 대신 고발장을 올린 것뿐입니다. 어떻게 푸른 하늘처럼 현명하신 나리를 속일 수가 있겠습니까!"

"전부터 네 사위를 알고 있었느냐?"

"세 살 때 고향을 떠났다가 이제야 돌아왔습니다. 알 수가 없지요."

"알지도 못하는 사이인데다가 각서까지 잃어버렸다? 그런데 어떻게 진짜라고 확신한다는 것이냐!"[42]

그러자 이 사장이 말하는 것이었습니다.

"그 문서는 유 씨네 형제와 소인 말고는 아무도 본 사람이 없지요. 헌데 … 제 사위가 그 내용을 자초지종 다 외우는데 한 글자도 틀림이 없었습니다. 그것이 결정적인 증거가 아니고 무엇이겠습니까!"

포 용도는 이어서 유안주를 일으켜 세우고 그 경위를 물었지요. 그러자 안주 역시 또박또박 같은 대답을 하는 것이었습니다. 포 용도가 이번에는 안주의 다친 부위를 살피더니 말했습니다.

"네가 사실은 유 씨 집안의 아들이 아니면서 이 틈에 그들을 속여 재산을 가로채려는 것이 아니냐?"

---

42) 【즉공관 측비】也是。그건 그렇지.

"나리. 세상일이라는 것이 가짜는 진짜가 되기 어려운 법입니다. 어떻게 그런 터무니없는 일을 벌일 수가 있겠습니까! 게다가 소인의 양아버지 장병이는 전답과 가옥을 많이 가지고 계십니다. 소인이 평생 동안 누리고 쓰기에 충분하지요. 소인은 처음부터 큰아버지의 재산을 나누어 가지는 건 바라지도 않는다고 분명하게 밝혔습니다. 부모 유골을 선영에 모시면 그길로 당장 양아버지가 있는 노주로 돌아가서 살 작정입니다. 모쪼록 공명정대하신 나리께서 밝게 헤아려주십시오!"

두 사람이 하는 말에 일리가 있다고 여긴 포 용도는 고발장을 비준해주고 바로 유천상 부부를 불러오게 했습니다. 포 용도는 유천상에게 앞으로 나오도록 이른 다음 물었습니다.

"너는 한 집안의 가장이다. 그런데 어째서 주견도 없이 무조건 처의 말만 곧이들었더냐? (…) 일단 저 아이가 정말 네 조카인지 아닌지부터 말해보거라!"

그러자 천상이 말하는 것이었습니다.

"나리, 소인은 여태껏 조카를 알고 지낸 적이 없습니다. 그러니 각서만 증거로 믿을 수밖에요. 지금 이 아이는 죽어도 문서를 가지고 있다고 하고, 아내 역시 죽어도 가지고 있지 않다고 합니다. (…) 소인이 등 뒤에 눈이 달린 것도 아니지 않습니까? 그래서 판단을 내리지 못하고 있는 겁니다요!"

포 용도는 이어서 양 씨를 일으켜 세우더니 몇 번이나 심문을 했습니다. 그러나 양 씨는 무조건 본 적이 없다는 변명만 늘어놓지 뭡니까.
그래서 포 용도가 안주를 보고 말했습니다.

"너희 큰아버지와 큰어머니가 이렇게 무정하구나! (…) 지금 너에
게 저 둘을 실컷 매질을 하게 해주마. 일단 네 억울함부터 풀도록 하
라!"43)

그러자 안주는 슬프게 눈물을 흘리면서 말하는 것이었습니다.

"그렇게는 할 수가 없습니다! 아무리 그래도 제 아버지가 저 분의
아우인 걸요. 조카가 어떻게 큰아버지에게 매질을 할 수 있단 말씀입
니까? 소인은 본래 일가친척에게 인사를 드리고 아버지를 선산에 모
셔 효도를 하려고 왔습니다. 재산 싸움을 하려고 온 것이 아닙니다.
소인에게 천륜을 거역하는 그런 짓을 하라고 하신다면 죽어도 그렇게
는 못 하겠습니다!"

포 용도는 그 말을 다 듣고 나서 속으로는 벌써 어느 정도 진상을
파악했습니다. 이를 증명하는 시가 있습니다.

포 옹의 신묘한 지혜는 놀랍기로 유명하니,	包老神明稱絕倫,
이 사건의 곡직을 어찌 분간하기 어렵겠나.	就中曲直豈難分。
재판정에서 벌을 주려 하지 않는 걸 보니,	當堂不肯施刑罰,
살갑게 대하는 건 역시 친혈육뿐이로구나!	親者原來只是親。

---

43) 【즉공관 미비】所以試安住也。 이런 식으로 안주를 시험하는군.

그래서 그 자리에서 다시 양 씨에게 몇 마디를 물으면서 일부러 말했습니다.

"저 녀석은 정말 너희 재산을 노린 것이 분명하다. 도리상으로 용납할 수가 없지! (…) 너희 부부와 이 아무개는 일단 집으로 귀가하라. 이 녀석은 감옥에 가두었다가 다른 날 엄한 형벌로 심문하겠다!"

그래서 유천상 등 세 사람은 머리를 조아린 후 그 자리를 떠나고, 안주 혼자만 감옥에 갇히고 말았습니다. 양 씨는 속이 다 후련해지는 것이었지요. 그러나 이 사장과 안주는 두 사람 다 속으로 초조해하면서도 좀 의아하게 여겼습니다.

"포 나리는 전부터 천지신명처럼 현명하다고 칭송이 자자한 분이 아니던가? 그런데 … 어째서 오늘은 도리어 원고를 가두신단 말인가!"

계속 이야기를 들려드리지요. 포 용도는 은밀히 옥졸들에게 분부를 내려 유안주를 괴롭히지 못하게 했습니다. 그러고 나서 관아에 있는 사람들에게는 '안주가 파상풍에 걸려 곧 죽을 목숨'이라는 소문을 퍼뜨리게 했지요. 이어서 사람을 시켜 노주로 가서 장병이를 데려오게 했습니다. 며칠도 되지 않아[44] 장병이가 당도하자 포 용도는 그에게

----

44) 며칠도 되지 않아[不則一日]: 송·원대 화본, 명대 의화본에 자주 등장하는 '불칙일일不則一日'이라는 표현은 글자 그대로 풀면 '하루도 되지 않아서' 정도의 뜻이다. 노주는 지금의 하남성 장치長治로, 개봉시까지는 직선거리만 해도 220킬로미터가 넘는다. 400리가 넘는 이 거리를 왕복하자면 적어도 800리, 즉 400킬로미터를 이동해야 하는 셈이다. 그러나 사람은 통상

내막을 자세히 물어보고 진상을 분명히 알게 되었지요. 그는 즉시 장병이에게 감옥 문 앞에서 안주를 면회하고 좋은 말로 그를 위로하게 했습니다.

이튿날, 포 용도는 재판을 알리는 팻말을 내걸게 했습니다. 그러고는 자신이 심문을 진행할 때 여차저차하게 하라고 옥졸들에게 은밀하게 분부하고 나서 바로 관련자들을 끌고 오게 했지요. 포 용도가 장병이와 양 씨를 불러 서로 대질시키자 양 씨는 끝까지 억지를 부리면서 한마디도 지려 들지 않는 것이었습니다. 그래서 포 용도가 '당장 감옥에서 유안주를 끌고 오라'고 일렀는데 가만 보니 옥졸이 돌아와서

"병이 악화되는 바람에 곧 죽을 판이어서 꼼짝도 못 하고 있습니다!"

하고 고하는 것이 아닙니까. 그 자리에서 이 사장이 장병이를 대면하고 경위를 분명하게 물어보니 유안주의 말과 조금도 틀림이 없었습니다. 그래서 다시 성을 내면서 양 씨와 한참 입씨름을 벌이고 있는데 또 옥졸들이 와서 고하는 것이었습니다.

"유안주는 병이 악화되어 죽어버렸습니다!"

양 씨는 그것이 자신에게 이로운지 해로운지도 모르면서 "죽었다"

적인 속도의 보행으로 부지런히 이동하더라도 하루에 100리, 즉 50킬로미터 이상을 가기가 어려우므로 그런 점을 감안하여 여기서는 "며칠도 되지 않아"로 번역했다.

는 말만 듣고

'정말로 죽었다면 천지신명께 감사해야겠구나! 이제 우리 집안도 한 시름 놓았다!'

하고 생각했습니다.

"유안주가 무슨 병으로 급사했단 말이냐? 어서 검시관[45]에게 시신을 살피게 한 후 보고하렷다!"

포 나리가 이렇게 분부하자 검시관이 유안주의 시신을 살피더니 고하는 것이었습니다.

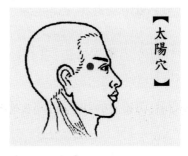

태양혈의 위치. 눈썹 끝 귀 앞에 위치해 있다.

"시신을 살핀 결과, 나이는 열여덟 정도이옵고 … 태양혈[46]을 둔기에 다친 것이 치명상이 되었습니다. 그 주위의 퍼런 멍들이 그 증

---

45) 검시관[作作人]: '오작인作作人' 또는 '오작作作'은 고대 중국에서 관청에 배속되어 피살되거나 의문사한 사람의 시신을 검사하고 사인을 분석하는 일을 담당한 관리를 말한다. 여기서는 편의상 "검시관"으로 번역했다.

46) 태양혈太陽穴: 인체의 한 부위. 송대의 의학자 송자宋慈(1186~1249)가 저술한 법의학서《세원록洗寃錄》에 따르면 "이마 아래가 눈썹인데 그 눈썹자락의 끝에 있는 부위가 태양혈이다額下者眉, 眉際之末者太陽穴". 중국의 전통 무술에서는 태양혈을 "살짝 누르면 기절을 하지만 힘을 주어 누르면 목숨까지 잃을 수 있다輕則昏厥, 重則殞命"고 전해져왔다. 현대 의학에서도 태양혈을 때리면 사람이 일시적으로 기절하거나 뇌진탕으로 의식을 잃을 수 있다고 알려져 있다.

거입니다!"

그러자 포 용도가 말했습니다.

"그러면 이제 어떻게 해야 한단 말이냐! 갑작스럽게 사람 목숨이 달아나버렸으니 사태가 더더욱 심각해졌구나! (…) 거기47) 양 씨, 그 아이는 너와 어떤 관계였느냐? 너와 친척지간이었느냐?"

"나리, 사실 아무 관계도 없는 사이입니다요!"

양 씨가 말하자 포 용도가 말했습니다.

"만약 친척 사이였다면 너는 손윗사람이고 그 아이는 손아랫사람이니 때려죽였어도 실수로 자손을 죽인 셈이어서 사형까지는 받지 않고 그저 벌금이나 좀 내는 정도로 속죄할 수 있을 것이다. 그런데 아무 관계도 없다면 … 너는 '사람을 죽이면 목숨으로 갚고, 빚을 지면 돈으로 갚는다殺人償命, 欠債還錢48)'는 말을 들어보았겠지? 그 아이가 너와 아무 상관도 없는 남이라면 말이다. 네가 그 아이를 조카로 인정

---

47) 거기[兀那]: '올나兀那'는 원대 잡극 희곡에 자주 보이는 표현으로, '그것[那 個]' 또는 '그[那]' 같은 지시사指示詞로 사용된다. 연극에서는 무대 이쪽에 있는 사람이 무대 반대편에 있는 사람을 부를 때 이 말을 썼던 것으로 보이는데 이것이 공연물이 아닌 독서물로 이행하는 과정에서 그대로 흔적으로 남은 것으로 보인다. 원대 희곡에서 사용되던 용어가 명대의 (의)화본에 등장하는 것은 원대의 연희가 명대의 통속소설에 수사나 공연에 적잖은 영향을 미쳤음을 보여주는 셈이다. 여기서는 편의상 "거기"로 번역했다.

48) 사람을 죽이면 목숨으로 갚고~[殺人償命, 欠債還錢]: 명대의 속담. 어떤 일을 하면 그 대가를 치러야 한다는 뜻으로 한 말이다.

하지 않는 일은 둘째치고 (…) 어쨌든 흉기로 그의 머리를 깨서 파상
풍이 생겨 죽게 만든 것은 분명하렷다? (…) 형률에 이르기를, '무고한
사람을 구타하고 그로 말미암아 죽게 만들면 자기 목숨으로 갚아야
한다毆打平人, 因而致死者抵命'고 했느니라. 여봐라, 칼을 가지고 와서
이 할멈에게 씌우고 사형수 감옥에 가두어라! (…) 가을이 되면 사형
을 집행하여 아이 목숨 빚을 갚게 하리라!"

이렇게 명령을 내리자마자 가만 보니 양쪽에서 이리나 범과도 같은
아전들이 우레와도 같이 고함을 지르면서 그길로 칼을 메고 오는 것
이 아닙니까!49) 놀란 양 씨는 얼굴이 흙빛이 되어 소리를 질렀습니다.

"나리! 그 아이는 … 쇤네 조카입니다요!"

"네 조카라고? (…) 증거가 없질 않느냐!"

포 용도가 이렇게 말하자 양 씨는

"여기 이렇게 그 증거인 각서가 있는 걸요!"50)

하더니 당장 몸에서 문서를 꺼내 포 용도에게 내미는 것이었습니
다. 그야말로

| 애초에 사실 그대로 털어놓았으면 될 것을, | 本說的丁一卯二, |
| 억지로 없는 일도 다 지어내더니만, | 生扭做差三錯四。 |

---

49) 【즉공관 미비】妙甚。아주 기발하군.
50) 【즉공관 미비】所謂詐而愚。이른바 '남 속이려다 제 꾀에 넘어간 격'이로군!

살짝 꾀를 쓰자마자,　　　　　　　　　　　畧用些小小機関,
어느새 속아서 각서를 내미는구나!　　　　　早賺出合同文字。

포 용도는 그것을 다 읽고 나서 양 씨를 보고 말했습니다.

"유안주가 네 조카가 확실하니 이제 사람을 시켜 그의 시신을 메고 나오게 하마. 너는 반드시 인수해 가서 장례를 치러주어야 할 것이다. 절대로 그 책임을 전가하면 안 되느니라!"

"쇤네 진심으로 조카 장례를 치러주기를 원합니다요!"

양 씨가 이렇게 말하자 포 용도는 바로 감옥에서 유안주를 데려와서 그에게 말했습니다.

"유안주, 내가 꾀를 써서 벌써 각서를 돌려받았느니라!"

그러자 안주는 머리를 조아리면서 고맙다고 인사를 했습니다.

"푸른 하늘 같은 나리가 아니었더라면 소인은 정말 억울해서 눈도 감지 못했을 겁니다!"

영문을 모르는 양 씨가 고개를 들어 보는데 안주가 얼굴은 전과 변함이 없고 깨진 머리도 벌써 다 나았지 뭡니까. 양 씨는 얼굴에 부끄러운 기색이 역력했지만 변명을 둘러댈 여지조차 없었지요. 포 용도는 붓을 들어 다음과 같이 판결을 내렸습니다.

포 용도가 기지로 각서를 되찾다.

"유안주는 효도를 다하고 장병이는 인덕을 베풀었다. 보기 드문 귀감이니 두 사람 모두 표창하는 패방을 마을에 세우도록 하라. 이 사장은 사위로 하여금 길일을 골라 혼사를 치러주어라. 저 유천서 부부의 유골은 선영 곁에 안장하는 것을 허가한다. 유천상은 사려 없이 어리석은 처신을 했으나 나이가 많은 것을 감안하여 그 죄를 사면한다. 그 처 양 씨는 본래 중죄로 다스려야 마땅하나 벌금을 내고 속죄하는 것을 허락한다. 양 씨의 데릴사위는 처음부터 유 씨 문중과는 아무 상관 없으니 즉시 쫓아내어 이 집 재산을 가로채지 못 하게 하라!"

劉安住行孝, 張秉彝施仁, 都是罕有, 俱各旌表門閭。李社長着女夫擇日成婚。其劉天瑞夫妻骨殖準葬祖塋之側。劉天祥朦朧不明, 念其年老免罪。妻楊氏本當重罪, 罰銅準贖。楊氏贅壻, 原非劉門瓜葛, 即是逐出, 不得侵占家私。

패방과 정표. 효자나 열녀의 모범적인 행실을 표창하기 위하여 조정에서 하사하곤 했다.

판결을 마친 포 용도가 관련자들을 석방하여 각자 집으로 돌아가게 하니 사람들도 머리를 조아리며 그 자리를 물러가는 것이었습니다.

남의 집에 방문할 때 지금의 명함과도 같은 역할을 했다. 오른쪽은 전통적인 명첩 양식

　장 원외는 자신의 집으로 초대하는 명첩名帖을 써서 유천상, 이사장과 의형제를 맺고 먼저 노주로 돌아갔습니다. 유천상은 집에 도착하자 양 씨를 한바탕 꾸짖은 다음, 그길로 조카와 함께 아우 부부의 유골을 선영에 잘 안장했답니다. 이 사장은 길일을 골라 유안주를 사위로 들이고 자신의 집에서 혼사를 치러주었지요. 한 달이 지나자, 유안주 부부 내외는 함께 노주로 가서 장 원외와 곽 씨에게 인사를 드렸습니다. 나중에 유안주는 벼슬길에 나아가 높은 벼슬에 올라 영달했답니다. 유천상과 장 원외는 두 집 다 후사가 없었으므로 양가의 재산은 전부 유안주 한 사람에게 상속되었답니다.

　이렇듯 사람의 영욕이라는 것은 운명적으로 정해진 것이지 억지로 구해지는 것이 아님을 알 수 있습니다. 더욱이 친혈육 사이라고 하더라도 이처럼 양심을 저버리고 못된 짓을 하면 결국 원기元氣를 크게 상하고 말지요. 그런 뜻에서 이 이야기를 들려드려 세상 사람들에게 경계로 삼게 해드린 것이올시다. 그러니 보잘것없는 재산 때문에 하늘이 주신 은혜를 저버리는 짓 따위는 절대로 하지 말아야겠습니다.

이 이야기를 증명하는 시가 있습니다.

양자와 의부조차 서로 덕을 베풀었건만,　　　螟蛉義父猶施德,
무촌의 친혈육이 되려 해코지를 했구나.　　　骨肉天親反弄奸。
이 수모조차 전생에 정해진 일임을 알았지만,　日後方知前數定,
어떻게 해서든 잔꾀 부리는 일만은 하지 말라!　何如休要用機関。

| 저자 소개 |

능몽초凌濛初(1580~1644)

명대의 소설가·극작가이자 출판가. 절강浙江 오정현烏程縣 사람으로, 자는 현방
玄房이며, 호로는 초성初成·능파凌波·현관玄觀·즉공관주인卽空觀主人 등을 사
용하였다. 문예를 중시한 가정환경과 당시 번창하던 강남 출판업의 영향을 받아
어려서부터 남다른 재능을 발휘하였다. 그러나 과거와는 인연이 없어서 매번 뜻
을 이루지 못 하자 그 열정을 가업(출판업)에 쏟아 부어 각종 도서의 창작·출판
에 매진하였다. 생전에 시문·경학·역사 등 다방면에서 다양한 저술·창작을 남
겼으며, 가장 두각을 나타낸 분야는 소설·희곡·가요집·문예이론 등의 통속문학
이었다. 대표작으로 꼽히는 의화본소설집《박안경기拍案驚奇》와 후속작《이각
박안경기二刻拍案驚奇》는 나중에 '이박二拍'으로 일컬어지면서 강남의 독서시장
에서 큰 인기와 반향을 불러 일으켰다. 55살 때에 상해현승上海縣丞으로 기용된
것을 계기로 출판업을 접고 서주통판徐州通判·초중감군첨사楚中監軍僉事를 거
치며 선정을 베푸는 등 유가의 정통파 경륜가로서도 큰 족적을 남겼다.

| 역자 소개 |

문성재文盛哉

우리역사연구재단 책임연구원, 국제PEN 한국본부 번역원 중국어권 번역위원장.
고려대학교 중어중문학과를 졸업하고 남경대학교(중국)와 서울대학교에서 문학
과 어학으로 각각 박사 학위를 받았다. 그동안 옮기거나 지은 책으로는《중국고
전희곡 10선》·《고우영 일지매》(4권, 중역)·《도화선》(2권)·《진시황은 몽골어를
하는 여진족이었다》·《조선사연구》(2권)·《경본통속소설》·《한국의 전통연희》(중
역)·《처음부터 새로 읽는 노자 도덕경》·《루쉰의 사람들》·《한사군은 중국에 있
었다》·《한국고대사와 한중일의 역사왜곡》·《정역 중국정사 조선·동이전》(1~3)
등이 있다. 2012년에는 케이블 T채널이 기획한 고대사 다큐멘터리《북방대기행》
(5부작)에 학술자문으로 출연했으며, 2014년에는 현대어로 쉽게 풀이한 정인보
《조선사연구》가 대한민국학술원 '2014년 우수학술도서'(한국학 부문 1위), 2017년
에는《루쉰의 사람들》이 한국출판문화산업진흥원 '2017년 세종도서'(교양 부문),
2019년에는《한국고대사와 한중일의 역사왜곡》이 롯데장학재단의 '2019년도 롯
데출판문화대상'(일반출판 부문 본상)을 각각 수상하였다. 현재는 한국연구재단
의 지원으로 번역을 마친 후속작《이각 박안경기》(6권)과 함께《금관총의 주인공
이사지왕은 누구인가》의 출판을 앞두고 있다.

한국연구재단
학술명저번역총서
[동양편] 625

박안경기 ❺
拍案驚奇

초판 인쇄 2023년 2월 15일
초판 발행 2023년 2월 28일

저   자 l 능몽초
역   자 l 문성재
펴 낸 이 l 하운근
펴 낸 곳 l 學古房

주   소 l 경기도 고양시 덕양구 통일로 140 삼송테크노밸리 A동 B224
전   화 l (02)353-9908 편집부(02)356-9903
팩   스 l (02)6959-8234
홈페이지 l www.hakgobang.co.kr
전자우편 l hakgobang@naver.com, hakgobang@chol.com
등록번호 l 제311-1994-000001호

ISBN   979-11-6995-355-9 93820
        978-89-6071-287-4 (세트)

값 : 34,000원

이 책은 2016년도 정부재원(교육부)으로 한국연구재단의 지원을 받아 연구되었음
(NRF-2016S1A5A7022115).
This work was supported by National Research Foundation of Korea Grant funded
by the Korean Government(NRF-2016S1A5A7022115).